Una pluma en el aire

ALEJANDRA BEIGBEDERE

Una pluma en el aire

Grijalbo

Papel certificado por el Forest Stewardship Council®

Penguin
Random House
Grupo Editorial

A mi madre, Purificación Casas Romero,
que me abrió las puertas de la vida;
mujer fuerte, bella, audaz e inspiradora.
Ahora, musa también de los Ángeles.
¡Va por ti, mamá! Gracias, siempre

El colorete anduvo por la cara, el lápiz negro acarició mis ojos y la barrita de carmín rozó mis labios. Conque hagan ustedes el favor de no clavarme los «prismáticos», que van a descubrir el artificio.

Diego López Moya, *La Argentinita. Libro de confidencias*, Madrid, José Yagües, 1915

Nueva York, 1945

He perdido la cuenta de los analgésicos que he tomado hoy. Con los ojos cerrados todo es más intenso; la fragancia de las rosas y el dolor de mi vientre. La rosa amarilla es la más dulce. Luce solitaria, bella y orgullosa, en el elegante búcaro que adorna el tocador. «Las rosas amarillas son la prueba de que en este mundo existe la alegría», me dijo una vez mi admirada Fornarina.

Aspiro profundamente el dulzor del aroma, que resbala hacia mi interior. Fragmentos de recuerdos. Los recuerdos dulces huelen a nostalgia. Los amargos, a muerte.

La punzada trepa desde el centro de mi vientre, sube y se instala en mi cabeza dando vueltas y más vueltas convertida en canción: «En el Café de Chinitas dijo Paquiro a su hermano: "Soy más valiente que tú"».

Abro los ojos y veo mi imagen en el espejo del tocador. Mirada oscura y vidriosa. La enfermedad estampa su sello en mis pupilas y se despereza a sus anchas por la piel de todo mi cuerpo. Mi blancura es más verdosa ahora, de «color aceituní», habría dicho mi madre. Mi madre, doña Dominga... Lo daría todo por abrazarla en este momento. Sujeto unas lágrimas. Alguien llama a la puerta.

—Adelante. —En el espejo aparece reflejada la radiante imagen de Teresita, mi fiel ayudante, mi amiga.

—¡Encarna! —Entra desprendiendo vida—. Vengo a vestirte.

Se acerca, me abraza por detrás y me besa en una mejilla. Huele a flores y a limón, al Agua de Colonia Concentrada de Álvarez Gómez que tanto le gusta. Es el abrazo que necesitaba.

—Prefiero ir maquillándome yo y que tú vayas a ayudar a Pilar. Ya sabes lo nerviosa que se pone, y más con Tomás al lado —replico al tiempo que extiendo el estuche con mis utensilios de maquillaje en el tocador.

—De acuerdo. Pero te ayudo a peinarte, que me encanta ponerte los peinecillos por la parte de atrás. —Teresita acerca su cara tanto a la mía que en el espejo se refleja un cuerpo con dos rostros—. ¿Estás bien? —Su gesto de preocupación borra un instante la liviandad que desprende su presencia.

—Sí, me he tomado algo para el dolor y me encuentro mejor. Mírate, Teresita… —Cambio de tema lo más rápido que puedo y tomo su mano entre las mías—. Míranos a las dos aquí, reflejadas en el espejo del tocador de un lujoso camerino del Metropolitan Opera House de Nueva York. Parece que fue ayer cuando nos conocimos, siendo unas chiquillas, en el Teatro Circo de San Sebastián, yo de telonera de la gran diva de aquel momento, la gran Fornarina, y tú como su planchadora.

—Tan sutil y sensual era La Fornarina, y con esa leyenda de mujer de mala vida que la perseguía… —La mirada de Teresita se pierde buscando entre sus recuerdos y, acto seguido, hace un gesto exagerado de caída de ojos, imitando a la diva, que me hace reír—. ¡Y ahora, en 1945, La Argentinita actúa en el MET, con su querido *El Café de Chinitas*! —Se acerca aún más a mí y me besa en una sien—. ¡Estoy muy orgullosa de ti! —exclama con las manos sobre mis hombros y me mira fijamente a los ojos a través del espejo.

—Y yo de ti —digo con mis dotes de ventrílocua con la voz de mi querida muñeca Cirila, que está guardada en un bolso que he dejado sobre el sofá.

Teresita ríe.

—Es Cirila, ¿verdad? —Se dirige hacia el bolso, donde meto mis muñecos cuando los llevo conmigo, para que me den ánimos durante mis actuaciones y distraerme con sus tonterías. La saca con cuidado—. ¡Qué feíta eres, Cirila de mi corazón, con esos ojos ahuevados y esa sonrisa boba! Solo verte da risa. —Las dos reímos. El humor es lo que me ha salvado siempre. No me fío de la gente sin humor—. Pues como estás en buena compañía... —Se da la vuelta para mirar a Cirila en el sofá, donde la ha colocado muy bien sentada—. Te dejo y vuelvo en un rato. Por mucho que pase el tiempo, tu hermana Pilar se pone siempre como un flan cuando va a actuar. —Se acerca de nuevo y me da un beso rápido en una mejilla—. ¡Enseguida estoy aquí!

La puerta suena a madera maciza al cerrarse y deja un silencio hermético que combina a la perfección con el olor a opulencia de este camerino. Lo aspiro con los ojos cerrados. Y ahí, detrás de mis párpados, aparece un lugar que también olía a madera: la Bodega Ana María, la taberna a la que iba de niña con mi padre... Fue allí donde el baile me embrujó para siempre.

PRIMERA PARTE

AÑOS DE ILUSIÓN

1

Madrid, 1905

Del portal número 3 de la calle del Ave María sale un hombre acompañado de una niña. Van de la mano. Caminan despacio entre los claroscuros que las luces temblorosas de las farolas derraman. La calle está flanqueada por humildes casas de ladrillos, y por sus ventanas asoman retazos de humanidad que rasgan con sus destellos la quietud de la noche. Familias que comparten la cena en torno a la mesa, mujeres que trajinan en su cocina, algún que otro hombre arrellanado en su sillón escuchando muy atento lo que emite una resplandeciente radio de madera... Son fragmentos de vida que colman la eternidad de tiempos acotados por sonidos que llenan el aire de rutinas. También olores... Olor a pan tostado, a guiso de patatas con bacalao, a malta recién hervida, a castañas asadas.

Hace frío, y de las bocas del hombre y la niña brota un vaho blanco que se traga la noche. La niña, de unos siete años, comienza a saltar a la pata coja haciendo que sus gruesos calcetines de lana se derrumben definitivamente sobre sus zapatos negros. El hombre la mira sonriente y le coloca bien el gorro por el que escapan unos tirabuzones negros, algunos de los cuales caen sobre unos chispeantes ojos azabaches que iluminan una piel aceitunada. El hombre, enjuto y de corta estatura, lleva una gabardina beige y un sombrero de ala ancha del color del chocolate que le cubre parte del anguloso rostro, dejando entrever un cigarrillo del que brota un hilo de humo. La niña se suelta de la mano del hombre y juega a su antojo saltando los adoquines del suelo. El hombre la mira con ternura y comienza a cantar a media voz:

> *La luna era gitana,*
> *una gitana muy bella,*
> *pero cuando vio a mi Encarna*
> *no pudo más de la envidia*
> *y huyó hacia las estrellas.*

La niña ríe y continúa hacia delante. El hombre la sigue con una sonrisa que no se borra de sus labios. Se detienen al llegar frente a una taberna con la fachada recubierta de azulejos celestes y dorados sobre los que destaca el nombre del local, escrito con baldosines blancos: BODEGA ANA MARÍA. A la izquierda de la puerta hay un escudo de azulejos sobre el que, a modo de banda honorífica, se lee: VIÑEDOS PROPIOS. A la derecha, otras letras anuncian la venta de licores. La puerta se abre y sale un hombre corpulento con el abrigo colgado del brazo y, en la cabeza, un sombrero echado hacia atrás que deja al descubierto una calva incipiente. Cuando se topa con el hombre y la niña los saluda con una sonrisa beoda y les sujeta la puerta con su manaza, invitándolos a pasar. El hombre y la niña entran cogidos de la mano. Niebla sutil hecha de humo de cigarrillos y puros; vocerío y ruido de entrechocar de vasos; olor a café, a anís y a aguardiente. En los espejos cóncavos de las paredes se reflejan las lámparas de cristal verde que alumbran tenuemente tanto el local como las mesitas redondas de mármol alrededor de las cuales los clientes se sientan en sillas de madera con respaldos curvos. Los ojos lagrimean, saturados, y los oídos mezclan todo sin distinguir nada, como en un mareo.

—¡Miren quién ha venido! ¡Dichosos los ojos, don Félix! —grita una mujer desde la barra de metal, exhibiendo la robustez de sus carnes maduras bajo un vestido rojo sin mangas muy escotado y ceñido—. ¡Y trae compañía! —Pone los brazos en jarras, lo que provoca que su piel blanca ondule desde sus axilas hasta sus pechos.

La niña la mira asustada y aprieta con fuerza la mano del hombre.

—¡Buenas noches, Eulalia! He estado de viaje varios días, por trabajo, vendiendo mis telas aquí y allá. Por cierto, veo que la tela de ese vestido que lleva está un poco gastada… A usted y sus amigas, ¿no les interesaría echar un vistazo a mi muestrario? —pregunta con una sonrisa sin apartar los ojos de la mujer.

—¡No me líe, don Félix, que a mi bodega no se viene a hacer negocio, sino a disfrutar de algo que no tiene precio: pasar un buen rato! —le suelta Eulalia—. ¿Y esta preciosidad? —Deja caer la mitad de su cuerpo sobre la encimera en un esfuerzo por ver mejor a la niña.

—Es Encarna, mi hija menor. Tiene alma de artista, y quiero que aprecie el arte tan bueno que se hace aquí. —El hombre mira a su pequeña con orgullo.

—¡Pues aquí va a ver arte del bueno! ¡Así me gusta, don Félix, hay que educar a la juventud! —La tabernera se asoma aún más para observar a la niña—. Preciosa —comenta como si estuviera valorando la calidad de una longaniza para el cocido.

Encarna clava sus ojos negros en el suelo. Le impresiona ese escote por donde se desparraman dos montañas de carne blanca. Se ha fijado en que el clavel rojo que la mujer lleva en lo alto del moño hace juego con el carmín de sus labios. Su madre nunca usa carmín. Bueno, solo una vez se puso un poco en los labios y las mejillas, un día que Rosario, la vecina, le dejó el suyo. Estaba tan guapa que cuando su padre la vio se la comía a besos y le decía: «¡Si es que mi Dominga con poquita cosa que se haga da mil vueltas a todas!». Desde entonces su madre no ha vuelto a maquillarse. Comentó que eso es para mujeres desocupadas y ella no tiene ni un cachito así (y juntó el pulgar y el índice) de tiempo.

Encarna siente calor. La cabeza le pica bajo el gorro y las manos le sudan.

—¡Don Félix, sáquele ropa a la niña, que le va a dar un sarampión! —grita Eulalia desde la barra mientras sirve un vasito de orujo a un cliente.

—Encarna, quítate las cosas y... —Antes de que don Félix termine la frase, alguien le toca el hombro y él se vuelve—. ¡Don Sebas, qué gusto verle! —exclama mientras estrecha la mano de un hombre de facciones angulosas y cabello cano que va enfundado en un traje oscuro muy elegante. Lo acompaña una bonita joven de piel canela, figura esbelta y ojos negros rasgados, enmarcados por dos cejas que se elevan hacia las sienes con la geometría perfecta que provoca la tirantez del moño en el que su pelo negro está prisionero y herido por un clavel blanco y otro rojo—. ¿Cómo va la fábrica? —pregunta con interés.

—¿La fábrica? Haciéndome úlceras, querido amigo. —Un oleaje de profundas arrugas surca su frente—. Y vengo a este bendito lugar para que mi Carmencilla me las cure. —Mira embobado a la chica y le dedica una sonrisa seductora.

—¿Los sindicatos otra vez?

—Eso es, don Félix. ¡Mal rayo los parta! —Don Sebas se sulfura de tal manera que la cara se le tiñe de rojo—. ¡Esos vagos van a llevarme a la ruina! ¡Todos quieren trabajar menos y cobrar más! ¡Escupen a los que les dan de comer! ¿Ha leído usted alguna vez el periodicucho ese que llaman *El Socialista*? —Sin esperar a que don Félix le responda, sigue hablando con gran excitación—. ¡Pues allí solo se alienta a los obreros a tener una relación de lucha con las clases burguesas! ¡Diecisiete reales diarios ganan mis obreros y aún se quejan! ¡Cualquier día doy el cerrojazo y todos a la puta calle, a ver adónde van a llorar entonces! —Del bolsillo de su solapa saca un pañuelo blanco con el que se limpia el sudor de la frente y el cuello, que se le estrangula contra la impoluta camisa almidonada, adornada con una vistosa pajarita de color púrpura.

—Sebas, que hay niños delante —lo reprende Carmencilla.

—No cierre hasta que vea la mercancía que voy a ofrecerle. ¡Tengo unas telas que son una joya! —exclama orgulloso don Félix.

—¡Usted y sus joyas…! No me tiente, que termino comprándoselo todo.

—Es lo que pasa cuando se tiene buen gusto, que se sabe apreciar lo bueno, don Sebas. —Félix le guiña un ojo y hace un gesto con la cabeza señalando a la joven.

Don Sebas sonríe vanidoso y sigue con la mirada a la chica, que se ha apartado de él para acercarse a la niña, que anda inmersa en la faena de desabrocharse el abrigo.

—¿Te ayudo, preciosa? —pregunta, amable, Carmencilla. Encarna mueve afirmativamente la cabeza—. ¿Cómo te llamas? —añade mientras intenta pasar los grandes botones por unos ojales imposibles.

—Encarna —responde la niña con timidez, y piensa que esa señorita huele igual que los nardos que el otro día compró con su madre en el mercadillo de la Corredera Baja de San Pablo. Parece que el olor saliera de todas las flores de su vestido y llegara al suelo por los tres volantes, rizados como olas, que lo rematan.

—Es un nombre grande para una niña. Yo me llamo Carmen, pero todos me llaman Carmencilla.

La chica consigue desabrocharle por fin el último botón del abrigo. La mira y sonríe; sus ojos perfilados en negro se convierten en un sendero misterioso. Encarna también sonríe. La cautiva esa joven que huele a nardos y tiene los brazos largos y bien torneados.

—¿Te gusta el baile, Encarna? —Sus ojos se han llenado de candiles que chisporrotean.

—¡Me encanta! —Las chispas alcanzan ahora los ojos de Encarna.

—¡Ven conmigo! —La coge de la mano y caminan deprisa hacia delante—. Cuando salga a bailar quiero verte en primera fila.

Encarna se deja llevar. Está contentísima. Las dos pasan entre sillas y mesitas de mármol con el ímpetu de un vendaval.

—¿Qué llevas de la mano, Carmencilla? ¿Un juguetito? —pregunta un hombre desde una de las mesas—. ¿Puedo ser yo tu juguete? —dice provocando la risa grosera de sus contertulios.

—¡Tú, ni para juguete sirves! —responde con desparpajo Carmencilla, sin detenerse. De nuevo estallan risas soeces que hacen que Encarna se sienta incómoda—. Aquí estarás bien. —Retira una silla de la mesa que está situada justo delante de la tarima de madera oscura que se eleva a un par de palmos del suelo; al fondo, una cortina granate arrastra unos cuantos centímetros su vieja y aterciopelada tela—. Quédate aquí. Voy a buscar a tu padre y le digo que te traiga un vaso de leche calentita. —Dibuja una sonrisa y se acerca a Encarna para besarle la frente con suavidad—. ¡Ya puedes estar atenta, que después te preguntaré qué te ha parecido! —Su dedo índice se mueve con gracia frente a la cara de Encarna—. ¡Hasta la vista, preciosa! —Se da la vuelta y desaparece ágil entre la gente y el humo.

Las luces se apagan. El rasgueo de una guitarra quiebra la

oscuridad; unas palmas acompasadas y secas abofetean el aire. El escenario se ilumina tenuemente y, entre sombras, surge la figura oscura de un hombre sentado en una silla, contundente como una pieza de bronce. Tiene la cabeza echada hacia atrás y los ojos cerrados; de la boca entreabierta se le escapa un lamento que crece despacio hasta convertirse en palabras.

> *Que yo te lo dije anoche,*
> *que conmigo no jugaras,*
> *también te lo dijo el viento.*
> *Y tú,*
> *maldita estrella te ampare,*
> *tú te reíste en mi cara.*

Una luz amarillenta mezclada con el humo cae fantasmagórica sobre la mujer situada en el centro del escenario de espaldas a un público que contiene el aliento. Es Carmencilla, la bailaora. Su silueta menuda parece un arco a punto de disparar la flecha; hasta los claveles de su pelo se tensan. Sus brazos, alzados por encima de la cabeza, se retuercen lentamente como serpientes morenas. Los flecos de un mantón floreado cubren todo su cuerpo, dejando entrever unos volantes que ondulan ensortijados hacia el suelo. La mujer comienza a marcar el ritmo con los pies mientras sus caderas acarician el aire con sutileza y, poco a poco, introduce unas castañuelas que repiquetean despacio, como titubeando.

> *Que yo te lo dije anoche,*
> *y anoche mismo juraba,*
> *si tú me engañabas, niña,*
> *ya no verías el alba.*

De pronto, la guitarra se arranca en un ritmo frenético y arrastra palmas, tacones y castañuelas. Carmencilla zapatea, y todo su ser tiembla sobre la tarima; vueltas, giros y contorsiones; brazos que se retuercen en todas las direcciones posibles; piernas luchando contra pies; la cintura se clava sin piedad en los riñones; torso proyectado hacia delante negando la orden de una cabeza altiva echada hacia atrás. La cara se contrae en un gesto de éxtasis sufriente. Placer y dolor se mezclan en el cáliz de ese cuerpo menudo, cada una de sus partes parece estar en guerra, luchando por su libertad.

Encarna, extasiada, sigue los movimientos de su amiga Carmencilla, que ahora es una diosa para ella. Se da cuenta de todo: de los silencios, de las miradas y de los olés que vuelan como saetas hasta los pies de la bailaora. La niña mira a su padre; nunca lo había visto así, como hipnotizado, tan hechizado por el baile de Carmencilla que ni siquiera pestañea ni se acuerda del cigarro que tiene pegado en la comisura de los labios. A Encarna le gustaría que algún día se fijaran en ella de esa manera. Desea bailar como Carmencilla. Desea ser una diosa.

La música para en seco. El guitarrista y el cantaor se levantan de las sillas, se acercan a Carmencilla y juntos saludan al público, que, emocionado, aplaude y lanza efusivos olés y piropos a la bailaora, hasta que los tres desaparecen tras la cortina púrpura que hay tras ellos.

—Encarnita, ¿te ha gustado? —le pregunta su padre. Encarna está aún tan impresionada que, incapaz de articular palabra, responde con un gesto afirmativo de la cabeza—. ¡Carmencilla es una artista! —exclama, y se acerca a la boca la copa de coñac que tiene entre las manos—. Ahora saldrá Sonsoles, que también baila como los ángeles.

Félix da un sorbo, y su nuez sube y baja por la garganta. Al instante lanza un resoplido que llena el aire de un tufillo

24

etílico. A Encarna no le gusta ese olor. Siempre que su padre llega a casa y huele así, su madre se enfada mucho y acaban peleándose a gritos en el cuarto que hay al fondo del pasillo.

—¡Con Dios, don Félix y compañía! —los saluda Eulalia con un humeante vaso de leche en la mano—. Esto es para la niña.

—Gracias, Eulalia, siéntese con nosotros. Carmencilla ha colocado a Encarna en el mejor sitio.

—Acepto su invitación, don Félix. —La bodeguera se limpia las manos en el mandil de organdí blanco que lleva atado a la cintura—. Una ya está cansada de tanto bregar. —Se sienta entre Encarna y su padre, en una silla que cruje al recibir su peso—. ¿Y a su hijita le ha gustado el espectáculo?

—Mucho —responde don Félix, complacido.

—A ver si hacemos algo con la juventud, que tiene que relevarnos. —Eulalia se arrellana en la silla, se estira y su voluminoso pecho sale impulsado hacia delante.

Encarna se inclina sobre el vaso de leche, y el vapor y el olor a nata suben hasta su cara. No le gusta esa mujer que habla de ella como si no estuviera presente.

De nuevo oscuridad total. Algunos carraspeos y, después, silencio. Los focos iluminan el escenario, y aparecen dos guitarristas y un cantaor sentados en sillas de mimbre. En el centro de la tarima, de pie, se ve a dos mujeres enfrentadas que, con las manos en las caderas, se contonean al son de la música. Son Carmencilla y Sonsoles. Los guitarristas tocan las primeras notas de una sevillana y en cuanto el cantaor salpica el aire con su voz ronca las mujeres alzan los brazos, redondos y desnudos, a la altura de sus cabezas. Sonsoles es más morena y menos agraciada que Carmencilla, pero lo suple con una impecable indumentaria. Su cabello peinado al agua está salpicado de peinecillos brillantes engarzados con primor entre unas ondas que desembocan en un moño bajo adornado con una bonita rosa de tela. El vestido, negro salpicado de lunares rojos, le llega hasta el suelo en una cascada de cinco volantes perfectamente almidonados que, a cada movimiento de su dueña, emiten afinados crujidos. La música de la sevillana es alegre y rápida, con una letra un poco subida de tono que hace al público reír y gritar unos olés livianos, muy diferentes de los del baile anterior.

Mi primo me dijo un día
que contigo no me case.
Que no me case contigo,
que me ha dicho que te ha visto
bailando por bulerías
con tacones y zarcillos.
Mi primo me dijo anoche
que eres un poco sarasa,
que te esmeras más que yo
pa tené limpia tu casa.
Que no me case contigo,
y yo le he dicho a mi primo
que hay que tené caridá
y si te gusta limpiá
que en mi cuerpo hay un lugá
que tiene más telarañas
que la casa de un vampiro.

Las mujeres se cruzan y dan vueltas haciendo que los volantes de sus vestidos se desplieguen con gracia en el aire. A Encarna se le escapan los pies detrás de la música y sus manos siguen el ritmo dando golpecitos en la mesa de mármol. La sevillana termina y el público aplaude entusiasmado. Los artistas saludan y de nuevo desaparecen detrás de la cortina púrpura.

—¡Qué salero tiene el Montaíto para hacer letras de sevillanas!

Eulalia extiende una sonrisa que diluye por completo el contorno de su cara en el cuello mientras sus carnes blancas tiemblan con cada aplauso.

—¡Dice usted bien, Eulalia, que ese hombre le saca punta a todo! —Don Félix aplaude arrebatado, con el cigarro humeante como cosido a los labios.

La función ha terminado. Alguien llama a Eulalia y a don Félix para que se unan a un grupo que hay a escasos metros, desde el que, entre risas, se oyen comentarios sobre el espectáculo. Carmencilla está con ellos. Encarna la mira desde su silla uniendo a la admiración de antes una devoción ferviente. Está deseando acercarse a ella, pero espera en su sitio porque la amedrentan las risotadas y las voces de los adultos. Al cabo de un rato, en vista de que nadie parece reparar en su presencia, se anima a levantarse, se pasea entre las mesas y juega a deslizar los dedos por los respaldos curvos de las sillas. De pronto, se encuentra delante del escenario y siente un impulso irrefrenable de estar sobre él. Mira a su alrededor. Nadie se fija en ella, como si se hubiera vuelto invisible. Apoya las manos en la tarima de madera, hace acopio de todas sus fuerzas y sube su pequeño cuerpo. Permanece muy quieta unos instantes, esperando la regañina de alguien. Pero, tras echar un vistazo, se da cuenta de que nadie se ha inmutado. Lentamente comienza a caminar sintiendo el chasquido de la tarima bajo sus pies; se acerca a la cortina por la que han desaparecido los artistas y, con ellos, toda la magia. Sus dedos resbalan por el terciopelo mullido y grueso dibujando formas en él. Huele a plástico y a humo, huele a otra realidad que la atrae y la hipnotiza. Despacio, sus brazos se levantan y su cuerpo ondea imitando el primer baile de Carmencilla. En su mente están los pasos, el movimiento de las caderas y la posición erguida de la cabeza alineada a la perfección con el eje del cuerpo. La música suena dentro de ella. Sus tirabuzones se balancean y siguen el compás que marcan sus viejas botas de cordones, convertidas ahora, gracias a su fantasía, en bonitos zapatos de tacón. El baile termina con un gracioso desplante; el pie derecho adelantado en línea con el mismo brazo, que sube tan recto como si tuviera que tirar de todo el cuerpo arqueado hacia atrás. La pequeña artista hace una reverencia pronunciada y hunde la frente en la cortina púrpura que tiene delante.

Encarna oye unos aplausos detrás de ella y se da la vuelta asustada. Es Eulalia, que aplaude sonriente junto al escenario.

—¡Niña, tú eres una artistaza! —exclama con los brazos en jarras—. ¡Don Félix, venga usted ahora mismo! —grita sin quitar ojo a la niña, que tiene la cara encendida y la respiración alterada por el esfuerzo.

—¿Qué sucede? —Don Félix llega al instante y mira extrañado a Encarna y a Eulalia—. ¿Ha hecho algo malo la niña? —pregunta al ver a su hija sobre el escenario.

—¡Malísimo! —responde Eulalia ante el estupor de don Félix—. ¡Ha dejado a mis artistas en evidencia! ¡Tiene usted un tesoro! —Don Félix no entiende nada. Observa a Encarna, que se mira las botas con una sonrisa pícara en la cara—. He visto cómo se movía la niña, y parecía que me encontraba delante de una Carmencilla en miniatura. ¡Qué retentiva y qué gracia! ¡Métala en una academia, don Félix, que se la contratan enseguida! —Le da una palmadita en la espalda y se marcha.

Padre e hija se miran. Los dos tienen los mismos ojos negros y almendrados, solo que los de Encarna brillan con el fulgor que da el guardar un montón de sueños en el baúl del alma.

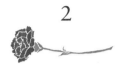

2

Lámparas de cristal
y espejos verdes.
Sobre el tablado oscuro,
La Parrala sostiene
una conversación con la muerte. *

Esa noche, al llegar a casa, don Félix le cuenta entusiasmado a su mujer lo sucedido.

—Lo que yo pensaba, Dominga, ¡tenemos una artista en la familia! —exclama mirando orgulloso a Encarna.

Doña Dominga Júlvez es una zaragozana de ojos castaños y anchas caderas que sopesa las cosas en silencio hasta tener un juicio claro sobre ellas. Cuando su marido y su hija entraron por la puerta, lavaba los platos que Angelines, su hija mayor, y ella acababan de usar para la cena y, como si no hubiera oído nada, se ha puesto a secarlos con parsimonia.

Don Félix, que conoce la forma de proceder de su mujer, espera su respuesta mientras sigue muy atento cada uno de sus movimientos.

—Os he dejado un poco de sopa para que la niña y tú

* Federico García Lorca, «Café cantante».

29

cenéis. Ahora os lo pongo. —Despacio, se da la vuelta y empieza a servir el caldo en los platos.

—La Eulalia ha dicho que metamos a Encarna en una academia, que promete. —Félix habla como un crío que quiere convencer a su madre.

—Con que la Eulalia... ¡Toda una autoridad! —responde pausadamente Dominga; es de esas personas que con pocas palabras dice mucho.

—Yo lo vengo pensado desde hace tiempo. —Félix se sienta ante el plato humeante.

—¡Encarnita, a cenar! Las diez y media, bonitas horas para una niña —protesta Dominga sin disimular su contrariedad.

Encarna aparece en la cocina seguida de su hermana mayor. Las dos tienen la misma sonrisa, aunque son tan distintas como el día y la noche; Angelines es rubia con la tez clara y unos ojos azules enormes, mientras que en Encarna el cabello y los ojos son tan negros como el carbón y la piel, de un tono aceituní, se vuelve color canela en cuanto unos rayos de sol la rozan.

—¡Madre, está usted guapísima! —Encarna corre hacia ella y le da un beso espontáneo, cosa que hace a menudo, pero esa vez lo acompaña con un largo abrazo.

—¡Basta, basta, que se te enfriará la sopa! —exclama Dominga quitándose los brazos de la niña de alrededor de la cintura.

—Madre, he conocido a Carmencilla, la mujer más guapa y la mejor bailaora de toda la tierra. —Encarna se queda con la cuchara en la mano y la mirada perdida, dibujando en sus labios una sonrisa.

—Yo aquí bregando y tú, Félix, metiéndole a la niña pajaritos en la sesera. —Dominga hace un gesto de negación con la cabeza—. Voy a seguir con la labor, que mañana tengo que entregar el vestido a la señora González... Otra a la que se le han metido pajaritos en la mollera, que para eso, por lo visto, no hay edad. —Mientras se desabrocha el delantal y lo cuelga en una alcayata de la pared, continúa con ese discurso que mantiene en silencio a sus dos hijas y a su marido—. ¡Pues no me dice la señora González que en una revista que su esposo le ha traído de París ha visto que allí las faldas ya nos son tan tobilleras y que aquí pronto llegará esa moda...! Según ella, ¡hasta empieza a oírse en la radio!

—¡Y es verdad, mujer, yo lo he escuchado! «¿Que ahora cortita se lleva la falda? No es *novedá*. ¡Más corta la llevó Eva... y hay que imitar a mamá!».

Félix canturrea la coplilla y se acerca a su mujer tomándola por la cintura para bailar con ella. En un principio, Dominga se resiste, pero enseguida se ablanda y sigue los pasos de su marido con una amplia sonrisa que la convierte en una más de esa alegre familia. Angelines y Encarna se levantan y comienzan a bailar al son de la canción de su padre. Todos ríen y, al cabo de un rato, se desploman, agotados, en las sillas.

—¿Qué opinas, Dominga, la llevamos a una academia? —Félix vuelve a la carga; conoce a su mujer y sabe que, aunque tiene un pronto malo, en cuanto se le pasa es un trozo de pan.

—¿Para que sea una de esas que se pintarrajean y bailan medio desnudas encima de un escenario? —dice Dominga sin querer dar aún su brazo a torcer.

—¡Para que sea feliz! —responde Félix—. Nuestra hija es una artista. —Mira a Encarna, que, en ese momento, está soplando la sopa que tiene en la cuchara—. ¿No la has visto mil veces en el patio y en cualquier fiesta del barrio ponerse delante de los vecinos en cuanto suena la música para hacer los cuatro pasos que sabe y otros tantos que ella misma se inventa? ¿No te has dado cuenta de cómo la miran y la aplauden?

—Es una niña y les hace gracia —arguye débilmente Dominga bajo la mirada suplicante de su marido y la expectante de Angelines. Encarna está concentrada comiendo.

—La niña no es que haga gracia, Dominga, la niña tiene gracia y tú lo sabes mejor que nadie. —Félix habla con rotundidad.

Se hace un silencio. Encarna mira a su madre con inocencia y sonríe.

—En primer lugar —dice Dominga después de una larga inspiración—, quiero que quede claro que va a estudiar en un colegio religioso, así que ya puedes hacer su ingreso en el Sagrados Corazones, al que van las niñas de buena familia, donde la educarán para que después, decida ella lo que decida, sea una mujer de bien que se haga respetar, que en los tiempos que corren está todo muy revuelto. —Habla con los brazos cruzados sobre el pecho. Su marido y las niñas, que conocen bien su interés por la política, nunca la interrumpen ni la contradicen cuando se afana con ese tema—. Este Alfonso XIII no sé lo que nos deparará, no puede disimular sus ansias por intervenir en la gobernanza del país, no es tan discreto como su madre, y eso, en un monarca, a la larga no es bueno. —Aprieta los labios y continúa—. Lleva convocadas ya dos elecciones generales y en las últimas el que ha salido elegido —arquea las cejas—, ese liberal, Eugenio Montero Ríos, no tiene pinta de durar mucho; así que prefiero que mis hijas se eduquen en los valores seguros que no dependen del viento que sople ni de unas modas que, vengan de donde vengan, terminan pasando. —Inspira y expulsa el aire, desinflándose—. En segundo lugar, la academia de baile tiene que ser seria, aunque nos cueste un dinero... —No ha terminado del todo la frase cuando ya su marido está alzándola en volandas y Encarna da saltos de alegría alrededor de ellos—. ¡Para, Félix, que yo no soy bailarina y me marean las vueltas!

—¡Mañana mismo vamos a la academia de Manuel Fontanillo, dicen que es la mejor! —exclama Félix, entusiasmado.

A la mañana siguiente, antes de comenzar su labor de comerciante de telas, don Félix va a la academia de Manuel Fontanillo, situada en el número 2 de la calle San Bernardo. Tiene que llamar a la campanilla de la puerta varias veces, pues, aunque se oye ruido dentro, nadie parece tener la intención de abrir. Por fin alguien deja asomar una nariz aguileña por la rendija.

—¿Quién va? —interpela una voz nasal desde dentro.

—Mi nombre es Félix López —responde tímidamente—, y me gustaría inscribir a mi hija en la academia.

La puerta se abre del todo y aparece la figura de un hombre menudo y desgarbado que lo mira con una sonrisa desdentada.

—Muy bien, esta misma tarde espero aquí a la niña para hacerle una prueba. Tráigala a eso de las cuatro y ya veremos. ¡Con Dios! —Sonríe de nuevo y cierra la puerta.

Esa tarde llueve a mares. Tras sortear por las calles un enjambre de paraguas y charcos enormes que dificultan la subida a los tranvías, don Félix y Encarna llegan a la academia. La clase ya ha comenzado, la música de una guitarra y el zapateado traspasan las viejas paredes. Tienen que esperar fuera del aula a que el señor Fontanillo salga, les dice la chica de facciones gitanas que los atiende con una amplia sonrisa. Los invita a sentarse en el banco que hay en la entrada mientras ella hace lo propio en un taburete de madera detrás de una mesa con dos enormes columnas de papeles que, por lo que parece, debe ordenar según un criterio específico que la mantiene muy concentrada en su labor. El tiempo se hace eterno para padre e hija. De pronto la música cesa, se oye el murmullo de las voces de los alumnos y, al cabo de unos instantes, sale el maestro Fontanillo. Al verlo, don Félix y Encarna se ponen de pie y sonríen nerviosos mientras él se les acerca con los ojos entornados, abstraído todavía en el trance que le produce impartir clase.

—Conque esta es la criatura… —Fontanillo mastica las palabras al tiempo que analiza a Encarna moviendo de un lado a otro la cabeza, que bascula en un difícil equilibrio sobre su cuello, largo y delgado.

—Es Encarna —aclara don Félix con una sonrisa que pretende ante todo tranquilizar a la niña, que se ha ocultado detrás de él ante la mirada escudriñadora del profesor.

—Bien… Ven conmigo, Encarna.

Fontanillo tiende una mano huesuda que la pequeña toma recelosa, y ambos se introducen en el aula dejando a don Félix esperando fuera. Enseguida se oye una guitarra tocar un tango. Un rato después salen Encarna y el maestro.

—¡Esta niña vale una porción, don Félix! —exclama Fontanillo hablándole con un respeto repentino—. Le enseñaré lo que pueda, porque yo sé de flamenco, pero en pocos meses debería usted apuntarla a la academia de doña Julia Castelao, allí, en la calle Aduana, que ella conoce el clásico y borda el baile español, ya sabe, el bolero —dice pretendiendo demostrar erudición.

Padre e hija salen de la academia exultantes. Aunque continúa lloviendo, se sienten en una nube y caminan deprisa, están deseosos de contar todo lo ocurrido al resto de la familia. Cuando entran en casa, se encuentran a doña Dominga arrodillada fregando las baldosas del suelo con ahínco; es la manera en la que se libera de los nervios cuando la carcomen.

—¿Y bien? —pregunta incorporándose despacio mientras se seca las manos en el mandil, sin pestañear siquiera para no perderse ningún matiz de la respuesta.

Angelines, que ha corrido al salón al oír que la puerta se abría, observa todo muy quieta y con la respiración contenida a la espera de que su padre se explique.

—¡El propio Fontanillo ha dicho que la niña «vale una porción»! —exclama Félix imitando la voz del profesor, lo que provoca la risa en Dominga.

Por unos instantes, la mujer se cubre la cara con las manos aún húmedas, como si quisiera evitar que se le escape la alegría que siente. Angelines y Encarna se abrazan dando saltitos y vueltas que salpican de felicidad el aire de toda la casa.

Así es como Encarna entra en el universo del baile, con la facilidad con la que lo hace alguien a quien le corresponde algo por derecho y contando con el respaldo de toda su familia, sobre todo de su padre. A diario, don Félix la acompaña a la academia de Fontanillo e incluso muchas veces toca la guitarra en clase cuando el guitarrista, un gitano que trabaja por las noches en un café cantante, se queda dormido y no llega a tiempo a la primera hora. Encarna regresa a casa cada día cansada pero rebosante de felicidad, siempre dispuesta a compartir lo que ha aprendido.

—¡Mirad, hoy me han enseñado un paso nuevo! —exclama nada más ver a su hermana y a su madre, quienes aplauden entusiasmadas cada uno de sus progresos.

—Ve a cenar —le ordena enseguida doña Dominga, que se esmera en que su hija coma bien para que esté fuerte y no decaiga con tanto esfuerzo—. Y bébete toda la leche caliente. ¡Hoy he comprado un litro más en la vaquería solo para ti y tu hermana! —le grita cuando Encarna va hacia la cocina sin dejar de hacer piruetas.

En los labios de doña Dominga asoma invariablemente una sonrisa llena de ternura y de orgullo al ver el cuerpecito de su pequeña, de poco más de siete años, moviéndose de esa manera.

Un año se pasa Encarna acudiendo a la academia de Fontanillo. Después de ese verano en el que hace las delicias de todos bailando en cada verbena a la que acude con su familia y ameniza las calurosas noches madrileñas en las que los vecinos sacan las sillas a la calle al tiempo que don Félix toca la guitarra, Encarna ingresa en el colegio Sagrados Corazones. Para ella, sin embargo, es más importante que la admitan en la academia de doña Julia Castelao. Doña Julia es una mujer de unos cuarenta años que lleva siempre el cabello negro recogido en un moño alto tan tirante que parece ser la causa de que toda ella se estire hacia arriba como la llama de una vela. Ha sido una bailarina de renombre internacional, pero su vida como artista terminó el día en que, hallándose de gira, la diligencia en la que viajaba sufrió un accidente con tan mala fortuna que una de las piernas le quedó atrapada entre dos barras de hierro y a punto estuvo de perderla. De hecho, nunca recuperó por completo la movilidad de esa extremidad, a pesar de haber recurrido a los mejores especialistas. Con todo, gracias a su fuerza de carácter, lejos de sumirse en su desgracia y hundirse, doña Julia aprovechó el percance para dar un giro a su vida. Se casó con un bailarín y junto a él creó una de las mejores academias de baile de la época; hasta del extranjero acudían alumnos a recibir sus clases.

Con doña Julia, las posibilidades se abren a Encarna como un gran abanico que contuviera hermosos y variados colores; todos los bailes le gustan y en todos se esmera para perfeccionarlos. Además, doña Julia va proporcionando a sus alumnos unas hojitas con apuntes escritos de su puño y letra para que sepan cuál es la teoría de los pasos que aprenden. Así que cuando la niña llega a casa, antes de hacer las tareas del colegio, se pone a repasar sus apuntes mientras escenifica cada figura.

—Sor Teresa me ha comentado que tienes que mejorar la caligrafía —le insiste Dominga.

—¡La caligrafía es dificilísima! Sor Teresa dice que me quede quieta en mi silla mientras escribo, pero es imposible hacer esas letrujas sin retorcerme de alguna manera. —Encarna hace como si estuviera escribiendo letras y se contorsiona hasta arrancar la risa a su madre.

—¡Cuidado, Encarna, que te romperás en dos si sigues así! —exclama Dominga observándola con admiración.

—Sin embargo, ¡mire qué bonita postura es esta, madre! Se llama «cabriola cruzada» y hay que saltar y cruzar los pies en el aire. ¡Y escuche estos palillos! —Y repiquetea las castañuelas moviendo a la vez los piececitos.

Encarna hace las cosas con tal gracia que incluso a doña Dominga le resulta difícil regañarla por entretenerse en otros asuntos que no sean los de su aprendizaje en la escuela.

En esa época entre la burguesía madrileña se ha instaurado la costumbre de salir de la ciudad en cuanto el calor aprieta e ir a la montaña o la playa en busca de temperaturas más livianas. Uno de los lugares más solicitados es la ciudad de San Sebastián, a la que cada verano, desde la muerte del rey Alfonso XII, la regente María Cristina acude con todo su séquito y se instala en el palacio de Miramar. Siguiendo la estela de la reina, muchos monárquicos empiezan a comprar casa de veraneo en la ciudad, haciendo que esta se vea favorecida con el impulso de la construcción de nuevos barrios y bonitos edificios. San Sebastián se transforma, pues, en una ciudad cada vez más atractiva para el elegante y ecléctico turismo europeo. Su hotel María Cristina, su teatro Victoria Eugenia y su casino se convierten en centro de reunión habitual de la aristocracia, los artistas y los intelectuales.

Los López Júlvez tienen en San Sebastián unos amigos, los Ramírez, que hacen lo que ellos llaman «la migración contraria», es decir, cambian los lluviosos veranos de San Sebastián por los cálidos de las playas de Cádiz. El matrimonio, una pareja de andaluces sin hijos que adoran a las hijas de los López, insiste siempre en ofrecerles su casa para que las niñas gocen de la brisa del mar y del ambiente cosmopolita en auge de la ciudad. Los López, como muestra de agradecimiento, les regalan variadas y exquisitas telas para que, tanto él como ella, se surtan de ropa para todo el año.

Ese verano de 1907, después de un duro año de trabajo, los López llegan a San Sebastián ávidos de disfrutar de todo el ocio que la ciudad les ofrece. El domicilio de los Ramírez, en la calle Hernani número 8, está situado en el barrio del Centro, lugar estratégico en el que la vida urbana bulle como en ningún otro. Les encanta pasear, recorrer las calles, atravesar el puente María Cristina, que conecta el centro con el barrio de Eguía, admirando los hermosos edificios de la estación del Norte y de Tabacalera al fondo. Si la climatología lo permite, van a la playa de la Concha por la mañana para disfrutar de los terapéuticos baños de mar.

—¡Admirad este lugar, niñas! —exclama entusiasmado Félix—. ¡Mirad la fina textura de la arena! —les dice mientras la deja escurrir entre sus dedos—. ¡Hasta la barandilla que bordea la playa y las farolas son elegantes aquí! —Y se ríe estirando mucho el bigote incipiente que está dejándose crecer.

—¿Has visto, has visto? —grita excitadísima una mañana Dominga señalando a una mujer vestida por completo de blanco y tocada con una pamela del mismo color con un tul trasparente tras el que se oculta un rostro de facciones exóticas—. ¡Es Mata Hari, es Mata Hari! —Emocionada, aprieta con fuerza el brazo a su marido. Al oírla, Angelines y Encarna corren hacia la refinada mujer que, con su pequeña mano enguantada, sujeta una coqueta sombrilla bajo cuyo amparo pasea emanando magnetismo en cada movimiento—. ¡Niñas, venid aquí! —las increpa Dominga, sin conseguir ningún resultado.

Al cabo de pocos minutos las dos hermanas regresan dando saltos de alegría.

—¡Es simpatiquísima y muy guapa, madre, nos ha dicho que somos unas *très jolies jeunes filles*! —Angelines imposta la voz imitando la de la mujer mientras Encarna imita sus ademanes con tal gracia que provoca la risa de todos.

Muchas tardes la familia al completo sale a tomar una limonada y a pasear por el Boulevard, recorriendo desde el puente del Kursaal hasta el Ayuntamiento y deteniéndose a escuchar la música que suena en el famoso quiosco diseñado por Eiffel.

Hoy es domingo, y el Boulevard está especialmente animado, repleto de niños que corren tras sus aros, de chicas uniformadas que empujan emperifollados carritos de bebés, de jóvenes que se devoran con las miradas robándose una caricia o un beso furtivo cada vez que la argucia de distraer a la fastidiosa carabina da resultado, y de señoras del brazo de elegantes caballeros ataviadas con sus mejores ropas que dejan en el aire una nube sutil de colores producida por la abundancia de capas de encaje y túnicas de gasa, cubiertas de blondas y bordados, en combinación perfecta con los coquetos parasoles abiertos para proteger las delicadas pieles del sol y el calor.

La familia López Júlvez se encamina dichosa hacia el quiosco para escuchar la bonita habanera de zarzuela que ya se oye a lo lejos.

—¡Ya ha empezado! —exclama Encarna y, como si fuera uno de esos niños hipnotizados por el flautista de Hamelín, corre hacia el quiosco ajena a los gritos de sus padres.

Doña Dominga, don Félix y Angelines aligeran el paso sin

perder de vista la melenita cortada al estilo paje de Encarna, alejándose entre la multitud en dirección hacia el distinguido quiosco que ya empieza a divisarse.

Muy cerca del templete, pero sin llegar a verlo por completo, Encarna encuentra el espacio suficiente para situarse a fin de escuchar la música. Comienza a balancear su cuerpo y, poco a poco, el balanceo se convierte en un baile de ritmo suave y acompasado. Enseguida se forma un corrillo a su alrededor. Encarna, muy erguida, con el pecho adelantado y los brazos arqueados a la altura de la cintura, empieza a hacer graciosos movimientos con los pies mientras sube y baja los brazos, invirtiéndolos según el pie que va adelantando. Los giros que da sobre sí misma hacen que su vestido vuele y deje a la vista unas piernas delgadas; de su cara no desaparece ni un solo instante una bonita sonrisa que achina sus ojos almendrados. Cuando la música termina, se queda muy estirada e inmóvil. Los aplausos entusiastas de la gente que la rodea hacen que despierte de lo que para ella es un juego, y entonces desciende los brazos y realiza una tímida reverencia con la cabeza. Acto seguido, llevada por la curiosidad de ver a la banda, continúa avanzando hacia los músicos mientras quienes la han visto bailar le dedican elogios.

En el quiosco se encuentra la banda municipal con su ufano director, que, gorra en mano, saluda al público mostrando una lustrosa calva. De pronto, un muchacho pecoso que lleva una boina encajada de medio lado y ha seguido a Encarna todo el tiempo, grita al director con descaro:

—¡Que tanto aplauso no es *pa* ti, que la niña te los ha *ganao* con su baile!

La gente estalla en sonoras carcajadas y se oyen algunas exclamaciones que corroboran el comentario del chico. Al percatarse de su equívoco, el director no puede disimular su turbación y sale del quiosco lleno de una ira que tiñe su cara de púrpura.

—¡Encarna, llevamos un buen rato buscándote, nos has dado un susto de muerte! —Los ojos color miel de Dominga brillan con una dulzura que ni la sombra del enfado puede eclipsar; la acompaña Angelines, que sonríe a su hermana.

—Lo siento, madre —dice cabizbaja Encarna—, me paré a escuchar la música y...

—¡La encontraste! —Félix llega corriendo.

—Oí música y aplausos, y me dio el pálpito de que la niña no podía andar muy lejos. —Dominga aprieta los labios para contener la reprimenda que quiere echar a su hija.

—Disculpen... —los interrumpe un policía muy alto y espigado con un bigote finísimo que se mueve como si pretendiera formar parte de cada palabra—. Este señor —dice señalando al director de la banda, que se encuentra a su lado con cara de pocos amigos— ha denunciado una falta a las ordenanzas municipales.

Encarna se esconde detrás de su madre.

—¿Qué ha sucedido? —pregunta confuso Félix.

—Al parecer, la niña ha bailado en la vía pública —explica el policía ante la aseveración contundente que el director de la banda realiza con la cabeza—. Y eso, como ustedes sabrán, es un delito —concluye con voz engolada.

—¿Es cierto? —preguntan Dominga y Félix al unísono.

—Yo solo bailaba —se excusa Encarna con la vista clavada en el suelo—, no para que me miraran, solo por bailar. La música me gustó y...

—La niña siente pasión por el baile, agente —intercede su padre—, oye música y ya está bailando.

—Pues sujétenla un poco, señores, que el baile es solo para ciertas ocasiones y, además, no es decoroso para una niña —sentencia el policía regodeándose en su autoridad.

—Tiene usted razón —dice con humildad Félix—. Pero es que le gusta tanto que incluso en algunas ocasiones se despierta en mitad de la noche y, sonámbula, comienza a bailar.

—Si me permite un consejo, le diría a usted que se lo prohibiera. —El agente hace un inciso para arquear sus pobladas cejas y continúa—. Tanta pasión puede convertirse en enfermedad —afirma muy serio al tiempo que, junto a él, el director de la banda asiente de nuevo con la cabeza—. Por esta vez no les pondré una multa —dice magnánimo—, pero procuren no despistarse con su hija... Que no vuelva a suceder.

—Muchas gracias —contesta Félix, agradecido.

El policía se lleva la mano a la gorra a modo de saludo y se marcha acompañado del humillado director.

Encarna espera la reprimenda y el castigo de su padre, seguramente con lo peor que puede pasarle: prohibirle que baile durante unos cuantos días.

—¡Encarnita! —exclama Félix.

—¿Sí, padre? —responde la niña, asustada; sabe que cuando él se enfada es inflexible.

—¡Nunca! ¿Me oyes? —Félix se pone en cuclillas para estar a la altura de su hija—. ¡Nunca permitas que nada ni nadie te quite esa pasión que sientes por el baile! El que no te ha visto bailar no sabe lo que es. —Extiende una sonrisa que llena su cara de felicidad, y Encarna se abalanza sobre él y lo abraza con fuerza.

Dominga y Angelines presencian la escena emocionadas; ellas también sienten que Encarna no debe coartar ese impulso que la lleva a expresarse a través del baile.

—Disculpe... ¿Es usted su madre? —Una bella mujer se dirige a doña Dominga y, señalando a Encarna con un ligero movimiento de la cabeza, le dedica una sonrisa que realza aún más su encanto. Lleva el pelo ondulado y corto, y luce un vestido rosa de talle bajo y falda plisada con encajes.

—Sí —responde Dominga, desconfiada.

—Verá, no me gusta entrometerme, pero he visto bailar a su hija y me encantaría presentarles a alguien. —La mujer sonríe de nuevo y su cara se ilumina.

—Pues no sé… —Dominga la mira de arriba abajo con recelo, fijándose en su bonito vestido, muy a la moda parisina—. ¡Félix! —exclama para que sea su marido quien responda a la mujer—. Que esta señora quiere presentarnos a alguien.

—Lola Gutiérrez. —Extiende la mano hacia Félix, quien hace una rápida aproximación para besársela—. Me gustaría presentarles al señor Pardiñas, un empresario amigo mío que lleva el Teatro Circo. Es un teatro pequeño, pero con muy buena fama por la calidad de sus artistas.

Don Félix se queda un momento pensativo y luego se dirige a Encarna.

—¿Qué dices, hija?

Encarna se encoge de hombros con una mueca que hace reír a su hermana Angelines.

—Está bien —resuelve Félix—. Si usted gusta y mi esposa no dice lo contrario, están ustedes invitados a nuestra casa a tomar el café mañana. Así nos explican bien.

—Iremos encantados —responde Lola, y les dedica otra sonrisa que descubre su perfecta dentadura.

—Los aguardamos en la calle Hernani número 8, señora, a las cinco de la tarde —concluye Dominga.

La familia López al completo extiende la mejor de sus sonrisas, y Lola Gutiérrez hace otro tanto acompañando el gesto con una leve inclinación de la cabeza. A modo de despedida, levanta una mano enguantada en un fino encaje color crema y se marcha con paso ágil y decidido.

—Me parece la mujer más guapa y elegante del mundo —dice Encarna mientras la sigue con la mirada hasta que Lola se pierde entre la gente.

—¿Te has fijado en su vestido? —pregunta Angelines, que también se ha quedado extasiada con la mujer—. Pienso hacerme uno igual cuando sea mayor, uno rosa, de mangas cortas, con un corpiño de muselina suelto y largo de talle.

¡Y no se me puede olvidar la primorosa pechera de encaje blanco que asomaba por ese escote que desembocaba en la cintura! —exclama llevada por el entusiasmo.

—No se te olvide tampoco alargar la falda, hija… La de ella es muy corta —señala Dominga con ironía.

—¡Madre, es la moda! —protesta Angelines.

—Antes que moderna, hay que ser recatada y elegante —arguye Dominga.

—A mí me ha parecido una señorita muy elegante —interviene Félix.

—¿Y tú qué sabrás de modas y de elegancias femeninas? —pregunta Dominga, tan ofendida como indignada—. ¿O es que el hecho de vender telas ya te da el título de modista? —concluye con sarcasmo.

—Mujer, no te pongas así. Era solo una opinión que… —Félix intenta defenderse, pero enseguida lo interrumpe su mujer.

—¡Dejémonos ya de tonterías, es hora de irse! —dice resolutiva.

Encarna sigue mirando embelesada hacia el lugar por el que Lola ha desaparecido hace unos minutos. Tiene la sensación de que sin su vestido rosa y su collar de perlas blanquísimas ya no hay tanta luz en el Boulevard. En sus labios brota una sonrisa de satisfacción. Bailar es maravilloso, no solo disfruta quien baila, sino que también hace felices a personas tan especiales como la señorita Lola.

El cielo se ha llenado de nubes que amenazan tormenta y el aire, cargado de olor a lluvia, proclama que no queda mucho para que caigan las primeras gotas. Los López caminan todo lo deprisa que pueden para subir a un tranvía que los lleve a su casa.

—Dime, Encarnita, ¿qué bailaste? —le pregunta Félix acelerando el paso al notar una gota de lluvia en el rostro.

—Un bolero.

—¿Pero desde cuándo sabes tú bailar boleros? —Félix se detiene un instante para mirar a Encarna.

—En la última clase, doña Julia bailó uno para mostrar lo que aprenderíamos después de las vacaciones y me quedé muy bien con todos los pasos porque ¿para qué iba a esperar a que pasaran las vacaciones, con lo bonito que es? ¿Verdad, padre?

—Claro, hija, claro —responde Félix, sorprendido, mientras toma la mano de Encarna para dar una carrera y alcanzar a Dominga y Angelines, que ya están subiendo al tranvía.

Una vez todos dentro, Encarna recuerda esa última clase en la academia de doña Julia: «*Plié* con el pie derecho, terminando con el izquierdo delante; este se eleva ligeramente marcando un *sissone* delante y luego se lleva atrás para marcar otro *sissone*, vuelve a situarse delante y se acerca el pie derecho al tacón del izquierdo…». Una duda interrumpe sus recuerdos. «¿Cómo será el Teatro Circo…? ¡Viniendo de Lola, seguro que es precioso!», se responde a sí misma, y sus ojos soñadores resplandecen. Desde el tranvía, observa que ha comenzado a llover y repara en que muchos de los tenderos de la calle Libertad desarman sus puestos de venta y corren a protegerse del aguacero. San Sebastián es gris, pero también rosa.

3

Ese sábado de agosto de 1907, el cielo está encapotado y hace bochorno, pero dentro de la casa de los López Júlvez la temperatura es agradable; doña Dominga es experta en conseguir frescor a base de provocar corrientes de aire abriendo y cerrando ventanas y puertas. Huele a café y a bizcocho recién horneado.

—¿Te da a ti buena espina ese Pardiñas? —pregunta a su marido mientras saca el bizcocho del horno.

—Bueno, mujer, habrá que probar —responde Félix, que está colocando tazas y platos en una bandeja.

—¡Probar se prueba con los pollos, Félix, no con mi hija! —dice Dominga poniéndose en jarras, muy ufana.

—Ay, Dominga, cuando te sale la vena maña me dan ganas de coger la guitarra y tocar un buen tango para que se te desahogue bailando ese carácter. —Félix la abraza y ella se zafa enfadada—. ¡Pero si no vamos a dejar sola a la niña ni un momento sola!

—No sé por qué has tenido que meterle el veneno del baile en las venas —protesta ella al tiempo que deja las cucharillas en la bandeja.

—Yo no le metí ningún veneno. La niña ya bailaba antes de andar. ¿Te acuerdas de cómo te reías cuando con un añito su cuerpecito se movía como un tentetieso cuando me oía tocar la guitarra?

—Es cierto —dice pensativa mientras se seca las manos en el mandil—, lo de Encarna es de nacimiento —concluye resignada, e inspira profundamente—. En fin, no se puede poner puertas al campo —musita entre dientes cogiendo la bandeja, dispuesta a salir con ella de la cocina.

—Dominga... —Su marido se pone delante de ella—. Nuestra misión es hacer todo lo que esté en nuestras manos para que la niña sea feliz.

Don Félix da un beso rápido en la mejilla a su esposa y la mira con ternura. En los labios de ella se dibuja una sonrisa. Está convencida de que él también es un artista, pero, ante todo, es un buen hombre.

Esa tarde, a las cinco, suena el timbre de la casa de los López.

—¡Ya abro yo!

Encarna corre por el pasillo como una exhalación hasta llegar a la puerta de entrada. Al abrirla se encuentra con Lola. A la niña le parece que está más guapa que el día anterior. Va vestida de azul celeste, con un tocado del mismo tono en la cabeza. A su lado, un hombre robusto con un traje perfectamente almidonado se quita el elegante sombrero de paja de ala ancha y sonríe con unos dientes oscuros y desordenados enmarcados por un bigote que termina en dos caracolillos engominados.

—Hola, Encarna. —Lola habla con sus ojos castaños, que son como dos hojas de otoño a punto de caer sobre el celeste de su vestido.

—Hola, señorita Lola —responde Encarna con una tímida sonrisa, sintiéndose observada por el hombre del acicalado bigote.

—Encarna, te presento al señor Pardiñas.

Él hace un gesto con la cabeza y extiende su mano hacia la niña, quien le ofrece una pequeña y fría mientras se cubre la boca con la otra para sofocar la risa nerviosa.

—¡Buenas tardes y bienvenidos! —Don Félix llega enseguida. El nudo de su corbata está torcido; últimamente ha adelgazado mucho de tanto ir y venir de un sitio a otro para vender su mercancía. Su cuerpo, pequeño y fibroso, parece el de un bailarín—. ¡Pasen, por favor, están ustedes en su casa!

Hace un gesto para que se adentren en el pasillo que lleva al salón. En las paredes hay cuadros con fotografías de toreros y escenas de corridas de toros, y el señor Pardiñas se detiene ante ellos y los observa minuciosamente.

—¡Si es Lagartijo! —dice alargando el cuello para ver mejor la foto.

—Eso es. —A Félix le agrada que haya reconocido al torero—. Acortaba las distancias y se encajaba de riñones como ninguno.

—¡Y qué sutileza con la muleta! —El señor Pardiñas imita la postura del torero en la foto—. ¡Cómo se ceñía el toro a la cintura! ¡Y aquí está Francisco Arjona Reyes, Currito! —exclama emocionado—. Este se metía entre los pitones para recrearse por circulares.

—Se ve que es usted aficionado a los toros.

—¡Sí, señor, allí donde haya arte hay una razón para creer en Dios! —Los dos hombres se sonríen con complicidad.

Al entrar en el salón, lo primero que se ve es el enorme retrato de una mujer vestida de flamenca; está sentada, con una mano en el regazo y la otra en una guitarra. Sobre el vestido, blanco con lunares verdes, caen los flecos de un bonito mantón con flores bordadas en verde y rosa intenso; por detrás de la cabeza le asoma una peineta que atraviesa un moño. La mujer no posee una belleza especial, pero su sonrisa transmite una alegría contagiosa. El salón es luminoso; dos grandes ventanales con sus balcones permiten que entre la luz tamizada de la tarde. Todos toman asiento en los sofás de seda.

—Una casa muy andaluza —comenta el señor Pardiñas para romper el hielo.

—Es de unos amigos que en verano se marchan al sur. A nosotros nos encanta Andalucía, mi mujer y yo nos sentimos de esa tierra, aunque ella sea aragonesa y yo segoviano, lo que sucede es que yo tengo negocios en San Sebastián y además nos gusta disfrutar de esta ciudad y de su vida cultural durante esta época del año.

—¿Vieron a Pastora Imperio el otro día en el María Cristina? —Lola es de esas personas que, cuando hablan, poseen la cualidad de silenciar hasta el aire.

—No. Nos habría encantado, pero todavía no habíamos llegado. —Dominga sirve el café y un trozo de bizcocho a cada uno.

—¡Es excelente! —exclama el señor Pardiñas.

—Mi mujer es una artista con los fogones. —Félix mira orgulloso el bizcocho dorado y esponjoso.

—Por lo que veo, son ustedes una familia de artistas. Lola me habló del incidente de ayer en el Boulevard. —Pardiñas se vuelve hacia Lola, que tiene los labios suavemente apoyados en el borde de la humeante taza de café—. Me contó que se quedó impactada con la forma de bailar de su hija. —Todos los ojos se clavan en Encarna, que hace un esfuerzo por sonreír con la boca llena de bizcocho—. Me comentó que bailó un bolero improvisando pasos con un resultado fantástico.

—Bueno… —Félix carraspea—. El bolero no es precisamente lo que mejor baila la niña.

—¿Qué es lo que más te gusta bailar? —pregunta Pardiñas a Encarna.

—El tango del *Venus-Salón* —contesta resuelta.

—¡Pero es un tango dificilísimo! —exclama el señor Pardiñas, sorprendido.

—¿Podrías bailar un poco? —propone Lola.

—¡Eso está hecho! —interviene don Félix—. ¡Los López no se hacen los remolones cuando se trata de tocar y bailar lo que se tercie!

Se levanta y se encamina decidido a por su guitarra. En el salón se hace un silencio incómodo, y Dominga esboza una sonrisa forzada. No se le da bien conversar, está acostumbrada a que su marido lleve la voz cantante en las reuniones mientras ella se limita a escuchar y a agasajar a los invitados, y solo cuando estos se marchan da sus opiniones sobre lo que se ha hablado, opiniones que Félix valora y tiene mucho en cuenta. Angelines y Encarna se lanzan miradas cómplices con los labios apretados para aguantar la risa.

—¡Ya estoy aquí! —Don Félix aparece al poco tiempo con su guitarra. Lleno de brío, se sienta y empieza a afinar las cuerdas—. ¡Vamos, Encarna, a por un tango! —exclama cuando está preparado, con una voz cargada de la fuerza que da hacer las cosas que a uno lo llenan de dicha.

Suenan las primeras notas de un alegre tango y Encarna se coloca en medio del salón. Con los brazos levantados, empieza el baile con unos palillos y un taconeo suave que enseguida va cobrando intensidad y se convierte en veloz y rítmico. Su figura en movimiento deja a los invitados ensimismados y con una sonrisa de complacencia. Cuando el baile termina, todos aplauden eufóricos. Angelines corre hacia su hermana y le da un sonoro beso en la mejilla.

—¡Ahora no tengo ninguna duda! —exclama el señor Pardiñas—. Si ustedes están de acuerdo, Encarna actuará el próximo sábado en mi espectáculo. Le ofrezco cinco pesetas por levantar telón en un cartel de primera: La Fornarina, Pastora Imperio y los hermanos Palacios. —Extiende la mano hacia Félix, quien, después de buscar con la mirada el consentimiento de su esposa, se la estrecha enérgicamente—. ¡Su hija será una gran artista! —dice entusiasmado—.

Ahora solo falta buscarle un nombre para anunciarla en los carteles.

De pronto a todos les invade un extraño estado de desconcierto. Nadie se atreve a decir nada hasta que Lola, con su voz aterciopelada, hace una sugerencia:

—¿Dónde nació Encarna?

—En Argentina —responden al unísono Félix y Dominga. Acto seguido, Félix mira circunspecto a su mujer, y añade—: Nos fuimos a probar suerte para hacer nuestro propio negocio... Pero la cosa no se dio bien, así que volvimos a España para seguir con mi trabajo como comerciante de telas.

—¿Se arrepiente? —pregunta Lola casi en susurro.

—¿Arrepentirme? ¿Cómo voy a arrepentirme? ¡De allí nos trajimos a nuestra Encarnita, y no me diga que no es un auténtico tesoro!

—La Argentina no puede ser, es toda una artista consagrada —alude Pardiñas, y continúa buscando un nombre artístico para Encarna, ajeno a la conversación.

—Sí, pero Encarna es una niña —responde Lola—, y me parece que la sutileza y la frescura con las que baila la acompañarán toda su vida. Por eso...

—¡Ya lo tengo! —la interrumpe Pardiñas—. ¡Se llamará La Argentinita! —exclama haciendo suya la idea que estaba a punto de salir por los labios de Lola—. ¿Qué les parece? —inquiere dirigiéndose a Félix y Dominga.

—A mí me parece un nombre sencillo y sugestivo al mismo tiempo. —Los ojos de Félix brillan de emoción—. ¡Me gusta! ¿Y a ti? —pregunta a su mujer.

—También. —Dominga hace un movimiento afirmativo con la cabeza.

No puede negar que está contenta, aunque asustada a la vez ya que es consciente de que a partir de ahora tendrá que mantenerse ojo avizor para proteger aún más a su pequeña.

—¡Pues no se hable más! ¡Ven aquí, Argentinita! —Pardiñas extiende su brazo hacia la niña y, muy solemnemente, anuncia—: Señoras y señores, ha nacido una estrella… ¡Con ustedes, La Argentinita! —Señala a Encarna, y todos aplauden emocionados.

Encarna siente que el aire entra con dificultad en su pecho; las lágrimas de alegría forman un nudo tan grande en su garganta que apenas si puede tragar saliva. Hace una tímida reverencia: el primer saludo de La Argentinita.

4

La mañana del esperado sábado ha amanecido despejada y fresca, mordida por el punzante salitre del mar. Como cada día, doña Dominga es quien despabila la casa de los López, al principio de forma sigilosa para, poco a poco, dejar que se oiga el tintineo de los platos y las cucharillas y el entrechocar de las cacerolas. Cuando considera que ya es una hora prudente y que descansar pasa a convertirse en holgazanear, empieza a cantar alguna copla de moda. Su preferida era la de *La pulga*, le encanta la parte que dice: «Salta que salta, bajo mi traje, haciendo burla de mi pudor, su impertinencia me da coraje, como la pille, señores míos, como la pille... ¡no habrá perdón!». Esa es la parte en la que más se aplica porque sabe que, tarde o temprano, su marido le gritará desde la otra punta de la casa algo así como: «¡Que me entere yo que algo salta bajo tu traje, que saco la escopeta de mi abuelo!». Y a Dominga le recorre el cuerpo el mismo escalofrío que sintió hace quince años, cuando se conocieron en plena Rambla barcelonesa y él se le acercó y le susurró al oído: «Niña, si sigues mirándome con esos ojazos, van a tener que enterrarme al ladito de la sardina». Desde entonces, sus corazones no se han separado.

De la cocina sale un delicioso olor a café, a nata, a galletas y a torrijas recién hechas. Se oye el trasiego de Dominga moviéndose de un lado a otro, siempre acompañado del crujido de las enaguas de su falda, que acaricia el suelo a cada movimiento. Cuando el desayuno está listo, toca una campanilla para avisar a los suyos.

—¡Vamos, Encarna, hoy tienes que coger fuerzas! —grita Dominga desde la cocina.

—¡Ya voy, madre!

Unos pasos cortos y rápidos resuenan en el pasillo, y enseguida aparece Encarna. De pie, radiante de felicidad y con una amplia sonrisa que provoca un hoyuelo en una de sus mejillas e ilumina toda su cara, espera a que su madre se dé la vuelta y la mire. Tiene el pelo, negro y ensortijado, graciosamente cortado por debajo de las orejas; sus ojos almendrados del color del azabache poseen una mirada curiosa y profunda. Solo tiene ocho años, pero aparenta más edad. Hoy se ha puesto un vestido blanco que resalta el tono acanelado de su piel. A doña Dominga le gusta vestir a sus hijas de blanco. Es ella quien les hace la ropa, y se enorgullece cuando la gente comenta su buen gusto. Su sueño, allá en Argentina, era crear un taller de costura y trabajar en sus propios diseños. Anoche se quedó hasta tarde cosiendo el vestido que hoy luce Encarna, todo en tafetán blanco, con mangas de farol, tres volantes que caen por debajo de las rodillas y, en la cintura, una banda ancha de color verde.

—¡Pero, mi niña, estás preciosa! —exclama sorprendida Dominga llevándose las manos a las mejillas—. ¡Ya verás cuando te vea el señor Pardiñas!

Encarna estira aún más su sonrisa. Antes de que se siente a desayunar, su madre toma la precaución de colocarle un delantal para evitar que se manche. Al fondo del pasillo se oye la melodía que brota de una guitarra.

—Encarnita, di a tu hermana que venga y a tu padre que deje la guitarra, que tenemos que salir pronto para ir al teatro. —Encarna se levanta y va corriendo a cumplir la orden de su madre.

La habitación de sus padres huele a tabaco; un cigarrillo se consume en el cenicero y otro está pegado en la comisura de la boca de su padre, que tiene la cabeza apoyada en la sinuosa curva de la guitarra. Angelines también está en la habitación, absorta en la melodía que Félix arranca a las cuerdas del instrumento.

—Padre... —Encarna se acerca y aparta con la mano el humo que sube del cigarro—. Madre dice que hay que apresurarse.

Don Félix le sonríe mirándola sin verla, como si estuviera en trance, y empieza a cantar con su voz ronca:

> *Si la luna te viera* toa vestiíta *de blanco,*
> *sentiría tanta envidia*
> *que mandaría a una estrella*
> *a robarte tu* vestío
> *para quedárselo ella.*

Encarna comienza a marcar el ritmo con los pies y, poco a poco, levanta los brazos al tiempo que Angelines toca las palmas. La niña ya está bailando. Sus dedos acarician el aire, lo envuelven como si fuera un mantoncillo de seda, uno de esos con flores bordadas reventando por todas partes y flecos largos que hacen cosquillas en las pantorrillas a cada paso.

Doña Dominga llega a la habitación llena de prisas, y cuando ve la escena sonríe, inspira profundamente y se une a tocar las palmas con Angelines. Su marido le hace un guiño y canta:

> *Que tú eres la más bonita,*
> *la estrella más alumbrada,*
> *y el que diga lo contrario*
> *es que tiene enferma el alma.*

El Teatro Circo de San Sebastián es un local pequeño y coqueto, bastante afrancesado, lleno de dorados y adornos rococós, con asientos de terciopelo rojo y alfombras de bellos diseños que cubren un reluciente suelo de mármol blanco. En sus carteles siempre se anuncian nombres de primera línea y grandes promesas. Esa tarde, junto a la admirada Fornarina, está escrito el nombre de La Argentinita, lo que provoca en el público mucha curiosidad y cierto recelo en los artistas ante la llegada de la desconocida competidora.

Encarna y su familia pasan el día por los alrededores del teatro. La función empieza a las siete, pero a las cuatro ya están en la puerta para encontrarse con Pardiñas, que da instrucciones a unos obreros que cargan un pesado baúl. Nada más verlos abre los brazos y muestra la mejor de sus sonrisas.

—¡Bienvenidos! —exclama, y estrecha la mano a todos, derrochando amabilidad.

—Buenas tardes —responde don Félix, exultante.

—¡Espléndidas! —contesta enérgico Pardiñas—. ¿Cómo estás, Argentinita?

—Bien, pero tengo tembleque en las piernas. —Encarna intenta sonreír y aparentar calma, aunque le tiembla todo el cuerpo.

—¡Eso se te pasará en cuanto salgas al escenario! —Pardiñas suelta una carcajada estruendosa y, con un gesto de la mano, los invita a seguirlo—. Les haré pasar a uno de los camerinos hasta que vea en cuál puedo situar a Encarna. —Y se saca un pañuelo blanco del bolsillo de la chaqueta y se enjuga las gotas de sudor que le resbalan por la frente.

El pasillo por el que caminan es estrecho, con las paredes forradas de tela en un tono marrón oscuro y un abigarrado dibujo dorado. El suelo está cubierto con una moqueta púrpura, y unas lamparitas extienden su luz amarillenta a los cuadros con fotos de artistas que decoran la pieza. Ese corredor recuerda a Encarna los vagones elegantes del tren en el que viajaron de Madrid a San Sebastián.

Pardiñas se detiene ante una puerta, llama con los nudillos y entra sin esperar a que le contesten.

—Pasen, pasen —dice en tono cordial a los López, dejando que entren en la habitación—. Este es el camerino de La Fornarina, pero hasta que ella llegue pueden quedarse aquí. Faltan un par de horas para que la función comience. —Tira de la cadenita del reloj que guarda en un bolsillo del chaleco y lo observa atentamente—. Ordenaré que les traigan un refrigerio. Pónganse cómodos. —Señala un viejo sofá que luce tapetes de croché en los reposabrazos y en el respaldo—. Y tú, Argentinita... —Se acerca a Encarna sonriendo de esa manera artificial tan habitual en él que a la niña, más que tranquilizarla, la asusta—. Ensaya un poco, que esta va a ser tu noche. —Le pone la mano en la cabeza y le hace una rápida carantoña.

En los labios de Encarna asoma una sonrisa. Está nerviosa, pero tan contenta que ha de dominarse para no ponerse a bailar en ese mismo momento.

—Si no les importa, señor y señora López, me gustaría que me acompañaran para hacer el rutinario papeleo que nos queda por completar —dice Pardiñas, y ambos asienten con la cabeza—. Quedaos aquí —indica a las niñas acto seguido—, vuestros padres no tardarán en volver.

Los tres salen por la puerta, pero antes de que esta se cierre, la cabeza de Pardiñas asoma de nuevo.

—No se os ocurra tocar nada de lo que La Fornarina tiene en su tocador. No me gusta que mis artistas tengan el mínimo disgusto antes de la actuación.

Angelines y Encarna miran hacia ese mueble con espejo abarrotado de frasquitos y custodiado por un bonito ramo de rosas amarillas que luce soberbio en una esquina, y las dos asienten con la cabeza.

Según salen los adultos por la puerta, Encarna se dirige hacia el tocador.

—¿Has visto esto? —Se acerca a las orejas unos pendientes largos de oro en forma de triángulo que llevan incrustadas pequeñas piedras de colores.

—¡Son preciosos! —exclama Angelines—. Pero no debes tocarlos —añade temerosa.

—No pasa nada.

Encarna se pasea por la habitación con aires de gran dama, manteniendo los pendientes pegados a sus orejas. De pronto, la puerta del camerino se abre y uno de ellos se le resbala de la mano y cae al suelo.

—Lo siento, no sabía que había alguien aquí —dice una muchacha de unos trece años que llega con una cesta de mimbre apoyada en la cintura.

Encarna recoge angustiada la joya del suelo y corre a poner los pendientes sobre el tocador. Angelines la sigue con sus ojos azules muy abiertos, conteniendo la respiración. La muchacha cruza la habitación, toma de la cesta unas toallas y las deja dobladas sobre el sofá.

—Son de la señora Consuelo —comenta mirándolas complacida—. Soy su planchadora. —De una forma automática, se aparta con un soplido un ensortijado mechón de pelo rojizo que le caía por la cara. Las tres se observan en silencio—. Me llamo Teresa, aunque todos me llaman Teresita.

Sus ojos marrones brillan vivarachos y en sus labios se dibuja una sonrisa pícara que hace que Encarna y Angelines se relajen. Teresita tiene la cara llena de pecas y el pelo, del color fuego, le cae en desordenados rizos sobre los hombros. Lleva un vestido blanco que se ha convertido en grisáceo por el uso y, sobre él, un peto de cuadritos verdes y amarillos con dos bolsillos enormes. De sus alpargatas gastadas le asoman las puntas de algunos dedos.

—Nosotras somos Angelines y Encarna. —La mayor de las hermanas habla por las dos.

—Ya —responde Teresita apoyándose la cesta en la cintura con aire chulesco sin moverse del sitio.

—Yo bailo en la función —aclara Encarna.

—Seguro… Y yo soy María de las Mercedes —responde Teresita, incrédula, y las mira con desconfianza—. ¿Y qué bailas?

Encarna, sin pensárselo dos veces, se pone las manos en el talle y empieza a hacer los primeros pasos de una soleá, arrancando del viejo suelo de madera un quejido ronco que llora astillas. Despacio, sus brazos suben muy recogidos a la altura de la cara, como si quisiera susurrar un secreto a las manos. Teresita la observa llena de asombro.

—¡Bravo! —aplaude entusiasmada cuando Encarna deja de bailar—. Tú debes de ser La Argentinita, la telonera que está anunciada en el cartel.

Encarna asiente con la cabeza y se desploma sobre el sofá, al lado de las toallas.

—¿Qué significa «C. V.»? —pregunta mientras recorre con las yemas de los dedos las iniciales rosas bordadas en las toallas.

—Consuelo Vello —responde Teresita, y de sus labios carnosos escapa un suspiro—. Es el nombre auténtico de La Fornarina.

—¿La conoces? —pregunta Angelines, intrigada.

—Un poco… —Teresita se dirige hacia el tocador y, con aire misterioso, acaricia las rosas amarillas.

—He oído que es muy hermosa —comenta Angelines.

—Mucho, los hombres se rinden a sus pies. —Teresita deja en el suelo la cesta de mimbre y se sienta en la silla del tocador sin dejar de mirar las rosas—. En un momento veréis que empiezan a llegar flores y el camerino se convierte en un vergel. ¡Me encantaría tener tantos admiradores! —Suspira soñadora—. La Fornarina también es de familia humilde; su madre es lavandera como la mía... Pero ella es una mujer de mundo. ¡Hasta París la adora!

—¿Y los franceses la entienden? —pregunta fascinada Encarna.

—¡Habría que ser tonto para no entender *Clavelitos*! —exclama ofendida Teresita—. Además, La Fornarina no es una mujer cualquiera. —Su mirada soñadora se pasea por las rosas—. Es la cupletista más sofisticada, delicada y graciosa que nadie ha visto nunca. Aunque las que se las dan de finolis dicen que tiene un pasado que mejor no destapar... —Se levanta de golpe y coge la cesta ante la mirada atónita de las hermanas López—. Yo creo que es envidia, porque nadie se mueve ni canta como ella. Una vez me escondí y la oí cantar uno de esos cuplés picantes que tanto gustan a los mayores, los sicalípticos, ¿sabéis? —Encarna y Angelines asienten con la cabeza, a pesar de que no tienen claro de qué habla Teresita. De repente, sin soltar la cesta, la planchadora comienza a contonearse y a cantar—: «Tenéis aquí a Grissetta, alegre como soy, la que en cada mirada enciende una pasión. Grissetta, ese demonio que allá en el cabaret, entre *champagne* y besos os invita al placer. Grissetta sonriente va de aquí para allá, que para ella es la vida espuma de *champagne*». —Al acabar sonríe, ante la mirada divertida de las dos hermanas.

—¿También conoces a Pastora? —pregunta Angelines.

—También —responde Teresita, contundente.

—Dicen que es una mujer hecha de fuego —comenta Encarna.

—Más que eso —susurra enigmática Teresita—, es fuego, viento y tormenta. Sus ojos verdes tienen la mirada exótica de un gato. Según mi abuela, Pastora es la única señora de todas esas vedetes, la única, que no se avergüenza de lo español y no imita esas ridiculeces del extranjero. Pero ahora no sé si cambiará de opinión, porque parece ser que se fugó con un torero, un tal Rafael el Gallo. Cuando mi abuela deje de cantar *Viva Madrid* será porque piensa que ya no es tan decente. —Sonríe y canta otra vez—: «Yo soy la flor y nata de los madriles, yo soy la quintaesencia de lo juncal. Desde Cuatro Caminos hasta Ministriles, derrocho por las calles mi gracia y sal».

De pronto la puerta se abre, y las tres niñas enmudecen. Una hermosa mujer se encuentra bajo el quicio de la puerta. Viste un traje de falda tubo hasta los tobillos, muy entallado, y una chaqueta a la cadera que se ciñe a su cuerpo también sin disimular las sinuosas curvas que la ropa trata de ocultar. En la cabeza lleva una pamela adornada con un tocado de plumas, muy parecido al que adorna su pequeño bolso.

—¿Quién canta en mi camerino algo que no es mío? —dice mientras desabrocha despacio los botoncitos de uno de sus guantes blancos y mira en silencio a las niñas.

—He sido yo —confiesa Teresita, asustada.

—¿Y crees que debo darte propina, mi querida planchadora? —pregunta la mujer con una sonrisa burlona en sus bonitos labios.

—No, doña Consuelo —responde abatida Teresita.

—Antes cantó una tonadilla suya, doña Consuelo —intercede Encarna.

—¿Y tú quién eres? —La mujer se acerca a Encarna con curiosidad.

—Encarna, señora. —Y baja la cabeza con modestia.

—Tú eres... —La mujer estalla en una carcajada que hace que Encarna y Angelines intercambien una mirada de temor—. Perdona —aclara entre risas—, todos nos preguntábamos cómo sería la nueva artista y nadie se imaginaba que podía ser una niña. Bueno —dice resolutiva al tiempo que se limpia las lágrimas que la risa había arrancado de sus ojos—, encantada de conocerte. Yo soy Consuelo Vello, La Fornarina. —Y extiende su mano blanca de dedos finos y larguísimos hacia Encarna.

Durante unos instantes la pequeña no sabe qué hacer, hasta que decide estrechársela suavemente y besársela, provocando la risa en Angelines, la sorpresa en Teresita y el desconcierto en La Fornarina.

—¿De qué te ríes, Angelines? Es lo que padre hace —protesta enfadada Encarna.

—Sí, pero él es un hombre —responde Angelines sofocando la risa—. Las mujeres solo se dan la mano.

—Basta, niñas. Encarna quería ser educada —intercede La Fornarina, y dedica a la niña una amplia sonrisa. Después saca de su bolso unas monedas—. Y tú, planchadora, no temas, que lo importante es cantar, tanto da de quién sea la tonadilla. Cantar es la mejor manera de sanar el corazón. Aquí tienes unos reales, tómate una zarzaparrilla que te refresque la garganta.

—Gracias, doña Consuelo. —Teresita baja la mirada con modestia, recoge su cesta y se marcha, mirando de reojo a las dos niñas al pasar junto a ellas.

La Fornarina se dirige hacia el tocador.

—Llegaron las primeras, como siempre —dice al ver las rosas. Se quita el sombrero y lo deja sobre la mesa—. ¿Sabéis, niñas? Siempre hay que tener un amante que te regale rosas amarillas… Y si no existe tal amante, una misma tiene que regalárselas. —Aproxima su cara a las flores e inspira profundamente—. Las rosas amarillas son la prueba de que en este mundo existe la alegría. ¿Hay algo más alegre y más bello que esto?

Se acerca a las rosas de nuevo y aspira el aroma unos segundos, para luego quitarse la chaqueta y atusarse el pelo, que lleva recogido en un moño bajo.

—¿Usted tiene amantes? —pregunta Encarna con ingenuidad.

Angelines abre mucho los ojos. La Fornarina estalla de nuevo en risas, se da media vuelta en la silla, mira a Encarna, que está de pie, y la observa muy atenta.

—Vaya, tú no tienes pelos en la lengua. ¿Y bailas con el mismo desparpajo con el que preguntas?

Encarna sonríe e improvisa un corto zapateado. Cuando termina se queda clavada y muy erguida mirando a La Fornarina.

—Ya veo que sí —enuncia la mujer con los ojos brillantes, corroborando su afirmación con un movimiento de la cabeza—. Desparpajo derrochas un rato, niña. Sin embargo, tengo que decirte que lo que más me gusta de ti es la clase que tienes, porque eso no lo enseñan en ninguna academia, eso es de nacimiento. —Se levanta, toma la cara de Encarna entre sus manos y aproxima el rostro hacia ella—. ¿Podría tener el honor de vestirte para la función de hoy? —Las dos se miran muy fijamente.

En ese momento la puerta se abre y aparecen Pardiñas y los padres de Encarna, que se quedan asombrados ante la escena.

—Parece que ya se conocen ustedes. —Pardiñas se acerca a La Fornarina y a Encarna y les pone una mano en el hombro—. Consuelo, me imagino que te habrás dado cuenta de que Encarna es un diamante en bruto, pero te digo que es de las tuyas, que esta niña va a educar con su baile al público. Y tú, Encarna, tienes que saber que esta mujer no es solo una de las mejores artistas de nuestro tiempo, nadie como ella posee esa coquetería tan sublime a la hora de cantar y bailar, sino que además es tan bella por dentro como por fuera. —Las dos sonríen agradecidas. Encarna siente que algo la une con fuerza a esa desconocida—. Señor y señora López, les presento a Consuelo Vello, La Fornarina.

Don Félix y doña Dominga saludan a la famosa artista por la que ambos sienten admiración.

—Le preguntaba a su hija —dice La Fornarina sujetando cariñosamente la mano de Dominga entre las suyas— si me concedería el honor de vestirla.

Doña Dominga tiene las mejillas encendidas y sonríe con los labios apretados, intentando asimilar lo que está viviendo.

—El honor es nuestro, señora Vello —responde respetuosa.

—¡Pues está hecho! —exclama La Fornarina, entusiasmada—. Por favor, caballeros, les ruego que esperen fuera.

Pardiñas y Félix dibujan una amplia sonrisa de complicidad en el rostro y salen del camerino. Dominga saca de un bolso un flamante vestido que ella misma ha confeccionado para Encarna.

—¡Es precioso! —La Fornarina lo coge y lo contempla con detenimiento—. ¡Manos a la obra, que no queda mucho tiempo para que empiece la función!

Las dos mujeres y Angelines se entregan entusiasmadas a la tarea de arreglar a Encarna para hacer de ella una auténtica estrella. Mientras la visten, La Fornarina canturrea entre dientes una copla andaluza: «Niña, figura blanca, beso de nardo, como un rayo de luna, baila en la fuente. Niña, morena como la espera, arcoíris de violetas, hay dos faros anclados en tu ribera. Niña, tu nombre de miel dorada, cae lento de tus caderas y de tus pechos de azahar, gotea una mar inmensa de palomas mensajeras».

La visten con el traje rojo de tres volantes acabados en puntillitas de croché blanco que le llega hasta las rodillas y que tiene un gracioso mantoncillo cosido a la espalda. Ha sido idea de doña Dominga, para que a su niña no le falte el vaivén de los flecos sin que eso perturbe su postura a la hora de tocar las castañuelas. Después atrapan su melena de paje con muchos peinecillos, y en algunos sujetan un clavel rojo que hace juego con el vestido. Por último, La Fornarina saca de un pequeño cofre un collar largo de bolas de colores y unos pendientes de oro que dibujan una media luna muy morisca, y se lo coloca todo a Encarna con delicadeza. Tras aplicarle un poco de carmín por las mejillas, da por finalizada su labor.

—¡Eres una muñeca! Ahora solo te falta una cosa. —La Fornarina corre hacia su bolso y saca una fina cadena con una medalla de oro—. Es la Virgen del Carmen, ella te protegerá. —Se acerca a Encarna y se la pone alrededor del cuello.

Las tres miran extasiadas a Encarna, pero el embelesamiento se rompe cuando alguien llama a la puerta.

—¡Vamos, Encarna, es tu turno! —grita desde fuera Pardiñas.

Encarna y La Fornarina se miran a los ojos. La mujer siente que en esa niña hay algo de ella.

—Toma, pequeña. —La Fornarina saca del jarrón una rosa y se la ofrece—. No se te olvide nunca que, en la vida, las alegrías más grandes te las dará el arte; piensa en ello cuando mires esta rosa. El resto de las cosas no tienen importancia. —Con mirada ausente, sus labios dibujan una sonrisa melancólica—. ¡Corre! —exclama emocionada—. ¡Déjalos boquiabiertos! —La abraza con fuerza—. Llévela al escenario, doña Dominga.

Encarna coge la mano de su madre y junto a Pardiñas caminan hacia el escenario. El hombre está muy callado, intenta sonreír, pero los nervios hacen de su sonrisa una mueca forzada. Ya están en las bambalinas esperando que el telón se alce. Dominga abraza a su hija.

—¡Ahora ve ahí y disfruta! —le dice con labios temblorosos.

Encarna sonríe y camina hacia el centro del escenario. Siente cada centímetro de su cuerpo en tensión, repartido su peso por unas piernas fuertes que avanzan decididas hacia su destino. Una pequeña orquesta toca las primeras notas de un vito. El telón se abre y Encarna aparece con los brazos en la cintura, contoneándose suavemente, envolviendo el ritmo a su alrededor. Cuando el público ve a la pequeña Argentinita surgen murmullos de desconcierto. Nadie esperaba ver a una niña; algunos piensan que se trata de una broma y que, de un momento a otro, aparecerá la verdadera artista. Encarna marca sus primeros pasos: un giro hacia dentro con el eje en la pierna izquierda mientras marca la música con la derecha; los dos brazos arriba hasta que el izquierdo baja acompañando el giro, de nuevo brazos enmarcando su cabeza, en la que la flor empieza a oscilar, mientras las castañuelas suenan claras y vibrantes. La sala se cubre de silencio. El público percibe rápidamente la gracia y la maestría de Encarna sobre las tablas. Alguien lanza un piropo: «¡Viva la madre que te parió!», y una gran ovación apoya a Encarna, que, inmersa en su baile, sabe que los nervios están haciéndole olvidar algunas de las reglas que ha aprendido en la academia. Sin embargo, lejos de detenerla, eso empuja su finísima intuición a improvisar figuras originales que hacen vibrar al público. No es una broma, es una pequeña estrella brillando con luz propia.

La música finaliza, y Encarna se planta frente al público con los brazos alzados sobre un torso que se arquea ligeramente hacia atrás, el pie izquierdo adelantado y la mirada al frente. El respetable se levanta de sus asientos para agasajarla con encendidos aplausos. Encarna hace un saludo reverencial, de esos que le enseñó doña Julia después de repetirle hasta la saciedad: «Al público, como a los toros, no hay que tenerle miedo, pero sí mucho respeto, porque de su favor depende vuestra carrera». Su corazón acelerado apenas le permite tomar aliento; siente que la alegría vibra en cada pliegue de su piel. En su cabeza aparece la imagen de la bella Carmencilla. Ahora ella también está sobre un escenario y el público la aplaude. Se inclina para saludar de nuevo. Alguien arroja a sus pies una rosa amarilla, y Encarna sonríe. Ahora sí que se siente La Argentinita.

El telón baja, y sus padres y su hermana corren a abrazarla, están eufóricos.

—Disculpen… —La Fornarina se hace hueco entre el corrillo que se ha formado alrededor de Encarna—. Vengo a felicitar a la artista. —Al oír su voz, Encarna se da la vuelta y se lanza a sus brazos—. ¡Eres una muñeca, qué bien bailas! Toma, quiero que te quedes esta. —Le enseña una Mariquita Pérez vestida de flamenca.

—La llevaré siempre conmigo. —Encarna sonríe con los ojos inundados de lágrimas y aprieta la muñeca contra su pecho—. Se llamará Consuelo. —Le tiembla todo el cuerpo—. No sé qué me pasa —susurra a su hermana al oído—, estoy sudando como un pollo y, sin embargo, mira qué tembleque tengo. —Extiende su mano, y a Angelines se le escapa una risita al comprobar cómo le tiembla.

—Deben de ser los nervios. ¡Has estado de rechupete! —Y le da un beso sonoro en la mejilla.

Sus padres hablan animadamente con La Fornarina y otras personas que llegan. Encarna abraza a su muñeca Consuelo y siente que con ella estará acompañada en todo momento a partir de ahora. Ha ocurrido lo que siempre deseó: bailar ante un público en un teatro, que la gente la vitoreara y que encima le pagaran por ello. La puerta de los sueños se ha abierto, y ella la ha traspasado. Mira su muñeca y la abraza con una sonrisa de complacencia mientras nota cómo se le clavan en el brazo los diminutos volantes de su vestidito de faralaes, tan tiesos como la peineta que corona su cabeza de cabello castaño de gitana paya.

Este día marca sin duda un antes y un después en la vida de los López Júlvez. Ya no son una familia con un padre comerciante, una madre ama de casa y dos hijas guapas e inteligentes que ha abandonado un sueño allá en Argentina, adaptándose a una existencia tranquila y sin aspiraciones. Ahora, con Encarna, la familia vuelve a soñar con un futuro mejor. Ver que su hija cumple su sueño es, en parte, realizar el de los padres también. Un vendaval de aire fresco ha entrado en sus vidas.

Ese verano se marchan de San Sebastián con muchos proyectos. Además de la muñeca que La Fornarina ha regalado a Encarna, hay otra incorporación en la familia. Teresita, una muchacha ávida de conocer mundo, ha visto en los López Júlvez la oportunidad de salir de San Sebastián y se ha ofrecido como planchadora.

—Doña Dominga, me gustaría hablar con usted —dice Teresita tímidamente la tarde que los López Júlvez van al teatro a despedirse de Pardiñas.

—Claro —responde extrañada la mujer, y toma asiento en el primer silloncito que ve disponible. Desde hace unos días se encuentra un tanto indispuesta y cansada.

—He pensado… —Teresita habla con la mirada clavada en el suelo, retorciéndose el mandil—. He pensado que quizá le venga bien cogerme como planchadora, sobre todo ahora que su hija va a ser una artista y tendrá que estar en los escenarios.

—Agradezco tu ofrecimiento, niña —dice Dominga mirando sorprendida a Teresita—, pero nosotros nos apañamos bien con nuestras labores y, por otro lado, no nadamos en la abundancia.

—Para mí no es un problema, doña Dominga —la interrumpe Teresita con ímpetu—, yo con un techo, un trozo de pan y una cobija para dormir tengo suficiente. Además, estoy cansada de estar en este lugar y seguro que con ustedes voy a ver más mundo.

—Mi hija, de momento, no es famosa. —Dominga mira a Teresita de arriba abajo—. Pero es verdad que no nos vendría mal un apoyo… —Suspira y aprieta los labios unos instantes sopesando lo que va a decir—. De planchadora y de todo, hija mía, que en esta casa a nadie se le caen los anillos por hacer las cosas. Los López lo mismo bailan, que planchan, que cantan, que cosen o lo que haya que hacer, y yo, últimamente, no sé qué me pasa que no me da el cuerpo.

Sin esperar un segundo, Teresita se abalanza hacia ella para darle un abrazo, y Dominga no puede reprimir una sonrisa. Es verdad que, en cierta manera, le produce alivio pensar que Teresita la ayudará con las tareas de la casa.

Lo que le ocurre a Dominga no es ni más ni menos algo tan natural como un embarazo, del cual ni ella tiene aún conocimiento. Nueve meses más tarde nacerá Pilar, una niña morena de enormes ojos almendrados tan parecida a Encarna que cuando llore agitando sus pequeños brazos y piernas todos verán en ella a otra futura bailarina.

H oy voy a delinearme los ojos como hace Pilar. Muy marcados en negro. Necesito dar más dramatismo a la mirada. Que la intensidad del arte español llegue a todos los rincones de este teatro neoyorquino. Que los espectadores sientan como si un toro bravo se paseara por los pasillos, a punto de traspasarles el corazón con las astas afiladas de mi baile.

Acerco el lápiz que estreno a mi línea de pestañas y veo surgir el negro con un sutil toque metalizado, sello de elegancia de esa marca tan especial, Elizabeth Arden, a cuyo salón Red Door, en la Quinta Avenida, fuimos Pilar, Teresita y yo a comprar maquillajes y perfumes exquisitos.

Si alguna vez vuelvo a Madrid, echaré de menos estos lujos, aunque siento que me ofrecen una felicidad tan efímera como la de esos fuegos artificiales que, tras resplandecer, se difuminan en la oscuridad de la noche. Así son las alegrías fatuas que me proporcionan estos placeres: desaparecen en el vacío inmenso que hay en mi interior, y por más que millones de miradas se posen en mí, los ojos que yo quiero ya no me miran.

No puedo llorar, sería un desastre difícil de solucionar

ahora, a pesar de la resistencia tan increíble al agua que la dependienta me aseguró que este lápiz tiene. Siento que las lágrimas resbalan por mi garganta, saladas y amargadas al mismo tiempo.

La puerta se abre tras una sutil llamada. Aparece Teresita, sonriente.

—¿Te peino ya? ¿Todavía no te has maquillado?

La conozco, sé que intenta disimular su impaciencia. Se acerca y alarga un brazo para hacerse con el cepillo que está sobre el tocador, dispuesta a arreglarme el cabello.

—Espera. —En un gesto automático, levanto una mano—. Necesito descansar un momento. Voy a tumbarme antes de terminar de maquillarme, y luego hacemos todo.

Teresita aprieta los labios como para sujetar la pena que le sale por los ojos, que brillan como candiles enmarcados por sus pestañas de fuego rojizo.

—Claro, relájate. Seguimos luego. En este teatro no han visto ni verán nunca a una artista como tú.

La contundencia de esa afirmación me hace reír.

—Teresita, ¿en serio crees que para todas las 3.625 almas que pueden llegar a ocupar las butacas de ahí fuera yo soy lo mejor que han visto y verán?

Me levanto de la silla. Despacio. No quiero que ningún movimiento despierte el dolor.

—Por supuesto —insiste sin dudar.

—Voy a tomarme una aspirina y a tumbarme diez minutitos.

Saco del pastillero de nácar que he dejado en la mesa de apoyo una píldora blanca y la introduzco en mi boca para que se disuelva.

—De acuerdo. —Teresita se rinde ante mi decisión—. Regreso dentro de diez minutos y nos ponemos manos a la obra. —La sonrisa que me ofrece no llega a sus ojos. Antes de salir se vuelve hacia mí—. Aquí, en Nueva York, están los

mejores médicos. Te curarán en unas semanas. —Y me sonríe otra vez.

—Seguro que sí —confirmo su deseo—. Me abrirán y me
dejarán como nueva… Y más delgadita, de paso. —Hago un
gesto cómico juntando los carrillos por dentro.

Teresita ríe. Esa risa vale «una porción», como decía mi
maestro Fontanillo.

—Ahora vengo, descansa.

Sale, y se lleva la alegría fuera del camerino. Me recuesto
en el sofá. Tomo a Cirila, mi muñeca fea de cuerpo de porcelana y ropita almidonada, y la apoyo sobre mi pecho como
si fuera un bebé. Me reconforta el olor perfumado que exhala y la suavidad de sus cabellos finos de mohair. Su ropita
es tan parecida al vestido blanco de encaje que yo llevaba
cuando conocí a Joselito y a Ignacio en la plaza de toros de
Sevilla… Vestida de novia para los dos. Qué claro habla la
vida y qué poco dispuestos estamos a escuchar sus palabras.
Cierro los ojos.

SEGUNDA PARTE

AÑOS DE JUVENTUD

5

Los López Júlvez se dirigen a Córdoba. Llevan todo un recorrido de ferias y fiestas en pueblos de varias provincias españolas. En cuanto esta agotadora gira termine, doña Dominga y don Félix tienen preparada una sorpresa para Encarna, que acaba de estrenar sus catorce primaveras: unas semanas en Sevilla, donde le dará unas clases la mismísima Macarrona, una gitana de raza que es toda una institución en el baile flamenco.

Encarna cosecha aplausos y éxitos allá por donde va y conoce a gente entrañable, como el tocaor del Paralelo barcelonés que le dijo que el mayor placer de su vida sería acompañarla en algún baile. Ella, con una encantadora sonrisa, le contestó: «¡Oh, pues por mí no ha de quedar complacerle! Toque usted unas bulerías». Cuando el seudoflamenco cogió la partitura e intentó tocar las bulerías no duró más que un par de minutos. Enseguida lo dejó diciendo apesadumbrado: «Mire *usté*, esas *buleries* son *difícils* de tocar». A Encarna le costó reprimir la risa al oír ese chapurreado de catalán y andaluz.

También ha habido episodios complicados en los que se ha asustado mucho por sentir muy de cerca el peligro. Sin embargo, se diría que una mano invisible la protege y la ayuda siempre, una especie de presencia misteriosa que la guía en cada momento, sobre todo cuando está bailando. Su madre le contó una vez que cuando vivían en Argentina y ella la tenía en su vientre, una gitana le cogió la mano y le dijo con una sonrisa desdentada: «La criatura que lleva usted dentro está amparada desde lo más alto por alguien de la familia. Haga lo que haga, viene con el triunfo marcado a fuego». Dominga pensó entonces en su suegra, porque la mujer había muerto hacía poco tiempo con la pena de no conocer a su siguiente nieto. Fue entonces cuando decidió que en su honor llamaría Encarnación al bebé, si era niña.

La misteriosa mano de la abuela Encarnación es para Encarna algo tan real que en ocasiones se descubre hablando en voz alta con ella, pidiéndole ayuda para algo convencida de que la mujer se lo concederá. Como la fatídica noche en la que se quemó el hermoso teatro Arriaga de Bilbao. Algo impulsó a Encarna entonces a decir a Teresita que cogiera todos sus mantones de Manila del camerino. Ante la protesta de Teresita, arguyó que sentía que los mantones necesitaban airearse, que cada vez le pesaban más al bailar y eso era porque estaban poniéndose tristes por no ver la luz. Teresita no discutió. Como siempre, aceptó esas rarezas de artista que ella ni entiende ni le preocupa entender. Esa misma noche se produjo, por causas desconocidas, un espantoso incendio que dejó el teatro devastado. Todo sucumbió a las llamas; todo menos los adorados mantones de Manila de Encarna.

Después de un viaje interminable, lleno de transbordos en diligencias y ferrocarriles que dejan carbón en cada poro de la piel de los viajeros, los López llegan a Córdoba. Allí se alojan en la hospedería de la hermana del empresario del teatro en el que Encarna actuará, don Antonio Juárez, una casa encalada rebosante de geranios rojos que estallan en los balcones. Dentro huele a limpio porque su dueña, doña Ana, una viuda que ronda los cuarenta y que viste de negro de la cabeza a los pies, por lo visto está obsesionada con combatir el hedor que entra de la calle y se pasa el día frotando hasta el último rincón con el jabón que ella misma elaboraba.

La familia López Júlvez al completo, incluida Teresita, queda prendada de inmediato de la magia de Córdoba, lugar que rebosa arte y misterio. Don Antonio se ocupa desde el principio de que a su artista y a los suyos no les falte de nada, a tal punto que pone a varios de sus familiares a su servicio. Así, por ejemplo, su primo Pablo *er* Negro será el encargado de recogerlos en su coche, tirado por un precioso caballo de raza árabe, para dejarlos cada tarde en el teatro.

El Gran Teatro de Córdoba posee un encanto especial. A Encarna, acostumbrada a actuar en ferias y teatrillos, le impresiona el lujo y la elegancia del local, cuya sala en forma de herradura le recuerda una de las pinturas que decoraban una de las paredes del Teatro Circo de San Sebastián, la que representaba un teatro italiano.

Pablo *er* Negro es, como su apodo indica, un hombre de tez muy morena. Cada tarde llega a las tres, aparca el coche a la sombra de unos naranjos y se echa a dormir la siesta dentro de él hasta que doña Ana lo invita a un vaso de vino templado. Después de eso, Pablo, entonado, sale a sacar lustre a su coche hasta que la madera resplandece como un espejo. El coche de Paco es uno de los pocos que existen en Córdoba en ese momento, así que es un personaje muy requerido por los turistas y la alta burguesía cordobesa.

Sin embargo, a quien Encarna espera con ansia casi todas las mañanas es a Juan *er* Rubio, sobrino de don Antonio. Juan es un muchacho de dieciséis años alto, rubio y muy claro de piel cuyas maneras delicadas contrastan con las del resto de su familia. Huérfano desde los cinco años, vive con su tía Catalina, otra hermana de don Antonio. Doña Catalina, que es viuda y heredó el patrimonio de la familia de su difunto esposo, siempre ha considerado a Juan como a un hijo, de manera que lo mandó a estudiar al colegio Nuestra Señora de la Asunción, en la plaza de las Tendillas, uno de los mejores de Córdoba. Como a Juan le encanta el arte, don Antonio lo nombra guía turístico de los López. Doña Dominga, Pilarín y Angelines solo acuden al primer paseo con el Rubio, pero Encarna y don Félix no suelen faltar a su cita con él. Ávidos por conocer más a fondo esa ciudad misteriosa, no reparan ni en el cansancio ni en el calor que azota sus calles esos días de julio. Córdoba es un museo donde abundan los detalles moriscos, detalles que se recalcan en las casas señoriales con patios, jardines y fuentes que ponen música de fondo a un escenario que parece sacado de *Las mil y una noches*. A Juan le emociona tanto hablar de su ciudad que Encarna y su padre se pasan la mayor parte del tiempo escuchando a ese muchacho que parece un libro abierto.

—No sé si sabrán —les dice el primer día, nada más empezar su paseo— que Córdoba fue la capital de la provincia Bética durante el Imperio romano y del califato de Córdoba durante la invasión musulmana.

—¿Qué dice, mamá? —grita Pilarín a su madre, sin entender.

Juan, que no está acostumbrado a que lo interrumpan cuando habla, mira de forma displicente a la pequeña, lo que hace que doña Dominga decida que esa vez será la primera y la última que ella y Pilarín asistan al paseo.

—En el siglo x Córdoba llegó a tener un millón de habitantes. Era la ciudad más grande, culta y opulenta del mundo. Hoy los llevaré a ver el Alcázar, cuya construcción se inició en 1328 por orden de Alfonso XI.

De vez en cuando, Juan saca un pañuelo blanco de su traje mil rayas y se enjuga el sudor que le brota de la frente. Ya frente al Alcázar, les explica que es de estilo gótico militar y que en él vivieron los Reyes Católicos, Isabel y Fernando, durante ocho años y que allí fue donde recibieron a Cristóbal Colón.

—De todos modos, en Córdoba estamos acostumbrados a los grandes personajes —añade sin escatimar en pedantería.

—Lo sé, hijo, lo sé —interviene don Félix para evitar que Juan repare en la mirada de desprecio que su mujer está echando al muchacho—. Yo he leído algo de Séneca, un gran filósofo, y también del maravilloso poeta cordobés Luis de Góngora.

—Y yo bailo en el teatro con La Cordobesita, una artista de primera —agrega Encarna muy sonriente.

Concluido el paseo, todos regresan agotados a la hospedería, aunque quien más cansado está es Juan debido a los nervios como guía principiante y a la presión de hacerlo lo mejor posible. Cuando se marcha, Encarna se acerca a él:

—Juan, ¿podrás llevarnos mañana a la Mezquita?

—¡Claro! —responde el chico, encantado de que alguien le pida que le muestre algo más de su adorada Córdoba.

A la mañana siguiente Encarna se despierta contenta, la función del día anterior en el Gran Teatro le ha dejado buen sabor de boca. El público era tan expresivo que no paraba de regalarle piropos. Lo que más le aplaudieron fue el tango. Además, por primera vez alguien le lanzó al escenario una chaqueta desde el patio de butacas y exclamó: «¡*Pa* que tus pies de reina mora no sufran!», y Encarna se esmeró en bailar sin salirse de esa prenda cuya tela se movía sin parar bajo sus pies.

—¡Ha sido Guerrita el que te ha *tirao* la chaqueta! —le dijo La Cordobesita al terminar, emocionada.

—¿Guerrita? —Encarna no sabía a quién se refería su excitada compañera de escenario.

—¡Sí, mujer, el torero más guapo que hay en el mundo!
—Y la cogió con fuerza de las manos.

La Cordobesita es una guapa chica unos años mayor que Encarna y, lejos de competir con ella, la ayuda en todo momento.

Encarna aspira el olor a café que se cuela por todos los rincones de la casa. Desde hace unos meses, a ella también le permiten tomar café. Hasta ahora se conformaba con olisquearlo cuando sus padres y Teresita lo bebían en el desayuno. Encarna tiene clara una cosa: su obligación como hija es acatar las órdenes de sus progenitores. Es consciente de que fuera del teatro es una hija más a la que proteger y cuidar. Más allá de su casa y de los escenarios, el mundo le resulta aún enigmático y desconocido, aunque cada vez gana más dinero bailando y los empresarios de casi todos los teatros de España e incluso algunos de Portugal la buscan como telonera.

Esta mañana Juan el Rubio los llevará a ver la Mezquita, pero don Félix y doña Dominga tienen que ir a firmar unos documentos a casa de Antonio y Angelines debe cuidar de Pilarín porque Teresita se ha levantado indispuesta. Don Félix, después de pensarlo un rato y liarse un cigarro, permite a Encarna salir sola con el chico.

—Puedes ir —la autoriza—, pero con mucho tiento que, como decía mi abuela que en gloria esté, entre santa y santo, pared de cal y canto.

Cuando Encarna va al recibidor para esperar a Juan se lo encuentra hablando con Paco, el hijo de doña Ana. Paco tiene en sus manos un periódico y Juan le señala algo que los dos miran con atención. Están tan concentrados en su conversación que no reparan en Encarna. A Paco lo llaman el Moro por su piel aceitunada, su cabello rizado y oscuro y sus negros ojos almendrados. Tiene la edad de Juan, y como él es muy delgado, aunque no tan alto y de complexión más atlética. Mientras Paco charla con su primo, Encarna se lo imagina con un turbante y una capa bordada en oro larga hasta los pies, de esas que llevaban los califas. Los dos muchachos conversan animadamente, hasta que Juan se da cuenta de que ella está mirándolos.

—Buenos días, señorita —la saluda, y hace un gesto con la cabeza.

Paco estira los labios en una sonrisa que deja asomar unos dientes grandes y blanquísimos.

—Buenos días. Ya estoy lista.

Encarna sabe que está guapa. Se ha puesto un vestido de organdí blanco con finos lazos de raso rojo entremetidos por el volante que adorna el escote y cae sobre los hombros, dejando sus torneados brazos al descubierto. La prenda se ciñe a su estrecha cintura y desde allí cae hasta el comienzo de sus finos tobillos en otro amplio volante adornado con otro lazo de raso rojo.

—¿Y los demás? —pregunta Paco con un acento andaluz muy marcado—. ¿Ya no soportan al pesado de mi primo?

—No es eso… —Encarna todavía no está acostumbrada a la espontaneidad y el humor irónico de Paco—. Es que mis padres tienen que hacer unos papeles y…

—No le hagas ni caso, Encarna, que lo que le pasa al Moro es que le da envidia que te vengas conmigo.

—Tengo un poco de envidia, sí —responde Paco, y da a Juan un golpe ligero en la cabeza con el periódico que tiene en la mano—. No te fíes del señorito cordobés, Encarna, que es muy traicionero.

—Mejor no te fíes de los moros cordobeses, Encarna, que esos sí que son peligrosos —replica Juan mientras se arregla el cabello que Paco le ha alborotado.

Acto seguido, ofrece a Encarna su brazo y caminan hacia la puerta.

—Los hay con suerte. ¡Con Dios! —exclama Paco.

Encarna sonríe al oír el comentario. Vuelve la cabeza hacia él, y se encuentra con unos ojos negros y penetrantes que hacen que hasta la sonrisa le tiemble. Paco es muy diferente a Juan, con ese acento andaluz tan cerrado y esa forma de mirar.

6

Al salir a la calle Encarna y Juan se pegan al rugoso muro de una casa para dejar pasar a un mulero y su mula con las alforjas llenas de remolachas.

—Esto es lo que ensucia la ciudad. —Juan tiene el ceño fruncido y los ojos clavados en el animal que pasa despacio junto a ellos—. ¡Desde que los califas se fueron aquí no ha avanzado nada! —exclama indignado—. ¿Sabías que en el siglo IX prácticamente todo lo que ahora es España y Portugal formaba parte del califato de Córdoba?

—¡Todos moros! —Encarna se imagina a la gente que se cruza con ellos vestida con turbantes, bonitos pañuelos y brillantes adornos.

—Los había también judíos y cristianos. Aquí se vivía sin pensar quién era el de al lado porque lo más importante era que todos se sentían cordobeses. En Córdoba existía un sistema de alcantarillado e iluminación, había mezquitas, bibliotecas, baños y zocos. Mientras Europa estaba sumida en la oscuridad aquí se vivía la época de mayor esplendor de los califas. ¿No es como para sentirse orgulloso? —A Juan le brillan los ojos, como siempre que habla de Córdoba—. Quiero presentarte a un amigo que también hace que me sienta orgulloso de ser cordobés.

—¿Quién es? —Encarna sonríe, maravillada por el ímpetu que el muchacho transmite al referirse a su ciudad y a sus habitantes.

—Ahora lo conocerás. —Juan acelera el paso—. Vive cerca de aquí, en la plaza del Potro. Estoy seguro de que a él le encantará conocerte, es un gran aficionado al flamenco.

Encarna siente que en su interior crece la curiosidad hacia ese misterioso amigo de Juan mientras se aproximan a una plaza con una bonita fuente rematada por la escultura de un potro con las patas delanteras levantadas.

—Ahí está. ¡Don Julio! —grita Juan.

Justo en ese momento, de una de las casas que dan a la plaza está saliendo un hombre apuesto con un traje impecable y un elegante sombrero de ala ancha. Al oír la llamada de Juan, se detiene y se vuelve hacia ellos.

Juan levanta la mano a modo de saludo.

—Buenos días, don Julio. ¿Cómo está usted? —dice educadamente.

—¡Qué alegría verte, Juanillo! —Una voz suave sale por los labios finos del hombre sobre los que se dibuja un bigote estrecho y cuidado.

—Don Julio, quiero presentarle a una amiga. Se llama Encarna, aunque su nombre artístico es La Argentinita. Es bailarina y·bailaora.

Don Julio se quita el sombrero y se inclina ante Encarna.

—Por lo que veo, además es una mujer bellísima. Encantado de conocerla. —Besa la mano que Encarna le ofrece y la observa con tanta atención que ella se ruboriza—. La felicito, señorita, hasta los peces del Guadalquivir cuentan a gritos su éxito de ayer en el Gran Teatro.

—Bueno, Córdoba es una ciudad mágica, así que cualquier cosa puede suceder aquí, incluso que los peces hablen… y hasta que una humilde bailarina como yo triunfe en ese maravilloso teatro que tienen ustedes. —Una sonrisa sincera aflora en los labios de Encarna.

—Este caballero es Julio Romero de Torres, el pintor más importante de España y, además, miembro de la Real Academia de Ciencias, Bellas Letras y Nobles Artes de Córdoba —explica Juan mirándolo con devoción.

—En realidad, señorita —dice don Julio cubriéndose la boca con una mano al tiempo que se acerca a Encarna, como si le confesara un secreto—, eso lo han hecho porque quieren tenerme trabajando sin parar como profesor de la Escuela de Artes y Oficios y restaurando los casetones con letras góticas de la capilla Mayor de la Mezquita-Catedral. Pero a mí, sinceramente, lo que me gustaría es estar de cantaor en una de sus actuaciones mientras usted baila por seguiriyas.

Encarna ríe ante la ocurrencia.

—¿Lo ves, Juan? —continúa don Julio—. A mí no me toman en serio a no ser que tenga un pincel en la mano, y lo que no se figura nadie es que si me dieran a elegir entre ser Leonardo da Vinci, el mejor pintor de la historia, y el cantaor Juan Breva, no dudaría ni un segundo y sería el cantaor.

—Si esa es su ilusión, le hago un huequito conmigo en el escenario. —Ese hombre inspira ya a Encarna tal confianza que incluso bromea con él.

—La verdad, don Julio, es que usted es un artista haga lo que haga. Me han dicho que toca la guitarra de maravilla —dice Juan con los ojos brillantes.

—Me defiendo, Juanillo, me defiendo —contesta don Julio con una sonrisa.

—¡Mi padre también toca la guitarra! Si quiere puede venir un día a la hospedería y montamos una juerga flamenca —propone Encarna con énfasis.

—¡Eso está hecho, Argentinita! Y deje a Juan su dirección de Madrid, señorita. No me gustaría perderla de vista. ¡Una mujer guapa y artista es un tesoro al que hay que venerar! —Extiende su sonrisa y se cala el sombrero—. Ahora, con mucho disgusto, he de irme. —Levanta las cejas—. Debo atender mis obligaciones como profesor. —Sonríe de nuevo y, tras dedicarles un gesto con la cabeza, se marcha.

—¡Un hombre encantador y muy guapo! —exclama Encarna con un suspiro—. Muy guapo.

—Sí, don Julio es un personaje entrañable, pero un poco mayor para ti, ¿no crees? Además, está casado y...

—Pero bueno, Juan, ¡ya veo que no solo las mujeres se ofenden si dicen que otra es guapa! —lo interrumpe Encarna—. Tú eres muy apuesto también y mucho más joven, así que no te pongas celoso. —Ríe cantarina ante la turbación de Juan.

—¿Celoso, yo? ¡No! Es solo que... —Se queda callado al darse cuenta de que Encarna tiene razón—. Es solo que don Julio parece mucho más joven de lo que es en realidad. —Le ofrece su brazo para reanudar el paseo. No quiere hablar más de ese asunto—. ¡Sigamos, que dentro de un rato hará demasiado calor para caminar por la ciudad!

—¡*Zeñorita*! —Un niño harapiento y descalzo aborda a Encarna y le corta el paso mirándola con una sonrisa que, junto con el blanco de sus ojos, es lo único que parece limpio en su cara tiznada—. ¿*Quié* una poca de agua fresca?

—¡No molestes! —Juan lo aparta de delante de Encarna.

—¡Pero *zi e* la *voluntá*, hombre! —protesta el niño.

—¡Ni *voluntá* ni *na*! —contesta Juan, y ofrece el brazo a Encarna para continuar el paseo—. No queremos pillar la disentería.

—¿La qué? —El niño abre mucho los ojos y da unos pasos hacia ellos.

—Un bicho que hace que te vayas patas abajo al otro barrio —responde Juan con desdén.

—Dale algo, Juan, pobrecillo. —Encarna mira con dulzura al pequeño.

—Toma. —Juan frunce el ceño y se saca de un bolsillo

una moneda. Al niño se le ilumina tanto la cara que parece que se le han borrado todas las manchas—. ¡Y limpia el botijo! —le grita.

El crío corre calle abajo sin volver la vista atrás. Encarna lo observa con una sonrisa de satisfacción.

—Son unos pillos, todo el día inventando con qué engañar a la gente. El otro día dos como ese se plantaron delante de un matrimonio de turistas, y mientras uno cantaba y bailaba el otro intentaba robar la cartera al buen hombre.

Encarna se echa a reír.

—¿Dónde está la gracia? —pregunta extrañado Juan.

—¿No te parece bonito? Utilizar el arte para ganarse la vida.

—Eso se llama robar, Encarna, con arte, pero robar.

Los dos ríen y siguen su paseo. La brisa cálida esparce por la calle los olores que salen de los pucheros de las casas. Encarna se siente bien al lado de Juan. Está tan entretenida escuchándolo que no se da cuenta de que han llegado a la Mezquita.

—¡Señorita, denos algo!

Un grupo de niños harapientos los rodean como moscas alrededor de la miel. Son tres o cuatro, pero se mueven tan rápido que parecen todo un batallón. Juan toma a Encarna del brazo y la conduce con decisión hasta la entrada de la Mezquita, donde un guardia con un uniforme deslucido los mira de arriba abajo sin dejar de hablar con el hombre que se encuentra a su lado. Una vez dentro, el bullicio en el que estaban envueltos hacía unos segundos desaparece por completo, lo único que se oye es el canto de los pájaros.

—¡Bienvenida a la Mezquita, el monumento más importante de toda Córdoba! —Juan extiende su brazo para dar paso a Encarna—. Estamos en la puerta del Perdón. —Encarna sonríe, se da cuenta de que Juan tiene ese brillo que le ilumina la mirada cuando habla de algo que lo apasiona—.

¿No me dirás que no es una gran idea aludir al perdón nada más entrar en un sitio?

—Es precioso —responde Encarna.

—Los que entraban por esta puerta hacían sus abluciones en los baños de fuera y pasaban aquí limpios, sabiendo que Alá los perdonaba.

Mientras atraviesan el patio de los Naranjos, flanqueados por hileras de naranjos y palmeras, Encarna siente la paz que se respira en el lugar. La armonía flota en el aire envuelta en el olor a azahar y en el sonido del agua que borbotea en las fuentes. Encarna tiene que contener las ganas de ponerse a bailar entre esos árboles. Cruza los brazos por delante del cuerpo y se sujeta las manos, procurando prestar atención a las explicaciones de Juan, imaginando cómo sería vivir en Córdoba en la época esplendorosa de los califas.

—Hemos llegado a la puerta de las Palmas.

Juan hace un gesto para que Encarna pase delante de él. Lo que ve la deja sin aliento: ¡un bosque de columnas!

—Aquí están las ochocientas cincuenta columnas de mármol, jaspe y granito de la puerta de las Palmas que da acceso a la Mezquita. —Juan habla en tono solemne, como si estuviera delante de algo sagrado—. Impresionante, ¿verdad? —dice admirando los arcos de herraduras bicolores que se apoyan sobre los pilares. Encarna asiente con la cabeza mientras gira sobre sí misma para observar todo a su alrededor—. Y lo que más me gusta es pensar que el mihrab, que es el lugar santo de la Mezquita y que en todas partes señala hacia La Meca, aquí señala al sur, hacia el río.

—¿Hacia el Guadalquivir? —Encarna está hipnotizada con los rayos de luz difuminados que hacen juegos de luces y sombras entre las columnas.

—Exacto. Abderramán I, el emir omeya que allá por el año 785 inició la construcción de esta obra, añoraba su Damasco natal y soñaba con regresar un día navegando las caudalosas aguas del río.

—¡Qué bonito! —Encarna se siente feliz—. ¡Hay tantas historias en este lugar...!

—Ni te lo imaginas —responde Juan, satisfecho de la impresión que causa en la chica todo cuanto le explica—. ¿Qué dirías si te cuento que debajo de este suelo se encuentra la planta de la basílica de San Vicente, una antigua iglesia cristiana?

—Me parece magia.

Durante una hora, Juan y Encarna pierden la noción del tiempo. Pasean y charlan entre fuentes, columnas y naranjos hasta que ambos comienzan a sentir el pellizco del hambre en sus estómagos. Juan saca de su bolsillo el reloj de cadena que su tía Catalina le regaló cuando cumplió dieciséis años.

—¡La una y media! —exclama sorprendido—. ¡Tenemos que volver, mi tía me mata si no llego a casa para el almuerzo!

A la salida de la Mezquita el grupo de niños harapientos los persigue durante un buen rato.

—¿No te dan pena? —pregunta Encarna, conmovida por los ruegos de los chiquillos.

—Pena me dan los infelices que caen en sus manos... Los despluman en un momento.

—Parecen tan sinceros y buenos... —dice Encarna fijándose en un niño que le tira del vestido y la mira con unos ojos enormes enmarcados por unas pestañas negras y largas.

—Son cordobeses, Encarna —contesta Juan, y aligera el paso—. ¿Te he contado la historia de Abbás ibn Firnás? —Ha cambiado de tema para distraer a Encarna de esos mocosos.

—No —responde mirando agobiada al niño que la considera presa fácil y le tira con insistencia de la falda.

—Abbás ibn Firnás era un astrónomo que vivió en Córdoba en el siglo VIII; escribió poesía, construyó un planetario y una clepsidra. ¿Sabes lo que es? —Encarna niega con la cabeza—. Es un reloj de agua. Y también desarrolló un proceso para cortar roca cristalina. Pero lo más increíble de todo… —Hace un silencio que capta por completo la atención de Encarna—. Lo más increíble es que construyó su propio planeador —al oírlo, Encarna lo mira sorprendida— y se lanzó con él desde una torre.

—¿Y qué pasó? —pregunta Encarna con curiosidad.

—El vuelo fue un éxito. Lo que resultó un desastre fue el aterrizaje. Sin embargo, el hombre se recuperó y siguió inventando cosas. Los cordobeses no nos rendimos fácilmente. —Juan esboza una amplia sonrisa de satisfacción.

A esa hora de la mañana el calor en las calles de Córdoba es asfixiante. Encarna y Juan caminan buscando el frescor entre las sombras y por las callejuelas estrechas. Cuando llegan a la hospedería se encuentran a todos sentados a la mesa.

—¿Quieres quedarte a almorzar un poquito de puchero y unas berenjenas con miel que me han salido para perder el sentido? —pregunta doña Ana con su andaluz cerrado a Juan mientras sirve a don Félix con un cucharón.

—Gracias, pero ya sabes que a tía Catalina le gusta que almuerce con ella. —Juan se acerca a dar un beso a doña Ana—. ¡Que les aproveche! Hasta otro día, Encarna. —Hace un saludo con la cabeza y se marcha.

7

Es la hora de la siesta. Encarna lee en el patio de la hospedería a la sombra de un hermoso naranjo que guarda en las ramas más altas algunas frutas picoteadas por los pájaros.

—Buenas —la saluda Paco con su marcado acento andaluz.

Todas las tardes, a la misma hora, aparece en el patio con una gran regadera para refrescar el frondoso jardín que su madre tiene dispuesto en macetas. Paco tiene la costumbre de mordisquear entre sus dientes una ramita de perejil.

—Hola, Paco —responde Encarna apartando su mirada del libro.

Le agrada la presencia de Paco. El corazón se le llena de alegría cuando lo ve. Hoy ya estaba nerviosa pensando que quizá no aparecería.

—Tú siempre con el libro. —Paco estira su media sonrisa sin dejar de sostener el perejil en su boca.

—Y tú con la regadera. —Encarna se incorpora en la mecedora.

—Eres una intelectual. —Paco echa agua en un helecho enorme apartando el bosque de hojas para llegar al centro.

—¿Yo, una intelectual? —exclama Encarna.

Se echa a reír. Le hace gracia el acento andaluz tan marcado de Paco y que la considere una intelectual por leer una novela.

—A mí eso de estar mirando una hoja como un pasmarote me parece un aburrimiento —dice ofuscado en buscar el centro del gigantesco helecho.

—Pues tú te pasas mucho tiempo mirando hojas. —Encarna dibuja una sonrisa irónica.

—Mucha guasa tienes tú… Me refiero a hojas con garabatos de esos que se leen. —Paco levanta la vista del helecho y derrama abundante agua sobre él.

—Y dime, Paco, ¿tú sabes leer esos garabatos? —Encarna deja el libro en el suelo y recoge sus piernas en la mecedora abrazándose las rodillas.

—¿Es que me has visto cara de señorito? —Se dirige ahora a una camelia de hermosas flores blancas—. Para señorito el Rubio, que es el que me lee el periódico cada dos meses.

—¿Qué periódico es ese que te interesa tanto?

—*La voz del campesino*. —Paco hace un esfuerzo para pronunciar cada sílaba—. Sale cada dos meses, y gracias a él me entero de lo que están cavilando los de la Federación Agrícola de Obreros y Agricultores.

—¿Te gusta la política?

—No sé exactamente qué es eso de la política. Lo que tengo claro es que la única manera de que a los obreros se nos oiga es organizarnos para defender nuestros derechos, entre otros aprender a leer los garabatos esos de los papeles.

—Si yo no pudiera leer, me moriría. —Encarna levanta la vista. En ese patio atiborrado de macetas de colores hasta por las paredes solo se ve un trozo de cielo, un cielo alto de un azul insolente—. Yo no tengo tiempo para hacer amigos, así que los personajes de los libros que leo acaban convirtiéndose en mis amigos.

—¿Qué es eso de que tú no tienes amigos? ¡Una niña tan bonita como tú que hasta parece cordobesa! —Paco deja la regadera y se sienta cerca de Encarna—. ¡Aquí tienes a Paco, un amigo de carne y hueso!

En cuclillas junto a Encarna escupe la ramita de perejil de la boca y sonríe poniendo un instante su mano áspera en el brazo de Encarna. La chica siente un calambre que le recorre todo el brazo hasta llegarle a la nuca. El corazón se le desboca y de pronto le arde la cara. Eso es lo que le sucede justo antes de cada actuación, pero ahora, sin escenario por delante, no entiende lo que le pasa.

—¡Podría enseñarte a leer! —exclama para salir de la extraña situación.

—Asunto perdido, niña. Soy muy burro, ya me lo recuerda mi madre todos los días.

—No digas eso… Mira, ¿conoces alguna de estas letras? —Encarna coge el libro, lo abre y le señala una «a». Paco se acerca y, tras unos segundos de mirar la letra, niega con la cabeza—. Es la «a» —insiste—. La «a» de Antonio. —Puede percibir el olor que desprende el cuello de Paco, una mezcla de sudor y del jabón almizclado que hace su madre.

—No tenía ni idea. —Paco mira la vocal que Encarna señala con el dedo y después la mira a ella. Los dos sonríen—. Cuando sonríes te pones guapísima.

Se acerca rápidamente a Encarna y pega sus labios a los de ella. Encarna cierra los ojos, y siente el calor y la suavidad de su boca. Ahora el corazón le late aún más rápido.

—¡Qué bien hueles! —exclama Paco apartándose de Encarna.

—A jazmín. —Encarna hace un esfuerzo para que le salga la voz—. Llevo un perfume que me regaló un admirador en Valencia.

Paco se levanta, va hacia una maceta y arranca unas flores.

—Aquí tienes, jazmines de verdad, y no metidos en un frasco. —Paco se los ofrece—. Y esto sí tiene mérito, que mi madre me matará a palos si se entera.

Encarna sonríe, cierra los ojos y aspira el intenso olor de los jazmines. El calor que nota en la cara le nubla la vista y hace que le zumben los oídos. No se atreve a abrir los ojos porque siente que Paco está mirándola.

—¡Encarna, Encarna! —grita Teresita desde la casa.

—Debo irme.

Se levanta como impulsada por un muelle y, sin mirar a Paco, se dirige hacia la puerta. Desde allí se vuelve hacia él.

—El próximo día, tienes que enseñarme la «b» de beso. —Paco se apoya en la pared, arranca un geranio de la maceta que tiene al lado, se mete el tallo en la boca y sonríe.

—Ya veré qué letra es la siguiente —responde Encarna, coqueta.

—Por favor, que no sea la de «no te acerques» —bromea, y ella suelta una carcajada—. ¿Ves como es más divertido tener un amigo de verdad que uno de garabatos?

Encarna asiente con la cabeza y una sonrisa ilumina toda su cara. Lo mira tímidamente a los ojos y se marcha.

—Adiós.

—¡Con Dios! —exclama Paco subiendo el tono de voz para que lo oiga.

Encarna corre hacia donde está Teresita.

—Pero ¿qué te ha pasado? —pregunta la chica al verla tan sofocada—. ¿Te ha dado una insolación?

Encarna se acerca a ella y la abraza con fuerza, después le susurra algo al oído.

—¡Qué descarado! —exclama Teresita. Encarna sonríe mordiéndose el labio inferior—. ¿Y te gusta?

Encarna le aprieta las manos y afirma con la cabeza. Nunca se ha sentido tan feliz, tan llena de energía, ni siquiera en el mejor de sus bailes. ¿Será eso el amor?

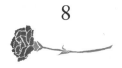

8

No fue amor, pero sí un despertar a ese estado hipnótico tan alejado de la razón al que suele llamarse enamoramiento. Hasta ese momento, Encarna pensaba que el amor nacía del aburrimiento, que era algo para esas niñas que iban a reuniones a pasar el tiempo o salían a tomar el sol con su bolsito y su sombrero. Ella ha tenido siempre mucho que hacer, y todo su espíritu ha estado pendiente de una vocación que no le deja tiempo ni siquiera para enamorarse.

El tiempo se sucede de manera vertiginosa para Encarna. Las actuaciones cada vez más frecuentes en los teatros de La Latina, el Apolo, el Príncipe Alfonso y otros muchos van haciendo de ella un personaje muy popular y requerido por el público madrileño, tanto que, para no desfallecer, comienza a intercalar canciones para poder descansar y tomar aliento entre boleros y seguiriyas. Los cuplés, tan de moda, interpretados por su voz juvenil y afinada toman un cariz inocente y hasta distinguido. No es una cupletista cualquiera, su educación exquisita la diferencia de las demás.

Encarna continúa estudiando y dedica los pocos ratos libres que tiene a la lectura. Entre sus autores preferidos están Lope de Vega y Góngora, y también lee todo lo que llega a sus manos de autores del momento como Valle-Inclán y Juan Ramón Jiménez, a quienes acaba conociendo personalmen-

te en las reuniones a las que la invitan. Son varios los aristócratas que organizan interesantes tertulias en las que es habitual cantar, bailar, recitar poesía y debatir sobre el tormentoso
estado de la política nacional e internacional, y a ellas acude
también Encarna. Algunas de esas deliciosas tardes marcarán
a fuego su destino.

Un día llega a su casa una invitación firmada por el escultor Sebastián Miranda, un hombre al que no conoce, pero
del que sí ha oído hablar.

Estimada Encarnación:

Tengo el honor de dirigirme a usted por mediación de
nuestro amigo común Julio Romero de Torres que, encontrándose en Madrid alojado en mi humilde hogar, me ha ro-
gado que la invitara a la *soirée* que tendrá lugar mañana en
mi casa, que es la suya, en la avenida de Moncloa, 18. Por
supuesto, puede usted venir acompañada de quien le plazca.
Un cordial saludo,

SEBASTIÁN MIRANDA

A las siete de la tarde, Encarna y su padre están llaman-
do a la puerta de la casa de Miranda. Encarna lleva un traje
de chaqueta de color crema, con falda plisada tobillera y chaqueta corta con una original abotonadura de pasamanería,
debajo de la cual asoma una sencilla camisa blanca bien almi-
donaba que hace destacar el tono canela de su fina piel. Las
ondas de su cabello peinado al agua brillan perfectamente re-
partidas a ambos lados de la impecable raya medianera que
las separa.

Una mujer oronda con la cara muy roja les abre la puerta
y los acompaña hasta el salón, un amplio espacio iluminado
en el que se mezcla el estilo *art déco* con ricas maderas y di-

bujos geométricos en alfombras y paredes. Al fondo, junto a un ventanal, hay un desordenado rincón en el que el escultor tiene parte de su obra a la vista. Un par de bustos en madera oscura de cabezas de hombres observan hieráticos desde su posición el resto de la sala, aún con las herramientas que les han dado vida en la base, mientras las esquirlas de madera que hay en el suelo atestiguan el reciente trabajo.

Al verlos entrar, los tres hombres que charlan animadamente se levantan. Encarna reconoce enseguida a don Julio y a su amigo, el escritor Valle-Inclán. No puede evitar mirar con disimulo la extraña forma hueca de la manga izquierda de su chaqueta, provocada por la falta de ese brazo, y su barba larga, afilada y arreglada con esmero, que termina en un punto y que tanto le ha llamado la atención cada vez que lo ha visto retratado en la prensa.

—¡Mi querida Argentinita! —exclama con efusividad don Julio, y va hacia ella con los brazos abiertos y una gran sonrisa. Al ver que Encarna extiende su mano para saludarlo, aprieta los labios y mirando a don Félix dice—: Con su permiso, voy a permitirme la libertad de tutear a su hija y de darle un amistoso beso para saludarla. —Se acerca a Encarna, la besa en la mejilla y enseguida se vuelve hacia don Félix, que los observa con una sonrisa, para estrecharle la mano—. ¡Qué alegría verle! ¿No ha traído usted su guitarra? —le pregunta extrañado—. Porque ya es *vox populi* que el padre de La Argentinita es un gran guitarrista.

—Gracias —responde don Félix, sorprendido por tanto halago—. No..., no sabía que podía traerla —contesta confuso.

—¿Qué problema hay, amigo mío? —Un hombre de cara lustrosa y sonriente se dirige hacia ellos—. Encantado, señorita Encarna, soy Sebastián Miranda. Es usted mucho más bella de lo que este pintor de tres al cuarto me había descrito. —Esboza una sonrisa irónica mirando a Romero de Torres y besa la mano que Encarna le extiende—. Un placer, don Félix. —Le estrecha la mano ampliando aún más su sonrisa—. En mi casa, si hay algo que no falta son herramientas para hacer arte. Que después se haga o no, ya no depende de ellas. Si usted quiere una guitarra, no se preocupe que la tendrá. ¡Felisa!

Al instante, la mujer que les ha abierto la puerta asoma su cara roja, y unos ojos redondos y asustados lo observan.

—Trae la guitarra, por favor —le pide. Ella asiente y se va con la misma rapidez con la que ha llegado—. No sé si conocen a nuestro amigo Ramón del Valle-Inclán, el segundo ilustre manco de la literatura española.

Un hombre de barba larga y gafas redondas se aproxima y les ofrece, primero a Encarna y después a don Félix, su mano derecha.

—Un placer —dice mientras se acaricia la barba—. Encarnación es un nombre bello como pocos..., carnal y espiritual a la vez. Está claro que lo que se encarna en usted es la belleza y la gracia. —Sonríe, y debajo de su bigote aparecen unos dientes pequeños y desordenados.

—Soy una gran admiradora de usted, don Ramón, he leído *Mi hermana Antonia*. ¿Cómo se le ocurren tales historias con ese punto de crueldad que termina siendo cómico? —A pesar de su juventud, Encarna no se siente cohibida a la hora de entablar conversaciones con personas mayores que ella y mucho menos si estas avivaban la llama de la curiosidad intelectual que constituye uno de los principales rasgos de su carácter.

—No debe leer usted a nuestro amigo Ramón, señorita —interviene Miranda—, tiene una mente retorcida.

—No le haga caso, Encarna, y dígame qué es lo que le ha parecido más cómico. —Las largas pestañas del escritor chocan con los cristales de sus gafas.

—Bueno... —Encarna dibuja una bonita sonrisa—. Reconocerá usted que es bastante raro eso de que Antonia aparezca en el tejado y Máximo con las orejas vendadas después de que Basilisa le cortara las orejas al gato...

La risa de don Julio hace que Encarna deje de hablar.

—¡Solo a ti, querido amigo, se te ocurren tales disparates! —El pintor ofrece su brazo a Encarna y la lleva hacia donde están los sofás y una mesa con varias bandejas repletas de pastelitos y dos jarras de limonada—. Vamos a comer algo para tomar fuerzas. En breve llegarán el resto de los invitados, todos ellos jóvenes y con una energía arrolladora.

—Invito a jóvenes —interviene Miranda— sobre todo para que nuestro amigo Ramón no se nos apolille. —Arquea las cejas y mira a Valle-Inclán, que en ese momento está a punto de introducirse un pastelito en la boca—. Julio es más joven y yo no lo soy tanto como usted, señorita Encarna, pero al lado de ellos soy un niño.

—Si me permite —interviene don Félix—, la edad está aquí —dice señalándose el corazón— y aquí —añade con el índice a la frente.

—Así es, don Félix. —Valle-Inclán se lame de los dedos los restos de pastel—. No obstante, diré en mi contra que cuando los años pasan y los huesos pesan al levantarse de la cama, hasta don Juan va olvidándose de seducir doncellas. —Se introduce otro pastelito y, con la boca todavía llena, continúa hablando—. De todas formas, no haga usted mucho caso a Miranda, que, gracias a reírse de un viejo como yo, ha ganado un concurso.

—¿Y cómo es eso? —pregunta Encarna, divertida.

—Gané el premio en el Salón de Humoristas con cinco caricaturas, entre ellas una de don Ramón —explica Miranda mientras Valle-Inclán pone un gesto cómico que hace reír a todos.

El timbre de la puerta principal suena y una algarabía de

voces se oye a lo lejos. Enseguida aparecen en el salón dos mujeres y tres hombres.

—¡Qué alegría veros! ¡Adelante! —exclama el anfitrión, y se dirige muy sonriente hacia los recién llegados. Después de saludarlos efusivamente, se vuelve hacia Encarna y su padre—. Los presentaré ahora mismo. —Se frota las palmas como si fuera a adentrarse en una empresa que le resulta excitante—. Primero las damas. Señorita Encarna, don Félix, tienen ante ustedes a dos mujeres excepcionales, mejorando lo presente —dice mirando a Encarna—. Ella es María de Maeztu. —Señala a una mujer de cara angulosa y mirada inquisitiva que, al acercarse a Encarna para estrecharle la mano, sonríe y todos sus rasgos se suavizan de forma asombrosa—. Y esta es Victoria Kent.

De cara aniñada, con el cabello corto y ensortijado, una jovencita poco mayor que Encarna se aproxima con paso rápido y seguro hacia ella, extendiendo a la vez que su mano una amistosa sonrisa.

—María es la mejor pedagoga que tiene España, y estoy seguro de que nunca habrá otra igual —afirma el escultor, y María sonríe aceptando el cumplido—. Su iniciativa de crear la Residencia Internacional de Señoritas, en colaboración con la Institución Libre de Enseñanza, será imprescindible para que las mujeres de nuestro tiempo tengan un lugar que las impulse a continuar emancipándose. Y Victoria, esta malagueña de mirada pícara, está hospedada en la residencia de María y estudia Derecho en la Universidad Central. Estoy convencido de que será la mejor abogada de nuestra época, mejorando lo presente también —dice Miranda dirigiéndose a un hombre alto con la barba bien cuidada que sonríe con unos labios rojos que brillan debajo de su bigote.

—Espero que Victoria me supere con creces —interviene el hombre de la barba al darse por aludido—. Basta mirarla para tener la seguridad de que existe no solo una justicia humana, sino divina además.

—Y este señor es mi querido Fernando de los Ríos, también malagueño e ilustre catedrático de Derecho de la Universidad de Granada —dice Miranda toda vez que señala al hombre de elegante barba, tan opuesta a la de Valle-Inclán, quien ya se adelanta a saludar a Encarna y a su padre.

—De quien tengo el honor de ser alumno. —Un joven de cara redondeada salpicada de lunares interviene con un suave acento andaluz—. Soy Federico García Lorca. Disculpe usted que haya irrumpido en su casa sin previo aviso. —Extiende una mano hacia Miranda—. Pero el profesor insistió y...

—Los amigos de don Fernando son siempre bienvenidos —asegura Miranda, para enseguida apretarle con fuerza la mano y darle una palmadita en el hombro.

—Este joven y su familia son el mejor descubrimiento que he hecho en Granada —explica Fernando—, él se cree músico, pero en realidad es un poeta fantástico. —Sonríe con el mismo orgullo de un padre ante un hijo portentoso—. ¡España tiene la suerte de poseer unos jóvenes con un futuro prometedor!

—Y aquí está la prueba. —Romero de Torres se acerca a un joven de baja estatura y sin apostura que, con su mirada profunda, los observaba tímidamente desde la puerta—. Sangre nueva y valiente como la de este sevillano, un torero de excepción, mi querido amigo Juan Belmonte. —El chico hace un gesto de aprobación con la cabeza y unos dientes blancos asoman a su cara morena.

—Y esta es Encarna y este es su padre, don Félix —dice Miranda continuando con las presentaciones. Ambos sonríen haciendo un gesto con la cabeza—. Encarna, cuyo nombre artístico es La Argentinita, es bailarina, bailaora y cantante, y va triunfando allá adonde va. Ella, a diferencia de otras seudoartistas, no golpea el suelo, sino que lo acaricia con su zapateado, expresando como nadie los sentimientos. ¡Y ahora que ya estamos todos, propongo un brindis con limonada! —Se aproximan a la mesa para hacerse cada uno con un vaso, que don Julio va llenando—. ¡Por España y su futuro! —exclama Miranda con su vaso en alto.

—¡Que, esperemos, sea otro después de esta guerra en la que España ha dejado aflorar su tan común antiquijotismo, encarnado en un Sancho que oculta su cobardía bajo el disfraz de pacifismo! —Valle-Inclán habla con tal vehemencia que de su vaso se derrama parte de la limonada—. ¡La Gran Guerra de 1914 se recordará como una catástrofe! —exclama con el índice en alto—. ¡El año en el que España se convirtió en el gusano carroñero de Europa! He visitado las devastadas trincheras francesas, en las que el valor tiene un color tan rojo que hiere la blancura de la nieve y salpica el corazón del que testimonia tanta crueldad. —Su mirada refulge con la fiebre de la pasión—. Todo lo resumí en esta frase que escribí en *La lámpara maravillosa. Ejercicios espirituales.* —Y subrayando cada palabra con el dedo índice prosigue solemne—: «La Europa de la quimera agoniza en un gran aquelarre de acero».

—Estoy de acuerdo contigo, Ramón —señala el pintor al tiempo que pone una mano sobre el hombro del brazo amputado del escritor—. Esto de ser neutral solo favorece la falta de presencia de España en Europa, es la mejor forma para que no nos tomen en serio nunca. Como dice nuestro amigo el conde de Romanones: «Hay neutralidades que matan».

—Si me permiten ustedes dar mi humilde opinión —interviene don Félix—, en los pocos meses que lleva esta guerra, al menos mi sector, el textil, que es el que conozco, está viéndose favorecido por la demanda tanto del bando de los aliados como del de los imperios centrales. Es una pena tener que decir que una guerra es buena para algo, pero en este caso es la realidad —afirma con desaliento.

—¡Discrepo! —exclama Valle-Inclán, exaltado—. Cuando la gangrena infesta el cuerpo hay que cortar de raíz, los miramientos en ese momento conllevan la muerte —añade blandiendo su brazo amputado—. Europa se purificará con el fuego de sus armas y de ahí saldrá una Europa nueva. ¡España debería unirse a Francia e Inglaterra para salir de su moribunda existencia! ¡Arriba los aliadófilos, abajo los germanófilos y su inmovilismo artrítico! ¡Abajo los politiquitos y sus ruines seguidores! —Alza su vaso, y todos lo imitan.

—Lo que está claro es que esta guerra neutral nos ha metido en una guerra interna. —El tono pausado de Fernando de los Ríos contrasta con el enaltecido de Valle-Inclán—. España está dividiéndose en dos: por una parte, los aliadófilos; por otra, los germanófilos. Y, conociendo el carácter español, esta escisión, lejos de suavizarse, irá haciéndose más radical, aumentando la inestabilidad política ya existente —concluye, y aprieta los labios en un gesto de preocupación.

—España es una vieja que se tambalea sostenida con bastones que se rompen de continuo. —Miranda habla con seguridad—. Si nos fijamos bien, desde la guerra de la Independencia hasta hoy en España ha habido una lucha continua por instaurar la democracia y por destruirla a la vez.

—Es el temor del ser humano a perder su poder, su propiedad privada, su identidad. —Romero de Torres dirige una sonrisa a Encarna—. Si los que tenemos un pequeño trozo de terreno lucháramos a brazo partido contra el que nos dijera que debemos repartir o incluso donar esa tierra en la que hemos invertido tiempo y dinero, ¿cómo no van a aferrarse monarcas, Iglesia y Estado a sus bienes amasados durante siglos, y la mayoría de las veces conseguidos por el hecho de haber nacido en una familia determinada? Y del mismo modo, ¿cómo los que no han tenido la suerte de nacer en hogares bienestantes no van a luchar por alcanzar con el sudor de su frente una vida mejor, equiparable al de quienes compran el tiempo invertido en ímprobos trabajos a cambio de mendrugos? —Arquea las cejas y bebe.

—El corrosivo caciquismo, el gusano de la democracia… —murmura Valle-Inclán negando con la cabeza.

—Y vosotros, los jóvenes, ¿qué opináis de todo esto? —Romero de Torres los mira con una amplia sonrisa.

—Si me permiten ofrecer mi punto de vista… —La voz dulce de Encarna atrae la escucha de todos—. Creo que a los jóvenes nos protege esta decisión. Muchos de nuestros muchachos podrán seguir sus carreras sin arriesgar la vida en una trinchera por un trozo de tierra. A mí me encanta aprender y la historia me fascina. He estudiado con especial interés el desastre de la guerra hispano-estadounidense. —Don Ramón amaga con hablar, pero Encarna continúa con su firme exposición—. Quizá algunos de ustedes recuerden esa guerra que aún duele a muchos españoles, la que sucedió justo en el año que yo nací y en la que España perdió grandes tesoros frente a Estados Unidos.

—Mi madre estuvo atemorizada esos largos cuatro meses, pensando que en cualquier momento podrían reclutarme. —Fernando arquea las cejas, formando una oleada de arrugas en su frente.

—Esa desastrosa guerra de 1898 fue el principio de la gangrena en el alma de una nación que había sido gloriosa —sostiene don Ramón con voz apagada—. ¿Todo se compra, señores? ¿Todo está en venta? —Se acerca a los jóvenes intimidándolos con su mirada inquisitiva.

—Bueno, bajemos las ínfulas y el registro, que si seguimos así la guerra va a ser aquí… ¡Felisa! —grita Miranda—. ¡Por favor, traiga más limonada y pastas para todos!

—Yo… —comienza a hablar tímidamente María de Maeztu—. Yo estoy de acuerdo con don Ramón en que España necesita modernizarse, ponerse en sintonía con Europa. —Valle-Inclán la mira expectante y desconfiado—. Pero no estoy de acuerdo en absoluto con la idea de que la guerra sea buena para algo —asevera—. Opino que, cuando se quiere realizar algún cambio, son los sectores más favorecidos de la sociedad los que, a través de la educación, tienen que promover los nuevos valores que se necesitan implantar y las actitudes que la movilicen hacia la prosperidad.

—Señorita, es usted muy joven… ¿Conoce el dicho de «la letra con sangre entra»? —pregunta con sarcasmo Valle-Inclán—. Pues en este caso sucede lo mismo con la guerra.

—Es verdad que la letra con sangre entra, don Ramón —responde María, respetuosa—, pero tiene que ser con la sangre del maestro, no con la del alumno. —Dibuja una sonrisa y se acerca a la mesa para coger un pastelito de la bandeja.

—*Touché!* —exclama Miranda apuntando con un florete imaginario a Valle-Inclán, el cual bebe con gesto enfurruñado grandes sorbos de limonada.

—Yo tampoco estoy a favor de la guerra. —Victoria Kent extiende una sonrisa apretada e inspira profundamente antes de continuar—. No obstante, me parece muy interesante la realidad que don Félix ha expuesto. —Lo mira con sus ojos profundos y hace un gesto rápido con la cabeza—. Lo que está claro es que, muy pronto, ambos bandos tendrán necesidades imperiosas que un país como el nuestro puede cubrir. Tendremos que exportar comida, tejidos y seguramente metales; eso será bueno para la economía de España. —La seguridad con la que Victoria habla contrasta con su aspecto aniñado.

—Me uno al optimismo nacionalista de Victoria —interviene De los Ríos—. Aun así, mis años me hacen ver más allá, y, conociendo la avaricia y la bellaquería que residen en el corazón de algunas personas, lo que veo es una pandilla de potenciales abusadores frotándose las manos para negociar sin escrúpulos, aprovechándose de la situación desfavorecida de países extranjeros e incluso de nuestro propio país, y eso traerá inevitablemente conflictos nuevos.

—Fernando —interviene Federico con su voz cálida—, asusta oírte hablar así. Yo no he pensado mucho en política —aclara con timidez—, pero de lo que sí estoy seguro es de que siempre estaré a favor del partido de la gente buena, ya sean españoles o pigmeos. —A Encarna se le escapa una risita y Federico la mira sonriente—. Aunque amo mi país, me sentiría más cerca de un mono que se comportara conforme a su naturaleza que de un español extorsionista. —Al oírlo, Encarna vuelve a reír y se tapa la boca con la mano, como si así pudiera evitar que le sucediera más veces—. La vida es muy bella y muy corta para estar perdiéndola en peleas. —El poeta sonríe y los ojos le brillan—. Además, nuestro país es rico y diverso, tan variado en paisajes y tan igual a la vez… —Sonríe de nuevo, y los lunares de su cara bailan como si poseyeran vida propia—. En España somos capaces de convivir con los contrastes más inverosímiles sin volvernos locos, con la mayor naturalidad. —Todos escuchan con gusto a ese muchacho de acento andaluz y sonrisa fácil, y él parece disfrutar con su discurso—. Paseando un día por una calle de Granada oí el sonido angelical de unos cánticos que salían de un convento. —Hace una pausa y su mirada se pierde en algún lugar, como si estuviera presenciando aquel momento y, al instante, otra sonrisa brota en sus labios—. En la misma calle, en la acera de enfrente, unas prostitutas desgarbadas vociferaban obscenidades y nadie reparaba en ellas, ni siquiera la niña que a escasos metros jugaba y canturreaba una cancioncilla con su voz cándida.

—¿No es Federico un poeta? —Fernando se acerca a García Lorca y lo atrae por el hombro hacia sí—. Alguien que observa las cosas con esa sensibilidad es un artista. ¡Deberías escribir todas esas impresiones tuyas! ¿Qué opinas, maestro? —se dirige a Valle-Inclán, que sonríe casi beatíficamente a través de la maleza de su barba.

—La verdad es que me he emocionado —responde con una voz templada que sitúa su ánimo en un estado muy distinto al de antes—. Al contarnos su historia ha hecho usted poesía, señor García. —Inspira profundamente, y por debajo de su barba se intuye una apretada sonrisa—. De la misma manera que me emociono viendo a este joven torear. —Se coloca junto a Belmonte y pone su única mano sobre la nuca donde caracolea el cabello del torero. El muchacho esboza una sonrisa—. Este hombre es puro arte, y hasta él, que no es muy agraciado físicamente, se convierte en un apolo cuando está ante el toro. Es toda una epopeya verlo... Así debería ser el teatro: conmovedor y estremecedor.

—Maestro, cada uno torea como lo que es. —Belmonte habla con un leve tartamudeo que capta la atención de todos—. Y no lo digo porque primero me haya llamado feo y después apolo —añade, y se sonroja ante las risas de los demás—, sino porque cada uno es lo que tiene aquí. —Se lleva la mano al pecho—. Yo de reglas no sé ni papa, simplemente hago lo que siento en cada momento y me olvido de este cuerpo contrahecho que Dios me ha dado para torear con el sentimiento.

—¡Eso es cierto, señores! Discúlpeme si confieso una intimidad suya —dice Valle-Inclán mirando de soslayo a Belmonte—, pero hay intimidades que engrandecen a la humanidad y entonces se convierten en su patrimonio. —De nuevo habla enardecido—. Yo he visto llorar a Juan después de una faena, y puedo asegurar que sus lágrimas no eran de alegría ni de pena, sino lágrimas tan espirituales como las de nuestra santa Teresa cuando sentía la presencia divina a su vera. Les recomiendo que vayan a verlo porque, según mi amigo Guerrita, ilustre torero, Belmonte tiene una forma tan peligrosa de acercarse al toro que no va a durar mucho. —Hace un silencio, y prosigue—. Y es que a este héroe épico solo le falta morir en la plaza. —La mirada que dedica a Belmonte raya el éxtasis.

—Se hará lo que se pueda, maestro —responde con gracia Belmonte a la ocurrencia del escritor, y todos aplauden su salida con un estallido de risas—. Quedan invitados a mi próxima corrida, que va a ser una miurada en la que, por primera vez, torearé con Joselito el Gallo, que ese sí que es un artista como la copa de un pino. —Sonríe y, dirigiéndose a Federico, agrega—: Me encantaría, señor García, que me hiciera saber de algún libro de usted en cuanto publique, pues soy un ávido lector.

—De eso doy fe —interviene Romero de Torres—, porque lo acompañé al tren y llevaba una maleta llena de libros que pesaba más que la espuerta donde estaban los bártulos para torear.

—Yo acepto la invitación a su corrida —dice Encarna con una sonrisa, sintiendo en su fuero interno una gran curiosidad por ese torero intelectual que parece ser un sentimental y un suicida al mismo tiempo.

—¡Y yo! —exclama enseguida Federico—. Me encantaría, con el permiso de su padre, que fuéramos juntos.

—Con el permiso y con su padre —responde don Félix dándose por aludido—, que yo tampoco quiero perderme esa corrida.

—He oído que torear tiene mucho que ver con el baile. —Encarna mira con sus ojos soñadores y su perpetua sonrisa a Juan.

—Eso comentan, señorita —responde el torero ruborizándose—. Yo solo puedo decirle que cada uno tiene un ritmo delante del toro. No se oye la música, pero en verdad la música está dentro y uno la escucha.

—Es el duende —interviene Romero de Torres—, eso que los flamencos conocen tan bien, algo que va subiendo desde los pies e inunda toda la sangre y nada tiene que ver con la cultura ni con la técnica. Y eso, querida bailarina —dice mirando a Encarna con una seductora sonrisa—, se da en el baile, en el cante, en la poesía y en el toreo, porque el duende necesita del cuerpo y del instante para crearse a sí mismo. Todos los aquí presentes hemos gozado alguna vez de un momento de duende, ya sea en nosotros mismos o disfrutando del que otros nos regalan con su arte.

—Dicen que en una ocasión —interviene Federico con voz pausada—, en un concurso de baile, una vieja ganó a todas las muchachas jóvenes y bellas por un desplante y un movimiento de la cabeza. Eso es el duende, sin reglas ni edad. Seguro que usted lo ha sentido más de una vez en su interior mientras bailaba —se dirige a Encarna, y aguarda su respuesta con una sonrisa amigable.

—Menos de las que yo habría querido —confiesa Encarna con humildad—. Sin embargo, he visto bailar a La Macarrona en el Café Romero de la calle Atocha derrochando duende cada vez que subía sus brazos alados o dejaba su cola detrás de ella alineada a la perfección. Sus movimientos no vienen de ninguna escuela... Es más, opino que no son de este mundo; son inigualables, mágicos. —Inspira profundamente.

—Esos gitanos tienen duende para todo —afirma Romero de Torres, y bajo su fino bigote se dibuja una sonrisa—, hasta para correrse juergas. Yo viví una apoteósica en Sevilla, en el Café del Burrero. —Mueve la cabeza con una sonrisa—. Estuvimos tres días y tres noches sin salir de allí... Dormitábamos apenas sobre las mesas, y el vino y la comida se ofrecían de continuo. La Macarrona era una de las bailaoras que actuaban y, como todos los que nos encontrábamos en el café, estaba poseída por un embrujo extraño, era un aquelarre de arte más allá de lo humano. Porque en ese café el duende se paseaba a sus anchas entre espejos y carteles de toros. Me habían colocado ese día en uno de los palcos donde se ponen los señoritos, pero corrí a sentarme con algunos gitanos que eran familia de La Macarrona y del cantaor Juan Breva.

—¿Es verdad que el Café del Burrero tiene el tablao más amplio de todos los cafés cantantes? —pregunta curioso don Félix—. Cuando vivimos en Málaga disfrutaba del flamenco auténtico en el Café de Chinitas. ¿Te acuerdas, Encarna? —La chica afirma con una sonrisa—. Encarnita era muy pequeña, pero yo me la llevaba y ella, en cuanto podía, se ponía encima de una mesa a imitar lo que había visto. ¡Y se formaba la revolución! Alrededor de la mesa se hacía un grupito que jaleaba a la niña hasta que ella dejaba de moverse. —Mira a su hija lleno de satisfacción.

—¡Genio y figura, don Félix! —exclama Romero de Torres, y da una palmadita en la espalda al orgulloso padre—. El Café del Burrero tiene un tablao tan amplio que cuentan que en él también se han lidiado becerros de casta… Aunque yo eso no lo he visto. —Guarda silencio un instante, y concluye—: ¡De tanto hablar de flamenco me han entrado unas ganas de tocar la guitarra que no aguanto más!

—¡Aquí tiene una, maestro! —Miranda le acerca una guitarra reluciente.

Romero de Torres la toma en sus manos con ímpetu y se sienta de inmediato para arrancar la música de sus cuerdas.

—¡Le acompaño! —exclama Federico, animado.

Se sienta en el brazo del sofá en el que está Romero de Torres, y comienza a tocar las palmas al tiempo que entona un cante con una voz enronquecida y sorda, una voz que parece la de un gitano viejo y curtido por las embestidas de la vida.

—¡Vamos, Encarna! —exclama con entusiasmo.

Encarna se sitúa en el centro del salón y empieza a moverse con gracia al compás de las palmas que cada vez son más sonoras, ya que todos van uniéndose. Luego los invita uno a uno a bailar con ella.

Al concluir el improvisado tablao, Felisa, que había estado atenta a que no faltara de nada a los invitados del señor Miranda, ofrece rápidamente a Federico y Encarna sendos vasos de limonada fresca.

—Sabe a gloria. —Federico alza el vaso en señal de gratitud a la mujer, que sonríe con timidez.

—A gloria y media —recalca Encarna, aún con el corazón acelerado.

—A gloria con patatas. —Federico levanta el vaso de nuevo invitando a Encarna a brindar con él—. ¡Por las patatas que tienen gloria! —Sonríe, entrechoca su vaso con el de Encarna y bebe.

—A mí las patatas me gustan con todo —comenta Encarna, y avanza hacia el fondo del salón, atraída por los bustos de madera aún sin terminar.

Federico la sigue.

—¡Qué misterioso esto de sacar a un trozo de madera la vida que lleva dentro! En cualquier cosa burbujea el arte. —Encarna rodea los bustos mientras los examina con fascinación.

—Tú eres una artista. —Federico la observa atentamente.

—Me encanta cualquier tipo de experiencia en la que se desprenda belleza. —Sus manos se posan con reverencia en la espátula y el cincel que hay sobre un caballete—. Me encantaría aprender a esculpir. —Sus dedos se deslizan por la base del busto—. Pero primero quiero dibujar.

—¿Dibujas? —pregunta Federico con curiosidad.

—Estoy aprendiendo… Soy discípula del impresionista Marín.

—Eres una cajita de sorpresas. —Federico levanta su vaso,

y Encarna le responde con una sonrisa complaciente—. ¿Y qué dibujas?

—Pues lo que me gustaría es debutar como caricaturista rápida, y presentar una serie de impresiones de faenas de grandes toreros y de bailes de artistas famosas.

—Espero tener el gusto de presenciar ese evento. —Federico se ha contagiado del entusiasmo que la joven transmite.

—Por supuesto, ¡serás uno de mis invitados de honor! Y a lo mejor hasta el modelo de uno de mis dibujos…

—Entonces ¿me sacarás con mi cara de plato de lentejas?

Encarna se echa a reír, echando su cabeza, pequeña y morena, hacia atrás.

—Claro, no te rías, que con tantos lunares como tengo podrás hacer una buena caricatura.

—Bueno, todavía tenemos tiempo, porque quiero asegurarme el triunfo, así que es posible que sea en la próxima temporada del Romea. Ya veré si te pongo cara de plato de lentejas o de rey moro.

—La propuesta es tentadora. Creo que con turbante me veré muy favorecido —responde Federico haciendo un gesto muy marcado de coquetería.

Los dos ríen con sus voces jóvenes, que reverberan en la luz del atardecer que inunda el pequeño estudio de Miranda.

—Muchachos, tenemos que ir despidiéndonos. —Don Félix se acerca a Encarna.

—Padre, voy a incluir en mis series de caricaturas a Federico —anuncia, y el poeta hace un gesto de aprobación con la cabeza.

—Es usted un privilegiado, eso solo lo hace con quien admira. —El bigote de don Félix se arquea.

—Un honor, desde luego —responde Federico en tono solemne.

Al despedirse de Encarna y don Félix, todos prometen volver a organizar otra velada en la que, además de leer algún escrito del poeta granadino, también bailarán guiados por la joven artista, que los ha conquistado con su inteligencia, sencillez y espontaneidad.

Hasta Valle-Inclán ha disfrutado de lo lindo bailando en la improvisada juerga flamenca. Federico y Encarna prometen verse muy pronto, pues ambos intuyen que tienen muchas cosas que compartir. El duende ha empleado su magia esta tarde para sembrar la maravillosa semilla de la amistad en ambos.

9

Pasa el tiempo. Encarna no pudo asistir a la corrida en la que Belmonte toreaba junto al famoso José el Gallo, Joselito, pero hoy, dos meses después de aquel encuentro en casa del escultor Sebastián Miranda, está en Sevilla con Fernando Villalón. Se trata de un ganadero con alma de poeta al que conoce de las tertulias de los sábados que el periodista y escritor Ramón Gómez de la Serna ha instituido en el Café Pombo, en el número 4 de la calle de Carretas. Encarna suele acudir a ellas con María de Maeztu y Victoria Kent. Villalón la ha invitado a presenciar una novillada en la plaza de toros de la Maestranza en cuyo cartel se anuncia a Ignacio Sánchez Mejías, casado con la hermana de Joselito.

Ignacio torea con un diestro que se llama Alcalareño. Fernando Villalón, a quien acompañan su mujer, una gitana de preciosos ojos verdes, y el propio Joselito el Gallo, los presenta.

—José —dice muy serio al diestro—, esta bella señorita es Encarna, La Argentinita, la esencia del baile español.

Encarna nota que le arden las mejillas, y en un gesto rápido extiende su mano enguantada hacia él. El Gallo la toma con delicadeza y, caballerosamente, se inclina a besarla.

Villalón continúa la presentación:

—Y este gitano *repeinao* es Joselito el Gallo, la esencia del toreo.

Joselito hace un movimiento tímido con la cabeza y esboza una sonrisa que ilumina sus profundos ojos negros.

Hasta entonces nadie ha mirado a Encarna de ese modo, con una mezcla de temor y admiración que al instante la ha hecho sentir poderosa. Mientras Encarna y Joselito escuchan hablar a Fernando sobre la ganadería que allí se lidia, que es de Carvajal, y les expone su sueño de hacer una con toros de ojos verdes en honor a su gitana, llega un hombre fornido y de barba canosa.

—Este es el doctor Sánchez Martínez, el padre del novillero y uno de los caballeros más queridos e ilustres de Sevilla, decano de la Beneficencia Municipal —dice Villalón con orgullo, y el doctor besa respetuosamente la mano de Encarna.

A la chica le gusta el porte elegante y sosegado de Joselito mientras comenta en voz alta lo que Sánchez Mejías hace en el ruedo:

—Muy bien, Ignacio, así se hace con la capa… Muy bien jugados con arte los brazos. —Habla de una forma que a Encarna le parece solemne—. Así se hace, de cerca, con buenos pases —continúa. Sin embargo, cuando Sánchez Mejías va a entrar a matar, se pone tenso—. Muy bien, recto y valiente… Pero esa mano izquierda, Ignacio, esa mano izquierda no me la dejes muerta…

Minutos más tarde, la plaza entera se aúna en un grito terrorífico. Encarna ve a Ignacio moviéndose desesperadamente sobre la cabeza del toro. Del muslo le brota un manantial de sangre. Mira hacia donde estaba el doctor Sánchez Martínez, pero este ya ha desaparecido. Presa del pánico, se cubre la boca con las manos como si con ello pudiera ahogar el espanto que recorre su cuerpo. Mira a José, ahora pálido y con los ojos vidriosos.

—¡Tengo que ir a la enfermería, señorita! —Hace un gesto con la cabeza y se marcha como una exhalación.

Esa tarde el toro parte a Ignacio Sánchez Mejías la femoral y Encarna no vuelve a ver a José. Sin embargo, por la noche recibe una nota suya:

Señorita Encarna:

Disculpe que haya desaparecido esta tarde. Ignacio es como un hermano para mí y pensé que me quedaba sin él. Gracias a Dios parece que todo evoluciona favorablemente.

Me encantaría volver a verla. En dos semanas toreo en Madrid, y sería para mí un honor que usted viniera a la corrida.

Y en la posdata aclaraba:

Prometo no darle ningún susto con el toro.

Encarna no puede asistir a esa corrida. Meses después, no obstante, sí acude a una fiesta que Sánchez Mejías celebra en su casa de Pino Montano. Allí conoce a Lola, su esposa, la hermana de José, una gitana de raza que no se achanta si tiene que bailar delante de su cuñada, Pastora Imperio. Una Gallo, hija y hermana de toreros. Es necesario poseer esa fuerza en la sangre para estar con Ignacio, un hombre arrollador e impulsivo con fama de conquistador.

En la fiesta surge la chispa de la atracción entre Encarna y Joselito. A la joven le gusta la mirada severa y nostálgica de él y su forma de hablar pausada, como si sus palabras fueran oro y no pudieran desperdiciarse. Es tan opuesto a ella que se le antoja un hombre atractivo, interesante, rodeado de ese misterio que envuelve a los gitanos, por quienes siente debilidad.

—Lo del baile también se da muy bien en esta casa —comenta Encarna mientras aplaude a Lola, que acaba de bailar por bulerías.

—Sí, aquí el arte no falta —responde José de forma escueta—. ¿Damos un paseo?

La iniciativa sorprende de forma positiva a Encarna, que asiente con un rápido movimiento de la cabeza.

Fuera de la casa, el aire cálido y perfumado por mil aromas silvestres ayuda a relajar el ánimo al compás de grillos y ranas que cantan a la luna llena, tan alta y tan blanca.

—Cuando vas a Madrid, ¿frecuentas los cafés cantantes y los teatros? —pregunta Encarna para sacar un tema de conversación que logre estirar un poco más las frases de José.

—La verdad es que Madrid me gusta mucho, desde los teatros como el Reina Victoria o el Romea hasta sus verbenas. Y por supuesto los toros.

—Desde luego que en Madrid no podemos quejarnos de la cantidad de teatros y cafés cantantes que hay. ¿Y qué opinas de lo que ahora denominan «género ínfimo» y que pretende denigrar y quitar importancia a lo que yo llamo varietés? —Encarna busca que José se defina y le dé su opinión sincera.

—Pues que el cuplé merece todos mis respetos cuando es refinado.

La repuesta concisa de José agrada a Encarna.

—Hay uno que me gusta mucho. Ese que está inspirado en el poeta Gerónimo Gómez y se titula *Donaires y burlas*. La letra comienza así.

Encarna junta las manos juntas como hacen las cantantes en la ópera, y canta:

De los hombres no me fío,
pues tengo por cosa cierta
que nos tiran el anzuelo
solo por ver si nos pescan.

Joselito ríe abiertamente. A Encarna le encanta hacerlo reír. Es un desafío irresistible para ella.

—Bueno, en Madrid hay de todo, porque también en el Trianon Palace está La Chelito con sus letrillas picantes y sus sugerentes cuplés que acompaña con movimientos provocativos.

—Me han contado que en cierta ocasión varios admiradores fervientes la esperaron a la salida y la pasearon a hombros por la calle como si fuera una torera. —José sonríe y mueve la cabeza imaginando la escena.

—En Madrid uno puede estar sin dormir y siempre encuentra un café con animadas tertulias, o teatros refinados o de variedades donde cualquier cosa es posible. —Encarna camina sintiendo que entre ellos el ambiente va distendiéndose.

—Sí, en Madrid alguna que otra vez he salido de madrugada de la taberna Labra Sixto, y me he encontrado con las verduleras que iban ya a sus puestos de mercados.

—Vida de señorito llevas en Madrid, pues. —La mirada pícara de Encarna no pasa desapercibida a José.

—Cuando voy a Madrid me doy lujos que aquí no me permito porque tengo que estar entrenando para no perder el ritmo delante del toro, que a este animal no le van ni los cafés ni los teatros y siempre está atento y en forma.

Los dos ríen. Encarna ha conseguido que José se relaje y que saque su parte más humana y divertida dentro de la seriedad de su carácter.

—Y cuéntame, ¿es cierto eso de que entre las artistas de moda hay tanta rivalidad que algunas incluso han llegado a las manos? —pregunta curioso.

—La verdad es que pasa como contigo y con Belmonte, que hay mucho cuento y mucho teatro. La mayoría de las artistas somos muy teatreras, José. Sin embargo, nos llevamos bien. —Encarna junta sus palmas como una niña buena que reza—. Pero sí, algunas han llegado a las manos. Yo misma. —Levanta la cabeza en un gesto cómico.

—¿En serio? —José la observa con asombro.

—Con la Meller, ni más ni menos —afirma en tono dramático.

—¿Raquel Meller? —Joselito no sale de su asombro—. Hace poco estuve en Valladolid y la vi actuar haciendo de doña Inés —explica. Luego pregunta intrigado—: ¿Y cómo fue?

—Verás... —Encarna se detiene un momento para oler unas flores de jazmín que se encuentran en el camino—. ¡Ha salido hasta en la prensa! Yo actuaba en el Romea y canté uno de mis cuplés, titulado *El matrimonio*, que ya previamente se anunciaba en un cartel como «Imitación de una estrella española». Pues resulta que Raquel estaba en un palco, ¿sabes? Esperó a que yo acabara el número, y en el último estribillo, que decía: «Yo para ti y tú para mí», de pronto me la veo salir tan tranquila al escenario y, sin alterarse, me dio una cachetada que ni mi madre me ha dado nunca y me soltó: «Y esto para ti». Me quedé estupefacta y el público también, y ella regresó a su palco como si nada.

José estalla en una risotada tan franca que hace que Encarna comience a reír a su vez.

—¿Cómo puede tener alguien un altercado contigo? —pregunta manteniendo esa sonrisa que suaviza sus facciones de tal manera que Encarna piensa que se parece mucho a su hermana Lola.

—El asunto es la causa del altercado —responde la chica, y levanta las cejas de una forma graciosa—. Porque, dime, si un día ves que algún joven torero te imita en la plaza con arte y respeto, ¿te sentirías ofendido? —Ladea levemente la cabeza mientras espera la respuesta de José.

—No, creo que no... —responde el torero tras pensarlo unos segundos.

—Claro que no —afirma resuelta Encarna—, porque eres un hombre sensible capaz de captar cuándo algo es chabacano y cuándo es un sincero homenaje que alguien te tributa porque siente admiración hacia ti, aunque sea una caricatura. ¿O saldrían tan a menudo caricaturas de Maura en los diarios si no fuera presidente? —Encarna se encoge de hombros, recalcando aún más su interrogación.

—Me imagino que no…

—Te imaginas bien. Pues eso mismo es lo que yo hago con las artistas que admiro. De tanto fijarme en ellas, al final puedo imitarlas tan bien que es fácil distinguir en mi remedo el arte apasionado y castizo de Pastora Imperio, el estatuario y clásico de Tórtola Valencia, las coplas sentimentales de Amalia Molina o la gracia y espiritualidad de Raquel Meller. Yo lo hago con todo mi respeto, como sencillo homenaje a estas fuera de serie que aportan su personalidad al arte. Nunca imitaría a la bella Coquito, por ejemplo… —Se queda pensativa—. Tampoco a otras muchas Coquito que, tarde o temprano, caerán en el olvido.

—Tienes mucha razón —señala José con ademán serio—. ¿Y cómo reaccionaste?

—Me quedé perpleja, estupefacta, ya te lo he dicho, con la mano calmando el ardor de mi mejilla mientras miraba su bonita silueta alejarse a toda prisa.

José deja escapar una carcajada y Encarna lo acompaña con su risa cantarina, satisfecha de haberlo hecho reír de nuevo.

—A partir de ahora intentaré asistir a tus actuaciones —dice José moviendo la cabeza de un lado a otro con una sonrisa—. Eres única, señorita Argentinita.

—¡Espero que no lo hagas para ver quién me da otra bofetada! —exclama Encarna, coqueta.

—¡Ni mucho menos! Será para aplaudirte con fervor. —José le besa la mano con galantería.

A partir de ese día empiezan a verse con más frecuencia.

Procuran coincidir en las ferias de las provincias donde él forma parte del cartel de las corridas y ella del de los teatros. Sus relaciones se limitan a hablarse con miradas desde la barrera o desde el escenario y a cruzar algunas sonrisas y frases en las fiestas que se organizan después de los espectáculos de ambos. A los dos les gusta estar juntos. José disfruta con la alegría que Encarna le contagia y ella calma su ánimo inquieto con el talante reposado de él.

Pero llega el día que a José se le acaban las excusas y tiene que admitir que el viaje a Madrid no va de toros ni de negocios, sino simplemente de sus ganas de ver a la joven.

Hoy Encarna estrena *Rosaura o la viuda astuta*, alimentando su vis más cómica en la obra de Carlo Goldoni; en la que, además de participar como actriz haciendo el papel de viuda, engarza los cantos del maestro Font en las escenas de la obra que Luis de Tapia ha traducido en verso.

En esta ocasión, José ha ido con unos amigos a ver a Encarna. A algunos de ellos ella los conoce ya, como a Juan Belmonte y a Lorca. Los otros tres son unos muchachos con los que el poeta granadino acaba de entablar amistad en la Residencia de Estudiantes de Madrid.

Al finalizar la función se reúnen todos en el Café Pombo, uno de los centros más emblemáticos de la bohemia del momento.

Nada más entrar en el café, se percibe que el arte llena hasta las paredes, adornadas con ilustraciones y dibujos de asiduos del local que le confieren un desenfadado ambiente vanguardista. Las mesitas de mármol y las sillas de madera están dispuestas de tal manera que invitan a la conversación, y la energía creativa que bulle allí se amplifica gracias a los espejos de las paredes, que al tiempo que agrandan visualmente el espacio reflejan la gran actividad social del Pombo. Las lámparas de araña proporcionan una luz suave y acogedora, arropando las acaloradas discusiones y los intercambios de ideas. Un pequeño escenario que se utiliza de continuo para lectura de poesía, presentaciones musicales o actuaciones de algún que otro espontáneo subraya aún más el carácter cultural y artístico del café. La barra, respaldada por otro espejo inmenso en el que se refleja el bullicio desde todos los ángulos, alegra a los clientes con su gran surtido de botellas que, colocadas en baldas, tientan a degustar esos mágicos brebajes que abren las puertas a la ensoñación que lleva a disfrutar del arte de manera más intensa.

—¡Ha estado usted espléndida! —exclaman algunas personas que han estado en la función y ahora se encuentran en el Café Pombo.

Agasajan con aplausos a La Argentinita cuando la ven entrar en el local. Encarna sonríe para agradecer la efusividad de ese público tan entregado, a pesar de que desearía bajarse del pedestal en el que la han puesto. Necesita alejarse con frecuencia de él para recuperar su conexión con la vida real, esa donde se nutre para después expresar todas las emociones que plasma en su baile.

José, tan poco expresivo habitualmente, esa tarde la recibe con los brazos abiertos y una amplia sonrisa.

—¡Eres la viudita más preciosa que se verá nunca! —Hace una reverencia al estilo dieciochesco que arranca la risa cantarina de Encarna.

Enseguida llegan los padres de ella con Pilar, que acaba de estrenar sus catorce primaveras y es la admiradora número uno de su hermana. Pilar, que también asiste a la academia de doña Julia, ya apunta maneras bailando y destaca entre todas las alumnas.

Los saludos y las presentaciones van sucediéndose.

—¿Se acuerda de mí? —El joven Federico García Lorca se acerca con una tímida sonrisa a Encarna—. Cuando nos conocimos, me dijo que le gustaría tener un libro mío en cuanto lo publicara por muy malo que fuera, y se lo he traído.

—¡Muchas gracias! —exclama Encarna visiblemente sorprendida por el detalle de ese muchacho andaluz tan simpático—. *Impresiones y paisajes*... Me lo leeré encantada —añade sonriendo, y aprieta el libro contra su pecho—. Y, por favor, volvamos a tutearnos, que te considero un amigo —le susurra al oído.

—Será un honor para mí, Encarna. —Federico le devuelve una sonrisa sincera—. Aunque con lo sensible e inteligente que eres casi preferiría que no lo leyeras.

—Eres un tonto... Seguro que es una joya. —Encarna amplía aún más su bonita sonrisa, dejando asomar entre sus labios rojos la blancura de sus dientes, y toma del brazo al joven de una forma cariñosa y familiar—. Preséntame a tus amigos, Federico.

—Con mucho gusto —responde él, complacido de que esa deliciosa mujer le dedique un trato tan cordial—. Este larguirucho tan *repeinao* es Pepín Bello, estudiante de Medicina, pero en el fondo es un artista.

—Encantado de conocerla, señorita Argentinita. —Un joven apuesto se adelanta y le besa caballerosamente la mano—. Ha estado usted sublime en ese traje de brocado malva y corpiño de terciopelo rosa, y en el segundo acto todos los modelos eran de un gusto exquisito. Todos ellos han realzado la belleza de sus movimientos, qué duda cabe. —Y aún añade—: ¡Y qué acierto de combinación de colores en el vestido de maja: falda negra, chaquetilla amarilla, cinturón coral...!

—¡Ya basta, Pepín! Discúlpalo, Encarna, pero es que mi amigo es un dandi rendido al fatuo placer de la estética, cosa que compartimos todos los aquí presentes, aunque no lo llevamos hasta su extremo.

Pepín Bello hace un gesto con la cabeza en señal de respeto y reverencia hacia Encarna. Federico alarga su brazo hacia otro joven.

—Este caballero se llama Salvador Dalí, estudiante de Bellas Artes y artista hasta la médula, pero no intentes arrancarle una palabra porque padece de algo que llaman timidez aguda. —Un joven con una larga melena con patillas, muy delgado y con grandes ojos almendrados se ruboriza hasta la raíz del pelo a oírlo—. No obstante, como me he enterado de que la mejor cura para este mal es insistir justamente en lo que le provoca la afluencia de sangre a la cara, he decidido que me lo llevo conmigo a todas partes para administrarle su mejor medicina.

—Encantada de conocerle. —Encarna siente lástima por el muchacho. Le ofrece su mano con una sonrisa, y él tarda unos segundos en aceptarla.

—Y este gaditano es vecino nuestro, aunque se pasa todo el día ideando excursiones y actos con nosotros para la residencia. Se llama Rafael Alberti y es pintor.

El joven, un rubio de mirada azul y bonita sonrisa, se acerca a Encarna con aires de seductor.

—Ha sido un placer verla actuar, señorita. —Y le besa la mano con galantería.

—Son ustedes muy amables, caballeros, pero ¿qué les ha parecido la obra de Goldoni? Porque, en realidad, forma parte de ese género venido a menos que llaman variedades. —Encarna dibuja otra sonrisa que llena sus ojos de picardía.

—A mí me parece que representar obras de la sencillez y calidad de *La viuda astuta* —se apresura a responder Federico—, y ver la aceptación y el éxito que tienen, me confirma una idea que me ronda la cabeza desde hace tiempo. —Aprieta los labios en una sonrisa y continúa—. Si el teatro fuera solo acción, dejaría de ser literatura y bajaría su categoría. ¿Qué opinas, Salvador?

El joven de mirada lánguida abre mucho los ojos arqueando las cejas, como si con ese gesto pudiera apartar el rubor que le enciende de nuevo las mejillas.

—Estoy de acuerdo —contesta con una voz fina y nasal—. Es lo que le sucede al cine —dice clavando sus ojos grandes en el suelo—, que por ahora está muy basado en la intriga y los desenlaces suelen ser demasiado difíciles de prever. En esta obra la intriga es de tal sencillez que se prevé desde el primer momento sin margen de error. —Su frente comienza a perlarse de sudor—. Sin embargo, aquí se mantiene la hilaridad del público durante dos horas sin acudir a recursos burdos o extravagantes.

—Comparto la opinión de Salvador —interviene Rafael Alberti—. Para mí ha sido todo un descubrimiento que una obra en verso tuviera tanta aceptación por el público, lo que indica que el verso aún no está desterrado del teatro. Una buena noticia.

—A mí me ha gustado mucho —dice con una sonrisa Juan Belmonte—, me lo he pasado muy bien. La última vez que estuve en el Romea, por petición del maestro Romero de Torres, fue en la presentación de La Cordobesita en Madrid. Al enterarse de que yo estaba presente, la artista me dedicó un pasodoble en el que elogiaba el toreo de Joselito y el mío, dando pases que la gente jaleaba con olés y encendidos piropos. Cuando terminó de cantar, tuve que levantarme y saludar a un público que me vitoreaba como si estuviera en la plaza dando la vuelta al ruedo.

—Es normal que el público se volcara con usted —señala Encarna—, pues, junto con José, está protagonizando el enfrentamiento de arte taurino más interesante que ha habido nunca en una plaza.

—Somos muy amigos, ¿verdad, Juan? —José zarandea amistosamente el hombro de Juan—. Más bien la rivalidad es entre belmontistas y gallistas. —Mira con complicidad a Juan y le aprieta de nuevo el hombro—. Nosotros nos limitamos a torear tal como somos y a aprender el uno del otro. Por mi parte, procuro imitar su inspiración y la genial danza que realiza al torear. Además, yo soy muy clásico y él, con sus locuras y su toreo circular, me da que pensar, muchas veces más que el toro. —Su ocurrencia provoca la risa espontánea en todos.

—Y yo —añade Juan cuando las risas se silencian—, con este cuerpo tan poco agraciado que Dios me ha dado, procuro que cale en mí algo de esa elegancia clásica que a José le sale a borbotones.

—Hay algo que hacemos ya como norma —continúa divertido José, como si fuera a contar una travesura—. Cuando viajamos, lo hacemos siempre en el mismo vagón y, al llegar a nuestro destino, donde vamos a torear juntos, salimos del tren por vagones distintos para no disgustar a los aficionados que suelen acudir a recibirnos a la estación.

—He oído —interviene Federico— que están convirtiendo la rivalidad entre sus aficionados en la misma que tienen aliadófilos y germanófilos.

—En este país —aclara don Félix— todo es pretexto para un enfrentamiento político. Aquí no eres nadie si no perteneces a un grupo —concluye, y los demás se muestran de acuerdo.

Se han sentado alrededor de un par de mesas y cada cual disfruta ya de su refresco. Pilar, después de haber bebido su agua de cebada, se ha quedado dormida sobre el hombro de su madre.

—Félix —dice doña Dominga después de un rato—, la niña está agotada. Debemos marcharnos.

—Desde luego no pueden negar que son hermanas, dos gotitas de agua con aroma de canela. —Federico sonríe, y su cometario hace que todos dirijan su atención hacia Pilarín.

—Se parecen hasta en ese don para el baile que Dios les ha dado —recalca doña Dominga con una sonrisa que rebosa ternura.

—Ella también está en la academia de doña Julia Castelao —apunta Encarna—. Me encanta tenerla cerquita. —Le da un beso rápido en la frente.

Pilar se despierta y, con ojos soñolientos, mira extrañada a todos los que la rodean sin entender por qué tienen la mirada clavada en ella.

—Pilarín, nos vamos ya —le susurra al oído doña Dominga mientras la niña, con los ojos fijos en la mesa y un creciente rubor en las mejillas, yergue la espalda.

—Sí, yo también estoy cansado —señala don Félix, e imita el gesto de su hija—. Os acompaño a casa. Después volveré a por Encarna y... —Un bostezo le arrebata la última palabra.

—Puedo acompañarla yo, don Félix —se ofrece solícito José.

—¡Claro, padre! —exclama Encarna—. No se preocupe, que José me llevará.

Tras dudarlo un momento, Félix acepta la gentileza del torero, y se marcha junto con su mujer y su hija.

—Su padre es un hombre encantador —dice con una sonrisa galante Pepín.

—Y un artista —añade Federico—. Toca la guitarra de maravilla y hace sus pinitos en el baile flamenco.

—Sí. —Encarna dibuja una sonrisa—. A él le debo todo lo que soy.

—Así es, a los padres debemos el barro del que estamos hechos. —Federico sonríe también.

—Me encantaría que nos viéramos un día cuando me termine tu libro.

—Para mí sería un honor escuchar tus comentarios —responde el poeta, emocionado.

—Serán todos buenos, seguro. Solo oyéndote hablar, sé que tú y yo respiramos arte —afirma contundente Encarna.

Federico toma su mano y se la besa.

—Deberíamos irnos. —José se acerca, gabardina y sombrero en mano—. No quiero que tu padre piense que me paso de valiente fuera de la plaza.

—A ver si vas a temerlo más a él que al toro —responde Encarna.

—Mucho más —afirma José, y hace reír a los demás.

Van despidiéndose a la salida del café. Federico y Encarna quedan en verse en un par de semanas, y todos coinciden en retomar otro día la interesante reunión en la que han disfrutado compartiendo destellos del alma de cada uno, hablando de política, de arte o de los chismes que circulan por la Residencia de Estudiantes.

Bajo una amable luna creciente y un espléndida temperatura primaveral, Encarna y José caminan hacia la casa de los López Júlvez. Encarna comienza a canturrear una copla:

> *Cuando yo me muera,*
> *te pido un encargo:*
> *que con la trenza de tu pelo negro*
> *me amarres las manos.*

—Cantas muy bien —dice José con su sonrisa tímida.

—¿Sabes una cosa? Contigo estoy tan cómoda y feliz que tengo la sensación de conocerte desde siempre.

—A mí me pasa igual —responde, abrumado por la espontaneidad de Encarna.

José se detiene un momento y le ofrece el brazo. Sus miradas se cruzan, y una llamarada recorre el cuerpo de ella al sentir bajo la tela del traje la tensión del brazo fuerte y tenso de él, como el hierro de su espada de matador. Caminan en silencio, envueltos en el bullicio de la calle de Carretas, que conecta la Puerta del Sol con la plaza de Jacinto Benavente, una de las principales arterias del corazón de Madrid, donde los locales y los comercios son tan variados como los transeúntes que por allí pasan a todas horas.

Las tiendas de moda, las sombrererías, las librerías, las joyerías y los pequeños almacenes que venden desde telas hasta utensilios para el hogar, todos ellos cuidan con detalle sus escaparates, decorados para atraer las miradas de los posibles clientes.

—¡Sigue la huelga del tranvía! ¡Los empresarios no se ponen de acuerdo con los sindicatos! ¡Menos horas y salario justo! ¡Más seguridad y menos riesgo! —Los gritos de un joven vendedor de periódicos invaden la calle.

—Aquí, en Madrid, es una pesadilla lo del tranvía —dice Encarna.

—En Sevilla también hay parones, pero la verdad es que yo no utilizo mucho el tranvía. Cuando salgo de La Capitana, voy con mi caballo donde quiero.

—Me gusta el nombre, La Capitana. —Encarna sonríe y se percata de que José se ha relajado. Su brazo está menos tenso.

—En honor a mi madre —responde con orgullo.

—Qué bonito, algún día me gustaría ser madre. —Encarna nota que el brazo de José se tensa de nuevo—. Pero para ello tengo que encontrar el hombre adecuado. —El corazón le late acelerado.

José se detiene y clava en ella su mirada negra, llena de misterio.

—Me gustaría ser ese hombre.

Está serio, y en sus ojos brilla una emoción tan honda que Encarna se pierde en ella. De repente le tiemblan las piernas de una forma diferente a la que le tiemblan con el baile. El sonido de la calle se ha apagado y solo oye el aire que la separa de José.

—Te pareceré un loco porque apenas nos conocemos, pero si esto no te lo dice un torero... Eres una mujer única. El que no sepa verlo no merece ser hombre.

A Encarna los ojos se le llenan de lágrimas y le cuesta tragar. Muchas veces ha imaginado este momento. Desde que conoció a José, su atracción hacia él fue inmediata; el magnetismo que ejerce en ella es algo especial, nuevo en sus emociones. Pero ahora, con esa inmediatez tan inesperada, no sabe qué responder. Tiene la mente en blanco, y el corazón le palpita tan fuerte que el resto del mundo se ha quedado en silencio.

—Lo sé, soy muy vehemente. —La voz de José le llega lejana—. Pero soy tan sincero como la sangre que me brota cuando un toro clava su furia en mi cuerpo.

Las lágrimas resbalan por las mejillas de Encarna, desbordando el dique que las retenían.

José le toma las manos.

—No tienes que contestarme ahora. Solo quiero que guardes esta propuesta en tu corazón y que sepas, aunque ya sé que lo sabías, porque no puedo ocultarlo, que mi afecto por ti va más allá de la admiración por la artista que eres. No ha habido nunca otra mujer que me haya hecho sentir el pellizco que noto aquí —dice, y se acerca la mano al centro del pecho— cuando pienso en ti. Deseo que seas mi mujer, la madre de mis hijos, y que seas la capitana de la familia que quiero tener yo, José Ortega, Joselito el Gallo, José.

La sonrisa de Encarna se convierte en una risa suave, de niña feliz, lo que hace que sus lágrimas sean más abundantes.

—No sé qué decir, José. —Le aprieta las manos—. Todo lo que me dices es tan bonito que no encuentro las palabras con que responderte, deben de habérseme enredado por el cuerpo.

Cierra los ojos. Lentamente separa sus manos de las de José, y comienza a subir los brazos despacio, muy cerca del torso, mientras sus caderas se mueven al ritmo de un leve taconeo, y termina con los brazos extendidos desde su corazón hasta el de José. Alrededor, la gente que pasa se queda mirando la extraña estampa. Algunos los reconocen y sonríen curiosos. Otros solo ven a dos jóvenes felices y enamorados que muestran su amor al mundo a su manera, porque es evidente que son artistas.

10

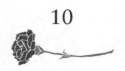

La brisa azul de la primavera envuelve a Encarna en su caminar hacia el Café Pombo. En una de sus manos enguantadas sujeta el libro que Federico le regaló hace un par de semanas, *Impresiones y paisajes*. En la otra lleva un bolso de mimbre a juego con un coqueto sombrero cloché adornado con unas flores de suaves colores, que combinan a la perfección con su elegante vestido de lino beige de cintura ligeramente rebajada, mangas tres cuartos acabadas en un fino bordado y largo hasta sus bonitas pantorrillas. Hoy estrena atuendo en honor al encuentro con su amigo. Está radiante y feliz. Tiene muchas ganas de encontrarse con Federico y más aún después de haber devorado su libro. Siente que puede compartir con él algo que no es fácil encontrar, no solo su amor por lo bello, sino esa sensación de estar y no estar en este mundo. Como cuando sus pies se alejan del suelo y se mantienen en el aire unos instantes. Es una sensación de ingravidez, de atravesar un velo hacia un mundo invisible, que en ocasiones hasta cree tocar. Y sabe que a Federico le ocurre lo mismo.

Su paso es firme y ligero; su gracia natural hace que muchos vuelvan el rostro al cruzarse con ella para admirar su porte. A quienes la miran con descaro, ella saluda con un coqueto «buenas tardes», subrayado con una sonrisa que hace inocente lo que en otra sería casi indecente. Y así, desde su casa en el número 3 de la calle del Ave María, llega a la plaza de Lavapiés, donde siempre parece que es fiesta. Hay niños jugando a la rayuela, vendedores ambulantes, pequeños puestos de mercado que ofrecen productos frescos y vecinos, reunidos en corrillos, comentando los chascarrillos del día.

Encarna sigue con paso firme por la calle de la Magdalena, donde se detiene un momento ante el taller de un carpintero, atraída por la destreza del hombre que repara una silla llenando de esquirlas de madera el suelo, como si fueran puro papel. Repara en que junto a él hay un joven aprendiz que teje de forma concienzuda el nuevo asiento de la silla con cuerdas de cáñamo y lo observa con atención.

—¿Le gusta? —El chico le sonríe y se seca las manos en el delantal remendado que lo cubre hasta los pies.

—Sí, me encanta esa forma de crear un cómodo asiento de un trozo de esparto. Eres un mago.

Encarna le devuelve la sonrisa, inclina de manera sutil la cabeza y continúa caminando. Acelera el paso, no quiere llegar tarde.

Han quedado a las cinco. Una hora muy torera, como le escribió Federico en la postal que le envió para la cita. Al llegar a la plaza de Tirso de Molina, una niña se le acerca para ofrecerle un ramillete de violetas.

—¿Me la compra, señorita?

La muchacha, de poco más de diez años, tiene la cara sucia y un flequillo cortado de forma desigual que le cae sobre la frente ancha bajo la que destacan unos enormes ojos negros.

—Le queda bonito con su elegancia —insiste la niña, siguiendo el paso rápido de Encarna.

—¡Pero mira a quién vendes violetas, so merluza! —le grita una voluminosa mujer que está sentada en el puesto de flores del que procede la muchacha—. Es la *contrincanta* de la Meller.

El resto de las floristas se vuelven hacia Encarna.

—¡La Argentinita! —exclaman varias voces.

En unos segundos, Encarna se ve rodeada de varias mujeres que la halagan y la asedian con un aluvión de preguntas.

—Es usted más guapa que la Meller —le dice una.

—Yo le regalo el ramito de violetas, que a una artista como usted no le hace falta comprar de *na*, que bastante arte regala ya usted al mundo.

—¡Eso, eso! —se jalean entre ellas

La Argentinita avanza despacio, repartiendo sonrisas y agradecimientos.

—Cántenos algo, señorita Encarna, que aquí somos muy pobres para ir a teatros de postín —suplican las floristas.

Cuando nota verdadero entusiasmo por el arte, Encarna tiene enseguida el impulso de compartir esa alegría que la embarga de arriba abajo. Acostumbrada desde pequeña a bailar entre vecinos y amigos, se siente igual de cómoda actuando entre gente de la calle como ante el numeroso público en un gran teatro. Toma el ramito que le ofrece la sonriente niña, que está orgullosa por todo lo que ha sido capaz de organizar a su alrededor al darse cuenta de que esa señora que pasaba tenía algo especial. Mira las flores con cómico arrebatamiento y, sin dejar de hacer reverencias que arrancan risas entre el grupo que la rodea, cada vez más nutrido, empieza a moverse con discreción y gracia mientras canta con su voz afinada de niña de coro del Sacré-Coeur: «Cada tarde por el *rive* va esta pobre violetera, y alegre pregonando va su mercancía que es de la buena...».

Al terminar la canción, extiende con gesto dramático las manos hacia los congregados, imitando el carácter que la Meller da a su interpretación. Después se repliega sobre sí y aspira el olor del ramillete con los ojos cerrados mientras escucha los aplausos y los bravos.

Acto seguido sonríe, hace un saludo teatral y se dirige hacia la pequeña florista para devolverle el ramito de violetas. La niña lo acepta con los ojos muy abiertos e iluminados, como si estuviera delante de una presencia mística.

Encarna levanta la mano para despedirse y continúa su camino. Esta vez acelera aún más el paso. No le gusta llegar tarde, y menos a la que será su primera cita con un amigo que a partir de ahora pretende conocer mejor. Saliendo de la plaza de Tirso de Molina continúa por la calle de la Bolsa, que se convierte en la calle de la Colegiata, hasta llegar a la plaza de Benavente y, ya a la izquierda, gira por fin en la calle de Carretas. Comienza a notar la molestia que el empedrado de esas calles le produce en sus sensibles pies. A pesar de que lleva un par de zapatos de tacón cómodo que se compró para completar su nueva indumentaria, la caminata no deja de ser un desafío con tanto adoquín.

A lo lejos, ve a Federico. Tiene las manos en los bolsillos de un impecable traje azul oscuro, salpicado con la alegría de una corbata y una camisa de color crema, que conjunta a la perfección con su fedora de ala ancha de paja y una banda azul también. Como si oliera la cercanía de Encarna, el poeta enfoca su mirada hacia ella. Los dos se sonríen. Federico se le acerca con los brazos abiertos, y a Encarna le brota una alegría infantil. No ha tenido muchos amigos en su infancia, pero con Federico siente esa conexión tan inocente que comparten los niños que quieren jugar juntos.

—Buenas tardes, Encarna. Estás aún más guapa y radiante que el último día que nos vimos. Tu belleza crece en primavera. —Federico toma su mano enguantada y la besa.

—Gracias, amigo. Tú estás radiante también.

Federico le ofrece el brazo y entran en el café. Un camarero se acerca solícito y los conduce hasta una mesita en un rincón, alejados del bullicio que comienza a formarse junto al escenario.

—Los señores, ¿qué desean? —les pregunta.

—Yo quiero una horchata, por favor —responde Encarna con un gesto encantador.

—Yo tomaré un anís. No sé si para celebrar o para ahogar mi tristeza —contesta Federico, provocando la risa de Encarna.

El camarero hace un gesto de afirmación con la cabeza y se marcha.

—¿Y bien? Soy todo oídos. —La expectación hace que los ojos negros del poeta se abran como la noche.

—Bueno, ¿qué voy a decir yo de este librito? Solo lo principal. —Encarna pasa rápidamente las páginas del ejemplar que Federico le dio, hasta que se detiene en una—. La portada es preciosa —apunta con timidez.

—Sí, es lo mejor del libro. —Federico ríe—. Gracias, pero el mérito es de mi amigo el pintor Ismael González de la Serna. Un tipo estupendo y...

—Hablemos de esta joya —lo interrumpe Encarna, que busca una de las páginas que ha marcado y lee—: «Un cansancio soleado y umbroso, una blasfemia eterna y una oración constante...».

Levanta la mirada para encontrar la de Federico. Los ojos le brillan y una lágrima resbala por su mejilla, como un arroyo ligero que busca una salida. Federico tiene la misma reacción y una lágrima responde al lenguaje del corazón de Encarna. Sin palabras.

El camarero llega, pone las bebidas sobre la mesa y se marcha.

—Y así todo, amigo mío. Solo digo que lo mismo que yo siento cuando hay que hacer un marcaje hacia arriba, o el salto de remate y sé cuándo toca mover las manos o tocar pitos, y así araño el arte que hay en el aire a través de mi cuerpo, tú arañas el arte con la palabra. Por eso las lágrimas que están en algún rinconcito, escondidas en el cuerpo, salen porque encuentran por fin el camino para ser libres.

—Qué bonito, Encarna... No sé cómo agradecerte lo que me dices.

Federico levanta su vaso de anís y lo entrechoca suavemente con el vaso de horchata de Encarna.

—Puedes agradecérmelo siendo sincero conmigo, por ejemplo. Dime una cosa... —Encarna le clava la mirada—. ¿De verdad te gustó cómo interpreté el papel de viuda astuta?

—No solo me gustó, sino que, a partir de ahora, serás mi musa cuando escriba la obra de teatro que tengo entre manos.

Encarna suelta una risa tímida en la que se mezclan la ternura y el agradecimiento hacia ese nuevo amigo que, de forma tan especial, ha entrado en su corazón.

—¡Una obra de teatro! ¿Cómo se llamará? —pregunta entusiasmada.

—*El maleficio de la mariposa.* —Federico sonríe como un niño orgulloso de su nuevo juguete—. Me gustaría que tú fueras la mariposa.

—¡Eso está hecho! ¡Qué honor! —Encarna sonríe sintiéndose halagada.

—Pues con este apretón de manos firmamos aquí mismo el contrato.

Federico extiende la mano hacia Encarna, quien se la aprieta para sellar el pacto. Acto seguido levantan sus vasos, los entrechocan de nuevo en un brindis y beben. Al ver el gracioso bigote de espuma que a Encarna se le ha quedado sobre el labio, Federico, riendo, se saca del bolsillo interior una estilográfica con la que hace un dibujo rápido en su servilleta de papel. Se lo muestra a Encarna.

—Mujer mariposa con bigote de espuma.

Encarna se echa a reír y se lo limpia con cuidado.

—Me ha gustado y me ha animado tu opinión sobre mi

librito *Impresiones y paisajes*, así que, como no deseo oír más por si esto empeora, salgamos a pasear y digerir tanta felicidad, que no quiero ponerme gordo como los pavos de la huerta de mi tierra —dice Federico mientras la risa cantarina de Encarna resuena como gotas brillantes de luz contra el cristal.

Fuera, en la calle, el atardecer resbala por los edificios hacia los adoquines en destellos de una tonalidad naranja plomiza.

—Qué bonita tarde. —Encarna sonríe y entrelaza su brazo con el de Federico mientras él canta: «En la mañana verde quería ser corazón. Corazón»—. Además de poeta te sientes músico, ¿verdad? —pregunta Encarna.

—¡Sí, señorita! Descubrí el arte a través de Beethoven, Chopin y otros, y, por supuesto, de mi querido profesor Antonio Segura. —Hace un silencio como si estuviera recordando algo, y prosigue—. Fernando de los Ríos ha sido quien me ha insistido para que me dedique a la poesía. —Se queda otra vez pensativo—. La música es algo tan inherente a mi vida que no tengo ni un solo recuerdo de mi infancia sin una cancioncilla sonando cerca...

—A mí me sucede algo parecido. —Encarna se abotona la chaqueta, se ha levantado una brisa fresca que trae olor a lluvia.

—Mi casa de Fuente Vaqueros, en Granada, era una casa musical, allí cantaba hasta el gato —explica el poeta, y Encarna ríe—. ¡En serio! Mi tío Baldomero cantaba por jabeas, aunque también cantaba coplas populares. Y mi madre y mi tía Isabel, que se acompañaba de la guitarra, tenían un don especial para la música y el cante. Eso por no hablar de las canciones de las niñeras y las criadas que trabajaban en mi casa, que eran como madres para nosotros; ellas son la fuente de todo el tesoro de poesía cantada que me sé. —Sonríe, coloca su mano sobre el brazo que Encarna tiene entrelazado con el suyo y canturrea—: «El amor es un niño que cuando nace con poquito que coma se satisface...».

Encarna, que conoce la copla, se anima a acompañar a Federico:

—«... pero, en creciendo, cuanto más le van dando más va pidiendo».

Sonríen.

—Dime, Federico, ¿de qué trata la obra *El maleficio de la mariposa*?

—Trata de cómo el amor imposible destruye aquello que toca, da igual que sea el corazón de un hombre, el de un gusano o una estrella. —En sus labios se dibuja una sonrisa apretada—. El amor imposible es una daga envenenada que se clava en el enamorado bajo la forma de un beso, una caricia o una mirada y emponzoña su desbordante fantasía hasta que lo destruye.

—No parece que tu experiencia con el amor haya sido muy positiva... —Encarna habla despacio; su voz es suave, aterciopelada.

—Amores imposibles, Encarna. —Federico inspira profundamente—. Amores que uno se inventa y, tarde o temprano, mueren porque nacieron siendo ya una mentira —añade en tono melancólico.

—No hay mentira en los sentimientos. —Encarna se detiene y mira fijamente a Federico. Él se mira en sus ojos, buscando esa inocencia sincera que emana de toda ella—. Uno siente y después el cuerpo lo acompaña. Como en el baile. Si se deja bailar al cuerpo, el baile es verdad.

—Tus palabras me conmueven. —Una lágrima resbala, lenta y solitaria, por la mejilla de Federico.

—No hay amores malos, no hay amores erróneos, porque el corazón tiene sus razones. Así que al que no le guste lo que a ti te gusta, que beba un vasito de anís... o dos. O te los bebes tú y le cantas en la cara una de tus canciones preciosas.

Una carcajada brota al unísono de ambos, y siguen caminando. El ritmo de sus pisadas sincronizadas es fruto de la unión invisible que va tejiéndose entre sus corazones. Cuando llegan a la esquina de la Puerta del Sol con la calle Mayor, se detienen ante el escaparate de la pastelería La Mallorquina.

—Me muero por una napolitana de crema. —Encarna se muerde el labio inferior en un gesto infantil.

—No se hable más, ¡napolitana de crema para la señorita!

Entran con decisión en el establecimiento y se plantan frente a su imponente mostrador de mármol, en el que se exponen una variedad ingente de dulces que compiten en color y formas ante las cuales la clientela queda abrumada por tanta promesa de placer.

Encarna se dirige al dependiente que hay detrás del mostrador, un hombre que asoma su cara redonda y colorada desde el cuello almidonado de una impoluta camisa blanca adornada con una pajarita roja.

—¿Qué desean los señores? —pregunta con amabilidad.

—Yo quiero una napolitana de crema —responde Encarna con entusiasmo.

—Yo una de chocolate —dice Federico.

—¿Será para llevar?

—Para llevar. —Encarna mira a Federico, y este asiente con un movimiento rápido de cabeza.

Una vez en la calle con sus respectivas napolitanas envueltas cuidadosamente primero en papel de estraza y luego en un elegante papel de seda con el sello de La Mallorquina, ambos las saborean.

—¿Quieres un trocito de la de chocolate? —le ofrece Federico.

—Te lo acepto. ¿Y tú quieres de la de crema? —pregunta Encarna mientras parte con los dedos un trozo de la napolitana que Federico le ofrece y, sin esperar respuesta, se la introduce en la boca con los ojos cerrados para disfrutarla con más intensidad.

—No, gracias. A mí me gusta lo dulce con un toque amargo, no tengo remedio. —El comentario de Federico hace reír a Encarna.

Entre el bullicio de las personas que pasean yendo y viniendo hacia la Puerta del Sol, ellos son una pareja más de jóvenes que disfrutan de la preciosa tarde de primavera madrileña.

—¿Por qué te gusta lo amargo? —Encarna sabe que se mete en un terreno íntimo, un lugar que quizá su reciente amigo no quiere compartir.

—Por lo mismo que a ti te gusta lo dulce —responde Federico mordisqueando suavemente la napolitana mientras mira a Encarna de soslayo—. Lo amargo hiere lo suficiente, pero uno sabe que la salvación de lo dulce está muy cerca. Lo malo es cuando solo buscas con desesperación lo amargo, porque lo dulce te empalaga y te hastía, incluso te da úlcera.

Encarna sabe de lo que le habla.

—Pues está claro que no debes comer dulce y sí darte el placer de lo amargo.

—¡Eso son palabras mayores, niña! A todos los abejorros debe gustarles la miel. Y al que no, el juzgado de la colmena lo condena a ser el hazmerreír abejorril.

—¡No estoy de acuerdo! —protesta Encarna—. Hay que aplaudir y respetar al abejorro al que le guste el pomelo, porque es único en su especie y tiene todas las virtudes que posee un abejorro más las que tiene una oruga.

Se miran un instante y estallan en una carcajada.

—Vale. —Federico se detiene, se mete el último bocado de la napolitana en la boca y, tras lamerse de los dedos los restos rápidamente, dice muy serio—: Desde hoy me declaro abejorro-oruga, en cuerpo y alma. —Hace una reverencia, y Encarna le devuelve otra parecida.

De pronto, una niña que no tendrá ni diez años llega corriendo y se esconde detrás de las faldas de Encarna.

—¡Señorita, no se mueva, que si me encuentran pierdo!

Encarna se queda muy quieta mientras pasa un chiquillo que claramente está buscando a la niña. Los adelanta, y la cría se escapa en el sentido opuesto.

—Espero que gane —susurra Encarna con una sonrisa traviesa—. Te confesaré algo: a ti te gusta lo amargo y a mí me gusta el peligro. Me gusta Joselito el Gallo. Ni más ni menos que un torero. Y te lo he dicho cuando ya te has tomado la napolitana, para que no te atragantaras. —Federico ríe ante la ocurrencia de Encarna—. Y yo que pensaba que lo de enamorarse era de niñas tontas y aburridas… —Se mete en la boca el último trozo de napolitana—. Se acabó lo dulce… —Inspira mientras se limpia con el papel de estraza los restos de hojaldre de los labios.

—Los recuerdos dulces huelen a melancolía —señala Federico.

—Y los amargos a muerte —responde ella, y se sacude unas miguitas del vestido—. Dime, en la colmena esa de la que hablabas, ¿quién de nosotros dos se llevaría más picotazos por no ser como el resto de los abejorros?

—Yo diría… —Federico se queda pensativo unos segundos—. Diría que los dos —afirma categóricamente ante el cómico gesto de sufrimiento que pone Encarna—. Pero también te digo que seríamos los más libres de la dichosa colmena porque no tenemos miedo, y eso significa volar donde te dé la real gana.

Se sonríen, y Encarna vuelve a entrelazar su brazo con el de él.

—La vida sin libertad es una cárcel, así que yo te apoyo en tu amargor y quiero que me compartas cada granito que disfrutes, y si a la gente no le gusta, más aún, porque celebraré tu alma libre.

—Y yo te acompañaré en el alma cada vez que ese loco del Gallo haga su quiquiriquí en una plaza. —Está radiante de felicidad, y canta—: «Vestida con mantos negros, piensa que el mundo es chiquito y el corazón es inmenso».

—¡Qué bien cantas, Federico, podrías acompañarme un día en uno de mis espectáculos! —A Encarna se le ilumina la cara.

—Me encantaría, pero mejor que cantando te acompañaré al piano.

El cielo se ha cubierto de nubes y el aire huele a tormenta.

—Se ha hecho tarde… Y parece que va a llover. —Encarna mira al cielo, que está cada vez más gris—. ¿Me acompañas a casa?

—¡Por supuesto! Es un honor para mí. Vamos.

Aceleran el paso, y cuando llegan al portal de la casa de Encarna la negrura de la noche se ha impregnado del gris tormentoso que flota en el cielo y caen las primeras gotas de lluvia. La luz del farol del sereno se aproxima centelleante hacia ellos.

—Buenas noches, señorita Encarna —la saluda un hombre robusto con un blusón gris y una gorra de plato—. Ahora mismo le abro la puerta —anuncia al tiempo que rebusca en el manojo de llaves que tintinean en su cintura.

—Buenas noches, Gervasio —contesta con una sonrisa Encarna—. Este es mi amigo Federico. Es de Granada, pero ha venido a estudiar a Madrid. Es poeta.

Por discreción, el sereno no había levantado la vista de sus llaves. Hechas las presentaciones, ahora sí mira a Federico.

—Buenas noches —lo saluda, y mueve levemente la cabeza.

Federico le corresponde con otro movimiento de la cabeza y una sonrisa.

—Gracias, Gervasio —dice Encarna mientras el hombre sujeta la puerta ya abierta.

—Con Dios.

Una sonrisa se dibuja bajo la sombra de la gorra de Gervasio. De pronto, se oye a alguien que grita: «¡Sereno!», y se le ilumina la cara.

—¡Me llaman! —exclama, y, como un solícito ángel protector, se marcha con su farol y su tintineo en dirección hacia esa voz anónima que, no muy lejos de allí, necesita sus servicios.

—Es un buen hombre. —Encarna lo sigue con la mirada y una sonrisa de complacencia en los labios, hasta que desaparece por una esquina—. Sube para resguardarte de la tormenta —ofrece a Federico.

—No, gracias, me voy corriendo a la residencia. A ver si alcanzo algún tranvía. —Federico extiende su sonrisa y besa la mano de Encarna—. Espero verte muy pronto. Te invitaré al siguiente acto que organicemos en la residencia. ¡A lo mejor hasta podemos cantar allí juntos!

Encarna ríe, y Federico se aleja a toda prisa. De vez en cuando, se vuelve para mirar a su amiga y despedirse de ella moviendo la mano o haciendo una reverencia cómica.

—¡Te mantendré informada! ¡Recuerda que tenemos un contrato! ¡Ya no te puedes escapar porque sé dónde vives! —le grita con su voz joven tamizada por su acento andaluz.

11

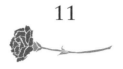

De sombra, sol y muerte, volandera
grana zumbando, el ruedo gira herido
por un clarín de sangre azul torera. *

Pilar se acerca a Encarna mientras esta ensaya unos pasos para su siguiente actuación en el Romea. Un marcaje hacia arriba, medianamente alto, con un salto de remate.

La joven espera apoyada en la pared. Su cara morena, su pelo largo y ondulado recogido en una trenza que le llega hasta la cintura; su cuerpo de catorce años tan parecido al de su hermana, como un brote verde de la misma rama. Aguarda a que termine, en silencio, con la mirada clavada en el suelo. No sabe cómo darle la noticia. Es ella la que más ha alentado la esperanza, con quien más ha soñado cómo su vida podría cambiar y entrar en el paraíso, un paraíso que estaba a la vuelta de la esquina, del que ya se adivinaba el paisaje, la luz, la inmensa felicidad que viviría con él, con Joselito el Gallo, el joven torero serio y melancólico que la miraba desde el ruedo con sus ojos de gitano triste. Hoy, 16 de mayo de 1920, Joselito ha muerto en Talavera. Una mala *corná*, como son todas las *cornás* que dejan los crista-

---

* Rafael Alberti, «Corrida de toros», *Cal y canto*.

les del alma tan rotos que resulta imposible pegarlos. Pilar lo ha oído por la radio mientras ayudaba a su madre a pelar patatas en la cocina. Unos preparan la cena y otros mueren. Y todo va entretejido en la misma tela, con el hilo invisible que cose vida y muerte y se queda suspendido en el vacío inmenso. «Joselito el Gallo, el gran torero, hijo y hermano de la insigne saga de los Gallo, nos ha dejado huérfanos de su arte único y mágico al hallar en Talavera la muerte canalla disfrazada de toro traicionero. Bailaor era el fatal nombre». A Pilar se le ha caído el cuchillo de las manos y ha sentido que se le clavaba en el corazón. A lo lejos, se oía la música del gramófono: un bolero. Ha inspirado profundamente y, tras secarse el sudor de las manos en el mandil, ha ido al encuentro de Encarna.

Encarna la ve apoyada en la pared y le regala esa bonita sonrisa que ilumina su cara y la convierte en alguien especial. Continúa bailando. Su talle esbelto culmina en unos brazos largos y bien torneados. Lleva su falda de cola, la que utiliza para ensayar.

—Mira, Pilarín —dice concentrada en su baile—, con este paso consigo que la bata no se voltee y que caiga siempre hacia abajo.

Alza el pie derecho desplazándolo desde atrás hacia delante en sentido circular, y la bata vuela ligera para aterrizar perfecta sobre el suelo.

—¿Has visto? —exclama con una sonrisa, enseñando sus blanquísimos dientes—. Para eso hay que apoyar la parte exterior del pie —explica, y se levanta la bata hasta los muslos dejando ver unas piernas largas y fuertes— y moverlo en el filo del último volante de la bata. —Hace un movimiento rápido para mostrar a Pilar el paso—. ¿Qué te parece?

—Queda muy bien —responde Pilar con un hilo de voz.

—Vaya, pues no se nota que te haya gustado...

Pilar rompe a llorar con la cara entre las manos.

—¿Qué te pasa, Pilarín? —Encarna se acerca enseguida a su hermana.

Pilar mueve la cabeza de un lado a otro con las manos pegadas al rostro. No quiere ser ella la que le dé la horrible noticia, y sabe que, si Encarna la mira a los ojos, adivinará lo sucedido. Pero es consciente, a la vez, de que ella es la única que puede decírselo. Solo así Encarna se sentirá profundamente acompañada en el sentimiento de desolación que sin duda la va a embargar.

—¿Qué te ocurre? —insiste Encarna con dulzura.

Las manos temblorosas de Pilar se apartan de su cara. Sus ojos están clavados en las baldosas rojizas del suelo.

Encarna le levanta despacio la barbilla y busca su mirada.

—¿Qué ha pasado? —Encarna presiente que algo va mal.

Pilar la mira y, de pronto, Encarna comprende.

—¿Es Joselito? —pregunta abriendo mucho los ojos.

Pilar asiente, y siente que a su hermana se le rompe el corazón en mil pedazos. Encarna se desploma en el suelo. Ahora es ella la que oculta la cara entre las manos mientras unos gemidos agudos comienzan a brotar de su garganta.

—¡No me cuentes nada, hermana, no quiero imaginármelo ensangrentado, quiero conservar en mi memoria la última sonrisa que me dedicó! —exclama Encarna, desconsolada, entre los gemidos que ahogan sus palabras.

Cuatro arcángeles bajaban
y, abriendo surcos de flores,
al rey de los matadores
en hombros se lo llevaban.
Virgen de la Macarena,
mírame tú, cómo vengo,

tan sin sangre que ya tengo
*blanca mi color morena.**

Los días siguientes son de una gran consternación para los López Júlvez. No han tenido mucho trato con el torero, pero sí existía cierta esperanza muda, aunque compartida por todos, de que Encarna hubiera encontrado al fin un hombre que estuviera a su altura, alguien que, gracias a su arte y su bravura, gozaba del reconocimiento y el favor del público. Encarna lleva mucho tiempo sobre los escenarios, pero es ahora cuando empieza a recoger los frutos de lo sembrado durante tantos años.

En el escritorio de su casa de la calle del Ave María, don Félix lee una y otra vez la carta que el torero le envió desde Lima:

> Estimado don Félix:
>
> En cuanto regrese a España, tengo a bien el que usted y yo nos veamos, porque me urge hablar de un asunto muy importante del que usted es voz y parte...

Los López se trasladan a Sevilla para asistir al sepelio de Joselito. En el viaje, amparada por el silencio y la desolación que los envuelve a todos, Encarna se vuelca en escribir sus sentimientos en una carta que dirige a Federico:

> Querido amigo:
>
> Una vez soñé que la vida era fácil y alegre y que siempre se cumplirían mis sueños. Hoy sé que no. Si José y yo hubié-ramos seguido juntos, quizá habríamos sido felices. Yo le habría cantado y bailado en nuestra casa y él me habría aca-

*   Rafael Alberti, «Joselito en su gloria».

riciado después con sus manos morenas y cansadas de tanto bregar con la muerte. Tantos días soñando con encontrarme con él...

Una lágrima cae sobre la hoja en la que Encarna escribe. La limpia con su dedo y cierra el cuaderno.

En Sevilla, además de la extensa familia de los Gallo, se encuentran con una multitud de amigos que los acompañan en el sentimiento.

Encarna está afligida y turbada. Como una niña, se aferra a la mano de su hermana Pilar. Todos la miran, bajan la cabeza y aprietan los labios cuando se cruzan con ella. Nadie le dice nada. Solo Ignacio Sánchez Mejías, el cuñado de Joselito, que compartió cartel con él la fatídica tarde, se acerca a ella, la mira unos instantes con los ojos brillantes, esboza una sonrisa y la atrae hacia sí en un abrazo.

Encarna siente que no es Ignacio, sino el propio Joselito quien la estrecha entre sus brazos. El primer y último abrazo de un amor hecho de miradas y suspiros, con pocas palabras y menos gestos. Pero un gran amor, a fin de cuentas. Ignacio se separa, pone sus manos fuertes sobre los hombros de Encarna y, con los ojos fijos en ella, inspira profundamente.

—Ahora será un ángel torero y andará por los ruedos del cielo clavando banderillas a demonios —le dice.

Encarna dibuja una sonrisa temblorosa y se enjuga las lágrimas con un pañuelito que ha sacado de su bolso.

—Hola, hermano. —Un hombre con voz profunda se aproxima a ellos—. Hola, Encarna. —Pone sus manos en los codos de Encarna y la atrae hacia él para darle dos besos en las mejillas.

Es Juan Belmonte, el torero amigo de Joselito.

—Hola, Juan —responde Encarna.

Ignacio pasa un brazo por detrás de la espalda de Juan y, de pronto, se aprieta los ojos con la otra mano. Llora como un niño tímido y asustado. Juan lo abraza emocionado. Encarna se enjuga de nuevo las lágrimas con el pañuelo.

—Tengo que confesarte, Ignacio, que me siento culpable. —Juan mueve la cabeza de un lado a otro, como los toros cuando huelen el peligro en el aire.

—Nadie es culpable, maestro, solo el destino.

—Aquel 15 de mayo en Madrid tuvo la culpa —insiste Belmonte—. Tú, Joselito y yo.

—Bonito cartel, maestro —responde Ignacio.

—Grande, Ignacio, grande. Pero el público no quiere ver tantos éxitos, necesita sangre y muerte para cerciorarse de que los toreros estamos dándolo todo. Empezaron a decir que los toros eran pequeños —comenta Belmonte, e Ignacio asiente con la cabeza—. Llevábamos muchas corridas y salíamos ilesos de todas, y, como cobrábamos bastante dinero, el público empezó a pensar que lo engañábamos. Aquella tarde en Madrid nos insultaron. —Belmonte tiene la mirada fija en un punto inconcreto, como si estuviera viendo la escena—. La gente blandía las localidades y gritaba: «¡Ladrones, ladrones!». Entonces José me miró decidido y dijo: «Oye... ¿Y si no volviéramos por aquí durante unos meses? Esto no se puede *aguantá*, Juan». «Cuenta conmigo *pa* lo que sea, José», le respondí. Y concluyó entonces: «Vámonos de la plaza de Madrid, que vengan otros toreros».

—José era hombre de pocas palabras, cierto, maestro. Pero lo que decía eran sentencias —afirma Ignacio.

Pilar se acerca a Encarna, entrelaza su brazo con el de ella y le da un beso rápido en la mejilla.

—Al día siguiente rompió el compromiso que tenía en la plaza de Madrid y decidió ir a Talavera.

—Allí estaba yo. —Ignacio saca del bolsillo una pitillera

de plata y ofrece un cigarro primero a Encarna y después a Juan, pero los dos niegan con la cabeza—. Era la feria de primavera en Talavera.

—A mí me dijo que le hacía ilusión ir a ese ruedo porque lo había inaugurado su padre treinta años antes —aclara Belmonte.

—En el cartel estábamos su hermano Rafael el Gallo, Larita y yo lidiando toros de la viuda de Ortega. Cuando José se ofreció, se decidió a hacer un mano a mano entre él y yo. —Ignacio enciende el cigarro y aspira el humo hasta el último pliegue de sus pulmones—. La tarde era preciosa y la gente aplaudía entusiasmada. —Da otra calada—. José y yo nos brindamos mutuamente banderillas. Hicimos un tercio brillante. —Dibuja una media sonrisa y continúa—. No lo entiendo, la alegría flotaba en el aire. —Su voz se quiebra, da otra calada y rápidamente se lleva la mano a los ojos para impedir que las lágrimas broten.

—Fue el quinto toro, ¿verdad? —pregunta Pilar apretando la mano de Encarna.

—Bailaor... El quinto, sí. —Ignacio clava su mirada en el negro de los iris de Encarna. El negro, tan familiar para él, el color de los ojos de su gente y el de los ojos de la muerte encarnados en el toro.

Un escalofrío recorre a Encarna. «Bailaor... ¡Qué macabra coincidencia!», piensa.

Juan inspira profundamente, se cruza de brazos y agacha la cabeza. Para él, Bailaor es mucho más que un toro, es el nombre del destino, es el día y la hora de la cita con la muerte. ¿Cuál será su Bailaor? Se estremece.

—La muerte es así de... —Ignacio mira a Encarna y se contiene—. Por respeto a Encarna y a Pilar, no diré la palabra, pero lo es. Y José la presintió. El toro saltó al redondel repartiendo tarascadas. Era más bien pequeño, con mucha leña en la cabeza.

—Parece ser que era burriciego —lo interrumpe Belmonte.

—Eso parece. Joselito, nada más ver cómo embestía los capotes de los subalternos, pidió a Fernando, su hermano, que ese día hacía de peón, que se mantuviera entre las barreras. Sabía que no estaba preparado para ponerse delante de aquel toro.

—¿Qué es «burriciego»? —pregunta Pilar, incapaz de dominar su curiosidad.

—Significa que el toro veía de lejos, no de cerca. —Ignacio mira a Pilar sin verla. Su cuerpo está allí, pero su espíritu se encuentra todavía enredado en los pormenores de esa plaza de Talavera—. Cuando tocaron a matar, Joselito dio unos pases de tanteo, después dejó que el toro se refrescara un poco. —Aprieta los labios. Encarna contiene la respiración como si así pudiera escuchar mejor a Ignacio—. Cuando estaba cerca de las tablas componiendo la muleta, Bailaor debió de verlo y se arrancó hacia él, lo enganchó y lo volteó, lo elevó del suelo cogiéndolo por el muslo izquierdo y después todo su cuerpo cayó sobre el pitón del bicho, a la altura del bajo vientre. —La mirada de Ignacio se vuelve tenebrosa—. Cuando se levantó, José intentó sujetarse con las manos los intestinos. Me acerqué a él —dice despacio—. Lo único que salió de su boca fue: «Mascarell», el nombre de su amigo médico. Mientras yo mataba a Bailaor, José moría en la enfermería.

Se hace el silencio. Todos se recogen en sí mismos. Pilar susurra un padrenuestro, y Encarna, aterrorizada, imagina todo lo sucedido.

—Lo leí en *El Sol* —dice Belmonte con voz metálica—. Es la primera vez que he sentido miedo de verdad, un miedo desconocido, distinto al que siento cuando tengo el toro frente a mí.

Sus hombros se convulsionan y rompe en sollozos como

un niño desconsolado. Ignacio y Juan se abrazan. Encarna se enjuga las lágrimas con el pañuelo y apoya la cabeza en la de Pilar.

> *Y en la sombra, vendido, de puntillas,*
> *da su junco a la media luna fiera,*
> *y a la muerte su gracia, de rodillas.* *

* Rafael Alberti, «Corrida de toros», *Cal y canto*.

Nueva York, 1945

Tumbada en el acogedor sofá de terciopelo azul de este camerino tan ilustre, con Cirila sobre mí, siento de nuevo la insistente puñalada en mi bajo vientre. Mi aliento se detiene para sostener el dolor y mis manos se dirigen hacia ese lugar, emponzoñado ahora por lo putrefacto. Lo que una vez fue territorio para una nueva vida se quedó inerte, y la bandera de esperanza que allí había se hizo jirones hace mucho. Este lugar del cuerpo, en el que se planta vida o por el que es tan fácil morir; como le sucedió a Joselito, cuando el asta de Bailaor le sacó la vida.

Un escalofrío convulsiona mi cuerpo y mis ojos se cierran con fuerza, como si dentro de la oscuridad pudiera espantar la terrible imagen que se me quedó marcada a fuego cuando escuché a Belmonte en el sepelio contando que Joselito murió dos veces: una cuando el toro le atravesó el vientre y otra cuando él mismo se sujetó, con sus manos, los intestinos que le brotaban del cuerpo. Esa imagen jamás me ha abandonado. En muchas ocasiones, me he despertado en mitad de la noche bañada en un sudor frío y he creído oír a Joselito suplicándome con las manos ensangrentadas y llenas de sus propias vísceras.

Respiro y el dolor se calma.

Ese día en Sevilla pensé que la alegría jamás volvería a mi vida. La seriedad y el compromiso de Joselito eran tan conmovedores que siempre imaginé que solo compartía esa parte de mí con él. Éramos dos niños novios. Todo eso murió también atravesado por esa asta.

Abrazo a Cirila, y recuerdo el abrazo que di a Belmonte y a Ignacio, que lloraban como críos entrelazados el uno con el otro. Esos hombres duros estaban rotos. Ese día también surgió, muy en el fondo, a escondidas, mi mirada distinta hacia Ignacio, a quien hasta ese momento había juzgado puro ímpetu arrollador, siempre con el chiste o la broma irónica dispuesta a herir. Sin embargo, su profundo sentir me unió a él. Vi el artista que era, no solo toreando, sino también sintiendo. En ese instante no lo supe, pero creo que fue ahí cuando me enamoré de él para siempre.

En un camerino cercano alguien interpreta al piano el nocturno *Opus nueve número dos* de Chopin. Sonaba en el salón de mi casa cuando mi padre estaba triste, porque decía que le curaba las penas. Aquella noche, cuando regresamos del sepelio de José en Sevilla, puse en el gramófono el disco de Chopin. Esa maravillosa música calma una vez más mi dolor ahora. Cerca, una radio da las noticias del día, y las imágenes y las voces se funden con los recuerdos que aparecen en mi ensoñación. Escucho cómo una voz relata mi vida.

Me adormezco.

TERCERA PARTE

AÑOS DE PASIÓN

12

De vuelta en Madrid, una profunda tristeza empaña la vida de Encarna; hasta las ganas de bailar parecen habérsele esfumado. No existe nada que aliente sus días, que se suceden grises y vacíos. Ni siquiera las invitaciones que le llegan de sus amigos para ir al teatro, a la zarzuela o a algún café la sacan de ese abatimiento que la mantiene encerrada en su casa sin querer ver la luz del sol. Se pasa las horas recluida en su habitación escuchando en el gramófono los nocturnos de Chopin interpretados por el famoso pianista Arthur Rubinstein. Su familia, muy preocupada por ella, la acompaña en su tristeza como puede. A veces, su padre entra en su cuarto, se sienta en la mecedora junto a la cama y le lee alguna noticia del día en el periódico. Generalmente elige las trágicas, pues su intención es que Encarna enjugue su tristeza con la tristeza de otros, otras veces opta por las muy cómicas, para que riendo se cicatricen las heridas del corazón de su hija.

—¡Qué contrariedad! —exclama entrando con aire apesadumbrado en la habitación de Encarna—. ¡Un incendio ha destruido el interior del Gran Teatro, el de la calle Marqués de la Ensenada! Una auténtica pena porque era una joya. —Mueve la cabeza de un lado a otro con gesto afligido.

—Ya lo reconstruirán, padre —lo consuela Encarna, y

esgrime una sonrisa mecánica que no consigue dar luz a su mirada.

—¡Pero no será lo mismo, hija mía! Además, tú no habías actuado en él todavía —insiste don Félix.

—No pasa nada, no me importa. —Encarna continúa leyendo el libro que sujeta entre las manos.

—Rebuscando en mi cajón, mira lo que he encontrado... ¿Te acuerdas de esto? —Le enseña un recorte de periódico. Encarna asiente con un leve movimiento de la cabeza y él, con la intención de sacar la artillería cómica, lee—: «... Quise la otra noche variar de teatro y me fui al Trianón. ¡Esplendorosa iluminación! Cocotas deslumbrantes, perfumadísimas y pintadas al estilo futurista; empenachadas a la oriental, mostraban triunfalmente en los palcos las gargantas desnudas. No se percibía ese ligero olorcillo a pies que caracteriza al madrileño y La Argentinita hacía una primorosa imitación de Pastora Imperio. Tan primorosa, que ha hecho exclamar a la pintoresca interesada: "¡*Er* día que yo coja a ese mojón coreográfico la voy a *poné* a *cardo*! ¡Pero a *cardo*!"». —Ríe con todas sus ganas, y a Encarna se le escapa un sucedáneo de risa que es más bien un suspiro.

Otras veces son Pilar o Angelines las que entran en la habitación para hacerle compañía y le cuentan cotilleos sobre alguna de las cupletistas que cantan en los garitos y teatrillos de moda cerca de la Puerta del Sol: el Salón Japonés, el Romea, el Eslava o el Actualidades, donde La Chelito o Isabelita Bru enloquecen a los hombres con sus cantables sicalípticos, tan divertidos y llenos de picaresca. Con la interpretación incitante de las artistas y las letras subiditas de tono, el ambiente de esos divertidos lugares se caldea hasta alcanzar en ocasiones temperaturas insoportables, haciendo que más de uno se vierta su propio vaso de licor sobre la cabeza para refrescarse los ardientes ánimos.

—¿Has oído el nuevo cuplé de la Bru? —pregunta Pilar a

Encarna, y, sin darle tiempo a responder, se pone a cantar contoneándose de forma sugerente—. «Tengo dos lunares, tengo dos lunares... El uno en la boca y el otro donde tú sabes». —En los labios de Encarna asoma una sonrisa. Pilar se sienta junto a ella y le acaricia el cabello—. Tienes que animarte, Encarna, la vida sigue —le dice juntando su frente con la de su hermana, que tiene los ojos inundados de lágrimas.

—Gracias, Pilar. Ahora quiero estar sola.

Encarna aprieta los labios en un gesto que pretende ser una sonrisa, y Pilar se marcha cabizbaja, sintiéndose derrotada porque no ha conseguido traerla de vuelta.

Todos echan de menos a la Encarna vitalista de siempre, pero quien más la añora y sufre viendo su dolor es, sin duda, doña Dominga, cada vez más preocupada por el decaimiento de esa hija suya de naturaleza alegre que ahora parece haberse abandonado a una pena que consume sus ganas de vivir. Dominga se afana en cocinarle sus platos preferidos: cocido madrileño, patatas con bacalao y churros con chocolate caliente, que eran su debilidad. Entra en su cuarto con humeantes y deliciosos manjares que Encarna degusta sin apetito.

Una tarde, doña Dominga llama a la puerta de Encarna y, antes de entrar, se palpa el bolsillo del mandil, donde guarda una carta que ha llegado para su hija.

—Te he traído un café caliente —dice mirando a Encarna con ternura—. Esta mañana apenas has comido.

Encarna se levanta y se dirige hacia la ventana.

—No tengo apetito, madre.

—Tampoco estás ensayando, Encarna. ¿Qué pasa, niña, vas a dejarlo todo? —Doña Dominga saca la carta del bolsillo—. Te ha llegado esto. —Le enseña el sobre y se lo tiende—. Parece que viene de Argentina.

—Léalo, madre —responde Encarna, y aparta el visillo de la ventana.

En la calle, unos niños juegan a pasarse una pelota hecha con trapos y ríen cuando la pelota se desbarata y se convierte en un mandil viejo y varios retales de tela.

—«Estimada y admirada señorita Encarnación López Júlvez, es un honor para nosotros poder invitarla a ser la estrella principal de nuestro Teatro Real para esta próxima temporada de invierno…».

—Me voy —la interrumpe enseguida Encarna.

—¿Cómo dices, hija?

—Que voy a aceptar, madre. Iré a actuar a Argentina y a donde haga falta. Aquí me estoy muriendo.

Doña Dominga aprieta los labios e inspira profundamente; una mezcla de tristeza y alegría la embarga. Le duele separarse de Encarna, pero sabe que es la única manera de que su hija recupere las ganas de vivir: viajar, conocer gente nueva, trabajar y quizá, si vuelve a permitírselo, un nuevo amor. Cuando está inmersa en su trabajo, Encarna no piensa en nada. Doña Dominga no tiene ninguna duda de que lo que le ha sucedido con Joselito hará que se concentre aún más en el baile, que es su verdadera pasión.

Desde ese día, Encarna va remontando poco a poco. La posibilidad de trabajar en el extranjero hace que su mundo se amplíe, abre una puerta en su vida que, de pronto, se le había hecho estrecha y monótona.

13

Tiene solo un mes para preparar su viaje y se ve envuelta en una actividad frenética. Día y noche ensaya el repertorio para su actuación: boleros, flamenco y algunos cuplés, como el de *Niña, ¿de qué te las das?* con el que había triunfado cantando con su voz de muchacha de coro y su gracia para mover el mantón de Manila, mientras se contoneaba sobre el escenario entonando:

> *Si* quié *la mujer que un hombre*
> *se vuelva loco por ella,*
> *que se aprenda de memoria,*
> *que se aprenda de memoria*
> *estas cuatro o cinco reglas.*
> *Lo primero que ha de hacer*
> *es ser llana y natural,*
> *porque el orgullo es un traje*
> *que no le sirve* pa na.
> *Algunas van por la calle*
> *así tan* tirás pa *atrás,*
> *que era menester decirla:*
> *¡Niña! ¿De qué te las das?*

En esos días previos a su viaje, una de las cosas que más apetece y da energía a Encarna es ver a sus amigos, sobre todo a Federico, al que la une una complicidad cada vez mayor fortalecida por una admiración y un respeto recíprocos. A los dos les gusta pasear cogidos del brazo por la madrileña calle de Alcalá, en la que circulan los primeros taxis conducidos por sus elegantes y orgullosos chóferes, o por el Retiro, donde acaban de inaugurar la estatua en homenaje al maestro Chapí.

Uno de esos días en los que salen a pasear buscando lugares sombríos por los que sea más agradable respirar el aire seco y áspero del agosto madrileño, ya a la altura de la calle Alcalá, un muchacho ataviado con un chaleco y una gorrilla les llama la atención gritando a través de un altavoz que se ha fabricado con papel de periódico:

—¡Horchatas, granizados! ¿No quieren pasar al café? —pregunta el chico, muy sonriente, al tiempo que los mira—. Dentro se está fresquito y la horchata es de primera —insiste, y ensancha aún más su sonrisa.

Encarna y Federico se miran con complicidad y entran en el café de la plaza de la Independencia. Enseguida notan el frescor de las mesitas de mármol y de los ventiladores que cuelgan del techo. Un espejo enorme adorna la pared que está frente a la barra de metal. Encarna se mira en él con coquetería y se arregla el gracioso sombrerito de paja, adornado con flores secas del mismo tono que las del vestido que, ajustado a su estrecha cintura, estiliza aún más su bonita figura.

—¿Qué se les ofrece, señores? —les pregunta un amable camarero acercándose a la mesa que han decidido ocupar.

Federico mira a Encarna, cediéndole el turno.

—Yo quiero una horchata —responde Encarna con una sonrisa.

—Yo un granizado que no esté muy frío —bromea Federico. El camarero lo mira confuso, sin entender—. Bueno, hombre, si va a ser un problema, tráigamelo helado —concluye con cara de circunstancias.

—No le haga caso —interviene Encarna—. Mi amigo es andaluz y bromea hasta con su sombra.

El camarero dibuja una tímida sonrisa.

—Y ella tiene alma gitana. Eso es peor que ser andaluz.

El camarero sonríe abiertamente, se encaja el lapicero detrás de la oreja y se va.

—Ya tengo ganas de zarpar hacia Argentina, creo que cambiar de aires me vendrá bien. Además, aquí la gente me mira con pena. —Encarna se queda un instante pensativa mientras se muerde de forma mecánica uno de los guantes de fina redecilla que cubren sus manos—. Es como si fuera una especie de viuda.

—Tú no eres viuda de nadie. Aunque si lo fueras, te diría igualmente que hay que disfrutar de la vida mientras se tiene. Además, con ese don que Dios te ha dado, tienes la obligación de hacer que otros disfruten. Ya está bien de tristeza, amiga mía. José y tú teníais un magnífico amor, quizá el amor más puro que pueda tenerse, un amor casi platónico, de niños enamorados, y la muerte ha venido para dejarlo a él en ese pedestal en el que se quedan los santos, sostenido entre el cielo y la tierra, convertido en una leyenda, un héroe, un dios que seguirá viviendo en el Olimpo, aclamado por arcángeles rubios y querubines con tirabuzones negros.

Encarna escucha las palabras de Federico con una sonrisa melancólica dibujada en los labios, sintiendo que esas palabras sanan su pena.

—¿Sabes, Encarna? Creo que es verdad que necesitas aires nuevos. En el mundo entero hay una explosión de alegría. La gente baila, canta y se emborracha. Aquí, en España, empieza a ocurrir algo parecido. El domingo pasé por delante del hotel Palace, había una comida benéfica y aquello era un despliegue de invitados distinguidos. Los hombres vestían esmoquin y las mujeres lucían las elegantes creaciones de los modistos, con faldas que rozaban el suelo, y llevaban unas joyas que, aunque casi todas parecían falsas, no dejaban de ser esplendorosas. Hay que vivir la vida como dices tú en ese cuplé que cantas del maestro Sánchez Carrere: «Que este mundo es un fandango y el que no lo baila un tonto».

En la boca de Encarna brota una sonrisa.

—«El primer novio que tuve yo, muy serio un día fue y exclamó: "Yo te juro, reina mía, que has llegado a enamorarme de tal modo que me siento, capaz... ¡hasta de casarme!". ¡Juramentos! ¡Juramentos! En amor se olvidan pronto que este mundo es un fandango y el que no lo baila un tonto...». —Encarna canta con su voz aterciopelada mientras mira con coquetería a Federico, pestañeando de vez en cuando de forma cómica y exagerada.

El camarero, que ha llegado ya con la comanda, escucha extasiado y muy atento el cuplé de Encarna. Una pareja que sale en ese momento del café se detiene también y en cuanto termina de cantar se acerca a ella.

—Perdone si la incomodamos... ¿Es usted la famosa Argentinita? —pregunta con contenida emoción la mujer.

—¡La misma! —exclama Federico.

—La vimos en el teatro Español... Estuvo usted maravillosa, única. Recuerdo cuando decía eso de: «Bailo la kananga con mi mulatillo, y al darme *kabuya* me *dise er* chonguito: "¡Ven *pacá*, mi negra! Vente ya o me muero". Y como él lo manda, pues yo así me muevo». —La mujer, una señora entrada en carnes con los labios embadurnados de carmín rojo, empieza a moverse al son de la rumba que canta. Está tan metida en su papel de cupletista que no se da cuenta de que todo el café la observa.

—Bueno, cariño... —El hombre que la acompaña carraspea—. No hace falta que nos deleites con todo el espectáculo —añade avergonzado.

—¡Bravo, señora! —Federico se levanta y besa teatralmente la mano de la mujer, quien deja escapar una risa de soprano que hace temblar su blanca papada.

Cuando la pareja se despide, el poeta levanta su sombrero de paja y ella hace unos movimientos con la cabeza que intensifican los pliegues que sobresalen del contorno desfigurado de su rostro.

—¿Has visto, Encarna? La gente cuenta contigo para alegrar sus días —dice Federico mientras toma asiento—. Para mí también eres una musa. Esta mañana, cuando supe que hoy nos veríamos, me puse a escribir pensando en ti. ¿Quieres que te lea unos versos?

Encarna asiente e inclina el cuerpo hacia delante. Federico engancha su dedo pulgar en el bolsillo de su chaleco y recita con voz suave:

> *Yo tengo sed de aromas y de risas,*
> *sed de cantares nuevos*
> *sin lunas y sin lirios,*
> *y sin amores muertos.* *

Encarna le sonríe con ternura, y él, con los ojos brillantes, levanta su vaso de granizado y exclama:

—¡Va por ti, Encarna!

* Federico García Lorca, «Cantos nuevos».

Querido Federico:

¿Cómo estás? Eres muy malo porque solo sé de ti a través de las cartas que Pilar me envía. Por cierto, dice que está progresando mucho y que ha tenido mucho éxito en su primer pinito en el teatro Romea como bailarina. ¿La has visto? Yo estaré un par de meses más en México, hace ya un mes que llegué aquí. ¡Cuánto echo de menos nuestros paseos, nuestras charlas y nuestros ratos de duende, oír lo que estás escribiendo y bailarte alguna de las coreografías nuevas que estoy inventando! Parece que fue ayer cuando te dije que me iba a Argentina, ¡y van a cumplirse ya siete meses desde que me marché! No puedo quejarme, aunque esté cansada y tenga hambre de ver a mi gente.

Mi madre ha estado un tiempo conmigo, pero esto es mucha tela para ella. Echa de menos sus horarios, su casa, sus comidas, ¡y hasta te diría que echa de menos a mi padre! El éxito ha sido increíble, ya te mandaré los recortes de algunos de los periódicos de Argentina, Chile y Cuba. En Latinoamérica la gente es diferente, desprende una familiaridad apabullante que enseguida te envuelve, parece que eres un pariente lejano que por fin ha llegado y te agasajan con mil detalles. ¿Te conté que Lola Membrives me dejó su magnífica residencia en Buenos Aires y ella se fue a vivir a una casa que tiene en el campo? No tengo palabras para agradecer lo buena que ha sido conmigo porque también, gracias a ella, la prensa de todo el país se ha puesto de mi parte. Lola es una actriz maravillosa y, sobre todo, es una artista. Ha formado su propia compañía de teatro. Le he hablado de ti y, sin conocerte, ya te adora. Quiere que le envíes tu próxima obra de teatro. Le he contado que estabas dando vueltas a la historia de Mariana Pineda. Aunque ya sé que tu intención es dársela a la Xirgu, en Argentina la Membrives sería la actriz ideal para interpretarla y promoverla por todo el país.

¿Cómo van las cosas por España? Pilarín me cuenta en sus cartas que, tras el asesinato de Eduardo Dato, hay mucho revuelo y que de momento Alfonso XIII ha encargado formar un nuevo gabinete a Manuel Allendesalazar. ¡Lo compadezco! No son tiempos fáciles para la política. A mi hermana Pilar le encanta estar en todas las salsas, y por lo visto se encontró con Pastora Imperio en una manifestación callejera que la Cruzada de Mujeres Españolas organizó por el sufragio femenino en nuestro país. ¡Parece increíble que la mujer no tenga derecho al voto cuando en esta España nuestra las mujeres son mucho menos analfabetas que los hombres! Pero ¿qué podemos esperar, si mujeres como la Kent gritan a los cuatro vientos que aún no estamos preparadas para la política? No entiendo qué le pasa por la cabeza a nuestra querida Victoria… También me cuenta Pilar que se está leyendo *La Coquito*, un libro de Joaquín Belda. No sé qué clase de literatura será esa, pero desde luego que sube la tensión a un muerto. ¿Qué te parecen estos sutiles versos que La Coquito canta? «A la ba la ba Conchita, a la ba la ba la cubanita, los coquitos que yo vendo son más dulces que la miel. A la ba la ba Conchita, a la ba la ba la cubanita, a aquel que me dé dinero, mis coquitos venderé… Alza, columba, rumba, ven, cocó, margó». ¡Este Belda va a destrozar la inocencia de media España! La otra media da igual porque no sabe leer y con asistir a algún espectáculo de La Chelito tiene más que suficiente. Menos mal que también tenemos muchos escritores, entre ellos estás tú, mi hermano del alma, que alimentan de verdad el espíritu.

¿Qué estás escribiendo ahora? ¿Has publicado ya tu libro *Poema del cante jondo*? ¡Qué bonitos aquellos versos que me leíste! Los escribí y me los aprendí de memoria: «La guitarra hace llorar a los sueños. El sollozo de las almas perdidas se escapa por su boca redonda. Y como la tarántula teje una gran estrella para cazar suspiros, que flotan en su negro aljibe de madera».

Como verás, no me olvido de ti por mucho que México me tenga gratamente impresionada, porque este lugar es más acogedor si cabe que los anteriores. ¡Tengo mil invitaciones cada día para que vaya de una casa a otra! Me hacen sentir tan querida que, salvo a mi familia y a algunos amigos entre los que tú te encuentras de los primeros, no echo en falta nada. Además, me han contratado más actuaciones en el Gran Teatro de México gracias a la aceptación de crítica y público. Aquí he ampliado mi repertorio y he introducido unas cuantas imitaciones que hacen mucha gracia. La que más gusta es la de la Meller. A muchos kilómetros de ella me siento a salvo de que aparezca en cualquier momento entre bambalinas y me propine un bofetón... Creo que ella se toma demasiado en serio. ¿Y qué es la vida sin un poco de humor? «La gente —me dijiste una vez—, piensa que soy un tipo simpático o un andaluz gracioso, pero lo que no saben es que soy un niño grande y no puedo remediarlo». Eso me pasa a mí también. Me encanta hacer bien mi trabajo, pero tomarme todo en serio no puedo, enseguida me entra como un diablillo por el cuerpo que me susurra inocentes maldades, y es que, querido amigo, la seriedad no es ni más ni menos que el fracaso de la alegría. Yo huyo de la gente seria. Creo que las cosas más trascendentales de la vida pueden hacerse riendo. Y que en serio pueden cometerse las mayores villanías.

Ahora me despido. Tengo que arreglarme porque los Hernández vendrán a recogerme de un momento a otro para ir a El Toreo, la plaza de toros mexicana. ¡Torean nuestros queridos Ignacio Sánchez Mejías y Juan Belmonte! Juré que no volvería a pisar una plaza de toros, pero estando lejos de casa verlos a ellos será como respirar un poco de Andalucía… Está claro que el tiempo, sin pedirnos permiso, va cicatrizando las heridas más profundas.

Un beso fuerte y un tirón de orejas más fuerte aún por no escribirme nunca. Te quiere,

ENCARNA

14

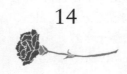

Los Hernández recogen a Encarna del hotel Casa de la Condesa. Viste un elegante traje de chaqueta gris y una mantilla negra de precioso encaje. Está guapa.

Los Hernández forman un matrimonio joven y moderno. Ella es estadounidense y en su país se llamaba Jenny, pero en México cambió ese nombre por el de Anita. Anita tiene el pelo rubio cortado a lo *garçon* y viste ropas amplias, al estilo charlestón, que le traen directamente de París. Francisco, su marido, es un mexicano muy atractivo con un bigote fino que engomina a diario para darle forma, al igual que hace con su cabello negro, como los galanes de los folletines que tan de moda están entre las chicas mexicanas. Francisco y Anita son una pareja llena de juventud, belleza y glamour que vive por y para sus compromisos sociales. Su vida transcurre de club en club y de fiesta en fiesta. Todo el mundo los adora porque, además de encantadores, son muy ricos. Poseen una refinería de azúcar en el estado de Tamaulipas, viñedos en el valle de Matamoros, un hipódromo y varios hoteles de lujo, pero, ante todo, tienen alma de artistas y les encanta rodearse de ellos. Anita es una gran aficionada a la ópera, y en las reuniones que organiza con frecuencia en su hacienda agasaja a los invitados cantando. Las arias son sus preferidas, y suele ensayarlas con entusiasmo en los ratos libres que le permiten sus clases de equitación, golf, *bridge* y de los nuevos bailes de salón que hacen furor, como el yale y el charlestón. Francisco, por su parte, es un pintor frustrado que, aceptando su falta de habilidad para el dibujo, se ha convertido en un estupendo fotógrafo. Siempre lleva consigo su Kodak último modelo para inmortalizar cualquier ocasión.

Esta tarde los Hernández pasan a recoger a Encarna en su Cadillac V8 recién llegado de Estados Unidos para ir juntos a la corrida que tendrá lugar en El Toreo. Francisco ayuda a Encarna a subir al flamante automóvil, y Anita, nada más verla, exclama con su acento americano:

—¡Encarna, eres una española linda! No me extraña que Ignacio esté tan interesado en que vayas a verlo.

Encarna dibuja una sonrisa que no llega a disimular la perplejidad que el comentario le provoca.

En El Toreo, el redondel mexicano, esa tarde hay una algarabía particular. Por primera vez, con toros de Ateneo y de San Diego de los Padres, el famoso diestro español va a enfrentarse con el laureado mexicano Rodolfo Gaona.

Encarna se sienta entre Anita y una amiga de esta. El comentario hecho al azar de su anfitriona no deja de resonar en su cabeza. Además, también se siente desconcertada ante sus propias reacciones. Ella, que se había jurado hacía unos meses que jamás volvería a pisar una plaza de toros, está ahí sentada en el tendido siete con peineta y mantilla, sintiendo la agradable brisa mexicana de esa tarde soleada de enero.

—¿Estás bien? —le pregunta Anita con su cara aniñada.

—Sí, es solo que…

Encarna titubea, y Anita le aprieta la mano mientras en su bonito rostro se dibuja una expresión de ternura que, de pronto, la convierte en una mujer adulta con una mirada sosegada y sabia.

A sus veintidós años, Encarna lleva varios meses sintiéndose viuda de un amor platónico, un amor fabricado a base de miradas profundas y sonrisas seductoras y de una carta que le llegó a su padre desde Lima: «Don Félix, tengo que hablarle de un asunto importante…». Estaba convencida de que Joselito tenía la intención de formalizar la situación, esa tensión sensual que se producía entre ellos, ese lenguaje mudo que aceleraba su corazón y la hacía sonreír sin motivo alguno. Pero todo se lo llevó aquel toro siniestramente llamado Bailaor un 16 de mayo en la plaza de Talavera; lo embistió como a un muñeco de trapo y acabó con su vida. Y en ese momento Encarna deseó que también hubiera puesto fin a la suya. Sin embargo, ahora está ahí, sentada en el mejor lugar de la plaza de El Toreo, rodeada de la flor y nata mexicana, sonriéndoles sin que nadie perciba que, en su interior, hay una lucha titánica entre sus sentimientos. Además, no es una corrida cualquiera. Torea Ignacio Sánchez Mejías, el cuñado de Joselito. Los Hernández, con su mejor intención, han insistido mucho en llevarla, pensando que le haría ilusión reencontrarse con un viejo amigo.

Encarna recuerda la tarde que conoció a Ignacio y a José, los dos al mismo tiempo en la Real Maestranza de Sevilla. Ignacio toreaba una novillada y terminó en la enfermería.

—Tu amigo Ignacio tiene a todas las mexicanas rendidas a sus pies —le susurra Anita al oído con su peculiar acento entre mexicano y yanqui, sacando a Encarna de su ensimismamiento.

Encarna sonríe y ojea el programa de la tarde: Sánchez Mejías, Juan Belmonte y Rodolfo Gaona con toros del marqués de Saltillo. Un clarín rompe el viento anunciando a los toreros. Acto seguido, suena un pasodoble, y los tres diestros salen, jóvenes y radiantes, a dar la vuelta al ruedo, saludando a un público que los recibe como a héroes, con aplausos y vítores. Ignacio viste un bonito traje de luces verde y dorado. Su imagen sorprende a Encarna; no lo recordaba así, tan fuerte y corpulento… Joselito era delgado, espigado y elegante.

Francisco hace un gesto a Ignacio cuando pasa, y este, al verlos, les sonríe, se lleva la mano a la montera y, al mirar a Encarna, amplía aún más su sonrisa. Encarna siente que se ruboriza como una chiquilla. Si Joselito hubiera estado allí, apenas la habría mirado. Él era tímido y melancólico, para ella era un reto arrancarle una sonrisa. Se alegra de ver a Ignacio porque es como si algo de Joselito siguiera viviendo en él.

—¡Es la primera vez que veo torear a Sánchez Mejías! —grita Anita al tiempo que se abanica muy rápido y sonríe hasta que se le forman sendos hoyitos en el centro de sus sonrosadas mejillas—. ¿Tú lo has visto muchas veces? —pregunta fascinada.

—Dos —responde Encarna—, en Sevilla y en la Monumental de Barcelona, cuando tomó la alternativa de manos de Joselito y salió a hombros. —Siente que su corazón se anega en tristeza, y dibuja en sus labios una temblorosa sonrisa.

El clarín anuncia el primer toro, y un bicho negro y enorme irrumpe nervioso en la plaza dando tarascadas al aire. Luego se queda quieto mirando desafiante al torero que lo incita desde el estribo de la barrera donde está sentado. Sánchez Mejías, el temerario. A Encarna le fascinan los toros, es una afición que comparte con su padre, la hipnotizan las figuras de bestia y hombre bailando la siniestra danza de la muerte.

Ignacio torea con los riñones metidos, casi rozando al toro, y con muletazos largos y bajos se enrolla el animal a la cintura. Dibuja unas bonitas verónicas apretadas y, situado entre los pitones del astado, da tres pases que dejan al público sin aliento. Espera la embestida con calma fría y manda como nadie al animal, pero el respetable sabe que lo más aterrador es verle poner las banderillas. La plaza entera le pide que banderillee y él, después de citar a un metro de distancia al toro, le coloca tres magníficos pares en todo lo alto, cambiando en la propia cara del bicho en un quiebro imposible. Todos los corazones laten al unísono con el alma en vilo y, en una explosión de alegría y alivio compartidos, el público se levanta de los asientos y la música de la banda estalla en un alegre pasodoble en su honor.

—¡Qué valiente! —exclama Anita abriendo mucho sus chispeantes ojos azules.

De repente, las afiladas uñas de Anita se clavan en el brazo de Encarna. Ignacio está haciendo dos pases de pecho y un escalofriante pase por lo alto y, cuando ya parece que no le quedan más proezas, se arrodilla de espaldas al toro y comienza a secarse el sudor de la frente despacio. El público lo sigue aterrorizado, pero él obvia el peligro y, sin prisa, se pone de pie, se da la vuelta y provoca al astado terminando con un artístico remate en los pitones. Para finalizar, ejecuta una estocada perpendicular que exige el descabello. Acierta a la primera. Gran ovación y vuelta al ruedo. La música y la alegría llenan la plaza, que se tiñe de una marea de pañuelos blancos. Dos orejas y vuelta a hombros en el coso. Al pasar por el tendido siete, Ignacio busca con la mirada a Encarna y, al verla, eleva las orejas del bicho, sonríe y le hace un guiño.

—¡Qué emocionante, querida, te ha guiñado el ojo! Está claro que se alegra de verte —dice Anita sin dejar de aplaudir.

Encarna siente que las mejillas le arden. Le espanta ruborizarse, así que aplaude animosamente, en parte para ocultar el rostro tras las manos. Había olvidado lo nerviosa que la ponen la sonrisa y la mirada de Ignacio. Se dice que tiene que marcharse en cuanto la corrida termine. Se excusará con los Hernández alegando que no se encuentra bien y que debe descansar para ensayar al día siguiente. Ellos lo entenderán y harán que el chófer la lleve al hotel.

A su alrededor, los amigos de los Hernández comentan entusiasmados la faena.

—¿Conoce usted mucho a Sánchez Mejías? —pregunta a Encarna con curiosidad una amiga de Anita.

—Algo. —Encarna sonríe, y al ver que la mujer sigue mirándola con expectación, aclara—: Yo era la prometida de su cuñado.

La mujer asiente con la cabeza y enseguida se pone a participar en otra conversación.

Sin embargo, esa respuesta que deja tranquila a la amiga de Anita a Encarna le produce una súbita desazón. De pronto, los latidos de su corazón se aceleran y a su mente regresan la sonrisa y el guiño que Ignacio acaba de dedicarle. Para ella, el resto de la corrida transcurre en un suspiro. En su segundo toro, Ignacio la busca con la mirada y le sonríe entre los quites.

—Se nota que le gustas —le susurra al oído Anita, que la mira con una sonrisa cómplice.

—¿A Ignacio? —dice Encarna en tono irónico—. No, Anita, es que en Sevilla hay muchos hombres que miran así a las mujeres. —Sonríe con calma, pretendiendo quitar importancia al comentario.

—¡Francisco, si quieres que nuestro matrimonio dure, no me lleves nunca a Sevilla! —exclama Anita, y deja escapar una risa cantarina que es inocente y maliciosa al mismo tiempo.

Tanto Gaona como Sánchez Mejías hacen una buena faena esa tarde: dos orejas y un rabo para Gaona y dos orejas para Sánchez Mejías. Durante el paseíllo, Anita grita: «¡Ignacio, Ignacio!», y con la plaza a rebosar, a pesar de la algarabía y la música del pasodoble, Ignacio la oye y mira hacia el lugar en el que los Hernández y Encarna están sentados, hace un gesto con su montera y sonríe cuando Encarna levanta su mano enguantada para saludarlo. No cabe duda de que es un tipo atractivo, simpático y un seductor nato. Gallito y él eran como el día y la noche. Gallito, tan profundamente atento a las formas, a la esencia del toreo y de la vida; Ignacio, pura pasión violenta, explosión de arte que depende de lo que su corazón le dicta.

Encarna se queda pensativa. Recuerda la noche en que, en una fiesta en honor a Gallito, ella bailó unas sevillanas con Ignacio. Rememora aquel momento. Había olvidado cuánto le llamó la atención lo bien que el sevillano bailaba y, sobre todo, le sorprendió la templanza de su mano al asirla por la cintura en los pases cruzados. Ella baila mucho, pero no suele hacerlo con hombres. De hecho, los pocos con los que ha bailado en algún espectáculo no eran hombres muy hombres. Lo había borrado de su mente; no está acostumbrada a esas sensaciones. Cuando se atreven a bailar con ella, la mayoría de los hombres lo hacen de una forma tan tímida que Encarna apenas nota su presencia. Esa vez con Ignacio fue distinto; sintió una mano fuerte, una presencia a su lado que la envolvía como una red transparente pero firme. En un instante recuerda cómo él acercó su cara a la de ella y pudo percibir su aliento contenido, cómo la miraba con una media sonrisa que le llegaba hasta los ojos, unos ojos del color de la miel que la devoraban. Cuando terminaron de bailar, él le dio un beso en la mano y le dijo: «No sé si he estado a la altura. Bailar contigo, Encarna, es más difícil para mí que torear un mano a mano con Gallito». En ese momento se acercó José y le ofreció su brazo. En los labios de Encarna se dibuja una sonrisa al acordarse de que Gallito no bailaba, pero delimitaba muy bien lo que era suyo; su sola presencia bastaba para saber lo que él había decidido que le pertenecía, y a Encarna la había hecho suya nada más verla. Él le había dicho muchas veces que le enamoraba su cuerpo estilizado y elegante, su mirada negra y profunda y la preciosa sonrisa que ella le regalaba constantemente.

—Hemos quedado después en la Taberna del Toro Chico con Ignacio y Belmonte —le susurra al oído Anita.

—Me encantaría ir, pero mañana tengo que ensayar temprano y debo regresar al hotel para descansar —responde Encarna, tal como ha planeado.

—Solo iremos a saludarlos… Te prometo que después te llevamos al hotel —insiste Francisco en tono suplicante, y su bigotito recto se inclina hacia abajo.

—Claro, querida, ¡cómo no vas a ir a saludar a Ignacio, si te ha dedicado la corrida! ¡Quien no se haya dado cuenta es que no tiene ojos en la cara! —exclama vivaracha Anita.

—Bueno, pero solo un ratito porque estoy agotada —accede Encarna, sintiendo que se le contrae el estómago y le sube fuego a las mejillas.

15

La Taberna del Toro Chico es el lugar de moda al que la élite mexicana acude después de una corrida, sobre todo si ha sido buena. Los Hernández han quedado allí con unos amigos y con los toreros españoles. El establecimiento está a rebosar. Es un lugar decorado al más puro estilo español, con fotos de flamencas, de toreros, guitarras y sombreros cordobeses por todas partes.

Nada más llegar, un camarero vestido de corto les ofrece una bandeja repleta de catavinos con fino y amontillado. Encarna toma una copa de este último y lo bebe como si fuera un refresco, sintiendo casi al instante los efectos relajantes del alcohol. Se dirige al aseo, y allí se quita la peineta y la mantilla. El espejo le devuelve una imagen que le agrada. Se ve guapa, los ojos le brillan como el azabache y sus mejillas lucen un tono sonrosado que le da un aire muy saludable. Se sacude el cabello que, hace poco, se ha cortado a lo *garçon*, un estilo que es cómodo de peinar, aunque tiene dos inconvenientes. El primero es que debe dormir con los dichosos bigudíes para que se le marquen las ondas; el segundo, que a la hora de bailar tiene que ingeniárselas para prenderse en el pelo las flores con decenas de horquillas. Aun así, le gusta, confiere un toque moderno, «acharlestonado», a su baile español. Oye aplausos, y de pronto siente mucho calor a pesar

de que ya no lleva la mantilla. Sale del aseo y se introduce tímidamente en esa algarabía de piropos y aclamaciones. «¡Viva la
madre que os parió!». «¡Viva España!». «¡Aquí llegan dos
hombres de verdad!», y un sonoro y largo aplauso resuena en
todo el recinto.

Ve a lo lejos a Ignacio y a Belmonte. Están exultantes.
A Ignacio le sienta igual de bien el traje de luces que la americana. A su lado, el porte poco agraciado de Belmonte es
aún más evidente. Enternece la actitud tímida del diestro
trianero, que asume su posición relegada junto a la deslum-
brante figura de Ignacio. Encarna siente que el corazón se le
acelera y da un sorbo a la copa de vino que tiene en la mano.
Su confusión va en aumento. ¿Qué le está pasando? Ignacio
es un hombre casado... Para colmo, si José no hubiera muerto, ahora serían familia. Es verdad que ha oído que el matrimonio de Ignacio y Lola hace aguas, pero siguen juntos, a
pesar de todo, porque él adora a sus dos hijos.

En cuanto divisa a Encarna, Ignacio le dedica una sonrisa. Ella le corresponde con otra y un tímido saludo con la
mano. Él va a su encuentro con decisión, esquivando con
frases vagas y sonrisas impostadas a los admiradores que lo
abordan.

—¡Hola, Encarna! —La toma por los hombros y le da
dos cálidos besos en las mejillas—. ¡Estás más guapa que
nunca!

La separa de él y la mira de arriba abajo, con ese halaga-
dor descaro varonil que es imposible rechazar porque hace
que la mujer se sienta una diosa.

—Gracias, Ignacio... Pero son tus ojos —responde Encarna, coqueta.

—Me alegro mucho de verte —insiste él con franqueza.

—Has hecho una gran faena —afirma Encarna esforzándose en apartar la emoción que le aprieta la garganta.

—Tenía que impresionar a una mujer muy especial. Sabía que vendrías, y nada más salir al paseíllo te vi. —Ignacio arquea las cejas en un gesto seductor.

Un camarero pasa junto a ellos y les ofrece su bandeja repleta de catavinos. Ignacio se hace con uno de amontillado y otro de fino. Entrega el de amontillado a Encarna.

—Esto no es como en Sevilla —dice levantando el catavino y mirando al trasluz el líquido amarillento—, está remontadito. —Entorna los ojos y aguza la vista.

En los labios de Encarna se dibuja una sonrisa. Le hace gracia esa forma de testar el vino fino de los andaluces, como si fueran los únicos que comprenden de verdad la naturaleza de ese líquido tan sensible y delicado como el cristal.

—¡Maestro! —De la nada aparece un hombre bajito con un bigote tan grande que las puntas le sobresalen de los lustrosos mofletes.

—¡Cónsul! —exclama Ignacio al tiempo que se vuelve hacia él.

—¡Enhorabuena, me rindo una vez más ante su valentía y su arte! —El hombre realiza una pequeña reverencia—. ¡Es usted un genio, un auténtico califa! —Abre los brazos y atrae hacia sí a Ignacio, que se deja abrazar—. ¡Usted sí que sabe, maestro, siempre con mujeres bonitas a su lado! —exclama mirando a Encarna.

—Señor cónsul, ¿no conoce usted a la señorita Encarnación López Júlvez, que no es otra que la mismísima Argentinita?

Ignacio ha puesto su mano en el brazo de Encarna mientras hacía las presentaciones. Ella sonríe al notar el tacto delicado, casi femenino, de él, y alarga su mano hacia el cónsul.

—¡No me lo puedo creer! —exclama él, con el semblante demudado como si estuviera ante una aparición, y se la estrecha—. ¡A sus pies, señorita! —Clava una rodilla en el suelo e inclina su enorme cabeza cuya calva, al igual que sus mofletes, brilla lustrosamente—. Hace dos días fui a verla con mi señora al Gran Teatro de México y ya tenemos las entradas para volver. Con su permiso... —Se incorpora—. Iré a avisar a mi esposa para que venga a saludarla. —El hombre se marcha como una exhalación.

—Me encanta que una dama me robe admiradores —dice Ignacio apretando los labios en una sonrisa.

—No era mi intención, maestro. —Encarna se siente feliz y el alcohol empieza a lograr que todos los prejuicios que tenía sobre Ignacio vayan desvaneciéndose.

—Ahora el cónsul regresará con su mujer, que no te dejará en paz durante toda la noche, preguntándote cómo haces tal o cual espectáculo y dónde eliges el vestuario y... —Ignacio se queda pensativo unos instantes—. ¿Qué te parece si tú y yo nos escapamos a tomar unos tequilas a un sitio que conozco?

—Mañana tengo que ensayar temprano —responde Encarna. Se siente tentada por la proposición de Ignacio, pero a la vez le produce desasosiego.

—¡Damas y caballeros! —grita alguien desde la tarima que, a modo de escenario, hay al fondo de la taberna, y la gente poco a poco va callando—. ¡En honor a estos dos sevillanos de excepción que nos han regalado una sublime faena esta tarde en la plaza, vamos a tocar unas sevillanas! ¡Va por ustedes, maestros!

Todos aplauden y buscan con la mirada a Ignacio y a Belmonte, que sonríen y saludan agradecidos. Suenan los primeros acordes en las guitarras y la voz ronca de una mujer comienza a cantar.

—¿Bailamos? —Ignacio ofrece su brazo a Encarna, que duda unos segundos, el tiempo que tarda la música en meterse en su cuerpo.

—Eso siempre —responde resuelta—, aunque con dos copas la técnica se vaya al traste.

Se colocan delante del escenario y comienzan a bailar. A su alrededor se forma un corrillo que los jalea: «¡Olé el arte español!». «¡Guapa, Argentinita!». Las voces les llegan cada vez más lejanas. «¡Saca el capote, Ignacio, que Encarna no es un toro fácil de lidiar!», grita un hombre.

—Siempre hay algún guasa al que le sienta mal el vino —susurra a Encarna mientras ciñe con firmeza su mano a la cintura de ella.

Encarna siente que la cara y la espalda le arden. Dos giros más y termina entre los brazos de Ignacio. La cabeza erguida, un brazo levantado en arco, los ojos clavados en los de él y una sonrisa que lucha para no desvanecerse, arrasada por la mirada de fuego del torero. Está confusa. Se separan, y él se inclina para besarle la mano. Todos aplauden. Encarna traga saliva intentando aplacar el ritmo frenético de su corazón. Enseguida, Anita se acerca con unas amigas y se las presenta. Encarna las va saludando como una autómata, sintiéndose en una nube. No entiende qué le está ocurriendo. Busca con la mirada a Ignacio, que en ese momento habla con un grupo de hombres y, como si lo percibiera, se da la vuelta y le brinda una sonrisa y una mirada cómplice.

—¡*Ignasio, Ignasio*! —Anita lo llama con su gracioso acento y una voz más aguda de lo normal debido a los efectos del alcohol.

Ignacio se aproxima con su sonrisa seductora, dedicando una halagadora mirada a cada una de las mujeres que forman el grupo.

—Dígame usted, bella dama —responde galante.

—¿Bailaría conmigo unas sevillanas? —Anita deja escapar una risita y se tapa la boca como una niña que comete una travesura—. Perdone mi atrevimiento, pero ya sabe que las estadounidenses somos mujeres liberadas de ciertos protocolos. —De nuevo su risa cantarina hace que todo su pequeño cuerpo, envuelto en un vestido de gasa rosácea que lo hace aún más etéreo, se agite con movimientos espasmódicos.

—Sería un auténtico honor —responde Ignacio, complaciente—, pero deje que me recupere un poco mientras usted saborea este maravilloso vino.

Alcanza una copa de la bandeja de un camarero que pasa en ese momento junto a él y se la ofrece a Anita.

—Es el momento de seguir con nuestro plan y huir —susurra a Encarna al oído, y al ver que ella lo mira como si no entendiera de lo que le está hablando continúa—. Marchémonos de aquí; dentro de un rato estarán todos tan borrachos que no sabrán ni cómo se llaman. —Ante la indecisión de Encarna, Ignacio insiste—. Te llevaré a un lugar donde cocinan el mejor mole de México regado con un tequila insuperable.

Encarna lo mira con la respiración contenida. Escudriña su cara y sus ojos, que ahora tienen una mirada inocente sin esa llama que antes la devoraba y la hacía ruborizarse. Se fija en su boca carnosa que sonríe abiertamente, como la de un amigo con el que puede compartir muchas cosas: Joselito, la pasión por el arte, el amor a España... Nada en él indica peligro. Aun así, sigue confusa.

—Mañana tengo que ensayar y...

—¡Venga, Encarna! ¿Vas a dejarme solo? ¡Un tequila y nos vamos! —Se pone la mano en el pecho y la mira con expresión suplicante.

—Está bien... —Encarna se siente forzada a aceptar. Claudica—. Pero no puedo llegar a cuatro patas al hotel —recalca, y lo señala con el índice como si fuera algo que dependiera únicamente de él.

—Prometido.

Ignacio levanta su mano y sonríe. Se coloca detrás de Encarna y la dirige hacia la puerta por la cintura, esquivando hábilmente a cuantos los llaman.

Fuera los acoge una noche templada con un cielo altísimo y gris.

—¡Huele a azahar! —exclama Encarna, sorprendida.

Se siente como una niña que se ha escapado del colegio. Inspira profundamente.

—Eso es porque tienes al lado a un sevillano que lleva Sevilla dentro.

Ignacio dibuja una media sonrisa y hace un gesto para detener un taxi. Cuando se disponen a entrar en él, alguien grita: «¡*Mataó*! ¿Adónde va?». Es Antonio Conde, el noble espadero de Ignacio que, como un perro fiel, ha sido el único que se ha dado cuenta de que su amo no estaba.

—¡No te preocupes, Antonio, que yo voy directo al hotel! —dice Ignacio mientras suben al coche—. A la bodeguita de Guadalupe —indica al conductor en cuanto se acomodan en el asiento trasero.

Extiende su brazo por el respaldo justo detrás de los hombros de Encarna, y ella, aunque no la roza, siente el calor que desprende su cuerpo.

—¡No me he despedido de los Hernández! —A Encarna el corazón le da un vuelco y se incorpora.

—No te preocupes, mujer. —Ignacio la toma por los hombros y con delicadeza la lleva hacia atrás—. A estas alturas y con tantas copas encima, los Hernández no repararán en eso. ¿Te encuentras bien? —pregunta solícito.

—A veces me mareo, pero se me pasa con un poco de aire fresco.

A Encarna le ha desaparecido el color de la cara. Está tan tensa que comienza a sentir náuseas. Hace un gesto con la mano para que Ignacio la deje concentrarse en recuperarse. Él la entiende y se pone a hablar con el conductor. Poco a poco, la angustia desaparece, y Encarna se apoya de nuevo en el respaldo. Ignacio mantiene una animada conversación con el conductor, un simpático hombrecillo con cara de dios azteca. El traqueteo del automóvil la va sumiendo en un agradable sopor y termina sumida en un profundo sueño. Cuando despierta, tiene que hacer un esfuerzo por recordar dónde se encuentra. Tiene la cabeza apoyada en un hombro; delante de ella, ve unos asientos y un hombre que escribe algo en un cuaderno. ¡Está en un taxi con Ignacio! Se incorpora despacio.

—Bella durmiente, ¿quieres bajar o prefieres que te lleve al hotel? —La voz de Ignacio suena amable y acariciadora.

—Tengo hambre —responde Encarna sin mirarlo, y estira los brazos hacia delante.

—¡Pues estamos en el lugar adecuado!

Ignacio se dirige al chófer y le da unas monedas. El hombre sonríe enseñando una dentadura en la que destella un diente de oro.

16

La dueña del restaurante es una mujer menuda y sonriente de edad indescifrable que tiene unos chispeantes ojos negros y lleva el pelo canoso recogido en una trenza que le llega hasta la cintura.

—¡Mi Guadalupe! —Ignacio se aproxima hacia ella con los brazos abiertos.

—¡Qué bueno que viniste, españolito, y veo que en esta ocasión estás aquí para celebrar y no para olvidar! —La mujer abraza de una forma familiar a Ignacio, y este, por un momento, la alza del suelo.

—Te presento a Encarna, una amiga muy especial.

Guadalupe extiende hacia Encarna su mano y ella se la estrecha. Es pequeña y mullida, con un tacto cálido y reconfortante.

—Un placer, señorita.

Dibuja una sonrisa que deja ver unos dientes blancos y fuertes. Encarna siente alivio al ver que no la reconoce. Pasar desapercibida le supone un descanso porque puede ser Encarna a secas, sin que La Argentinita tenga que actuar.

—Adelante, don Ignacio, les situaré en la mejor mesa.

Sus ojos recorren rápidamente todo el restaurante, cinco o seis pequeñas mesas de madera de las cuales tres están ocupadas. Acto seguido los guía hacia una que hay junto a una ventana, adornada con una rústica tela a modo de cortina.

—Desde aquí pueden ver la luna y las estrellas —dice, y hace a Ignacio un guiño cómplice.

—Tengo a las dos estrellas más bellas de la noche muy cerquita. Guadalupe es mi madre mexicana. —Ignacio atrae cariñosamente a la mujer—. Ella me adoptó y me cuidó cuando vine la primera vez a este país y estuve trabajando de criado en una hacienda… Pero es una historia larga y tenemos hambre.

—¡Ahoritita mismo les traigo mis arepas con mole, que hoy están para chuparse los dedos! —exclama Guadalupe, y se marcha feliz, como una madre que va a preparar lo mejor para un hijo que acaba de regresar de un largo viaje.

—Te quiere mucho —observa Encarna mientras Guadalupe se aleja.

—La verdad es que he tenido mucha suerte siempre con las mujeres. —Ignacio aprieta los labios e inspira al tiempo que arquea las cejas—. Seguramente ellas no pueden decir lo mismo de mí. —Encarna se acuerda de Lola, su esposa, y en un gesto mecánico cruza los brazos sobre la mesa, como si de esa manera se defendiera de Ignacio—. Lola está la primera de la lista de las que no han tenido suerte al dar conmigo —continúa como si le hubiera leído el pensamiento, dibujando una sonrisa forzada y mirándola de soslayo; sus labios se quedan sin color—. Pero nunca he engañado a nadie, siempre he sido como soy, y ella me conocía bien antes de casarnos. La pasión no es eterna. —Sus ojos se ensombrecen—. Nos quedan dos hijos que son verdaderos ángeles. —Aprieta la mandíbula como si mordiera algo para no gritar de dolor.

—Les traigo un refrigerio de parte de la patrona. —Una niña de algo más de diez años con largas trenzas negras y unos ojos enmarcados por unas rizadísimas pestañas colocados copas sobre la mesa—. Es un refresco de tequila y limón. En el borde de la copa la patrona ha puesto sal.

—¡Para que sepamos disfrutar de la pasión cuando llega y despedirla sin temor cuando se va! —Ignacio alza su copa y aguarda a que Encarna haga lo mismo.

—¡Por la vida! —exclama ella, y eleva su copa mirándolo a los ojos sin miedo. El velo se ha caído, y por fin ve que Ignacio es un hombre fuerte pero también muy frágil.

Sonríe y entrechoca su copa con la de él. Beben. El líquido agridulce les baja hasta el estómago y rápidamente les sube en una oleada de calor por la espalda, se expande hacia las sienes y les afloja las piernas. Ignacio limpia con su índice la sal que le ha quedado a Encarna en la comisura de los labios.

—¡Por el arte y por la belleza! —exclama, y entrechoca de nuevo su copa con la de Encarna. Luego, mirándola fijamente a los ojos, apura el líquido.

—Ya veo que les hace falta más refresco. —Guadalupe llega como un vendaval y llena la mesa de comida—. ¡Angelita, trae la botella de tequila para que los señores se sirvan lo que se les antoje! ¡Angelita! —grita de nuevo, y la chica aparece con la botella—. Aquí les he traído el mole —anuncia mientras destapa un recipiente pequeño de barro con una humeante masa espesa y oscura—, la cochinita con su aliño —continúa, y destapa otro recipiente más alargado—, los tacos —dice abriendo las servilletas que envuelven unas olorosas tortillas de maíz— y un arroz con chile para acompañar. —Se limpia las manos en el mandil que lleva a la cintura y hace juego con las telas que hay colocadas en las ventanas—. ¡Buen provecho, *mijitos*!

—¡Siéntate con nosotros un rato! —Ignacio hace el ademán de levantarse, pero Guadalupe le pone la mano en el hombro y lo frena.

—¿Cuántas veces me ha visto usted sentada? Sentarse es

para los señoritos o para los enfermos, y yo no soy ninguna de esas dos cosas. —Sonríe orgullosa y se marcha con la ligereza que da poner el corazón en el trabajo bien hecho.

—Tiene razón. —Ignacio mueve la cabeza de un lado a otro—. Es de esas personas que son sabias por naturaleza.

—Como mi querida Teresita, que empezó siendo mi planchadora y ahora me fío más de ella que de mi representante. Cuando le pregunto si algo le gusta y ella tarda en responder, me pongo manos a la obra porque sé que hay cosas que tengo que modificar.

—A mí me pasa lo mismo con Antonio. Yo le digo que él es el ángel de la guarda de un demonio.

Ignacio arquea las cejas, y Encarna deja escapar una carcajada. Despacio, se quita la americana y se remanga la camisa de un blanco impoluto que resalta con el tono moreno de sus brazos. Su cabello, siempre engominado hacia atrás, está ahora despeinado y un mechón castaño le cae por la frente. Apoya los antebrazos en la mesa e inclina su atlético torso hacia delante, avanzando hacia Encarna como la proa de un galeote.

—No te rías, morenita… ¿No te da miedo estar con un hombre demonio?

—¡Por Antonio y por la gente auténtica como él!

Beben, se miran y se sonríen como lo hacen quienes se entienden más allá de las palabras. Ignacio acaricia suavemente la mejilla de Encarna.

—Eres preciosa —dice, y de nuevo su mirada entra por los ojos de ella, derrumbando una a una las barreras que Encarna se afana en apuntalar para protegerse.

Como el que ve acercarse una ola inmensa y sabe que es imposible hacer nada por detener esa fuerza incontrolable, Encarna ve aproximarse el rostro de Ignacio al suyo y nota sus manos posándose con firmeza a ambos lados de su cara, atrayéndola con decisión hacia él. Cierra los ojos al notar sus labios suaves fundirse sobre los de ella en un beso largo y delicado que le acelera el corazón hasta que se separan. Despacio, abre los ojos e intenta decir algo, pero Ignacio le pone un dedo sobre la boca. Las pupilas de Encarna brillan tanto que las velas se reflejan en ellas como espejos. Durante décimas de segundo se devoran con la mirada, hasta que Ignacio se acerca a ella, esta vez con más ímpetu, para besarla con una pasión que Encarna desconoce, que la asusta y al mismo tiempo la atrae con la fuerza de un imán.

—Creo que es hora de irse —dice Encarna, toda vez que se separa de Ignacio.

Ha oído ruidos, y repara en que ya no queda nadie en el restaurante. Guadalupe y Angelita recogen las mesas y limpian el suelo de la manera más discreta que pueden. Se echa hacia atrás y se palpa los labios, que palpitan como si el corazón se hubiera trasladado a ellos.

—Sí, es hora de irse. —Ignacio habla despacio, sin apartar ni un momento sus ojos de los de Encarna, que es la primera en levantarse; las piernas le tiemblan y apenas la sostienen—. ¡Lupita, ya nos vamos! —grita sin dejar de sonreír a Encarna.

Guadalupe se acerca rápidamente.

—Españolito, cuando tú me llamas Lupita es que el tequila hizo su efecto —dice mientras le propina con el índice unos golpecitos en el hombro con cada palabra.

—¡Así es, porque tu tequila es el mejor de todo México y el que cura de verdad!

Ignacio la abraza, la eleva mientras la mujer sacude sus piececitos en el aire. Cuando la deposita de nuevo en el suelo, Guadalupe se dirige a Encarna con la mejor de sus sonrisas.

—Señorita Encarna, ha sido un gusto conocerla. —Le toma la mano entre las suyas como lo haría una madre—. Se ve que es usted una mujer de bandera, no más hay que fijarse en sus ojos. —Le sonríe, y Encarna le da un beso espontá- neo en la mejilla en señal de gratitud—. Cuídala, españolito —apostilla golpeando de nuevo con su índice el hombro de Ignacio—. No hay gran hombre sin una gran mujer que lo sostenga. —Abraza a Ignacio, y este le mete en el mandil un billete que se ha sacado del bolsillo del pantalón—. En tu casa tú no pagas, españolito —dice Guadalupe con cara de enfado cuando se da cuenta, sacudiendo el billete delante de la cara de Ignacio.

—No es para usted, doña Bruja, es para su mesera. —Y guiña el ojo a la chica, que los mira desde lejos y al oírlo se le ilumina la cara.

—¡Vuelvan pronto! —exclama Guadalupe desde la puer- ta mientras Encarna e Ignacio se alejan de la taberna y, al unísono, se vuelven hacia ella y se despiden agitando la mano.

Fuera, la noche ha envuelto el aire con su manto de oscu- ridad y silencio. Huele a lluvia. Un gato montés cruza la ca- lle y se encarama a un muro para, enseguida, desaparecer tras él.

—Vaya, conque montés... —dice Ignacio sin quitar ojo a los ágiles movimientos del felino.

—¿Supersticiones? —pregunta Encarna, sorprendida por el comentario.

—Señales, diría yo. —Ignacio se da la vuelta, la atrae ha- cia él asiéndola por la cintura y busca sus labios para besar- los.

—¿Y qué dicen esas señales? —Encarna rehúye el beso mientras él persigue con deseo su boca.

—Que tenga cuidado contigo —responde con la voz ron- ca acosando todavía los labios esquivos de Encarna.

—¿Ah, sí? —pregunta coqueta, y nota que las fuerzas la abandonan al sentir los labios de Ignacio besando su cuello.

—Sí, porque eres una gatita salvaje —le susurra al oído produciéndole escalofríos por todo el cuerpo.

—Pues es verdad, *mataor*… Ten mucho cuidado porque soy de armas tomar. —Encarna oye lejanas sus propias palabras.

Toda su atención está en los besos de Ignacio, hasta que se da por vencida y le entrega sus labios con una pasión que es delicada y violenta al mismo tiempo.

—Tienes la boca más dulce que he probado nunca —dice él mientras le suplica con la mirada que se los entregue de nuevo.

—Eso es lo que les pasa a las gatas salvajes… —Encarna sonríe sintiéndose feliz—. Que si nos tratan bien, somos muy dulces.

Un hombre pasa muy cerca de ellos y Encarna aprovecha para deshacerse de los brazos de Ignacio. Comienza a andar, sintiendo que poco a poco sus piernas recobran la fuerza. Oye los pasos de Ignacio detrás de ella y su voz que, con suave acento sevillano, empieza a recitar:

> *El veneno de tu piel,*
> *se me fue metiendo dentro*
> *y ahora solo pueo decí,*
> *mardita sea la hora*
> *en que te dije que sí;*
> *que viví sin ti no puedo*
> *pero esto tampoco es viví,*
> *que como perro sin dueño*
> *voy siempre detrás de ti*
> *y es que ya sin ti me muero.*

17

Dicen que van a ver los recortes de periódicos que Encarna tiene en el hotel, recortes que hablan de sus éxitos por tierras hispanoamericanas en esos últimos meses, pero los dos saben que es solo una excusa para no separarse, para unir otra vez sus labios, para envolver con abrazos sus cuerpos.

Cuando Encarna abre la puerta, la habitación está en penumbra. Ha dado orden en la recepción de que no cierren las cortinas del gran ventanal que hay frente a la cama cuando prepararan el cuarto por la noche. Le encanta ver el resplandor de la ciudad, iluminada como un belén cuajado de velas, y los amaneceres incendiarios en los que el sol surge de un horizonte rabiosamente anaranjado y violáceo como una potente bola de fuego. Extiende el brazo hacia el interruptor de la lámpara, pero Ignacio detiene su mano.

—Hay suficiente luz —dice sin soltarla, y ella, con voz trémula, le responde que esa ciudad parece arder cada noche.

—Todas las ciudades arden cada noche. Algunas más que otras... Depende de la pasión de los corazones que alberguen —añade Ignacio rozándole con los labios el lóbulo de una oreja.

Le besa la mano y sin soltarla, lentamente, continúa con cada uno de sus dedos. Cuando Encarna siente que las piernas no van a sostenerla, los brazos de Ignacio la rodean y la alzan del suelo reclinándola con delicadeza en el sofá que hay detrás. Sin dejar pasar un segundo, Ignacio se aventura a besarle la cabeza, el cabello, el cuello y la piel del escote que le asoma por la blusa. Encarna se estremece, vibra como un instrumento musical tocado por manos expertas. Ignacio le desabrocha despacio los botones de la blusa, y a cada paso que da la cubre con más besos húmedos que le provocan oleadas de placer por todo el cuerpo. Pero como si ella misma se castigara por gozar de esa manera, de repente surgen en su mente las imágenes de Joselito y de Lola, la mujer de Ignacio.

—No puedo —dice con una voz apenas audible—. José y Lola... —balbucea.

—Tranquila —le susurra Ignacio, y besa enseguida sus labios—. Aquí estamos solos tú y yo. Los fantasmas no existen, y los que están vivos y no están aquí no importan.

Encarna siente que Ignacio tiene razón. Son un hombre y una mujer adultos, y ella está cansada de vivir solo para los demás; porque cada uno de sus movimientos parece destinado a contentar a un público, unas veces visible y otras invisible, que en cualquier momento puede negarle su favor y entonces ella desaparecerá, se convertirá en nada. Ahora ella lo es todo para Ignacio y él lo es todo para ella. Se abandona entre sus brazos y bajo su cuerpo poderoso y cálido se entrega a él por completo, como una flor que siente el calor de un sol primaveral y revive abriéndose entera a la vida. Sus cuerpos pasan horas entrelazados, empujados por olas de pasión que los dejan exhaustos, para después, lentamente, comenzar de nuevo.

A la mañana siguiente, Ignacio se marcha temprano, tras besar los labios y los ojos de Encarna con ternura. Ella se queda en la cama abrazada a la almohada en la que él ha dejado su huella y su olor, un olor que la transporta a las playas y las dehesas andaluzas. Sobre las sábanas hay una nota escrita por él:

> *Estoy enfermo de ti,*
> *de curar no hay esperanza,*
> *que, en la sed de este amor loco,*
> *tú eres mi sed y mi agua.**

Mi amada morenita:

He robado estas palabras a nuestro amigo Manuel Machado porque, en realidad, él me las robó antes a mí de esa forma misteriosa que tienen los poetas de robar las emociones de los otros; porque esas palabras estaban en mi corazón desde siempre guardadas para ti, incluso mucho antes de que nos conociéramos.

Te quiero, siempre te he querido y siempre te querré,

IGNACIO

Encarna aprieta el papel contra su pecho y rompe a llorar. A sus veintitrés años nunca ha sentido tanta pasión por alguien. Creía que su corazón y hasta su cuerpo estaban colmados con el baile. Su vida era un espejo con mil facetas en las que veía reflejarse a la bailarina meticulosa, a la cantante inspirada, a la hija obediente, a la hermana entregada, a la amiga solícita y a un sinfín de personajes que formaban parte de ella, pero en ninguno se encontraba solo como mujer, como hembra que desea y a la vez es deseada. Con Ignacio ha descubierto que, antes que nada, es mujer. Y ha descubierto, sobre todo, hasta qué punto es capaz de serlo.

* Manuel Machado, «El querer».

18

5 de junio de 1921

Querido Federico:

¡Ni una carta tuya! Debería dejar de ser tu amiga... Pero te perdono. Sé por Pilarín que has publicado tu primer libro de versos al que has llamado *Libro de poemas* y que le has regalado uno con una preciosa dedicatoria.

No estoy segura de que esto que escribo llegue a tus manos antes de que nos veamos en España, ya que en unos días embarco rumbo a casa, pero no podía dejar de contarte lo que aquí, en México, es un secreto a voces. Estoy enamorada, y lo peor..., de un hombre casado. Y peor aún, él también lo está de mí. Voy a escribir su nombre y serás el primero allí, en España, que lo sepa: Ignacio Sánchez Mejías. Sí, el cuñado de Gallito, de nuestro Joselito. El marido de su hermana Lola y padre de sus dos hijos, José y María Teresa. Recuerdo cuando José y yo estuvimos una noche en su casa de Pino Montano, el magnífico cortijo a las afueras de Sevilla en el que siempre celebra fiestas. Ella bailaba después de la cena por bulerías o por sevillanas con su sobrina, la niña Trini. Aunque suene extraño, es una mujer a la que respeto, baila bien. Y, sobre todo, tiene personalidad, porque no se apoca, aunque la gente la compare con su cuñada Pastora

Imperio ni aunque esté delante yo, ni siquiera La Macarrona. Lola es Lola, y punto.

Te imagino ahora llevándote la mano a la cabeza, sujetándote el mechón de pelo negro que siempre anda por tu frente. No me regañes, que ya me he regañado yo bastante. Él me ama y yo a él. ¿No es eso suficiente, poeta? ¿Soy un monstruo? No, amigo mío, soy una mujer; por fin con él soy solo una mujer, una novia, una amante. Hasta estamos tentados de casarnos aquí «a la mexicana». Ya sabes que el divorcio en España es imposible y lo mismo pasa con la nulidad canónica. Si te digo la verdad, a mí me da igual. Después de saltar la barrera de mis propios juicios y prejuicios, firmar unos papeles para tener contentos a los demás no me importa nada, salvo por mis padres. Tampoco espero su aprobación, ellos tienen otra mentalidad. Ya me he privado de bastantes cosas desde niña para llegar hasta aquí en mi carrera. No me quejo porque lo hice con gusto y, las pocas veces que podía jugar con las niñas del vecindario, prefería quedarme en casa leyendo o estudiando inglés. En ocasiones pienso que me he saltado la infancia, y miro a mi Mariquita Pérez y a las otras muñecas que siempre llevo conmigo porque son ese trozo de niñez no vivida que siempre me acompañará.

¿Te acuerdas de cuánto te reías cuando hacía hablar a las muñecas poniendo voces raras? Todavía lo hago, me ayuda a dar forma a mis sentimientos. ¡Se lo recomiendo a todo el mundo! Y no me avergüenzo de mis muñecas. Ya te he dicho, Federico, que quería que te enteraras por mí y que fueras en España el primero en saberlo, porque estoy segura de que cuento de antemano con el apoyo incondicional de tu inmenso corazón.

En cuanto regresemos deseo que conozcas mejor a Ignacio. Te vas a enamorar de él, es imposible no hacerlo. No solo es valiente, sino que le interesa todo, es un torero intelectual que escribe versos y devora cada libro que cae en sus manos. No es que sea un hombre apasionado, él es la pasión, pero a la vez es tierno como un niño. A veces llora cuando paseamos al atardecer por un parque situado en el centro de la Colonia de la Condesa llamado parque México. Te encantaría este lugar porque, además de que el paisaje que ofrece es bellísimo y está adornado con fuentes, cascadas y estanques en los que nadan preciosos cisnes, tiene un teatro al aire libre, el Lindbergh, cuya entrada es una hermosa fuente con la figura de una mujer con unos cántaros de los que brota agua. Uno de esos días en los que paseábamos plácidamente con las manos entrelazadas, como cualquier pareja de enamorados, al ver que se le saltaban las lágrimas le pregunté preocupada: «¿Qué pasa, Ignacio?». «Nada», me respondió con una sonrisa. Y añadió: «Es solo que la belleza me puede, y cuando estoy contigo cualquier cosa bella se multiplica hasta hacerse humanamente insoportable». ¿No es conmovedor, Federico? Tiene alma de poeta este Ignacio mío.

Me despido de ti con un beso fuerte y espero poder abrazarte muy pronto.

Tu amiga,

Encarna

19

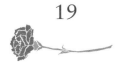

La fiel Teresita ultima el equipaje. Al día siguiente viajan hasta Veracruz para regresar a España a bordo del Alfonso XIII con destino a Barcelona. Es una larga y fatigosa travesía en barco, pero las dos están deseosas de volver a casa. Han sido muchos meses triunfando por las Américas. Los baúles en los que llevan el vestuario de las actuaciones se han multiplicado porque Encarna ha ido introduciendo muchos cambios. Ella misma diseñó y mandó confeccionar los nuevos modelos y creó también las coreografías, incluyendo detalles que ha ido observando cada vez que asistía a las actuaciones de otros artistas.

Entre el equipaje, Teresita guarda como un bien muy preciado una carpeta con recortes de las críticas y los comentarios que sobre las actuaciones de Encarna se han escrito en los periódicos. Algunos de esos artículos les han llegado desde España, como el que don Félix les envió junto con una carta en la que decía en unas líneas emocionadas lo orgulloso que se sentía de los logros de su hija.

Teresita abre la carpeta y en sus labios se dibuja una tierna sonrisa que ilumina la blancura de su tez sobre la que bailan sus pecas y ofrece a Encarna el artículo del diario *El Sol* escrito por Jiménez Caballero, a quien le habían llegado noticias de primera mano del éxito de la bailarina en aquellas lejanas tierras.

A Encarna este le hace especial gracia:

—¡Como a este Caballero tengo a otros muchos caballeros totalmente despistados! —comenta con ironía a Teresita—. ¡Una juglaresca del buen mercado! —Al reírse, los ojos negros de Encarna se achinan y en su boca asoma una bonita dentadura—. En esta vida, en cuanto te sales del guion establecido, la gente se desconcierta. ¿Es que acaso una no puede ser una buena artista y poner un poco de chispa en las actuaciones? O blanco o negro, Teresita, eso es a lo que están acostumbrados los críticos, y yo les doy amarillo, rojo, azul... o lo que me apetezca. ¡Mira lo que dice aquí el gachó! —exclama, y Teresita se acerca para escucharla con atención—. «Su baile es el más romano que conozco. No hay nada en él de gitanismo, de elucubración serpentina de su arte, sino gestos de mármol. Escultura y desnudo. Si usted bailara desnuda, sería una danza casta y simpática. La única fiebre que produciría en el espectador sería la accesoria al taconeo y la castañuela. Ese repiqueteo oriental, polaco, ruso, del tacón en el suelo. Ese zapateado que dicen remonta a los bailarines neolíticos. Usted da la sensación de una mujer de salón, de una dama refinada más que de una bailarina» —lee—. Y usted, señor mío, me parece que tiene mucha guasa. ¡Una juglaresca del buen mercado! ¿Qué te parece, Teresita?

Encarna ríe con su risa cantarina y Teresita la secunda, le encanta que comparta sus secretos con ella. El último, el de su amorío con don Ignacio, no lo ve con buenos ojos; teme que ese donjuán le parta el corazón a su señorita y que la gente, siempre tan envidiosa, la critique por ese romance y eso pueda arruinar su fulgurante carrera. Ella, que es incapaz de disimular sus sentimientos, apenas podía dirigir la palabra al torero cuando este visitaba a Encarna. «Esta Teresita tuya me la tiene *jurá*. Y mira que es graciosa, la chiquilla, pero conmigo se pone más siesa que siete viejas», dijo

Ignacio con su acento sevillano en cierta ocasión. «Pensará que no eres un buen partido para mí... Y a lo mejor tiene razón», bromeó Encarna.

Las dos mujeres están inmersas en la tarea de embalar y ordenar un sinfín de cosas cuando, de pronto, llaman a la puerta. Teresita abre, y ante ella aparece un muchacho sonriente e impecablemente uniformado que le tiende una reluciente bandeja de plata con un sobre. La chica se hace con él y va hacia la cómoda para coger unas monedas y dárselas al joven, que espera estático bajo el dintel de la puerta.

—¡Carta de España! —grita blandiendo el sobre en el aire.

—¿De quién es? —pregunta llena de excitación Encarna.

—De tu amigo el poeta —responde Teresita tras leer el nombre del remitente. Encarna se abalanza hacia ella y le arrebata la carta—. ¡Qué alegría, Federico! —exclama emocionada.

Abre cuidadosamente el sobre, y sus ojos devoran enseguida las líneas que su querido amigo le ha escrito:

¡Encarna, Encarnita! ¡Argentinita de mi *arma*!:

No sé si esta carta te llegará antes de que partas hacia España, pero todas estas palabras no pueden quedarse en mi corazón porque son palabras de plata y pesan tanto que podrían romperlo. ¡Ay, niña de los ojos negros, piel aceituní y boca de media luna! ¿Qué has hecho, amiga mía? Sé por varias fuentes, y entre otras las que me grita mi instinto, que Sánchez Mejías no es solo un hombre lleno de pasión por la vida que igual se pone delante de un toro como llora viendo un atardecer. Si hay alguien en este mundo que representa a la perfección lo que tiene que ser un hombre, ese es Ignacio. Un gladiador romano con alma de trovador. Sin duda, no hay otro hombre para ti. Lo de sus particulares circunstancias le dan ese barniz trágico e imposible que tanto necesita el alma humana para aferrarse a algo que sea parecido a la creencia en un dios ausente, tan necesario siempre en nuestras vidas, para morir despacio y creer que uno va directo no a un hoy debajo de la tierra, sino a otra vida más grande, más extensa. ¿Qué te voy a decir yo, amiga mía? ¡Bendigo esa unión y tu locura y quiero que seas feliz! Disfruta de esa fuerza de la naturaleza que es Ignacio, de sus manos de acero y su perfil de bronce, de su espalda fuerte de estaño y su corazón de oro. Pero dile de mi parte que él se lleva una mujer como no hay ni habrá otra: mitad Judith, mitad Venus; mitad virgen, mitad loca; una artista que tiene el duende siempre a su vera. Encarna, mi Argentinita, tú podrías hacer mil figuras en el ruedo, hipnotizar al toro y salir a hombros por la puerta grande cantando un pasodoble con tu voz de niña del Sacré-Coeur. Encarna, Encarnita, inmenso corazón, no frenes jamás tus latidos porque siempre serán bellos y embellecerán el mundo. Estoy deseoso de abrazarte y cantar junto a ti. Esta soleá que acabo de escribir te la dedico. Un beso de tu amigo,

FEDERICO

Vestida con mantos negros
piensa que el mundo es chiquito
y el corazón es inmenso.

Vestida con mantos negros.

Piensa que el suspiro tierno
y el grito desaparecen
en la corriente del viento.

Vestida con mantos negros.

Se dejó el balcón abierto
y al alba por el balcón
desembocó todo el cielo.

¡Ay yayayayay,
que vestida con mantos negros!*

P. D.: Por cierto, en cuanto vengas tengo que llevarte a un sitio increíble, se llama El Aquarium y es de lo más moderno. Está en la calle Alcalá, es verde y tiene una pecera con pececillos que dan un extraño ambiente oceánico mientras uno disfruta de un buen café.

---

* Federico García Lorca, «La Soleá».

20

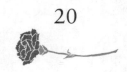

Felices años veinte. España, como América, está contagiada por una alegría y un ansia desenfrenada por disfrutar de la vida después de las desdichas que la Gran Guerra ha provocado. Sin embargo, en España la frivolidad y el descoque están tamizados con palabras como «patriotismo», «honradez» y «trabajo». Encarna encuentra Madrid con un espíritu aún más festivo que cuando se marchó, las mujeres visten más a la moda europea y los hombres se afanan en comprar coches. Todos sus amigos tienen radio en casa, y por la Gran Vía y la calle Alcalá se ve desfilar algún que otro Buick, Pontiac, Oakland y Ford. «¡Padre se ha comprado un Ford descapotable de segunda mano! ¡Le ha costado cuatro mil quinientas pesetas!», le contó Pilarín en una de sus cartas. A Encarna le agrada el cambio porque, con tantas ganas de diversión, los cabarets, los cafés, los restaurantes y los teatros se han multiplicado, y eso es algo bueno para la ciudad y también para ella.

Lleva un mes en Madrid. La ciudad la ha recibido con gran júbilo, muestra de ello es que en junio de 1922 sale publicada en el diario *ABC* una foto suya tomada en el banquete que le dedican para celebrar sus éxitos en tierras tan lejanas; también, en ese mismo periódico, se anuncia su actuación en el teatro Maravillas junto a Pastora Imperio.

La Argentinita está de moda.

Sin embargo, ella se siente extraña. Echa de menos a Ignacio, todavía no han tenido la oportunidad de verse. Se escriben cartas de amor apasionadas en las que recuerdan sus noches en México.

«Sabemos lo tuyo con el torero —le dijeron sus padres muy serios la noche que llegó a casa—. Ya eres toda una mujer, y nosotros lo único que deseamos es tu felicidad. Hagas lo que hagas, te apoyaremos». Encarna los abrazó con los ojos anegados en lágrimas.

Es consciente de lo mucho que eso significa para sus padres, pues habrían deseado para ella un matrimonio tradicional. Sin embargo, con el temperamento y la carrera de Encarna, Félix y Dominga tienen claro que no es fácil encontrar un hombre que la acepte tal como es y que la haga feliz. Por eso su romance con el torero no les parece algo que esté fuera de todo pronóstico.

Por el momento, Encarna sigue siendo tan libre como siempre. Desde que ha llegado a Madrid no para de entrar y salir de casa. Su rutina diaria está llena de movimiento. Cada día a primera hora se dirige a la academia de Castelao, donde su antigua maestra ha reservado un lugar apropiado solo para ella rehabilitando un viejo trastero que, según dice, «no sirve más que para acumular cachivaches». Después de ensayar, suele dar un paseo por la ciudad. Le encanta confundirse en el ambiente popular que bulle entre la calle del Príncipe y la Puerta del Sol, pasar por delante del teatro Español, por la sastrería donde Ignacio y otros toreros encargan sus trajes de luces o por las tabernas de la plaza Santa Ana. Acostumbra a acelerar el paso en la estrecha calle del Gato, donde hay siempre mujeres con sus mantoncillos de flecos contoneándose provocativamente. En ocasiones coge por la calle Alcalá y, al pasar por debajo de los balcones del club La Peña, donde los hombres se reúnen a echar su partida de cartas y a beber café y aguardiente, recibe un aluvión de silbidos y piropos a los que corresponde con una sonrisa amplia y despejada, que alivia toda la carga erótica del momento.

Algunas veces se detiene en alguna de las churrerías de la plaza Mayor y disfruta de un chocolate con churros mientras admira ese espacio cerrado y soleado que tanto le recuerda a un coso y escucha los pregones que se funden y entremezclan unos con otros. Son voces de todo tipo y dimensiones. Niños que venden frutas: «¡Manzanas de primera, manzanas!». Mujeres con timbres perfumados: «¡Claveles rojo pasión, claveles!». Hombres que ofertan almanaques y guías de la ciudad... La alegría que siempre late en las calles de Madrid reconforta el corazón melancólico de Encarna, que ahora palpita buscando el ritmo del corazón de Ignacio.

Desde su regreso, su padre no deja de insistirle en que firme alguno de los contratos que le presentan un par de empresarios. Uno de ellos, Pepe Campúa, le ofrece figurar como cabeza de cartel junto a otras artistas de moda como Amalia Molina o Carmen Flores, las cuales comparten con Encarna la veneración por los cuplés y las canciones del maestro Graciani y cantan con gracia y esmero sus letras llenas de picardía.

—Encarnita, hija —le repite don Félix—, el público tiene que verte actuar ya en Madrid. Todo el mundo está deseoso de ver a La Argentinita, que viene de triunfar por las Américas.

—Está bien, padre —accede al fin Encarna—, firmaré por una temporada. Pero después descansaré un tiempo, porque necesito frenar un poco el ritmo que llevo.

—Eres joven, Encarna, ya te llegará el momento de frenar —contesta don Félix sin dar mucho crédito a las palabras de su hija, ya que conoce bien su temperamento inquieto.

—Además, quiero pasar más ratos junto a madre —responde Encarna—. No la veo bien, está apagada.

Está preocupada por la salud de doña Dominga. Los médicos le han explicado que sufre una complicada dolencia cardiaca y que no debe esforzarse, aunque la mujer, por más que le insisten, es incapaz de dejar de lado sus quehaceres diarios. Solo tiene cincuenta y siete años, pero Encarna la ha encontrado muy desmejorada a su regreso.

La vida sale y entra de puntillas. Así se marcha el alma de doña Dominga. Se va mientras duerme un 17 de abril de 1925. Su corazón, que tanto amor había dado, deja de palpitar y su alma vuela a un lugar donde podría cuidar de todos sin límites.

Angelines, Pilarín, Encarna y don Félix están en la cocina, sentados ante la mesa camilla, donde sus tazas de café siguen humeantes. Como cada mañana Angelines ha preparado café y Pilar se dispone a llevárselo a la cama a su madre, como suele hacer desde que Dominga se encuentra indispuesta. Sin embargo, enseguida un ruido sordo se oye por toda la casa. La taza impacta contra el suelo, un golpe seco, como el que Pilarín siente en su cuerpo. Un llanto estremecedor, amarrado a la garganta, salpica las paredes del hogar de los López Júlvez. Todos esperaban ese momento sin querer que llegara. Sin hablar de ello, para evitar que sucediera.

—Ayer madre no quiso cenar. —Angelines habla mirando la taza de café que tiene delante.

—Madre estaba mal desde hacía tiempo —sentencia don Félix—. Solo estaba esperando la llegada de Encarnita. Quería estar un poco más con ella.

Pilar se echa a llorar y se cubre la cara con las manos, sujetando los sollozos que convulsionan la estrecha cintura de su cuerpo de dieciocho años recién estrenados. Encarna la atrae hacia ella para abrazarla y se les une Angelines.

Entre las tres suman un poco de doña Dominga, y don Félix las rodea con sus brazos a todas. Es un abrazo silencioso, hasta que se sienta y se deshace en un llanto lento que le mueve los hombros, como si así pudiera sacudirse el miedo que siente ahora que su mujer ya no está para sostenerlo.

—Padre... —Encarna pone suavemente su mano sobre la de él—. Madre estará bien donde esté y nos cuidará.

—Sin ella me siento tan perdido... Su fuerza y su fe en mí eran lo que me hacía salir por la puerta de esta casa a comerme el mundo y a traer un trozo de pan cada día, que ella hacía que pareciera algo único. —Su voz quebrada es casi inaudible.

—Era la maga de la casa. —Encarna se seca las lágrimas que le resbalan por la cara—. A todos nos tocaba con su varita de fe y nos hacía especiales. —Un suspiro entrecortado sale por sus labios—. Hablé con ella ayer, y me dijo que estaba muy orgullosa de toda su familia y que había sido muy feliz. También me dijo que sabía que ese dolor tan inmenso que sintió al perder a sus bebés en Argentina le había roto el corazón para siempre, y que ahora le dolía menos porque estaba segura de que pronto volvería a encontrárselos en el cielo.

—En su honor, debemos seguir haciendo lo que a ella le gustaba de cada uno de nosotros, para que continúe sintiéndose orgullosa. —Angelines toma las manos de sus hermanas y su padre, y las junta.

—Qué suerte teneros... Qué tesoros me has dejado, Dominga —susurra don Félix , y con los ojos inundados de lágrimas pero llenos de gratitud mira a sus tres hijas.

Los López Júlvez realizan todos los trámites que conlleva el doloroso suceso, con la discreción que caracterizaba a doña Dominga. El funeral se celebra en la iglesia de San Antonio de los Alemanes, en la calle Puebla, un edificio barroco con un exterior discreto, en comparación con su exuberante interior, en el que destacan su planta elíptica, única en todo Madrid, y sus impresionantes frescos, que cubren cada centímetro de sus paredes. Así lo han decidido en honor a la figura de la *mater familias*. Solo asisten los amigos más cercanos y la familia directa, todos de luto riguroso. Tras la misa de réquiem, que pronuncia el sacerdote por el descanso del alma de doña Dominga, Encarna, tal como habían pactado antes de comenzar la liturgia, sube a leer algo que ha escrito especialmente para la ocasión. Sus pasos resuenan en el frío mármol de la escalera, y una vez en el púlpito, abre el cuaderno que lleva en las manos y lee:

> *Madre,*
> *habitas en la sangre*
> *que me surca.*
> *«En mi vientre ya bailabas»,*
> *me dijiste.*
> *Madre,*
> *y me pariste al mundo,*
> *envuelta en el manto rojo*
> *de tu amor.*
> *Y tu sangre late en mí,*
> *y baila por seguiriyas.*
> *Madre,*
> *cuando el público me aplaude*
> *te aplaude a ti, madre mía,*
> *porque tú eres mi templo,*
> *al que venero y honro,*
> *porque todo te lo debo,*
> *madre de mi corazón,*
> *dueña entera de mi vida.*

Don Félix llora. Son lágrimas densas, casi de sangre.

Más tarde, en la quietud triste del hogar, Félix se retira pronto a descansar y las tres hermanas se quedan a solas.

Apesadumbradas, comentan que su padre sin su madre no resistirá demasiado tiempo. En la profundidad de su dolor, se acompañan y aceptan en ese momento que, dentro de no mucho, quedarán totalmente huérfanas. Sus padres siempre habían estado juntos y no tardarían en volver a estarlo.

21

Situado en la calle de Carretas, muy cerca de la Puerta del Sol, el Romea es un teatro pequeño y coqueto al que el público gusta frecuentar. Nada más ponerse a la venta en las taquillas, las entradas para el espectáculo de La Argentinita se han agotado.

Encarna prepara sus funciones con el mimo y la minuciosidad de siempre. Interpretará varias canciones de las que su amigo Federico ha armonizado y a las que ella ha añadido una coreografía sencilla y exquisita, así como el adorno y las filigranas de los palillos. Comienza el espectáculo con el cuplé de *La niña «bien»*, que nadie como ella interpreta, porque es una artista capaz de codearse con los gitanos del Sacromonte y, a la vez, con las señoritas de la alta sociedad que se reúnen para tomar el té mientras compiten por las obras de caridad que cada una lleva a cabo. A Encarna le gusta terminar sus actuaciones con algo gracioso, ya que para ella no hay labor más importante en esta vida que la de conseguir que la gente ría. En esta ocasión ha reservado para el último número su famosa imitación de Raquel Meller y su canción, con el controvertido *Yo para ti y tú para mí*.

Como en cada estreno, está nerviosa. Siempre que va a salir a escena, le parece que es la primera vez. Intenta que no le ocurra, pero le ocurre. Las manos se le quedan heladas, el corazón se le acelera y le tiembla dentro del pecho como un pajarillo asustado, y su nivel de observación se multiplica hasta límites insospechados, de tal manera que se pone muy quisquillosa y perfeccionista. Está pendiente de todos los detalles, los de dentro del escenario y los de fuera.

—¿Mandaste las invitaciones que te dije? —pregunta a Teresita.

—¡Claro, Encarna, y todos han respondido que vendrán encantados! —responde Teresita mientras le coloca el maquillaje en el tocador del camerino para que todo esté a su gusto.

Alguien llama a la puerta. Teresita abre, y ante ella aparece una mujer joven con unos bonitos ojos azules y una sonrisa encantadora.

—¿Quién es? —pregunta Encarna con curiosidad.

—¡Rosa Palomares! —exclama la mujer, y mira a Teresita sin dejar de sonreír.

—¡Rosa...! —Encarna corre hacia la puerta—. ¡Qué alegría! —Y se abraza a la joven, que sonríe aún más—. ¡Pasa, pasa!

—Me enteré de que ibas a actuar hoy, y me propuse saludarte y abrazarte.

Las dos jóvenes se contemplan cogidas de las manos y se funden en un estrecho abrazo unos instantes mientras Teresita las observa llena de curiosidad y una pizca de celos.

—Teresita, te presento a Rosa Palomares. —Encarna extiende su mano señalando a Rosa—. Es una compañera de mi infancia, íbamos al colegio de monjitas juntas. —Mira a su amiga con cariño—. Tienes que contarme sobre ti, pero ahora no, es imposible porque antes de actuar no me aguanto ni yo. —Hace un gesto cómico con los ojos que hace reír a Rosa.

—Por supuesto, solo quería saludarte. Otro día hablaremos con tranquilidad.

Rosa sonríe haciendo que resalten sus imperceptibles pómulos, que se elevan hacia sus ojos de un azul transparente. Tiene cara de virgen románica, una cara hierática de piel traslúcida que se altera ante cualquier emoción.

—¿Qué tal están tus padres? —le pregunta Encarna al tiempo que empieza a arreglase.

—Muy bien. Ahora trabajo en la imprenta con mi padre —responde Rosa, que recorre con la mirada el camerino.

Rosa Palomares y Encarna son amigas desde el colegio, iban juntas al Sagrados Corazones. De niñas, Rosa ayudaba a Encarna con los cuadernos de caligrafía y Encarna ayudaba a Rosa a ser un poco más sociable.

—¿Todos todos te han respondido que vendrán? —Encarna vuelve a preguntar a Teresita mientras se recoge el pelo en una trenza.

Teresita comienza a leer el papel que tiene entre sus manos.

—Federico García Lorca; Salvador Dalí; la condesa Von Welczeck, embajadora de Alemania; Luis Buñuel; Margarita Xirgu… —Se queda un momento en silencio y frunce las cejas.

—¿Y…? —pregunta sobresaltada Encarna.

—Ignacio Sánchez Mejías —responde Teresita con una sonrisa pícara—. No te preocupes, Encarna, que ese ha sido el primero que ha contestado. Le envié por la mañana la invitación al hotel Palace y por la tarde ya tenía la respuesta.

—¿Y él me envía algo? —pregunta Encarna, nerviosa.

Teresita le da un sobre que ella abre y lee con avidez:

Estoy nervioso por verte en el estreno. Ahora sé lo que debes de sentir cuando me ves torear. También estoy deseoso de conocer a tus amigos, pues es conocer más de ti. Te he escrito esta coplilla porque, cuando pienso en ti, mi corazón no puede evitar cantar al son de una música que brota desde muy dentro:

Si tus ojos negros
no me miran pronto,
volaré hasta el cielo
subido en la flecha
que lanzó Cupido
sin piedad ninguna
en todo mi pecho.
Si tus ojos negros
no me miran pronto
haré mil locuras
hasta que te enteres
de que soy un perro
triste y vagabundo.
Si tú no me miras,
si tú no me miras,
Encarna, mi vida,
yo te juro, niña,
que mañana mismo
me quito la vida.
Si tú no me miras,
piel de seda y nácar,
nardos y azucenas,
morenita mía,
si tú no me miras,
no valen la pena
ni rabos, ni orejas
ni salir a hombros
en cien mil corridas.
Si tú no me miras,
niña de mi alma,
lloraré tu ausencia
aullando a la luna
como un lobo herido
hasta que amanezca.
Si tú no me miras,
niña de ojos negros,

morenita mía,
si tú no me miras.

Tras leer una y otra vez el poema, Encarna entrega el papel a Rosa con los ojos inundados de lágrimas.

—Es de Ignacio, el torero del que estoy enamorada. La situación es complicada, pues tiene mujer y dos hijos, pero ni a él ni a mí nos importan las opiniones de nadie. —Encarna continúa arreglándose con la ayuda de Teresita.

Rosa lo lee y sonríe.

—Ojalá mi Antonio me dijera estas cosas… —Suspira.

Antonio es el chico que trabaja en la imprenta del padre de Rosa. Es diez años más joven que ella, y tiene cara de boxeador porque de pequeño se cayó y se rompió la nariz, lo que le daba un aire muy viril. La relación de ambos se ha construido sobre la base de la improvisación y la falta de palabras, más cercana a la relación que pueden tener dos animales en celo que a la que se supone que una señorita de su rango social debe aspirar. El primer acercamiento fue salvaje, más que apasionado, y constituyó el colofón a un sinfín de miradas ardientes por parte de Antonio y gestos y sonrisas insinuantes por parte de Rosa. Un día, aprovechando que don Francisco, el padre de Rosa, había salido, Antonio se atrevió a hacer lo que llevaba tiempo deseando: arrinconó a Rosa contra la pared y la besó con la avidez de un perro hambriento ante un manjar. Rosa se resistió al principio, pero enseguida se abandonó y dejó que el muchacho succionara sus labios finos y vírgenes, los mordiera y recorriera con su lengua todo lo que él deseaba. Aquel día, Antonio le levantó la falda y le desabrochó la blusa, y sus manos callosas palparon el cuerpo estremecido de Rosa como un ciego que busca desesperado una salida. Besó los pechos turgentes y mordisqueó sus pezones salados y rosáceos, duros como huesos de aceituna. Después, con urgencia, le arrancó las impolutas bragas y lentamente la embistió una y otra vez, hasta que Rosa emitió un sollozo de animal en celo que hizo estremecer las frías planchas de la empresa paterna. Así es su relación con Antonio: carnal y furtiva. Como don Francisco casi siempre está en la imprenta, tienen pocas ocasiones para estar a solas, momentos que enseguida aprovechan para enzarzarse en sus juegos eróticos. Antonio es de pocas palabras, salvo cuando acorrala a Rosa como un gato a un ratoncito asustado, entonces la excitación le dispara una verborrea obscena que pronuncia con voz ronca mientras lame el fino y electrizado cuello de Rosa hasta sus orejas, frota contra ella su abultada entrepierna, y sus manos, cada vez más expertas, acarician y pellizcan el cuerpo tembloroso de su presa.

Rosa está perdidamente enamorada de Antonio. Se ha convertido en una adicta a sus besos, a sus embestidas lentas y profundas, a veces tan salvajes que se queda varios días dolorida, lo que le hace más difícil olvidar el placer vivido con él. Ha pasado de ser una virgen romántica a una mujer lasciva con un cuerpo que palpita de deseo, suspirando por las manos, la boca y el miembro masculino del ardiente hombre.

Siente envidia de Encarna porque, ya de niñas, ella era la que se llevaba siempre la mejor parte, y se alegra de que la situación del torero sea complicada, no ya por su esposa, sino porque sus dos hijos siempre serán un obstáculo entre él y Encarna, por muy enamorados que estén. La complace que no todo sean rosas en el camino de Encarna, aunque enseguida se siente presa de los peores remordimientos al verse como la peor persona del mundo por albergar esos sentimientos hacia su amiga. Piensa entonces que ella debe contentarse con lo que tiene por ser ruin y mezquina. ¿Cómo no va a premiar la vida a Encarna, una persona con un corazón inmenso? Ella, en cambio, ha de conformarse con la parte

que le había tocado: un padre con una imprenta, una historia de sexo apasionado y una amiga triunfadora que le
descubre las mieles de una vida a la que ella jamás podrá
aspirar.

22

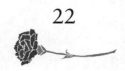

La tarde del estreno llueve y hace frío. Encarna está radiante, como si el sol saliera de su interior. El decorado del escenario es obra de Santiago Ontañón, amigo de Federico, una puesta en escena que destaca por su buen gusto y luminosidad. Ontañón ha conseguido un efecto de profundidad impresionante, y en el fondo de ese paisaje se adivina la presencia de un caballo cuya crin parece ondear como si estuviera en movimiento. Para interpretar *Anda jaleo*, Encarna lleva un vestido con aires goyescos en raso azul con piedras de distintos colores cosidas en las amplias mangas y en la parte delantera, el cabello recogido en un moño bajo y una diadema pequeña del mismo color del vestido a modo de corona.

> *No salgas, paloma, al campo.*
> *Mira que soy cazador...*
> *Anda jaleo, jaleo...* *

La voz pequeña y afinada de Encarna se oye más clara que nunca, y el repiqueteo de los palillos que acompaña su

---

* Canción basada en un poema de Federico García Lorca «Anda jaleo».

oportuno zapateo da una nota alegre de color a las canciones. Busca disimuladamente en el palco de sus invitados a Ignacio, pero está demasiado oscuro y los focos la deslumbran, adivinando solo una masa informe más allá de donde llega la luz.

En el descanso, se cambia de vestido en su camerino. Esta vez saldrá con uno negro que le cubre la espalda, el escote y los brazos con una gasa transparente que hace resaltar la blancura de su piel. Alguien llama a la puerta.

—¡Adelante! —se apresura a decir Encarna, pues crees que puede ser Ignacio.

—¡Estás exultante! —Teresita entra blandiendo en la mano un sobre y se lo ofrece a Encarna.

Esta lo abre extrañada y enseguida reconoce la letra de Ignacio.

¿Cómo puedes estar aún más bella que la última vez que nos vimos? Quisiera besar cada milímetro de tu cuerpo. Estoy celoso de los ojos que te admiran. Solo me consuela la idea de que esta noche vas a ser mía.

Encarna siente que un escalofrío le recorre la espalda y deja sus brazos pesados y sus piernas sin fuerzas. Ella también desea estar con él, descansar en sus brazos fuertes y ser ella, sin público, sin retos.

—¡Ha venido a verte el mismísimo jefe de Estado, don Miguel Primo de Rivera! —exclama Teresita.

Encarna no la escucha, está absorta en las palabras de Ignacio.

—¡Encarna, tienes que volver al escenario! —la apremia Teresita. Pero ella sigue ausente—. ¡Encarna! —exclama, ahora más nerviosa.

Por fin, Encarna reacciona y, rápidamente, se empolva la cara y se retoca el carmín en los labios y las mejillas.

—Estás muy bonita y elegante con ese vestido. —Teresita la mira embelesada.

Ahora es La Argentinita la que sonríe, y le da un beso en la mejilla al pasar junto a ella.

Cuando aparece de nuevo en el escenario se oye una explosión de aplausos. Suenan los primeros acordes de un conocido cuplé, *La violetera*, que interpretaba la famosa Raquel Meller. A Encarna le toca ahora sacar su vis más cómica. Lleva una flor en la mano y la mira con melancolía. Imita los gestos y la pose triste de la Meller, quien parece estar siempre en una perpetua agonía amorosa. Arranca risas al auditorio; para ella es fácil hacer imitaciones, pues desde pequeña tiene el don de sacar punta a todo lo que observa. Cuando termina la canción, el público estalla en un estrepitoso aplauso. La gente lanza claveles rojos y blancos al escenario. Encarna recoge uno del suelo, lo huele y lo aprieta contra su pecho en un gesto de agradecimiento. El telón baja y ella se dirige de inmediato hacia su camerino. Los aplausos aún resuenan. Su magnífica actuación ha provocado que el público la piropee y ovacione con gran júbilo, encantado de tener con ellos de nuevo a la famosa artista. Encarna ya no es La Argentinita que viajó hace unos meses a América, triste y desolada por la pérdida de un amor; ahora es una estrella con un pasado aún más exitoso que el de antes. También está más guapa. El brillo que el amor pone en sus ojos no pasa desapercibido.

23

Hace una noche fría en Madrid. La embajadora de Alemania, la condesa Von Welczeck, ha invitado a Encarna y a todos sus amigos a su casa después de la actuación para celebrar su regreso a los escenarios españoles. Encarna se ha dejado puesto el vestido negro de la última actuación. Está espléndida. Lleva un collar de perlas y unos pendientes a juego.

La embajadora es una mujer rubia de belleza nórdica. Su piel blanca, sus ojos azules y sus facciones eslavas resultan frías como copos de nieve, pero su temperamento es ardiente, por eso se maquilla los labios con un carmín de un rojo tan intenso que parece brotarle del corazón.

Recibe a sus invitados en un salón pequeño y acogedor, y da orden a los miembros de su servicio para que dejen la comida preparada en una mesa, de modo que así todos se sirvan lo que quieran y se cree un ambiente más íntimo y desenfadado.

Ignacio y Federico ya se han presentado y entre ellos se respira un clima de mutua admiración que relaja a Encarna.

—¿Ya sabes lo que le pasó a Encarna con la Meller? —pregunta Ignacio a Federico, y este asiente con la cabeza y suelta una carcajada espontánea.

—Hoy también se le habrían bajado los humos —responde Federico llevándose un blinis a la boca.

—Había demasiada floritura en esa sala —dice Salvador Dalí, y se sirve en su plato una salchicha tipo Frankfurt que acompaña con ensalada alemana—. ¿Qué opinas, Luis?

—Demasiada cursilería burguesa si no hubiera sido por nuestra Argentinita, que ha hecho que el ambiente se aligere con su gracia y humor. —Luis Buñuel hace una exagerada reverencia a Encarna y esta responde con una genuflexión teatral. Todos ríen.

—Creo que debemos contratar a Encarna para nuestra película. —Federico se ha sentado en la alfombra con las piernas cruzadas y el plato sobre ellas.

—¿Estás haciendo un *film*? —pregunta entusiasmada la embajadora.

—Salvador y yo tenemos un proyecto —responde Federico con la boca llena.

—Es un guion de estilo surrealista. Se llama *Viaje a la luna* —lo socorre Salvador.

—¡Me encanta! ¡Un *film* surrealista! —La embajadora, que ha bebido ya varias copas de un vino casi transparente, aplaude encantada.

—A mí me han propuesto hacer una película —dice Encarna creando gran expectación entre todos—. *Rocío la cortijera*.

—¡Adivino quién será Rocío! —exclama Federico con una amplia sonrisa.

—¡Me encanta el cine! —añade la embajadora, y alza su copa con ojos chispeantes.

—¿De dónde saca este brebaje mágico? —pregunta Ignacio, que tiene otra copa igual en su mano.

—Mis amigos, *liebling*.* El otro día vino a verme el joven y encantador poeta Rafael Alberti y me trajo una caja de botellas de manzanilla de un pueblo de Cádiz llamado Sanlúcar. Es un muchacho muy generoso.

* «Querido» en alemán.

—Y un magnífico amigo —dice Federico, y comienza a recitar—: «Sueño en ser almirante de navío...».

Ignacio lo secunda, y siguen al unísono:

—«... para partir el lomo de los mares al sol ardiente y a la luna fría».*

—Me gusta Ignacio —susurra Federico a Encarna al oído—. Es una fuerza de la naturaleza. —Sonríe con complicidad a su amiga—. ¿Cantamos? —Y de un salto se pone de pie.

Federico se sienta al piano y comienza a tocar los primeros acordes de *Los muleros*. Encarna se sitúa cerca de él, se levanta el vestido y empieza a taconear con sus pies pequeños y ligeros. Todo el grupo se reúne alrededor de ellos. Ignacio mira embelesado a Encarna, que da un volteo rebosante de garbo y arranca un «¡olé!» de los presentes.

La alegría bulle en el salón, y todos los corazones, incluso el de la embajadora, se embeben de esa libertad expansiva que esparce el arte.

—Daría la vida por bailar así, aunque fuera solo una noche —confiesa la condesa a Ignacio mientras mira embelesada y toca unas arrítmicas palmas, tratando de seguir el compás.

—Yo no puedo enseñarle ni a bailar ni a tocar las palmas, estimada señora —comenta Ignacio, que lleva el ritmo del palmeo a la perfección—. Yo toco las palmas, como buen sevillano, porque lo llevo en la sangre.

—¿Hasta las palmas toco mal? —pregunta divertida la embajadora.

—Mire usted.

Ignacio marca despacio el ritmo con sus manos, y ella lo imita de una forma concienzuda pero torpe.

—¡Imposible! —Hace un gesto de darse por vencida.

* Rafael Alberti, «Sueño del marinero», *Marinero en tierra*.

—Mire usted —insiste Ignacio.

Tomando las manos de la embajadora entre las suyas y, como si se tratara de una niña, comienza a movérselas al compás de la canción que Encarna baila, provocando finalmente que la risa desbarate del todo la poca gracia que tiene la mujer.

Encarna, tras finalizar su baile y saludar junto con Federico a sus entusiasmados amigos, que aplauden, se acerca a Ignacio y a la embajadora.

—Encarna, comentaba a Ignacio que daría mi vida por bailar como usted una sola vez.

—No diga eso. La vida va más allá del baile y del cante, la vida es una magia incomprensible, y da igual el talento que uno tenga, lo importante es disfrutarla y compartirla con los demás, y eso usted lo hace divinamente.

—Qué bonito habla también. —Los ojos azules de la embajadora brillan como estanques en calma bañados por el sol—. Ignacio intentaba enseñarme cómo acompañar con las palmas, pero mi ritmo nórdico no entiende de duende.

—Sí, ya lo he visto. —Encarna sonríe con gesto retador a Ignacio—. No se crea, que él tampoco entiende mucho de baile.

—¿No? —exclama sorprendida la embajadora—. Yo pensaba que el toreo era una especie de baile trágico con la muerte.

—Algo así es, pero lo que marca la música en ese caso son los latidos descompasados del corazón del toro y el del torero, y es difícil seguir el ritmo. —Ignacio extiende su atractiva sonrisa—. Y hablando de baile y toros, me disculpo porque tengo que despedirme ya, no puedo alargar mis veladas, que después el cuerpo se me resiente y debo estar fuerte para evitar las embestidas.

—Claro, por supuesto. —La embajadora se levanta con cierta dificultad, después de las copas que ha bebido.

—Yo me voy también —se apresura a decir Encarna—. Los artistas, como los toreros, tenemos que cuidarnos.

—Diré a mi chófer que les acerque a donde necesiten.

Encarna e Ignacio aceptan la amable propuesta de la embajadora, y tras despedirse salen a la calle, donde un uniformado chófer los espera ya con la puerta abierta de un flamante Cadillac negro.

—Buenas noches, soy Roberto. ¿Adónde quieren que los lleve, señores? —pregunta solícito.

—Buenas noches, Roberto —responde Ignacio. Se acomoda en el asiento trasero del auto y ayuda a Encarna a hacer lo propio—. Vamos al hotel Palace.

Toma la mano de Encarna entre las suyas.

—¿A mí también vas a enseñarme a tocar las palmas? —pregunta ella con ironía.

—No sabía yo que eras tan celosa. —Ignacio juega con los finos dedos de Encarna, se los lleva a los labios y va besándolos uno a uno.

—Cuando bailo sobre todo, porque se me afinan los sentidos y quiero que lo que es mío esté controladito.

Ignacio la mira con malicia y comienza a absorberle los delicados dedos mientras Encarna echa la cabeza hacia atrás, vencida por el placer que experimenta. Un frenazo repentino, seguido del sonido del claxon, los saca del placentero momento. Roberto, que tiene medio cuerpo fuera de la ventanilla, está increpando al conductor de un coche de caballos que acaba de cruzárseles.

—Disculpen los señores, pero estos cocheros van por la noche como locos. Se creen que Madrid es suyo. Y hasta arriba que va de carbón, como para dejarme bonito el auto, vamos —se queja Roberto, y continúa conduciendo.

—Pues sí —dice Ignacio, que está acomodándose en el sofá y ayudando a Encarna a recoger el bolso, que se le ha caído al suelo—. El carbón, además, es de lo más sucio que hay. Yo he comprado hace poco una estufa para mi finca, porque ensucia menos que la chimenea.

Alarga el brazo para sacar un labial que ha quedado debajo del asiento del conductor.

—Cuando hay gente friolera, lo mejor son esas estufas. Son caras, pero al final son muy buenas —afirma Roberto, ya más calmado.

—Sí, las mujeres siempre están con frío, ya se sabe —corrobora Ignacio, y percibe la contrariedad de Encarna al instante.

—Yo soy calurosa. —Encarna lo mira fijamente, traspasándolo con sus ojos negros, que le dicen muchas cosas sin hablar. Le exigen que deje a su mujer, le exigen que ella sea la única, pero nada de eso va a salir por su boca, porque sabe que ni él ni ella deben jugar esa carta.

—Por eso me gustas tanto, porque ni todo el carbón de la cuenca del Nalón es capaz de dar tanto calor como el que sale de tu cuerpo. —Su dedo índice sube lento por el brazo de ella hasta llegar a su cuello, provocando que se le erice toda la piel.

—Cuidado, que puedes quemarte. —Encarna le sujeta el dedo en actitud retadora.

—Ya veremos dentro de un rato quién quema a quién —le susurra él al oído, provocándole una risa nerviosa que hace que el chófer no pueda evitar mirar a la pareja por el retrovisor.

—¡Qué bonito es este automóvil! Casi más espectacular por dentro que por fuera. —Encarna quiere sosegar los ánimos y dar conversación a Roberto, pues intuye que debe de sentirse incómodo con la situación. Todo el mundo sabe que Ignacio es un hombre casado y que Encarna está con él como si fuera su mujer, y Roberto, esta noche, lo quiera o no, se ha convertido en cómplice de su historia de amor—. Me encanta la mezcla del olor del cuero y la madera fina.

Inspira cerrando los ojos. Ignacio aprovecha para darle un beso rápido en sus bonitos labios.

—A mí me gusta el motor —dice, y mira a Roberto por el retrovisor, evitando así la reprimenda de Encarna—. Un V8, ¿verdad?

—Así es —responde orgulloso Roberto—. ¡Lo último en motores! Es potente, pero ofrece una conducción suave.

—Me encantaría ir a París en un coche así… —Encarna habla mientras acaricia la madera que embellece la puerta.

—¿Actúa en París? —pregunta Roberto con entusiasmo de admirador—. Yo la llevaría encantado, señorita —se ofrece solícito—, y solo con que pudiera estar en sus actuaciones ya sería feliz.

—Sí, actúo en París próximamente. Muchas gracias, Roberto, pero creo que tendré que ir en tren, si no, no llegaría con ganas de ponerme a bailar después de tanto traqueteo —bromea, y los tres se echan a reír.

Tras una breve conversación sobre las maravillas de los últimos motores de automóviles, llegan a la puerta del hotel Palace, donde el portero se apresura a abrirles la puerta del coche. Encarna e Ignacio se despiden de su simpático chófer y entran en el establecimiento muy acaramelados, con los corazones encendidos como esos carbones que han estado a punto de impactar en el coche hace un rato, presagio de la ardiente noche que les espera.

24

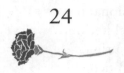

1 de julio de 1925

Querida Pilar, hermana mía:

Tengo miedo. Aquí, en París, me llegan las noticias mal y tarde. Estoy angustiada por Ignacio. Que yo sepa, en lo que va de año lleva unas ¡sesenta corridas! Sin contar las de México, que han sido catorce. Recibí el artículo que me enviaste que el crítico taurino José María de Cossío publicó en *Sol y Sombra*, donde dice que la historia reservará seguro a Ignacio un lugar muy destacado.

Este Ignacio mío me tiene tan pendiente de sus faenas que mi rotundo éxito en París me está pasando prácticamente desapercibido. El público se queda extasiado con el *Amor brujo*. Aquí la prensa, igual que en el estreno en el teatro Lara de Madrid, ha vuelto a resaltar la riqueza de ritmos manejados por el maestro Falla y la sorprendente coreografía que una humilde servidora ha creado para la ocasión.

Ignacio me escribió después de la cogida que tuvo en Burgos. Ya te dije que tiene alma de escritor. Desde que Federico le presentó a todos sus amigos poetas e intelectuales la pasión por las letras se le ha acrecentado. Me ha mandado el borrador de una crónica que van a publicarle en *La Unión*. Se titula *El que no quiere que le cojan que se meta a obispo*. Me cuenta en su carta que, aunque lo apremian, el artículo se le está resistiendo: «No me sale. Repaso los motivos: público del norte, su dureza, grupos de intransigentes apasionados, toros de Miura, la piadosa del pueblo al paso del herido..., y no me sale la crónica. Y es que, pasadas esas primeras emociones de los primeros días, para un torero no tiene historia su herida. No es nada extraordinario ni interesante que al que se pasa la vida toreando le griten y le aplaudan los públicos y lo cojan y lo suelten los toros. Son cosas corrientes en nuestra profesión. "El que no quiera que le cojan los toros que se meta a obispo", solía decir Gallo padre. Y es verdad. Las cornadas siempre se las dieron a los toreros. A mí me dieron muchas, tantas que cuando recibo una nueva me parece tan lógico, tan natural, tan razonable que ni siquiera se me ocurre el comentario».

¿Qué te parece, Pilar? Cuando me enteré de lo de Burgos estaba a punto de salir al escenario. De lo único que me acuerdo es de que mi cuerpo se movía como el de una autómata y, a pesar de eso, te digo que el público se levantó de los asientos cuando terminé. No cabe duda, hermanita, de que el trabajo que hay detrás de cada actuación es tan grande que hasta dormida lo haría bien y con gracia. Puede que sea egoísta por mi parte, pero insistiré a Ignacio en que deje los ruedos. Es un hombre con tantas pasiones que enseguida encontrará donde volcar su energía. Además, sus más queridos amigos, los poetas Federico García Lorca, Rafael Alberti y Fernando Villalón, lo animan y apoyan en sus aficiones literarias.

La semana que viene estaré ya en Madrid. En cuanto llegue pienso visitar esas casas de las que me hablas en tu carta. Si alguna me gusta mucho la compraré. Tengo que empezar a invertir todo lo que estoy ganando con el sudor de mi frente con tanta gira por América y Europa. Ya es hora de que me independice y, además, es la única manera de que Ignacio y yo tengamos la intimidad que tanto añoramos y que tanta falta nos hace, lejos de miradas curiosas que nos señalan como si fuéramos bichos raros.

Estoy deseando verte y darte un beso muy grande,

ENCARNA

25

En el número 44 de la madrileña calle del General Arrando, una zona señorial con casas grandes y espaciosas, está el hogar de Encarna. Lo ha decorado con un gusto exquisito. No tiene nada que envidiar a los de sus amigos aristócratas y burgueses que tanto la solicitan para que asista a sus reuniones sociales donde ella es voz y parte, porque también baila y canta.

Entre los detalles más preciados de su casa está una vitrina repleta de bellos abanicos, un armario de caoba tallada donde guarda sus libros preferidos: los de Blasco Ibáñez, de los hermanos Machado, de Eduardo Marquina y, cómo no, de sus queridos Federico García Lorca y Rafael Alberti. Sobre la mesa de ébano del comedor tiene *Las siete columnas*, de Wenceslao Fernández Flórez, que es el libro que está leyéndose en los pocos ratos libres que le dejan sus ensayos y quehaceres domésticos. Todas las paredes del salón están forradas con una elegante seda verde, y en la principal destaca el retrato que Julio Romero de Torres le hizo y luego le regaló. A Encarna le fascina ese cuadro porque Julio ha logrado que sus ojos hablen, como si hubiera captado uno de esos instantes en los que el alma se le pasea por la mirada y sale también por la sonrisa. Aquella tarde en casa del escultor Sebastián Miranda, Julio le echó muchos piropos, pero, sobre todo, se quedó fascinado con sus ojos.

Sin embargo, donde Encarna ha puesto más esmero es en el patio andaluz de la entrada. Ha colocado en él sillas de madera y mimbre con su mesita a juego, y ha mandado recubrir las paredes hasta la mitad de azulejos sevillanos en vistosos colores y el suelo de baldosas de la Cartuja. Hay también macetas de aspidistra y helechos que proporcionan la humedad y el olor típico de los patios de Sevilla, donde por la tarde, con «la fresquita», se reúnen las comadres con sus chismorreos y los niños juegan.

La casa de La Argentinita se ha convertido en uno de los puntos de encuentro de los muchos amigos que la artista tiene. Esa noche se ha organizado una cena improvisada en la que cada uno de los asistentes lleva algo. Ignacio trae unos sándwiches que le han hecho para la ocasión en el bar Embassy del paseo de la Castellana, del que es cliente tan asiduo que la cocinera lo mima como a un hijo. María de Maeztu trae una tortilla de patatas inmensa; está un poco quemada, pero ella dice que siempre le pasa lo mismo y que sabe bien. María les cuenta también que mientras cocina suele preparar alguna de sus clases o conferencias porque así se inspira, aunque sea en perjuicio de la comida. Rafael Alberti se presenta con unos merengues deliciosos, que parecen esponjosas nubes de colores, de la famosa confitería Del Pozo, en la Puerta del Sol, y Federico llega con unos mostachones de Granada. Encarna saca botellas de vino y champán de la bodeguita que Ignacio ha montado en una de las habitaciones que hay junto a la cocina. Ignacio siempre dice a Teresita que, si pasa una mala noche, puede coger cualquier botella con el requisito de que no deje ni *miajita* porque son oro puro.

Cuando ya están todos sentados en el salón y la algarabía de la charla comienza a llenar la estancia, aparecen Pilar y su novio, Tomás, un músico cubano. Tomás trae una maletita en la que guarda su saxo y Pilar lleva en las manos un recipiente humeante. Ante la expectación que provoca en los contertulios, exclama:

—¡Un guiso de rabo de toro, en honor al *mataor*! —Pilar sonríe a Ignacio, y este acude con rapidez a ayudarla.

—¡Ignacio, esto merece una anécdota! —dice Federico, que esta noche derrocha felicidad y buen humor.

—¡Cuenta lo de Sevilla, que eso tiene un arte que no se puede aguantar! —le pide Rafael con su marcado acento andaluz.

—Está bien, está bien. —Ignacio carraspea—. Resulta que hay algunas personas que piensan que ponerse delante de un toro es como ponerse delante de un perro o de un animal doméstico y, por ignorancia o falta de inteligencia, no saben que el toro bravo es un animal fiero que nace para embestir, morir o matar —explica. Todos lo escuchan atentamente. Federico asiente con la cabeza mientras prueba la parte más quemada de la tortilla—. Pues bien, al empresario José Salgueiro se le ha metido entre ceja y ceja que los toreros no pidamos más de siete mil pesetas por corrida y yo, a estas alturas de mi carrera, no arriesgo mi vida y el pan de mis hijos por menos de esa cantidad multiplicada por tres, al menos.

—«Porque quiero, y porque puedo. Umbría de seda roja».* —interrumpe Federico, que ahora tiene en la mano un sándwich y está a punto de metérselo en la boca.

Ignacio le sonríe.

—El caso es que al empresario le salió otro grano: Juan Belmonte. Juanito y yo hemos ido a por todas y, aunque tuvimos como abogado al ilustre Juan de la Cierva, prevaleció la pretensión del empresario, quien consiguió convencer a la Asociación de Matadores. —Ignacio luce su planta atlética como si estuviera en el ruedo.

* Federico García Lorca, «Lucía Martínez», *Canciones 1921-1924*.

—¡Ignacio Sánchez Mejías fuera de los carteles sevillanos! Eso es una ofensa al buen gusto y a la justicia —exclama Rafael—. Para apoyarte, maestro, estoy dispuesto a salir una tarde al ruedo contigo. —Tiene una copa de vino en la mano y la levanta a modo de brindis—. ¡Va por ti, *mataor*! —Bebe hasta el último sorbo, e Ignacio levanta la suya y hace lo mismo.

Encarna reparte platos en los que ha servido el rabo de toro.

—Para empapar el vino —dice, y los ofrece con su mejor sonrisa.

—El caso es que don José se encargó de decir a mis amigos, para que yo me enterara, que Ignacio Sánchez Mejías no volvería a pisar el albero de la Real Maestranza de Sevilla. ¡Y hasta ahí podíamos llegar! —La tez morena de Ignacio se oscurece con las emociones que le llegan a oleadas.

—Buen apunte, primo. —Los ojos azules de Rafael brillan como un mar lleno de destellos.

—En la cuarta y última corrida de la feria —prosigue Ignacio, y se hace un silencio total—, me puse de acuerdo con el *mataor* Martín Agüero y con los compañeros del paseíllo, que eran Juan Luis de la Rosa, Chicuelo y Litri, para saltar al redondel y banderillear al séptimo toro de la tarde. Así que, cuando el clarín anunció el cambio de tercio y el primer banderillero clavó el primer par de banderillas, yo, que miraba la corrida entre el público, en primera fila de barrera, salté al callejón tal como estaba, con mi americana abrochada y mi sombrero de ala ancha —explica, y hace un gesto como si estuviera encajándose un sombrero—, solicité permiso a Agüero para participar en el tercio y este aceptó el reto, mostrándome a mí y a la concurrencia que había que pedir permiso a la presidencia. Así que nos dirigimos los dos hacia el presidente mientras la plaza se caía con los aplausos. El presidente aceptó, y allí me fui a encajarle en todo el morrillo al toro tres pares de banderillas más.

—A mis oídos ha llegado que fue un prodigio lo que este hombre hizo. —Federico se pone de pie junto a Ignacio—. Las primeras banderillas fueron espectaculares porque apenas tenía para salir de la suerte; las segundas las hizo de dentro afuera, apoyando la espalda en los tableros de la barrera, y las terceras, cambiando en la misma cabeza del toro, teniendo después que saltar al callejón. Creo que nunca se ha oído ovación más grande en aquella plaza. —Da unas palmadas en la espalda a Ignacio.

—Agüero me brindó la muerte del toro y yo volví a mi asiento muy tranquilo. Cuando el *mataor* acabó con el bicho, el público quiso que yo saliera a dar la vuelta al ruedo con él.

—¿Y saliste? —pregunta con ingenuidad María.

—¡Claro que sí! En medio de una ovación como no he oído nunca.

—¿Y qué pasó con el tal José Salgueiro? —pregunta de nuevo María, a la que el asombro hace abrir mucho los ojos.

Ignacio pone los brazos en jarras y, sacando pecho, dice despacio:

—Pasó lo que tenía que pasar, que, en el paseíllo, cuando estábamos a la altura del burladero en el que se encontraba Salgueiro me paré y con la mejor de mis sonrisas le dije: «¿Lo ve usted? Piso este ruedo y toreo en la maestranza de Sevilla cuando me da la gana, don José».

Federico suelta una sonora carcajada y abraza a Ignacio.

—¡Ole, ole y ole! ¡Argentinita de mi *arma*, esto se merece una canción!

Federico se sienta ante el piano vertical que Encarna ha comprado para el salón pensando en él.

—Que sepas que este piano que te han vendido es más malo que un dolor —dice tocando unos acordes—. Aquí, ante todos los presentes —se pone la mano en el pecho con solemnidad—, te dejo en herencia mi viejo y querido piano, que suena mil veces mejor que esta cosa.

Toca los primeros acordes de *Los peregrinitos* y Encarna empieza a cantar. Después de ella se arranca Pilar con *Anda jaleo*. Al principio son Encarna y Pilar las que cantan, pero poco a poco van animándose los demás y todos terminan cantando y bailando. Tomás, que ha sacado el saxo de su estuche, se afana en seguir el ritmo dando un toque de jazz a esos cantos populares españoles.

—¿Qué os parece esto? —pregunta Federico de pronto tocando algo que todos desconocen—. Es la música de cristal que estoy componiendo para mi tragicomedia *Los títeres de Cachiporra*.

—Es rara —responde Encarna.

—Me encantaría que colaboraras en la obra, Encarna —dice Federico sin dejar de tocar el piano—. Lo estrenará la compañía de Margarita Xirgu.

—¿Estás seguro? —Encarna se acerca a él.

—Bueno, ya sé que no hay quien aguante a Margarita cuando se pone nerviosa, hasta tiene que dormir durante los entreactos, pero creo que es la más adecuada para esta obra.

—¡No me refiero a eso, Federico! —exclama Encarna soltando una carcajada—. ¿Quieres que maneje títeres?

—Tú lo harías mejor que nadie —afirma contundente Federico.

—Es un reto tentador y un honor. Ya sabes que se me da bien eso de imitar y hacer voces. ¡Deja de decir tonterías! —Encarna pone una voz estridente que le sale sin apenas mover los labios—. Perdonad, es Cirila, mi muñeca de ojos de huevo, que ya quiere salir al escenario.

—¡Sal, Cirila! —exclama divertido Federico.

—¡Eso, que salga Cirila! —le secunda Rafael.

—Señores, Cirila esta noche está castigada, por indiscreta, así que tienen que conformarse únicamente con la presencia de una humilde servidora. —Encarna hace una exagerada reverencia, y todos aplauden con entusiasmo.

Entre charlas, risas y canciones les dan las cuatro de la madrugada. Ignacio y Encarna despiden a sus invitados. Tras el estrepitoso adiós, solo se oye el silencio en la casa. Se besan, esa noche dormirán juntos. Salvo para sus amigos, todo el mundo cree que Ignacio duerme en el hotel Palace cuando está en Madrid. A Encarna no le importa lo que piense la gente, pero desea ver a Ignacio feliz. Un día, cuando él estaba atormentado por la idea de separarse de sus hijos, ella le cogió la cara entre sus manos y, mirándolo con una sonrisa que le brotaba desde el alma, le dijo: «No tienes que abandonar nada de lo que quieres; cuando estés en Sevilla, ve a tu casa de Pino Montano con tus hijos, a los que adoras y así tiene que seguir siendo. Y cuando vengas a Madrid, monta tu cuartel general en el Palace, así no alimentaremos los cotilleos de las malas lenguas. Para mí los papeles, los contratos, son cosas que en cuestión de amor no valen nada. Uno tiene la casa donde está su corazón, y yo estoy muy segura de dónde tienes tú el tuyo». Desde aquel día Ignacio la quiso aún más. A su lado se sentía libre, a su lado él podía ser tal como era con todo su pasado a sus espaldas, sin ocultar nada.

26

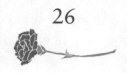

En Madrid hace un calor infernal. En el asfalto se forman pequeñas nubes, como espejismos que se desvanecen a pocos centímetros del suelo y que crean un ambiente sofocante, febril. En la casa de la calle del General Arrando reina el silencio. Encarna duerme la siesta, y Teresita hace en su cuarto algún que otro arreglo en los vestidos que La Argentinita llevará en su inminente gira. Teresita se ha convertido en una joven muy atractiva. Su cara pecosa y su nariz respingona siguen dándole un aire infantil que contrasta con las marcadas curvas de su cuerpo y sus generosos pechos que, lejos de ocultarlos, siempre encuentra la manera de señalarlos a través de la ropa que ella misma se confecciona.

Cuando timbran en la puerta de servicio, la joven se apresura a abrir para que no insistan y despierten a Encarna. Sabe que se levanta de muy mal humor cuando se le interrumpe el sueño. Abre precipitadamente la puerta sin darse cuenta de que la fina bata de algodón que lleva está casi abierta. Es Paco, el muchacho que suele llevarles el periódico y hace los recados a Encarna. Esta vez trae en las manos dos cajas que ha recogido de la sombrerería de la calle Alcalá en la que Encarna encarga casi todos sus modelos. Las cajas no son muy grandes, porque la moda francesa ha impuesto graciosos sombreritos que aligeran bastante el espacio que precisan en los armarios y, sobre todo, son mucho más cómodos a la hora de viajar.

—Buenas tardes —saluda Teresita en un susurro.

—Muy buenas, pecosilla —responde Paco con una sonrisa, sin apartar los ojos del escote que asoma por la bata entreabierta.

—¿Vas a darme lo que traes o no?

Teresita se abrocha un par de botones sin poner demasiado esmero en taparse por completo. Se hace a un lado para dejar pasar a Paco, que entra y pone todo encima de la mesa de la cocina.

—¡Qué calor! —Se seca el sudor con el dorso de la mano—. ¿Me regalas un vasito de agua, pecosilla?

Teresita le sirve un vaso de agua y lleva otro para ella. Bebe dejando que se le escapen algunas gotas, que se escurren rápidas cuello abajo.

—Te vas a manchar. —Paco se apresura a quitarle una gota con un dedo, tocando suavemente la piel de Teresita.

—Da igual, hace mucho calor —responde Teresita con una mirada pícara.

—Y aquí la temperatura parece que sube. —Paco apura su vaso.

—Mucho. —Teresita se lleva el agua a la boca y sin beberla, con un gesto provocativo, deja que toda el agua resbale despacio hacia su escote—. Y parece que ahora tendrás que limpiarme un poco más.

—Eso parece. —Paco traga saliva y alarga una mano hacia la bata empapada de Teresita, que se le pega a la piel dejando adivinar la forma de sus pechos.

—Aquí no, que no tengo recambio de ropa.

Teresita toma la mano grande y áspera de Paco y lo lleva

hacia su dormitorio, en el que la semipenumbra inunda toda la estancia.

—¿Quieres que te cambie esa ropa empapada o prefieres que te seque? —Las manos de Paco aprietan ya los pechos de Teresita.

—Mejor que me cambies, creo que me he resfriado. —Teresita tose—. Y necesito que alguien me cure.

Se tiende en la cama, y Paco le arranca con avidez la bata y después el sostén, que deja libres unos senos grandes y generosos como los de una ama de cría, con unos pezones pequeños de color rojizo que se erizan con el roce de los dedos de Paco. Después le quita la combinación que le cubre el vientre y el trasero. Unas caderas de Venus rubensiana aparecen como enormes colinas que protegen el hermoso reducto de su sexo, coronado de un bello suave y tan rojizo como el de su larga cabellera rizada. Paco hunde la cabeza con premura en esa pelusilla, y los sollozos de Teresita suben de tono.

—¿Sabes, pecosilla? —dice de pronto Paco—, creo que estás todavía un poco húmeda y para secarte de verdad no me queda más remedio que utilizar una herramienta. —Se desabrocha los botones de la bragueta mientras soporta los arañazos que Teresita le hace en la espalda—. Aquí está, a punto como siempre, una manguera enorme que lo arregla todo.

Su sexo arremete con violencia el sexo de Teresita, que lanza un grito mezcla de dolor y de placer. Paco comienza un frenético movimiento de caderas acompañado de agudos gemidos y de pronto se desploma sobre Teresita.

—¡Paco! —exclama Teresita sin querer creer lo que presiente.

—Se acabó la medicina, pecosilla, se me ha derramado toda sin darme ni cuenta. —Su cabeza reposa en el pecho agitado de Teresita.

—¡Menudo papanatas estás hecho! —Teresita le da un empujón y se zafa de él—. Con esa medicina tuya no tengo ni para empezar.

De repente oye que Encarna la llama. De un salto se pone de pie y se viste rápidamente mientras Paco mira embobado sus blancas curvas.

—Pero ¿qué haces ahí, mequetrefe? ¡Ya estás fuera! ¡Aire, aire! —Teresita echa a Paco de la cama y él se pone los pantalones a toda prisa—. ¡Y la próxima vez o tienes medicina para rato, o se te acabó lo de jugar a los médicos!

Teresita abre la puerta y Paco, antes de salir, le da un beso fugaz en la mejilla.

—Pero ¿qué haces, *atontao*? ¡Que la señorita Encarna me reclama!

Lo saca de la casa a empujones, cierra la puerta y, al tiempo que procura arreglarse el pelo, va en busca de Encarna, que está llamándola desde su habitación.

—¿Quién era, Teresita? —pregunta Encarna observando su pelo un tanto alborotado.

—Era Paco, que ha traído los sombreros y el *Heraldo de Madrid*. ¿Quieres leerlo?

—Sí, por favor. No encuentro el mantón de Manila de flores verdes y fondo negro, y lo necesito para mañana. Voy a amenizar la conferencia que da mi amigo Alberti sobre el cuplé en el teatro Español. —Encarna habla mientras rebusca en el armario el mencionado mantón entre varios de ellos.

—Lo estoy arreglando, los flecos estaban un poco enredados.

Encarna repara en que, además del pelo alborotado y la cara enrojecida, Teresita tiene mal abrochada la bata.

—No te preocupes. Pero no se te olvide ponerlo con el resto del equipaje. Por cierto, Teresita, ese chico, Paco, es simpático, ¿verdad? —La mira con complicidad.

—Un poco bruto..., pero sí, es simpático. —Teresita se

pone colorada. En ese momento suena el timbre de la puerta principal—. ¡Llaman! ¡Voy a abrir! —Y sale como una exhalación.

Poco después regresa acompañada de Rosa, que viene muy excitada y sonriente.

—¡Siéntate, Encarna! ¿Te acuerdas de mi prima Begoña, la de Pontevedra?

Encarna asiente con la cabeza, pero de pronto el corazón le da un vuelco en el pecho porque Ignacio toreó allí la pasada tarde. Aunque ha habido problemas en las líneas telefónicas y no han podido hablar desde antes de la corrida, sabe que no ha ocurrido nada grave porque, de lo contrario, ya se habría enterado.

—Pues ha viajado toda la noche y esta mañana llegó a mi casa —prosigue Rosa, y sus ojos azules chisporrotean de tal modo que parece que habla por ellos—. ¡Resulta que estuvo en la corrida en la que Ignacio toreó! ¡Y se enteró de que dejar los ruedos!

—¿Que qué? —Encarna no da crédito.

—Verás… —Rosa se alisa la falda plisada, que compite en blancura con su piel, estirando la tela sobre sus rodillas—. Mi prima y su familia son grandes aficionados a los toros y el crítico José María de Cossío es muy amigo de ellos. Por lo visto, estaban sentados junto a él cuando, a la hora de matar su segundo toro, Ignacio lo brindó a Cossío y le dijo que ese sería el último toro que iba a matar en toda su vida.

Rosa se queda en silencio y contiene la respiración mientras mira a Encarna, que abre mucho los ojos y, despacio, va dibujando en su cara una sonrisa hasta que las pupilas empiezan a brillarle y se le escapan las lágrimas.

—¡Eso sí que es una buena noticia! —Encarna abraza a Rosa entre risas y sollozos.

—Por lo visto mató regular —dice Rosa, abrumada por la reacción de su amiga—. Cossío explicó a mi tío que antes de salir al ruedo Ignacio lo citó en el hotel y, mientras se vestía, le dijo, que se veía ridículo con esas mallas rosas que llevaba…, vamos, que con la edad que tiene y su carácter, ya no se veía de esa manera.

—¡Qué alegría, Rosa! —Encarna se pone de pie, se aprieta las manos y empieza a dar pasos cortos de un lado a otro—. Me han propuesto volver a Argentina y no sabía si aceptar. ¡Así podré viajar hasta allí feliz! No te imaginas lo mal que lo he pasado cada vez que estaba lejos y sabía que Ignacio toreaba. Cuántas veces he bailado con la imagen de Ignacio delante de un toro dentro de mi cabeza, con el corazón tan encogido por el miedo que todo mi cuerpo no terminaba de aterrizar en el suelo del escenario y, del esfuerzo, acababa con contracturas hasta en el pelo.

Rosa la mira con ternura.

—Mi prima también me contó que entre la cuadrilla de Ignacio pudo reconocer a ese poeta amigo vuestro que se llama… —Rosa se queda un momento pensativa—, ¡Rafael Alberti!

—¿Rafael? —repite extrañada Encarna.

—Sí. Begoña me contó que después cenaron con ellos y que Rafael confesó que hacía tiempo que tenía esa espinita clavada. Por lo visto, una vez iba a debutar con Ignacio en Badajoz, pero le entró un miedo horrible y no apareció. En Pontevedra, Ignacio le puso un traje negro y naranja, y Alberti no pudo escapar. A mi prima le dijo que salió a la plaza con el ombligo *encogío* y que no había pasado más miedo en su vida.

Encarna deja escapar una sonora carcajada.

—Rafael está acostumbrado a lidiar con los versos, ¿cómo se le ocurre ponerse a lidiar con un toro?

Encarna sigue riendo hasta que aparece Teresita con el periódico en la mano. Ahora sí lleva el cabello bien arreglado y la bata abotonada correctamente.

—Aquí tienes *El Heraldo*, Encarna. —Lo deja sobre la mesa y se marcha.

Encarna lo abre y busca con avidez alguna noticia sobre Ignacio. Lee algo mientras sonríe y estalla en otra carcajada.

—Mira lo que pone aquí, Rosa: «Nuestro querido periodista el Duende de la Colegiata fotografiado en el teatro Romea junto a la bailaora Pastora Imperio y al torero trianero Juan Belmonte».

Rosa se pone de pie para ver la foto.

—Para estar recién separada de Rafael el Gallo, se la ve muy sonriente. Por lo visto a Pastora le gustan los toreros… —comenta con malicia.

—Eso es un ardid del tal Duende de la Colegiata. Es un hombre que disfruta creando escándalos. Ignacio no lo soporta. Me contó que en Madrid apareció en la plaza de toros con La Chelito.

—«Hay una pulga maligna que ya me está molestando, porque me pica y se esconde y no le puedo echar mano…». —Rosa empieza a tararear el famoso cuplé *La pulga*.

—Exacto —asiente Encarna sonriendo a Rosa—. Y se armó un enorme revuelo y Belmonte le brindó un toro. La faena, al parecer, le salió redonda y después acabó el muchacho en el Café de Fornos, donde tienen la tertulia Valle-Inclán, Sebastián Miranda, Ramón Pérez de Ayala, Julio Romero de Torres y otros. ¡Imagínate qué cambio para el trianero, que de robar naranjas en los alrededores de Sevilla pasa a hablar con lo más sesudo de España! —Las dos amigas estallan en una carcajada—. ¡Qué feliz soy!

Encarna abraza a Rosa y siente que la lúgubre presencia de la muerte deja un descanso a su asustado corazón.

27

Y un corazón diminuto
*me va brotando en los dedos.**

Sevilla, 14 de diciembre de 1927

Querida niña, morenita mía:

Voy contando los días que quedan para vernos. Siento que tu padre esté enfermo. El tabaco es muy malo y él fuma mucho, y más desde que le falta tu madre. No te preocupes, él es tan fuerte como tú; seguro que pronto estará bien.

A mí me parece una eternidad el tiempo que llevamos separados, pero me consuela la idea de que tu éxito en Buenos Aires está siendo arrollador. Dices que la gente corea tus canciones y que cuando bailas por seguiriyas te jalean como si estuvieras en Sevilla. Me he reído mucho con la anécdota que me contabas en tu carta de la pequeña impostora que te explicaron que hace unos años se anunció en los carteles de un teatro con el nombre de La Argentinita y que cuando el pú-

---

* Federico García Lorca, «Preludio. Amor (con alas y flechas)».

blico se cercioró del engaño, menos piropos, de todo le llovió a la farsante.

Por mi parte, morenita de mi *arma*, no echo de menos el ruedo ni *miajita*. Te escribo después de haberme recuperado de la resaca de vino, trasnochada y emociones que he vivido en estos días. Estoy eufórico porque he sido testigo y parte protagonista de un hecho que, estoy seguro, pasará a la historia. ¿Te acuerdas de aquella tarde que, paseando en Madrid con Federico por el Retiro, nos contó exultante la idea de que unos amigos suyos y él querían celebrar a nivel nacional el tercer aniversario de la muerte del poeta Luis de Góngora? Tú y yo no le dimos mucha importancia. «Cosas de Federico», pensamos. Sin embargo, la idea siguió adelante y recuerda que comencé a participar en reuniones que se hacían en los cafés de Madrid. A la primera fui con Rafael Alberti, que, por cierto, desde que ha recibido el Premio Nacional por *Marinero en tierra* anda de fiesta en fiesta y ha empezado a resentirse de su úlcera en el estómago, pero como él mismo dice: «Eso son penas finas». Está convencido de que se le va a pasar y, con el buen carácter que tiene, sin duda así será. Ya sabes que los escritores se pusieron de acuerdo para repartirse el trabajo y sacar a la luz la obra del prestigioso poeta cordobés gracias a que José Ortega y Gasset prometiera que todos los trabajos irían publicándose en la editorial de la *Revista de Occidente*.

Yo, como sabes, ofrecí el Ateneo de Sevilla y mi ayuda económica para que pudieran ir a Sevilla todos los poetas de Madrid que estaban deseosos de participar en el evento. Son los que la prensa considera los siete literatos madrileños de vanguardia: García Lorca, Alberti, Bergamín, Gerardo Diego, Jorge Guillén, Pedro Salinas y Dámaso Alonso.

Este pasado 11 de diciembre ha tenido lugar el gran evento. Al final tuvimos que hacerlo cerca del Ateneo, en el salón de actos de La Económica, porque pensamos que la fama y calidad que avalaba a los personajes que iban a participar produciría un lleno completo, como así fue. ¡Había gente sentada hasta en los pasillos! ¡Cómo te eché de menos! Habrías disfrutado más que nadie en aquel ambiente lleno de arte y poesía. Yo no pude evitar que se me saltaran las lágrimas en varias ocasiones, como cuando Federico y Rafael interpretaron entre los dos un fragmento de *Soledades*. Creo sinceramente que el propio Góngora no lo habría hecho mejor: «Pasos de un peregrino son, errante, cuantos me dictó versos dulce Musa en soledad confusa, perdidos unos, otros inspirados…».* Al día siguiente, 12 de diciembre, fueron los artistas andaluces los que rindieron su homenaje a Góngora. Allí estuvieron nuestro querido Fernando Villalón, junto con Luis Cernuda, José Bello, Romero Murube, José Bergamín y otros. Gerardo Diego concluyó el acto leyendo un trabajo delicado y precioso. Para seguir la celebración, me llevé a los de Madrid y a los locales a un almuerzo que organicé en la Real Venta de Antequera. ¡Qué alegría había en el ambiente! Los de la venta estuvieron magníficos, como si ellos, a su manera, participaran también del homenaje. Había un despliegue de fuentes con comida que eso era para siete días y no para uno. Tortillitas de camarones, papas *aliñás*, sangre de toro, *pescaíto* frito, berza, salmorejo… ¡Parecían las bodas de Caná! Y todo regado con fino y manzanilla fresquitos que entraban de maravilla. Ni que decirte tengo que en el flamenco que organicé hubo más de un espontáneo en el cante y en el baile.

Al salir de la venta nos hicieron una fotografía memorable, ya la verás. Lo pasamos tan bien que decidí hacer una fiesta para todos los poetas y escritores que habían participado en el homenaje. Fue en Pino Montano. Convertí mi cortijo en una jaima y todos los invitados vinieron disfrazados de moros. Juan Chabás vino impecable, no sé de dónde sacaría la chilaba y el turbante, pero juraría que se lo había hecho a medida el muy presumido. Federico estuvo espléndido improvisando cuadros teatrales, y Villalón quiso hipnotizar a

* Luis de Góngora, «Soledades (al duque de Béjar)».

Rafael, al que la risa que le entró le produjo un hipo que le duró varias horas. El que estuvo sembrado de duende fue Manolito Torres, el Niño de Jerez, que cantó lo que él llama «las plagas del faraón» con una voz que ponía los pelos de punta. Algunos se tiraban al suelo de risa cuando el gitano contó dónde se había inspirado para sacar ese espléndido cante. Lo que sucedió en aquella sala ha sido algo irrepetible, porque nunca se reunió tanto talento en honor a una causa noble y artística. El público, entregado, vitoreaba los versos de Jorge Guillén, y cuando Federico leyó poemas de su *Romancero gitano* todos sacaron el pañuelo como si estuvieran pidiendo la oreja para él, y hasta alguien, en el colmo de la exaltación, le lanzó la chaqueta y la corbata cuando recitaba su «verde que te quiero verde». Toda la sala vibraba con una magia que no puede explicarse con palabras.

Ha sido un gran evento y, sobre todo, la magia del duende nos acompañó a todas horas. He vivido momentos de los que se quedan guardados como un tesoro en el corazón. Mi única tristeza es que no estabas junto a mí, aunque no había instante en que no pensara en ti.

> *Verde que te quiero verde.*
> *Verde viento. Verdes ramas.*
> *El barco sobre la mar*
> *y el caballo en la montaña.*
> *Con la sombra en la cintura*
> *ella sueña en su baranda,*
> *verde carne, pelo verde,*
> *con ojos fríos de plata.*
> *Verde que te quiero verde.*
> *Bajo la luna gitana,*
> *las cosas la están mirando*
> *y ella no puede mirarlas.* *

* Federico García Lorca, «Romance sonámbulo», *Romancero gitano*.

Morenita mía, mi piel te presiente ya cerca, y todo mi cuerpo te anhela con la vehemencia con la que yo siento, toreo y hago el amor. No tardes.

Te amo con bravura,

IGNACIO

Buenos Aires, 20 de diciembre de 1927

Ignacio:

Solo voy a escribirlo una vez: mi padre ha muerto.

Me ha llegado la carta de Pilar esta mañana. También dormía, como madre. Tan sincronizados estaban en todo.

Me alegro tanto de no estar allí… Es un regalo. Porque cuando llegue a Madrid, será como si él se hubiera ido de viaje, pero seguirá estando cerca en todas mis actuaciones, cambiándose de butaca para verme desde todos los ángulos, como a él le gusta.

Sé que estás en Pino Montano. No te preocupes, mis hermanas están acompañadas, porque la cantidad de gente que quiere a mi padre es impresionante. Tiene más admiradores que yo, por ser tan buena gente y tan artista.

Como ves, hablo en presente, porque él sigue estando conmigo.

Perdona el borrón, una lágrima ha querido saltar a la hoja y viajar hasta ti como testimonio de mi tristeza.

No me contestes a esta carta. Sé que me abrazas.

Ahora más que nunca quiero estar a tu lado. Ahora más que nunca quiero bailar, en su honor porque mi baile es su obra. Su instinto de artista, siempre en la sombra, sosteniéndome y guiándome, han hecho que Encarnación López Júlvez sea hoy La Argentinita.

Te quiero mucho, volveré pronto,

TU MORENITA

28

—¡**E**ncarna, tengo que contaros a ti y a Ignacio lo que llevo días maquinando! —Federico entra como una exhalación seguido por Teresita. Lleva un paquete en la mano—. Toma, Teresita, he traído unas yemas y unos tocinos de cielo para hacer la competencia a tus pastas.

Teresita los coge y sonríe.

—No hay nada que iguale a mis pastas, señorito Federico —le responde con un gesto altivo mientras Encarna los mira como si viera dos niños que pelean por un mismo juguete.

—Teresita, ve a la cocina y trae una jarra de zarzaparrilla para acompañar los dulces —le ordena.

—¡Eso, preciosa mía, corre a por la zarzaparrilla! —exclama Federico.

Teresita se marcha, y el poeta le grita:

—«¡Preciosa, corre, Preciosa, que te coge el viento verde!».* —Y se deja caer en el sofá.

—¿De qué se trata, Federico?

Encarna se sienta a su lado. Le encanta verlo así, cuando una idea le bulle en la mente y parece que por sus ojos salen

* Fragmento del poema «Preciosa y el aire» de Federico García Lorca.

fuegos artificiales. De pronto suena el timbre y se oye una voz grave y alegre, con ese acento andaluz que le confiere un matiz de terciopelo, y unos pasos resuenan en el pasillo.

—¡El *mataó*! —Federico sale a su encuentro.

—¡Qué alegría, poeta! —Ignacio y Federico se saludan con un abrazo lleno de sonoras palmadas en la espalda—. He venido a contaros la idea que me ronda la cabeza.

Ignacio se sienta al lado de Encarna y ella pone sus piernas dobladas de lado sobre el sofá y le pasa un brazo por detrás de la espalda. Federico, que sigue de pie, va de un lado para otro sin poder estarse quieto. De pronto se detiene.

—Desde que he vuelto de Nueva York, donde caminaba por las calles vigilado por los ojos de cristal de rascacielos infinitos —dice, y se encorva con cara de terror mirando hacia el techo, interpretando la imagen—, y corría despavorido a buscar el abrazo y el arrullo del jazz en el Cotton Club, no paro de dar vueltas a lo importante que es que todo el mundo tenga acceso a la cultura. —Pone los brazos en jarras y con más seriedad continúa—: La cultura te abraza como una madre. Aquí, en esta España de hoy de 1931, aún hay mucha gente analfabeta, pero si les damos teatro, teatro gratuito, conocerán el bálsamo de esas obras en sus almas y querrán saber más, y de esa forma serán libres. Y en esta Segunda República, que tiene políticos como Niceto Alcalá Zamora, que parece que quiere mejorar la educación, quizá podríamos contar con alguna ayudita.

—Magnífico —responde Ignacio despacio, como si tuviera miedo de romper la magia que crea Federico con sus palabras.

Encarna asiente dibujando una sonrisa que ilumina su cara.

—¿Y qué has pensado? —pregunta Ignacio, entusiasmado con la exposición de Federico.

—¡Un teatro itinerante! ¡Construiremos una barraca donde quepan unas cuatrocientas personas! ¡Salvaremos el teatro español! ¿No es magnífico? —Federico está exultante—. Las obras de los clásicos, de Calderón de la Barca, Lope de Vega y Cervantes, se alternarán con las de autores actuales. ¡Y tú, Ignacio, estarás entre ellos!

—Por favor, Federico, no me hagas eso —responde Ignacio, conmovido por la generosidad de Federico—. No me pongas a la altura de esos monstruos de la pluma que se me va a ver el plumero.

Federico deja escapar una carcajada.

—Tu obra, *Sinrazón*, es una delicia, *mataó*, como dijeron en el *ABC*: «Sánchez Mejías ha salido victorioso de la arriesgada prueba». Tú te arrimas, querido amigo, y eso es lo que hace falta para lidiar al toro y a las letras. Eso es abrirse la camisa y quedarse a pecho descubierto delante de mil ojos que nos miran extasiados pidiendo limosnas de sentimientos... Tú ya eres un compañero de oficio, Ignacio, un amigo escritor.

—Se arrima a demasiadas cosas, Federico —dice Encarna al tiempo que acaricia los rizos que caracolean en la nuca de Ignacio—. Desde que dejó los ruedos ha estrenado ya dos obras de teatro, *Sinrazón* y *Zaya*, con gran éxito de público y de crítica, además de ser presidente del Betis y director de la Cruz Roja en Sevilla. —Encarna está orgullosa—. El estreno de *Zaya* fue en el teatro Pereda de Santander y hasta los reyes estuvieron en un palco.

—¡Viva la República! —exclama Teresita, que ha oído la palabra «reyes» y llega con una bandeja con los dulces y la jarra de zarzaparrilla.

—Esa es otra —dice Ignacio sonriendo a Teresita—, desde que se instauró la República hay algunos que no dejan de proponerme para puestos políticos, y a mí la política es un toro que no me va, prefiero verla desde el burladero.

—Eso o lo llevas en la sangre, o no se puede fingir —dice Federico, pensativo.

—Fíjate en nuestro Alberti… No hay manifestación o manifiesto en el que ese no se encuentre —arguye Encarna.

—Sí, el día en el que Alfonso XIII abdicó me dijo: «¿Lo ves, Federico? Era un cobarde. No ha dado la cara por su pueblo y ha huido como una rata». Y le respondí: «También puede ser, Rafael, que ame a su pueblo y no haya querido que su país se tiña de sangre».

—Para la política hay que valer y estar preparado para aguantar a un montón de gente que hoy da la cara por ti y al día siguiente cambia de chaqueta como si nada.

Encarna sirve la zarzaparrilla y da un vaso a cada uno.

—Yo lo más cerca que me coloco de la política es aceptando la presidencia del Betis Balompié y siendo director de la Cruz Roja de Sevilla. Al Betis lo estoy convirtiendo en un equipo ganador, y eso es algo tangible que puede verse y tocarse. Tengo un objetivo: que ascienda a la División de Honor. Acabo de fichar a un jugador que es un genio, Mariano García de la Puerta, un madrileño que regatea y ataca con una chulería castiza. ¡Cuando tiene una buena tarde es invencible!

—¡Por el Betis! —exclama Federico con el vaso de zarzaparrilla en alto.

—¡Por el Betis! —dicen al unísono Encarna e Ignacio.

Brindan.

—Y por las monjitas de la Cruz Roja —agrega enseguida Ignacio—. Esas monjitas son mujeres buenísimas. Desde que me hicieron director no te imaginas lo que me miman. Algunas de las más mayores se acuerdan todavía de mi padre. «Su padre sí que era un hombre bueno, un médico excelente, siempre dispuesto a ayudar a los más necesitados», me dicen. Ellas acogen a los sevillanos enfermos que llegan allí y no tienen fortuna. El caso es que un día estaba yo en el despacho y noté una marca en una de las paredes, me fijé y era la huella de un crucifijo que alguien había retirado.

—Alguno con fiebre republicana —comenta espontáneo Federico.

—Eso es lo que pensé... —Ignacio baja la voz para dar más misterio a su relato—. Pero había sido una de las monjas, que creía que iba a molestarme. Le dije que no había ninguna necesidad de cambiar cruces, que los cambios que había que hacer allí eran de otra clase.

—¡Por las hermanitas de la Cruz Roja! —exclama Federico, de nuevo con el vaso en alto—. Y por esta maravillosa biblioteca que le comprasteis a la viuda de Villalón, en la que estoy seguro de que voy a encontrar obras para mi barraca. —Señala hacia la biblioteca de Encarna, en la que se distingue una colección de tomos de la *Ilustración iberoamericana*—. Eso sí que fue una obra de caridad por tu parte, Ignacio, ahí te has ganado el cielo.

—Tú habrías hecho lo mismo, Federico. El día que Fernando murió le dije a Concha que le compraba toda la biblioteca. Le pagué una buena cantidad por ella, pero la biblioteca era una excusa para ayudar a la viuda, que se quedaba en la ruina.

—Fernando Villalón fue un gran poeta —afirma Federico—. Ni en su labor como ganadero dejaba de serlo. ¿Os acordáis de su entusiasmo cuando decía que iba a conseguir toros con ojos verdes como los de su gitana, Concha Ramos? ¡Por Fernando y por todos los que siguen siendo fieles a sus convicciones, aunque a los demás les parezcan locuras!

Los tres alzan las copas y beben.

—Locuras como las nuestras —dice Encarna—. Para hacer locuras en esta sociedad siendo una mujer, hay que estar dispuesta a ponerte el mundo por montera, y a torear las miradas y los susurros que se esconden como puñaladas en el aire.

—¿Necesitan algo? —Teresita aparece súbitamente en el salón—. Voy al ultramarinos un momento.

—Teresita el otro día casi arranca el moño a una que insinuó que yo era una rompefamilias. Cuéntalo —la anima Encarna.

—Bien clarita quedó la cosa. —Teresita se apoya en el quicio de la puerta. Lleva la melena recogida en un moño bajo, lo que le da un aspecto distinguido que contrasta con su desparpajo al hablar—. Estaba yo en el mercado sopesando unos tomates, y como de la nada oigo por detrás a dos que, sabiendo por supuesto a quién sirvo yo, dicen: «Tomates es lo que deben tirar a las que por ser muy divas rompen hasta familias». Así que con los tomates en las manos me di la vuelta y, con toda mi fuerza, los estrellé contra el suelo, tan cerca de una de ellas que le salpicó el bonito y fino vestido que llevaba. —Representa la escena de forma cómica ante la expectación de todos—: «Uy, disculpen las señoras... Los tomates, que se me han caído de las manos y se han roto... Porque estaban preciosos, como los bailes que, por mucho que envidien, algunas no podrán hacer nunca. Y los tomates, una lástima, porque lucían enteritos, nada de partidos o rotos, como algunos matrimonios que, por más que hayan pasado por papeles e iglesia, tienen más agujeros que las sandalias de un nazareno».

Todos ríen. Encarna mira a Teresita con admiración y orgullo, feliz de tener a una persona tan auténtica que la quiere y la defiende siempre desde el corazón.

—¡Teresita, contratada para mi próxima obra, sea lo que sea! —prorrumpe Federico.

—¡De eso, nada! —Encarna se levanta y va hacia Teresita—. Tengo a esta mujer contratada de por vida. Sin ella mis espectáculos no serían lo mismo; mis mantones no tendrían ese vuelo que ella consigue arreglándolos con tanto esmero.

La abraza, y las dos se miran con una complicidad profunda en la que las palabras sobran.

—Pues si no necesitan nada, me marcho. ¡Con Dios! —La chica hace un gesto con la cabeza y desaparece, dejando el aire cargado de su aroma a vida.

—Hablando de locuras... ¿Cómo va el proyecto de *Las calles de Cádiz*? —pregunta Federico.

—Por ahora, bien, porque a todo el que se lo contamos le parece una idea excelente. —A Encarna le brillan los ojos cuando habla de trabajo—. ¡Estoy deseando poner a prueba mi Compañía de Bailes Españoles!

—Será algo espléndido. Me imagino *Las calles de Cádiz* como una joya en la que quedará patente la riqueza de la cultura popular de nuestra Andalucía. Hay que hacer estampas, como las de esas tarjetitas que uno compra para escribir por detrás de ellas. —Federico está entusiasmado.

—El guion te va a encantar, Federico. Ignacio está escribiendo los textos como si estuviera dando pinceladas en las que queda reflejada el alma del pueblo, y con las canciones que tú armonizaste lo popular toma un barniz espiritual muy sutil que lo convierte en algo universal. Cuando canto *Los cuatro muleros*, en concreto esa estrofa donde la chica dice «El de la mula torda, mamita mía, es mi *marío*», sé que se entiende ese sentimiento que nos une a todas las mujeres enamoradas. —Encarna mira orgullosa a Ignacio, que se pasa la mano por la cabeza sin decir nada.

—Estoy deseando leer el borrador. ¿Lo tienes aquí? —pregunta ansioso Federico.

Ignacio mira a Encarna y esta se dirige hacia el escritorio, abre el cajón y saca unas hojas que entrega a Federico.

—¿Jiménez Chavarri? —dice extrañado al leer el nombre del autor del manuscrito.

—Es mi seudónimo —aclara Ignacio.

—Desde que es escritor, su vida ha cambiado mucho —interviene Encarna transmitiendo en su tono la serenidad que le aporta la nueva faceta de Ignacio—. Ahora escribe más que tú, Federico, se pasa el día encerrado en la habitación que hay al final del pasillo. Se la he acondicionado para que tenga ahí su estudio.

—¡No hay musa que llegue sin trabajar, Ignacio! —Federico le da unas suaves palmaditas en la atlética espalda.

—Yo tengo mi musa aquí. —Ignacio alarga el brazo y atrae hacia él a Encarna.

—Esto va a ser un trabajo en el que será necesario que colaboremos muchos. —Encarna se sienta en el brazo del sofá donde él está sentado—. Santiago Ontañón se ocupará de la escenografía. Nadie como él para crear un ambiente en que cada cosa, cada objeto esté habitado por un sentimiento. Sus decorados hablan… Igual que lo hace la música del maestro Manuel de Falla, que también está entusiasmado con este proyecto. Mezclaremos, además, música popular y tus canciones, Federico. Las adoro. Y para todo estoy creando una coreografía alegre y vistosa. —Se pone de pie y esboza posturas de danza—. Quiero bailar de tal manera que cada movimiento, cada paso, cada giro, cada desplante y cada mirada sean como frases que cuentan historias, historias del corazón, unas veces jubilosas y otras tristes. Pilar está ayudándome mucho. Viéndola bailar me reafirmo o me retracto de mis ideas.

De pronto unos pasos resuenan acercándose por el pasillo. Aparece un joven elegante y sonriente con un fino bigote. Lleva un traje mil rayas perfectamente planchado y almidonado, y su cabello, separado en dos mitades, brilla sin que un solo pelo se salga de su sitio. Su amplia sonrisa lo hace aún más atractivo.

—¡Pepín! —exclaman Encarna y Federico al unísono.

Pepín Bello es amigo de los tres y todos se alegran al verlo.

—He entrado con Teresita, que me la he encontrado en el

portal. —Su tono amigable y su porte captan la atención de todos.

—¡Has llegado justo a tiempo! —Federico le ofrece solícito la bandeja de los dulces en la que ya solo quedan dos yemas.

Encarna se acerca a él y lo saluda con dos besos en las mejillas.

—¡Qué bien hueles, Pepín! —exclama, y lo lleva del brazo hacia el centro del salón.

—Son armas de seductor —responde Pepín engolando la voz.

—Revélame el secreto, que este señor —le pide Federico señalando a Ignacio— ya viene de nacimiento con toneladas de armas de esas. ¿Os he contado alguna vez lo que me dijo mi amigo el diplomático Carlos Morla Lynch cuando lo conoció? —Encarna y Pepín niegan con la cabeza—. Fue después de ir a la estación para despedir a Alberti y a María Teresa León, que se iban a Moscú. Fuimos varios amigos: Rafael Martínez; Manolito Altolaguirre y su esposa, Concha Méndez, a la que, por cierto, ya empieza a notársele el embarazo; Santiago Ontañón, Encarna e Ignacio, y yo. Después improvisamos una *soirée* en casa de Carlos. Y él me dijo entonces que Ignacio tiene un *sex-appeal* irresistible para las mujeres.

—¡No me lo habías contado! —exclama Ignacio sintiéndose halagado.

—¡¿Cómo se te ocurre decir eso delante de Ignacio, con lo presumido que es?! —Encarna se lleva las manos a la cabeza.

—Pero aún hay más… —Federico mira con sonrisa burlona a Encarna—. A continuación, con acento chileno, Carlos dijo algo así, como que Ignacio es un hombre muy hombre pero, a la vez, tiene una sofisticación casi femenina porque su presencia, su manera de actuar o de hablar es agradable y cautivadora.

—Desde luego, lo define muy bien. —Encarna mira a Ignacio embelesada y este se encoge de hombros en un gesto infantil—. Me da miedo preguntarte qué es lo que dijo sobre mí. —Encarna se sienta en el brazo del sofá donde Ignacio está sentado, le da un beso rápido en la mejilla y mantiene los brazos alrededor de su cuello.

—Pues... —Federico va a explicarlo, pero Encarna lo interrumpe.

—No digas nada, no quiero saberlo. Carlos es un hombre encantador. Acércame, por favor, la bandeja. —Señala una en la que solo queda un pastel—. Me tomaré la yema a su salud. Lo de ser bailarina de baile español tiene la ventaja de que una puede estar entradita en carnes y con cara lustrosa porque se trata de interpretar la pasión y la vida, que nada tiene que ver con las lánguidas y descarnadas bailarinas del tipo de mi querida Paulova, que interpretan las danzas fantasmales de una Giselle perdida en el cementerio.

—Yo me vuelvo loco con tus curvas, morenita mía. —Ignacio la atrae hacia él y le da un beso apasionado.

—¡Bravo, bravo! —exclama Federico.

Pepín lo secunda con aplausos. Por la ventana abierta, que da a la calle, entra la algarabía que produce un grupo de jóvenes. Silban el himno de la República y gritan apasionados vítores.

—A mí me gusta más el sonido de los besos de dos enamorados que esa exaltación que está provocando la política con sus falsos fuegos artificiales...

—Vivimos momentos de fuegos artificiales en la política, amigo Federico —confirma Pepín mientras se lía un cigarrillo con sus dedos largos y huesudos, que terminan en unas uñas primorosamente cuidadas.

—Carlos me invitó al discurso que Miguel Maura dio el otro día en el cine de la Ópera. —Federico pone un cojín en el suelo y se sienta sobre él—. Es, sin duda, el político que está en boca de todo el mundo. ¡Estuvo excepcional! ¡Era como un gladiador luchando contra los leones de izquierdas y los leones de derechas!

—Me han dicho que es un hombre muy atractivo —apunta Encarna.

—Igualito que un príncipe árabe. Apareció muy bronceado, con su traje oscuro, camisa de seda marfil, zapatos finos y brillantes, y un pañuelo de hilo blanco en el bolsillo de la chaqueta. —Federico sonríe—. Tiene una voz aterciopelada y habla con calma.

—Lo malo es que la izquierda ve en él a un enemigo —dice Pepín, que sostiene el cigarro entre los dedos— porque no se rinde a sus peticiones: la expulsión de las órdenes religiosas, las reparticiones agrarias, la aprobación del divorcio, la expropiación de los latifundios… Y la derecha, amigos de su padre, don Antonio Maura, a la que pretendía temperar y ordenar, lo hace responsable de los incendios de iglesias y monasterios.

—Eso fue una canallada. —Federico enciende un cigarrillo y aspira el humo haciendo que se forme un pequeño pliegue en su barbilla—. Y tarde o temprano traerá sus consecuencias. Ni Maura ni el presidente Alcalá Zamora han sabido llevar a buen término ese embrollo.

—La luna de miel de los primeros momentos de la República se rompió aquel día en que los monárquicos abrieron un local e hicieron sonar la *Marcha Real*.

—¡Es increíble! ¿Y qué les importa la música que cada cual escucha en su casa? —dice Ignacio, indignado.

—Hay gente que siempre está con la escopeta cargada, Ignacio. ¿Pretendían que en su local pusieran el *Himno de Riego*? La verdad es que son unos pocos, pero arman tanto ruido que confunden a los demás —afirma Federico—. Lo que no saben es que cada uno tiene una música en el corazón que nada ni nadie puede imponer al otro.

—Ese día nos traerá graves consecuencias. —Pepín aprieta los labios hasta convertirlos en una delgada línea sin color—. Unos pocos exaltados asaltaron aquellas instalaciones monárquicas y después, cuando se dedicaron a incendiar iglesias y conventos en Madrid, se les fue uniendo una masa eufórica que llevó esa misma locura al levante y al sur, como si se tratara de una horrible plaga.

—La derecha tiene razón en estar enfadada porque el Gobierno no ha intentado evitar estos sucesos ni ha pedido responsabilidades a nadie. Se ha limitado a condenarlos verbalmente. —Encarna habla con pasión. Las mejillas se le han teñido de un leve rubor y los ojos le brillan—. Y para colmo, ha sido Maura el que se ha dedicado a tomar medidas contra los católicos, con la consecuente protesta de estos.

—Esto traerá graves consecuencias —murmura de nuevo Pepín como en una letanía, moviendo la cabeza de un lado a otro.

—Ya está bien de hablar de lechuguinadas. ¡Hablemos de cosas serias! —Federico se sienta al piano y canta con ímpetu, provocando una sonrisa en todos—: «De los cuatro muleros, mamita mía, que van al campo, el de la mula torda, mamita mía, moreno y alto…». —De pronto se detiene, hace un arpegio rápido y se vuelve hacia sus amigos—. ¡Encarna, Ignacio, seguid contando vuestros avances en la preparación de *Las calles de Cádiz*!

—Pepín puede contarte algo sobre la selección de nuestros artistas. Él ha estado con Ignacio y Alberti recorriendo rincones de Andalucía que son una cantera inagotable de arte —dice Encarna apoyando a Federico en el giro de la conversación.

En ese momento Encarna y Federico comienzan a entonar:

—«En el Café de Chinitas dijo Paquiro a su hermano, en

el Café de Chinitas dijo Paquiro a su hermano: "Soy más valiente que tú, más torero y más gitano"». —A falta de piano y de castañuelas, los dos se acompañan con unas suaves palmas.

29

—Por fin solos. —Ignacio extiende los brazos hacia Encarna, que se estremece y camina hacia él con una sonrisa y los ojos brillantes. Tras una animada conversación, Federico y Pepín se han marchado.

—Estás más guapo así que con tu traje de luces —le dice ella, muy cerca.

Le afloja la corbata y le desabrocha un par de botones de la camisa. Luego le pone las manos sobre los hombros y él la rodea por la cintura. Comienzan a moverse con un ritmo lento al compás de una música inaudible.

—Pensé que no se iban nunca. Tus amigos hablan mucho, morenita.

Ignacio hunde el rostro en el cuello de Encarna. Aspira su aroma, sujetando su deseo como sujeta su miedo ante el toro en la plaza. Sabe que ella adora estar así, con ese baile sin rumbo, sin un porqué y sin un hacia dónde, tan diferente al que está acostumbrada sobre los escenarios.

—Tú no te quedas corto… Para ser torero, hablas por los codos —dice con los ojos cerrados y la cabeza apoyada en el hombro fuerte de él.

—Soy un torero intelectual, recuerda.

Busca la mirada de Encarna, cuyos ojos bucean enseguida en el océano eléctrico que hay entre ambos.

—Me gustas más de intelectual que de torero.

—A mí tú me gustas siempre, de diva y fregando platos. Eres deliciosa en todas tus facetas. —Ignacio aprovecha el gesto de timidez de Encarna para encontrar sus labios y besárselos con suavidad.

—Espera.

Encarna interrumpe el beso bruscamente al darse cuenta de que ha empezado a llover. Se acerca al balcón del salón para cerrar la ventana con Ignacio de la mano, quien la sigue como una segunda piel.

—Vaya —dice contrariada, con una sonrisa forzada en los labios.

Levanta la mano a modo de saludo. Ignacio adelanta la cabeza y saluda también. Abajo, una pareja que cruza la calle hacia el portal del edificio alza al unísono el brazo mientras mira hacia donde Encarna e Ignacio se encuentran.

—Los Martínez, siempre con su falsa cortesía —protesta Encarna como una niña.

—¿Por qué falsa? Solo son correctos. —Ignacio la ayuda a cerrar el gran ventanal.

—Me critican. Lo sé.

—Te admiran y te envidian. —Ignacio sabe que si Encarna comienza a sentir la presión de la crítica social, lo más probable es que acaben enfadándose entre ellos.

—¿Y por qué me envidian? —Se da la vuelta y lo mira a los ojos, esperando con un gesto retador la respuesta—. ¿Porque estoy con un hombre casado, como si fuera una amante desesperada?

—Te envidian porque eres una artista inigualable y exitosa, una mujer independiente y bella… Y te envidian, por encima de todo, porque te ama con locura uno de los hombres más deseados del panorama español y parte del extranjero.

Ignacio entrelaza sus manos por detrás de la cintura de

Encarna, asiéndola con fuerza para que no pueda escapar, porque sabe cuál va a ser su reacción.

—¿El hombre más deseado del panorama español? —repite airada Encarna, y trata de zafarse de los brazos de Ignacio.

—Al menos, soy el más deseado por ti, y eso me basta y me sobra.

Encarna lo mira a los ojos. Está muy enfadada. Enfadada con el mundo. Enfadada por la situación real entre Ignacio y ella. Enfadada con él porque tiene una familia. Y enfadada con ella porque no la tiene, y sobre todo, porque lo desea. No son sus brazos fuertes los que la atrapan, es su gesto irresistible de macho eterno; es su fuerza desbordante y poderosa y la seguridad que sus manos muestran al asirla de una forma suave y poderosa a la vez.

—A su pies, diosa Afrodita. —Ignacio hinca una rodilla en el suelo, desconcertándola, y, sin apartarle las manos de la cintura, apoya la frente en su regazo. Como si pudiera oír sus pensamientos, le dice con voz penetrante—: Por ti lo dejaría todo… Ni familia, ni toros, ni negocios, ni aplausos, ni fama. —Mueve la cabeza de un lado a otro.

Encarna se estremece ante el gesto de Ignacio. Sabe que es verdad, y también sabe que él moriría sin todo eso. Tan hombre y tan niño. Cierra los ojos y le acaricia el cabello ondulado, sintiendo en el vientre la suave presión de su cabeza mientras él se lo besa despacio. El calor de su aliento le traspasa la fina tela del vestido. Escalofríos. Ignacio nota la corriente eléctrica que recorre el cuerpo de ella, y se levanta.

—Ven.

La toma de la mano y la lleva al dormitorio. Sin soltarla ni un momento. Esos pocos pasos que hay entre las dos estancias convierten mágicamente el corazón de ambos en uno solo, repleto de deseo.

La habitación está oscura, pero la luz del pasillo ilumina

lo suficiente para distinguir cada vez con más claridad las expresiones que afloran en sus rostros. El brillo de sus ojos ilumina las sombras que se resisten a la luz; sus besos se convierten en suaves mordiscos que realizan como peces disfrutando ansiosos del plancton del mar. Lentamente, las manos de Ignacio se deslizan por el sedoso vestido de Encarna, acariciando sus piernas, firmes como hermosas columnas.

Encarna se estremece con el calor de esos dedos que suben despacio hasta sus nalgas y su vientre desnudo. Luego, con ritmo pausado y decidido a la vez, alcanzan su sexo y se introducen en él hasta arrancarle un gemido. Encarna tiene las mejillas encendidas y los ojos cerrados. Echa la cabeza hacia atrás y se apoya en la cortina floreada, que se hunde ante su peso, como si fuera un exuberante campo.

—Viviría dentro de ti, para sentirte profundamente y oír el latido de tu corazón en directo, bañándome en los ríos de tu sangre. —La voz ronca de Ignacio está quebrada por el deseo.

—No hables de sangre, torero. —Las palabras escapan entre sollozos de la boca de Encarna.

—Está bien, morenita mía, entonces déjame que hable del mar y que bucee en las cálidas orillas del tuyo.

Con delicadeza, Ignacio introduce el rostro por el vestido de Encarna y, tras bajarle la ropa interior de encaje blanco, comienza a disfrutar de su sexo como si se tratara de un fruto exquisito. Las manos de ella, huérfanas ya de la cabeza de Ignacio, se sujetan con fuerza a la cortina para resistir las oleadas de escalofríos que la inundan por completo.

Los labios de Ignacio se pasean libremente por el estremecido territorio del cuerpo de Encarna, saboreando cada rincón que aparece. Sus manos, ansiosas, han trepado con avidez hacia sus pechos, y ahora acarician y aprietan la firme redondez que allí descubren.

Los gemidos entrecortados y agudos de Encarna rasgan el silencio de la casa.

De repente, Ignacio se incorpora, y sus labios sellan los de ella aspirando el aire fresco que sale enredado entre suspiros. Con habilidad de atleta, se despoja de su ropa, y con la misma seguridad con la que el toro embiste el capote, así entra él en Encarna, arrancándole sollozos de placer que resuenan en el aire y son para sus oídos la melodía más gratificante que puede escuchar, más que los vítores y olés que puedan lanzarle en un ruedo. Encarna es suya y él es de ella. El uno para el otro, como el capote y la espada, como la pluma y el papel unidos por la tinta que se derrama para crear historias; así se derrama su amor en ella.

—Morenita, te quiero.

Las palabras de Ignacio se introducen con su cálido aliento por los oídos de Encarna, que abre los ojos.

—Eres terrible —dice, y las pupilas le brillan buscando la complicidad de Ignacio.

—¿Te doy miedo? —Ignacio la mira con una expresión traviesa, y sin esperar respuesta añade—: Porque tú a mí sí.

Encarna ríe y echa la cabeza hacia atrás, instante que él aprovecha para besar el manjar terso y acanelado de su cuello. Unos pasos resuenan en el piso de arriba, y escuchan una voz masculina: «¡Carmela, ya voy, mujer!».

—Se oye todo en esta casa.

—Seguro que los Martínez se han enterado... —Encarna aprieta los labios y parpadea muy rápido en un gesto cómico.

—Ahora te envidiarán mucho más.

Los dos estallan en una carcajada.

«¡Ya voy, Carmela!», oyen que repite el señor Martínez.

—¿Crees que los hemos animado? —pregunta Encarna con mirada pícara.

—Pues creo que sí... Hemos hecho una buena obra. —Ignacio asiente con la cabeza imitando la seriedad de un buen párroco—. Así que, morenita, sigamos dando ejemplo.

La toma en brazos y la deja sobre la cama de la habitación. Encarna ríe. Adora a Ignacio, con él hasta lo más complicado termina convirtiéndose en algo de lo que pueden reírse juntos.

30

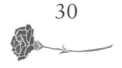

Mi queridísimo Federico:

¡Imposible dar contigo! Te telefoneé al hotel, pero habías salido. Aquí son las cinco de la madrugada, pero como tú dices: «La vida es corta para perderla durmiendo». Hoy no puedo dormir. ¡Estoy tan contenta con todo lo que estoy viviendo que me gustaría compartirlo contigo! *Las calles de Cádiz* está siendo un éxito total, y disfruto tanto actuando que se me saltan las lágrimas en la ovación final pensando que tú no estás. Me llegó tu telegrama: «Estoy ahí con vosotros», decías. Y te siento, Federico, pero me gustaría abrazarte y darte un beso en esa cara tuya llena de lunares.

Te envío un recorte del diario *Ahora* donde se hace una reseña de nuestro (tuyo también) espectáculo hablando del trabajo de la Compañía de Bailes Españoles en el teatro Español de Madrid. Ya verás que halagan nuestro trabajo, todos hemos hecho un gran papel sacando lo mejor de cada uno. Destacan las adaptaciones de Jiménez Chavarri, tu estampa malagueña, la lección de baile y cante de todos los que allí actuaron y la escenografía me la felicitan a mí, aunque nada habría hecho yo sin cada uno de los que hemos creado esta gran revolución artística.

¿No es fantástico? Entre tú y yo, creo que a Ignacio estos aplausos le hacen olvidarse en gran medida de los ruedos... ¿Y tú? Ya me he enterado de que *Bodas de sangre* ha sido todo un éxito en Buenos Aires. ¡No podía ser de otra manera!

Recuerdo el día del estreno en el teatro Beatriz de Madrid, donde las viejas y las nuevas glorias estaban expectantes por asistir a un nuevo alumbramiento artístico. Por un lado, Jacinto Benavente, los hermanos Álvarez Quintero y Miguel de Unamuno, y por otro lado, Vicente Aleixandre, Luis Cernuda, Jorge Guillén, Pedro Salinas, Manolito Altolaguirre... Todos menos nuestro Alberti, que estaba de viaje. Te recuerdo saliendo a escena en plena obra, totalmente desconcertado y pálido de emoción, obligado por la efusiva ovación en la que el público estalló. Y el final breve y lleno de una dulzura dramática inigualable:

> *Vecinas: con un cuchillo,*
> *con un cuchillito*
> *[...]*
> *que apenas cabe en la mano...* *

Cuando regreses a Madrid no estaré porque voy a llevar el espectáculo a París, pero Ignacio se queda. Está que trina por el asunto del aeropuerto. Después de que en 1930 el Gobierno estuviera interesado en comprarle su finca de Hernán Cebolla para hacer en Sevilla la terminal de los vuelos transoceánicos de los dirigibles, ** ahora, debido a la crisis económica en la que nos hallamos inmersos, esa iniciativa parece ser que suena a despilfarro. Ignacio está muy enfadado con el ministro de Hacienda de la República, Indalecio Prieto, porque le han contado que en la última reunión que hubo para decidir el tema lo llamó «señorito andaluz», y ya conoces a Ignacio... Escribió una carta a Prieto diciéndole que pocos

---

* Federico García Lorca, *Bodas de sangre*.
** 1930.

eran los que, como él, se habían ganado a precio de lágrimas y sangre todo lo que tenía. El ministro le respondió con una carta en la que le expresaba sus disculpas y le explicaba las razones por las que el Estado no podía comprarle la finca.

Cuando llegues a Madrid cuídamelo, porque no voy a estar con él en nuestro aniversario. Dentro de poco cumplimos diez años de feliz y libre matrimonio…, matrimonio sin contratos ni papeles. Lo nuestro es un compromiso del alma, ni más ni menos. ¿Qué mayor amor que el que deja ser al otro tal como es? Tengo muy claro que mi felicidad depende de mí y la de Ignacio de él. Hay un lugar en el que podemos compartir cosas sin llevarnos el uno al terreno del otro. Ignacio y yo somos espíritus libres, y tú mejor que nadie puedes entendernos.

Tengo muchas ganas de verte y de que me cuentes de viva voz tus impresiones.

Un beso fuerte,

ENCARNA

Federico deja caer la carta de Encarna sobre el escritorio. Tiene los codos apoyados en él y se sostiene la cabeza con las manos mientras hace un gesto de negación. Sus labios apretados sujetan la rabia y la culpa que siente.

Saca con decisión una hoja del cajón y comienza a escribir:

Querida comadre:

No sé cómo empezar. Yo, que soy una fuente de palabrería inagotable, de pronto me he quedado mudo. Ignacio no te llega ni a la altura de esos pies tuyos, que hacen arte por donde pisas. No voy a decirte más, solo que…

La mano de Federico se detiene, arruga la hoja con fuerza y la lanza contra el suelo.

31

Primavera madrileña de 1934. Tarde de plata. La luz brilla en cada esquina como si quisiera despertar la alegría allá donde esté. El parque del Retiro es un hervidero bullicioso de vida: niños que corretean, parejas de enamorados, *nannies* que pasean carritos de bebé entornando la mirada delante de los jóvenes guardias que vigilan y disfrutan de todo ese ambiente... Tarde rebosante de armonías verdes que suenan templadas entre silencios, risas y suspiros.

Encarna y Federico caminan cogidos del brazo. Los dos lucen una juventud madura y hermosa. Federico viste un elegante traje de color claro, camisa crema, corbata de rayas diagonales azules y blancas, y sombrero de paja y ala flexible un poco ladeado en la cabeza. Encarna va toda de blanco, con una falda y una blusa de organdí que hace juego con sus dientes nacarinos. Lleva también un gracioso casquete de paja azul marino adornado con florecillas silvestres realizadas primorosamente en tela. A los dos les brillan los ojos como a niños buenos; ríen por cualquier cosa, risas de tréboles. En el aire susurra la brisa cálida meciendo, confiada, cantos de gorriones y las carcajadas traviesas de las sirenas del estanque. Se sientan en un banco frente a unos esplendorosos chopos de destellos plateados.

—A veces pienso que, de no ser la mujer que eres, serías

una inquietante margarita —comenta Federico, y Encarna ríe y deja caer ligeramente la cabeza hacia atrás—, de esas que se deshojan y hasta el final no sabes si va a ser sí o no —explica el poeta sonriendo.

—Y tú, si no fueras hombre, serías un hermoso girasol, pero un girasol extraño que no cerraría sus pétalos al esconderse el sol, sino que bailaría al compás de la luna cada noche.

—La noche llega con su manto bordado de estrellas y oculta su cara de vieja detrás de la luna. La noche es una muerte enorme que se ciñe contra el mundo. Y yo no quiero morir, Encarna, ni que tú mueras. —Federico se echa el sombrero hacia atrás y mete las manos en los bolsillos de su pantalón—. Querría subir a ese manto negro y escalar por las estrellas; volar hacia un lugar donde la muerte no exista.

Encarna le pone una mano en el brazo.

—Y quizá tampoco podrían existir en ese lugar alegrías... —Mira pensativa al frente, hacia una pareja de enamorados que pasea a unos metros de ellos—. El ser humano necesita el contraste para apreciar lo que tiene —dice melancólica.

—¡Bajemos al ser humano de ese carrusel de emociones y subámoslo a una barca en un embalse tranquilo en el que disfrute de un sol y una brisa primaveral y eterna! —Federico le coge las manos.

—Estamos abocados al cambio, Federico. Nosotros mismos, nuestros cuerpos cambian día a día sin remisión, nuestros pensamientos y nuestros sentimientos son olas en un mar inmenso.

—¡Me aterra el cambio, Encarna! Yo estoy feliz con mi vida y no quiero que nada cambie en ella. Cualquier cambio supondría perder algo, implicaría que algo que amo muriera... —Los ojos de Federico, siempre tan alegres, se empañan con la niebla del miedo.

—Hay cambios buenos —insiste Encarna—. Acabas de llegar de Buenos Aires y tu *Bodas de sangre* ha sido un éxito...

—Y a ti te han aclamado en Europa, ¿y qué? Eso entraba en lo posible, en lo que tenía que pasar. —Federico se vuelve hacia Encarna para mirarla a los ojos. De pronto, los tiene opacos—. ¿Qué pasa, amiga mía?

—Tienes razón, Federico, no debería existir el cambio —dice Encarna, y Federico, que sabe a qué se refiere, baja la cabeza, abatido—. Dime tú, que eres poeta, ¿existirá en esta tierra un solo corazón en el que el amor sea tan sagrado que nada ni nadie pueda alterar sus sentimientos?

Federico no responde.

—Me he enterado, Federico... Los rumores corren como la pólvora.

—¿Has hablado con él?

—Nada más verlo me poseyó una ira infinita y le di una bofetada... —Encarna se queda abstraída, la vista clavada en el suelo arenoso—. Y él me dio un beso. Hicimos el amor con la misma pasión que en los primeros días —le confiesa mientras Federico la escucha con la respiración contenida—. Y le perdoné... Y él me regó de besos todo el cuerpo y acabó agarrado a mis pies rociándolos de lágrimas mientras decía: «¡Soy débil y no merezco tu amor! ¡Yo no soy nada sin ti! ¡Perdóname, amor mío!», me repetía como el niño que ha roto el mejor juguete a su amigo del alma y se agarra al crucifijo que hay en la cabecera de su cama... y el Cristo lo perdona. —Baja el tono de voz, y añade—: Porque Él, alguna vez, fue débil... —Una lágrima se desliza rápida y huidiza por su rostro.

—Lo has perdonado... —Federico se detiene y la mira impresionado—. ¡Qué grandeza la tuya, la de tu alma entera!

—No creas, poeta, no tiene tanto mérito. —Encarna continúa caminando—. A Ignacio y a mí, la vida nos juntó para que aprendiéramos a amarnos, respetando la independencia de cada uno; ni en el vocabulario de él ni en el mío existe la palabra «imposible». Te confesaré algo más, compadre: todos los aplausos del mundo no valen la pena sin tener al lado a alguien a quien decirle un sentido y auténtico «te quiero». Así que te doy un consejo de comadre: tienes que seguir buscando el amor. Sé que Emilio Aladrén te rompió el corazón, pero tu corazón es tan grande que puede y debe estar bien acompañado siempre.

—No hablemos de eso ahora. —La mirada de Federico se oscurece—. Ahora lo importante eres tú. He intentado sacarme a Emilio de la cabeza y del corazón, pero se ve que tengo muy poca capacidad para olvidar... —Se detiene de nuevo y la mira con los ojos inundados de lágrimas—. Lo siento... —Su voz resuena como una campanada en el silencio de la noche—. Fui yo el que sembró la mala hierba.

Encarna lo mira extrañada.

—Marcelle Auclair es una mujer fantástica, ella no tiene la culpa de nada.

—Solo es un cordero que se pone ante el lobo —lo interrumpe Encarna.

—Sí, solo eso —dice apesadumbrado Federico—. Yo le dije que no podía volver a Francia sin conocer una serie de cosas, y entre esas cosas estaba Ignacio. «¡Un torero!», exclamó contenta ella. Y añadió: «¡Una escritora enamorada de lo español no ha hecho nada si viene a España y no conoce a uno de verdad!» —Federico imita el acento francés. Encarna lo escucha con los hombros abatidos y el pecho hundido; bajo sus ojos han aparecido unas sombras oscuras—. Fue en casa de Jorge Guillén —continúa el poeta con un hilo de voz—. Nos habíamos reunido unos cuantos. Yo leía *Bodas de sangre* cuando, de pronto, se abrió la puerta y apareció Ignacio: moreno, fuerte, desmesuradamente atractivo, desmesuradamente macho. Era la seducción hecha hombre, la encarnación del bravío gitano que secuestra a la novia blanca el día de la boda. Noté la atracción que se desató entre ambos en ese momento; fue como un impulso eléctrico, algo incapaz de contenerse. —Otra lágrima resbala por la mejilla de Encarna—. Perdona, amiga mía, debería callarme.

Federico la atrae hacia él y la abraza.

—¡Quiero escucharlo todo con tus palabras, porque en ellas hay un soplo de inocencia que sana las penas que tengo en el corazón!

—Yo percibía —continúa Federico, si bien reticente— la chispa que se había encendido entre ellos. Mi lectura fue torpe y apresurada porque sentía la necesidad de interponerme como un muro de contención en una presa que está a punto de desbordarse. —Encarna lo mira y sonríe—. Pensaba: «Como pase algo, Encarna los mata. Y a mí también».

—¿Tan peligrosa me ves? —le pregunta ella con una sonrisa forzada.

—Te veo muy de verdad, y la verdad no se negocia con nadie… Ni con la muerte.

—Eso pasa solo en tus obras, poeta. —Encarna le aprieta una mano y sonríe.

—No me separé de ellos en toda la noche. Estuvimos en varios bares y ya había amanecido cuando dejamos a Marcelle en el Instituto Francés, que era donde se alojaba. No permití que se tocaran —dice Federico en voz baja—, pero ya conoces a Ignacio, él piropea y acaricia con la mirada.

—Lo sé. —Encarna intenta sonreír, pero no puede.

—Cuando Ignacio y yo nos íbamos, Marcelle me llamó y cuando estuve frente a ella me dijo: «Si la nieve resbala por el sendero, ¿qué haré yo?». Luego, como los ojos llenos de fuego, me preguntó: «¿Es tuyo?». Le contesté que no, que es una coplilla andaluza. Entonces Marcelle añadió: «Ignacio me la ha susurrado al oído y me ha puesto al borde de un precipicio; aléjame de él porque mi marido me mata… Y me han contado que la amante de Ignacio es de armas tomar».

Le sonreí y le dije que no se preocupara porque al día siguiente nos íbamos a Granada.

—La persiguió hasta París. —La voz de Encarna es lúgubre.

—Volvió, Encarna. Ni París, ni champán ni Marcelle, Ignacio es tuyo, de su tierra, del toro y del cielo azul de Andalucía.

Federico acaricia la mejilla de Encarna y ella sonríe con tristeza.

—Ignacio es pura pasión, y la pasión es un fuego ingobernable.

—«Solo tu corazón caliente, y nada más»* —murmura Federico—. En ninguna parte hay más pasión que en tu corazón, fuera de él comienza a hacer frío. Ignacio se quedaría congelado sin ti, su pasión alocada se dividiría en tantas partes que perdería fuerza hasta extinguirse.

—¡Qué haría yo sin ti! —Encarna le coge la cara entre las manos y le da un beso sonoro. Lo mira a los ojos y ve en ellos a un niño asustado—. Tú lo sabes todo de nosotros. También sabes que va a volver a torear, ¿verdad?

Federico desvía la mirada.

—Lo sé —responde circunspecto.

—Entre Ignacio y yo siempre ha estado ella, siniestra y huraña. Hasta ahora se ha contentado con saborear su sangre. —Encarna aprieta los labios—. Mis manos tiemblan cuando acarician las cicatrices de su cuerpo, remiendos para sujetar la vida que se salía hacia la tierra. Sus cicatrices arden como si tuvieran vida propia, como si pidieran venganza.

—Y la piden, Encarna, la piden, de eso estoy seguro. —Federico le acaricia el cabello que asoma por debajo de su gorrito—. No estés triste... Ignacio alejará a la muerte, sabe cómo hacerlo. Hay que dejarle hacer lo que ha venido hacer

---

* Federico García Lorca, «Deseo».

a este mundo, que si hubiera nacido en otra época habría sido conquistador, contrabandista o guerrillero, cualquier cosa que albergara un peligro. Un héroe romántico como él hoy en día tiene que ser torero. ¿Qué dirías tú si no te dejáramos bailar?

—Me moriría —responde Encarna.

—¡Pues eso, cada uno a su *fregao*! —Federico le tiende la mano con una sonrisa que despeja de sus ojos los nubarrones de tristeza que los empañaban.

Encarna se coge de su brazo. Está anocheciendo y ha empezado a refrescar. La tierra húmeda huele a melancolía y en el cielo se extienden retazos rosas de paraísos que dejan su huella en este mundo y desaparecen hacia otro lugar.

Encarna y Federico caminan muy juntos formando una única silueta que se desliza entre las sombras de la tarde.

32

—Un, dos, tres; un, dos, tres; un, dos, tres, cuatro, vuelta, golpea, pie derecho, adelanta el izquierdo y apóyalo por completo; adelanta el pie derecho, apóyalo solo en media punta, sin golpe, gira sobre las plantas, apóyate en el giro de caderas, los brazos delante del cuerpo a la altura del pecho; cambia la cabeza cuando cambies de pie; mantén los brazos uno arriba del todo y el otro un poco más bajo, como a la altura de los ojos... —Encarna ensaya en el escenario con un grupo de su compañía de baile. Está probando una nueva coreografía para *La danza del fuego*, de Falla.

—¡Encarna, Encarna! —Teresita aparece con una carpeta en la mano, decidida, como siempre en los días de ensayo, a anotar los cambios que Encarna quiere introducir—. ¡Al teléfono!

Le hace un gesto sin poner el pie en el escenario. Para ella sería lo más parecido a arrojarse al mar sin saber nadar; un mundo que admira, pero no le pertenece. Allí están los cantaores, los bailaores, su música, su cante, su duende. Encarna forma parte de ellos, como también forma parte de los salones donde se reúne la alta sociedad madrileña. Es la señorita más admirada y respetada por los gitanos y la vedete de moda más aceptada entre la burguesía y la intelectualidad del momento.

—¡Encarna, te llaman! —repite Teresita, para que se dé cuenta de que es algo importante, con los ojos fijos en la bailaora que está reproduciendo los pasos que Encarna le ha marcado.

Encarna se dirige hacia Teresita.

—¿Qué pasa? —pregunta sin mirarla, abstraída en el baile—. ¡Levanta la pierna izquierda para sujetar la bata! —grita de pronto hacia el escenario.

—¡Ignacio está al teléfono!

—Pero ¿cómo no me lo has dicho antes?

Encarna corre con la cara demudada hacia el teléfono que hay en el cuarto que hace las veces de camerino de artistas y oficina del teatro, y se abalanza hacia él.

—¡Ignacio!

—¿Qué tal estás, morenita mía? —Su voz suena extraña, enmascarada por el sonido del aparato.

—¿Cómo ha ido la faena? —se apresura a preguntarle Encarna.

—He tenido que ir a ver al médico.

—¿Qué ha pasado? —pregunta Encarna con el corazón en un puño.

—Que me sentía un poco raro antes de torear... ¿Y sabes qué me ha recetado? Pues que debo tener una mujer como tú a mi lado todos los días de mi vida.

—¡Eres un...!

Encarna oye la risa de Ignacio. Tiene ganas de darle con el auricular en la cabeza, pero al mismo tiempo le entran deseos de abrazarlo.

—Te diré que nada más abrir el portón, esperé al primer toro con las dos rodillas hincadas en la tierra dando el cambio con el capote y después, como estaba inspirado, hice toreo del bueno, arte, Encarna. He cortado dos orejas y el rabo.

—Me gustaría estar contigo...

—¡Vente, morenita, ahora salgo para San Sebastián, y luego iré a Santander y a continuación a La Coruña!

—Me encantaría, pero se han lesionado varios bailarines y tengo que entrenar a los nuevos. —La voz de Encarna es oscura y fina como el cordón que cuelga del auricular.

—¡Déjaselos a tu hermana Pilar y ven! —insiste él.

—Lo intentaré, Ignacio, pero no te prometo nada.

Alguien llama a la puerta del camerino.

—¡Llámame después de cada corrida! —le pide Encarna antes de colgar.

Sin embargo, más que una petición, le ha hecho un ruego, como si con esa frase pudiera alejar todos los malos augurios que se ciñen sobre la cabeza del torero. No teme que el corazón de Ignacio se vaya tras alguna mujer atractiva, sino que ese corazón que ella adora lo detenga la embestida de una fiera salvaje.

Encarna no ha podido ir a San Sebastián, pero Ignacio la llama y le lee la reseña que sobre él ha hecho un cronista taurino.

—¡Morenita, va por ti esto que Santomauro ha escrito!: «Ignacio vuelve con el mismo valor de siempre y, además, con mejor estilo artístico, dispuesto a encauzar las corridas por los caminos tradicionales de la lidia, y en la lucha contra la comodidad de solamente unos lances o unos pases».

Después, la llama de nuevo desde Santander.

—Esto ha sido glorioso, morenita. Cada vez te echo más de menos. —La voz le tiembla como a un niño asustado—. Nuestro querido José María de Cossío gritaba desde la barrera: «¿Y este es el torero que no tenía arte?». En un rato salgo para La Coruña, ¿te espero allí?

Encarna intenta ir, pero un cúmulo de circunstancias hacen que pierda el tren. Desde el arcén ve cómo se aleja lanzando un pitido agudo, que es el lenguaje en el que la máquina se despide. Su hermana Pilar y Tomás la llevan de vuelta a casa hecha un mar de lágrimas y allí espera durante horas, que se convierten en eternidades, a que Ignacio la llame. Cuando al fin suena el teléfono, Encarna duerme.

—¿Ignacio? —responde soñolienta.

—¿Qué ha pasado, morenita, te he buscado desesperado entre el público? —La voz de Ignacio es grave.

—Perdí el tren, lo vi alejarse sin compasión.

—No te preocupes, morenita —responde comprensivo Ignacio—. Ha sido una tarde aciaga. Yo estoy bien —la tranquiliza enseguida—, pero Juan Belmonte ha tenido un percance horrible. —Y se le quiebra la voz.

—¿Qué ha ocurrido? —Encarna pregunta sobresaltada porque sabe que lo que un día le pase a un *mataor* otro día puede pasarle a otro.

—Ha sido horrible —repite. Al otro lado de la línea se hace el silencio, un silencio que suena entre interferencias telefónicas—. Cuando Belmonte estaba a punto de descabellar al toro… —Un nuevo silencio, esta vez más profundo e intenso—. El animal le ha dado un golpe en la muñeca y el estoque ha salido disparado. —Otro silencio—. Y se ha clavado en el pecho de un joven…, en el corazón.

—¡Es una tragedia! —exclama Encarna, conmocionada.

—Imagínate cómo hemos seguido la faena todos. —La voz de Ignacio suena más lejana ahora—. Se han llevado al muchacho a la enfermería… Creo que ya estaba cadáver —concluye en un susurro.

—¡Qué desgracia! —Encarna siente un frío espeluznante recorrerle el cuerpo.

—Siempre llevo mis espadas con una correa a las muñecas precisamente para que no suceda eso. —Ignacio habla como si hubiera olvidado que al otro lado está Encarna—. Todo el riesgo de lo que pase en la plaza debe ser para los toreros, que somos los que nos llevamos el dinero. —Lanza un suspiro en el que deja salir parte de su desconcierto—. No es justo, pobre muchacho.

Encarna siente el dolor y la frustración de Ignacio y unas lágrimas silenciosas escapan de sus ojos.

—¡Eh, morenita! —Ignacio se extraña al no oír a Encarna—. ¿No dices nada?

—Digo, Ignacio —responde ella con la voz quebrada secándose las lágrimas—, que quien juega con fuego se quema y que el destino es el toro más bravo de todos… Y siempre gana.

—La tarde no ha terminado ahí. Resulta que Domingo Ortega, nada más acabar el paseíllo, ha recibido la noticia del fallecimiento de su hermano. No te imaginas, Encarna, cómo se le ha quedado la cara… Era él el que parecía un cadáver. Ha salido hacia Toledo en estado de *shock*.

—¿Y…? —pregunta Encarna ante el repentino silencio de Ignacio.

—El coche en el que viajaba ha volcado y él está malherido.

—¡Ave María Purísima! —Encarna se santigua.

—Me han pedido que lo sustituya en la plaza de Manzanares. La corrida es pasado mañana.

—¡No vayas, Ignacio! —exclama Encarna sin pensarlo dos veces—. Después de todo lo que ha sucedido, no puede salir nada bueno de un día así. ¡No vayas, por favor!

—Tranquilízate, mujer, que todo lo malo que tenía que pasar ya ha pasado hoy. —Pero Ignacio no puede evitar que la sombra de la duda apague su voz—. No tengo más remedio que ir… Ortega haría lo mismo por mí. Además, al día siguiente tengo que hacer el paseíllo en la plaza de Pontevedra.

—¡Es una locura, Ignacio, acabarás agotado!

—¡A mis cuarenta años estoy otra vez de moda, Encarna, ya solo me falta que me hagan un pasodoble! —dice fanfarrón.

—¡Yo lo cantaría y lo bailaría! —Encarna cambia de tercio. Quiere animarlo, apoyarlo como siempre. Sabe que esa es la única manera de tenerlo cerca, porque jamás le hará cambiar de opinión.

33

Pisadas silenciosas;
miedo.
Sudor grana,
oro en las venas,
albero en los pulmones.
Lágrimas en la tierra.
Una mirada fija en un capote;
luchando por la vida.
Una mirada fija en un cuello de ébano;
luchando por la vida.
Toro y torero bailando,
al son caprichoso y mudo
de la vida y la muerte,
de la muerte y la vida.

Feria de Manzanares, feria manchega. El sol cae a plomo tornando todo en brasas. Es un 11 de agosto en el que la gente saca sus camisas negras para ir a los toros. Bajo los toldos de ventorrillos improvisados, suda el queso curado y arde el tinto oscuro y denso como la sangre. En el parador, en la habitación número trece, Ignacio deshace su equipaje, se cambia de camisa y el espejo le dice que esto lo hace porque es un hombre de honor. Pero no le gusta. No le gusta ni el pueblo ni el calor que hace ni el número que le han dado de habitación. Inspira profundamente. Mañana estará en Pontevedra, eso le serena el ánimo.

Bien arreglado, como el que va a ver a una novia, se dirige al sorteo de los toros. Le tocan el dieciséis y el treinta y dos. Granadino, el número dieciséis, es un toro guapo, negro, *bragao*, corniapretado y algo bizco del derecho. La plaza de Manzanares es grande y joven, se ha derramado poca sangre en su arena, y eso le da un matiz artificial, de algo que en cualquier momento va a derrumbarse y convertirse en plástico. Una señora ricachona de pueblo con un traje lleno de volantes demasiado almidonados. El reloj de la plaza marca las cinco menos cuarto. Ignacio espera al toro. Está tranquilo, pero la sangre le hierve en las sienes cuando aparece el bicho. Puede percibir su respiración, oler su sudor, sentir su miedo…, y empieza a oír la música interior con la que bailará con este toro que busca aterrorizado a qué embestir.

El astado se mueve rápido, nervioso. Sin embargo, Ignacio está tranquilo de nuevo. Sus movimientos brotan lentos, pausados; muleta en mano derecha, sentado en el estribo, sin escapatoria. Dos muletazos buenos y con el tercero, después de esquivar los cuernos, recibe un empujón del animal que lo lanza contra la tapia. Ignacio ya no oye la música, solo el latido de un corazón que, desesperadamente, trata de escapar de la mole que se le viene encima. Pero antes de que consiga ponerse en pie, el pitón se le hunde en el muslo y busca el lugar mortal. En el albero, un enorme charco de sangre; la sangre de un cuerpo entero.

La enfermería es un cuchitril con un ventanuco por el que entra aire polvoriento.

—Llevadme a Madrid. —Ignacio agarra la mano de Antonio Conde.

Espera agónica. La ambulancia llega tarde a causa de una avería.

—¡Parece que no es tan grave, *mataor*! —lo anima Antonio, pero la cornada es un agujero por el que cabe un puño.

—Llama a Encarna, Antoñito, y dile que estoy bien, que la gente es muy mala y enseguida le llegarán mentiras.

—Eso está hecho, *mataor*.

Antonio sale decidido a buscar un teléfono, pero no encuentra ninguno. El único que hay en el pueblo se ha estropeado.

—¿La has llamado? —pregunta Ignacio nada más verlo.

—Sí, *mataor*, le he dicho que no se preocupe, que usted va *pa* Madrid y que allí se ven. —Antonio le miente, y respira hondo para que la pena que le aprieta la garganta le pase hacia dentro.

Cuarenta horas pasan hasta que Ignacio ingresa en el sanatorio Villaluz en la madrileña calle Goya. Su amigo, el doctor Jacinto Segovia, lo espera para operarlo. Todo sale bien.

—¿Dónde está Pepín? —pregunta angustiado Ignacio al abrir los ojos.

—Pepín Bello viene *pacá*, que estaba en Rota —responde Antonio—. *Mataor*, han *venío* a verle sus hijos y su señora.

—Di a Piruja que pase. —Ignacio titubea un momento, quiere pedir a Antonio que llame a Encarna, la necesita a su lado, pero en ese momento entra su hija y, al ver su rostro demudado, le sonríe—. ¡No te asustes, Pirujita, que estoy bien!

Piruja, una joven bonita de movimientos gráciles y muy refinados que recuerda la elegancia innata de su tío Joselito el Gallo, se acerca y besa a su padre en la frente.

—¡Dentro de poco serás mi enfermera! —Ignacio sonríe, pero un dolor intenso lo deja de pronto sin conocimiento.

Piruja sale a llamar a los médicos y se cruza con Antonio Conde, que trae un sobre en las manos. Es una carta de Encarna. Se ha enterado de que sus hijos y su mujer están en el hospital.

Ignacio, amor mío:

Sé por Antonio que todo va evolucionando bien. Yo rezo sin parar.

Sé que tus hijos y Lola están contigo. No quiero crear tensiones, así que llámame cuando ellos se marchen, y estaré contigo enseguida.

Ignacio no puede leerla.

—¿Por qué no está aquí? —repite una y otra vez en su delirio.

Será un delirio largo y lento del que ya no despertará.

La fiebre sube y a las pocas horas la muerte aparece disfrazada de gangrena.

Encarna se abalanza sobre el teléfono.

—¿Dígame? —responde en un grito.

El auricular se le cae de la mano. Sus ojos negros apenas pestañean. Su corazón se detiene un instante. Quiere morir también, pero la vida es obstinada y sigue hacia delante, un latido tras otro, sin consideración. Siente un dolor intenso en el vientre y, después, oscuridad. Cuando despierta, sobre ella aparecen las caras de Teresita, Pilar y Rosa tristes, preocupadas.

—Decidme que no es verdad, que ha sido una pesadilla.

Pilar se da la vuelta, y su espalda se convulsiona en un llanto ahogado.

—Descansa, Encarna. —La voz de Rosa suena imperativa, descarnada de cualquier sentimiento, y Teresita sale corriendo envuelta en sollozos.

—Ahora duerme, Encarna. El médico te ha puesto un tranquilizante para que descanses.

—No quiero descansar, Pilar, quiero verlo.

—Se lo llevan a Sevilla junto a Joselito.

Se hace el silencio.

—Un día u otro iba a pasar. Lo tuve amarrado todo el tiempo que pude para que no pisara una plaza. Quise que los focos del teatro suplieran al sol que cae desde el cielo abierto. Imposible contener todo un océano. Eso era Ignacio, un océano libre, inmenso, arrollador. —Encarna habla llena de dolor.

Nueva York, 1945

El reloj de pared marca las cinco e inunda el camerino del sonido del tiempo. El tiempo suena de forma que cualquier ritmo cabe en esa cadencia. Cualquier vida.

> *A las cinco de la tarde.*
> *Eran las cinco en punto de la tarde.*
> *Un niño trajo la blanca sabana*
> *a las cinco de la tarde.**

A las cinco de una tarde de 1934 se rompieron mis sueños de hembra, los que tenían que ver con ser madre y con ser mujer acompañada en la salud y en la enfermedad por un hombre que me amaría siempre.

A las cinco de una tarde de 1945 me incorporo del sofá de terciopelo lenta y suavemente, poniendo sobre la mesita que tengo al lado a mi muñeca Cirila. He dormido lo suficiente y la medicina ha hecho su efecto. Me encuentro bien.

Observo el camerino y su belleza opulenta. Las paredes

---

* Federico García Lorca, «La cogida y la muerte», *Llanto por Ignacio Sánchez Mejías*.

cubiertas de un papel tapiz de seda beige adornadas con carteles de las fantásticas producciones que se han convocado en el glorioso Metropolitan Opera House, lugar de culto de las artes. Hay también fotos de artistas, iconos de la música, del teatro, del baile transmitiendo su mítico glamour. La elegancia de este espacio rezuma en todas partes. Sobre todo en los adornos, como las esculturas de cristal que hay sobre los muebles de caoba estratégicamente situados. Y todo ello alumbrado con lámparas que crean un ambiente acogedor, que se amplifica gracias al inmenso espejo con marco dorado de estilo *art déco*.

Me he despertado con el poema de Federico paseando por mi cabeza. Me pongo de pie y siento mi cuerpo relajado. Me acomodo en la silla amplia y cómoda del precioso tocador de caoba, con detalles en marquetería, lleno de cajones con tiradores de flores de bronce en los que puede almacenarse cualquier cosa que al artista se le haya ocurrido traer para su aquelarre previo a la función. Un espejo dividido en tres partes, repleto de pequeñas luces dispuestas en línea en el borde, me da la seguridad que preciso para poder controlar todos los detalles a la hora de maquillarme y peinarme.

En las esquinas grupos de silencio
a las cinco de la tarde.
¡Y el toro solo corazón arriba!
A las cinco de la tarde.

Observo todos mis utensilios de maquillaje y tomo el lápiz negro de nuevo. El color que me he aplicado antes ha perdido intensidad. Me acerco al espejo y comienzo de nuevo, despacio.

El tiempo pasa lento y rápido. Cuánto lo echo de menos, cuánto. Contengo las lágrimas. Me alegro de no haberme operado del tumor que el médico me detectó en Argentina. Hace tanto ya... Creo que, en el fondo, lo hice para estar junto a él antes. Dicen los gitanos que el alma lo sabe todo y que nada sucede sin un porqué. Ojalá tengan razón.

Las heridas quemaban como soles
a las cinco de la tarde,
y el gentío rompía las ventanas
a las cinco de la tarde.

Llaman a la puerta.
—¡Adelante!
Pego los cristales de mi voz rota por la nostalgia. Teresita entra.
—¿Qué te pasa? —Me mira fijamente a través del espejo y niega con la cabeza. No hace falta hablar entre nosotras.
—Tengo sed —respondo, sintiendo mi boca seca.
—¿Te traigo limonada? Ahí fuera hay jarras de limonada con una pinta estupenda.
—Está bien —respondo. Y cuando está a punto de salir por la puerta le digo rápidamente—: Con cerveza.
—¡Qué guasona te has despertado! —Teresita sonríe y se marcha contenta.
Limonada con cerveza... La imagen del Café Pombo y de Federico aparece nítida ante mí.

¡Que no quiero verla!
Dile a la luna que venga,
que no quiero ver la sangre
de Ignacio sobre la arena.*

* Federico García Lorca, «La sangre derramada», *Llanto por Igna-cio Sánchez Mejías.*

CUARTA PARTE

AÑOS DE SOLEDAD

34

El Café Comercial, en la Glorieta de Bilbao, se llena cada tarde de señoras que van a merendar. Entre sus especialidades están las bebidas heladas, los refrescos y los platos de arroz con leche. Han pasado dos semanas desde la muerte de Ignacio y es el primer día que Encarna sale de casa. Hace mucho calor todavía, y algunos de los madrileños que han podido alejarse de la ciudad y viajar a la playa o la montaña ya han vuelto.

Federico ha decidido llevarla al Pombo para que el ruido y el ajetreo le salpiquen el alma con gotas de vida. Encarna viste de negro de la cabeza a los pies y su cara demacrada destaca como un trozo de luna que entre neblinas resplandece en la noche.

—¿Qué vas a tomar? —Federico sabe que Encarna está allí tan solo por él, porque él se lo ha pedido y ella es incapaz de negarle nada.

—Una limonada con cerveza —responde Encarna con voz metálica.

—Yo una limonada sola —dice Federico mientras los dos se fijan en unos niños que corretean alrededor de las mesas ajenos a la reprimenda de su niñera.

—Nunca tendré hijos —dice Encarna, melancólica—. Ignacio quería, decía que debíamos dejar nuestra sangre mezclada en esta tierra como símbolo de nuestro amor.

—Vosotros habéis tenido hijos artísticos. —Federico le acaricia la mejilla en un gesto lleno de ternura—. *Las calles de Cádiz* ha sido el más revoltoso, pero juntos habéis hecho que vuestros estilos mejoraran y dieran sus frutos.

Encarna hace un esfuerzo por sonreír.

—Estaba orgulloso de *Sinrazón*, de su forma de hacer «teatro macho», como te dijo el crítico Oliver.

—Lo recuerdo —afirma Federico—. Oliver declaraba que en España se hacía un teatro bello, moderno, lleno de color y gracia… Para él era un «teatro hembra».

—En *Zaya* analizó, a través del protagonista, al torero retirado, lo que a él le sucedía. —Encarna inspira y después bebe la limonada con cerveza. Le hace bien notar el frío líquido bajando por su garganta hasta su pecho.

—«No es lo mismo vivir una profesión con todas sus luchas, sus inquietudes, sus amarguras, que recordarla muy lejos de ellas, con toda su aureola de triunfo y esplendor. Vivirlas es sufrimiento, dolor, hastío…, recordarla es renacimiento, alegría, felicidad…». —Federico extiende una sonrisa—. Me dejó el manuscrito para que lo leyera.

A Encarna se le escapa una lágrima y rápidamente borra su rastro con los dedos.

—Y tu Compañía de Bailes Españoles, acuérdate cómo te aconsejaba a la hora de formarla y hasta en la selección de los bailarines.

—Él decía que pertenecíamos al mismo gremio… —En los labios de Encarna se dibuja una sonrisa lenta—. Opinaba que el cante y el baile se juntaban en la figura del torero.

Federico le aprieta las manos entre las suyas.

—A Ignacio no le gustaría verte así, Encarna, y él sigue estando en alguna parte con nosotros, de eso estoy seguro. Su sensibilidad arrolladora no puede desaparecer, aunque su cuerpo no esté. No te hundas, acuérdate del sentido del humor que tenía para cualquier cosa.

—El fiel Antoñito me contó que, después de la operación, Ignacio pedía a la monjita que lo cuidaba que le diera agua y que ella se la negaba continuamente alegando que no estaba lo bastante fría y que tuviera paciencia porque, con tanto calor, el hielo tardaba en enfriar. Antoñito le daba a escondidas trozos de hielo para que los chupara, y cuando Ignacio se *jartó*, como dice Antoñito, de las contestaciones de la monja, le dijo muy tranquilo: «Bueno, hermanita, que Dios se lo pague en el cielo con la misma velocidad».

Federico deja escapar una carcajada y Encarna lo acompaña con una sonrisa que ilumina, con un destello de alegría, sus ojos llenos de sombras.

—¡Ese era Ignacio! Con esa guasa andaluza y la ironía siempre a punto para dar a la vida un quiebro alegre.

—Alberti solía decirme que Ignacio era un sevillano clásico de la Sevilla de Trajano y que, a pesar de ese aire serio que tenía, era divertido y hacía sus bromas un poco infantiles. —Encarna inspira profundamente y mira hacia la ventana. Unos nubarrones han oscurecido el cielo—. Rafael —continúa— lloraba de risa cuando contaba lo de aquel día que Ignacio montó una fiesta en Pino Montano en honor al escritor Palacio Valdés, que había ido a Sevilla para presenciar el rodaje de los exteriores de la película *La hermana San Sulpicio*, basada en su novela.

—Recuerdo a la hermosa jovencita protagonista, Imperio Argentina… —la interrumpe Federico—. Tenía el arte y la frescura de la bahía de Cádiz en su mirada.

—Cuando ya era de madrugada —prosigue Encarna—, el novelista seguía animadísimo. Ignacio le preguntó si quería algo y el hombre le contestó que un vaso de leche. No pasó ni media hora cuando apareció una vaca con su vaquero en mitad del salón, le ordeñó la ubre y ofreció un vaso al sorprendido invitado. «Para que diga, don Armando, que en casa de Ignacio Sánchez Mejías usted ha tomado la leche más fresca de su vida».

El cielo se ha oscurecido aún más, parece casi de noche. Con el primer trueno, los niños se agolpan en las ventanas del café. Encarna sonríe.

—Tan gris como este cielo está ahora mi corazón.

—En él hay una tormenta con truenos y relámpagos. —Federico mira hacia fuera. Algunas madres asustadas han apartado a sus hijos de las ventanas—. Ya saldrá el sol.

—Siempre habrá lluvia de fondo —responde Encarna, taciturna—. No fui al entierro.

—Ni yo. No llegué, estaba en Granada.

—No le di un beso de despedida. Se lo dio ella. —La mirada de Encarna se clava en un punto invisible del aire.

—La única «ella» para él eras tú.

—Lo sé. —Sus labios tiemblan en un puchero—. Me voy, Federico —dice, aún con la vista perdida—. Mandé un telegrama a Lola Membrives a Buenos Aires para que me buscara algún contacto, y a los tres días me ofrecían la posibilidad de bailar en el teatro Colón. Trabajando se me olvidan las penas.

—Tú eres más tú que nunca cuando bailas y cantas.

—El baile aleja la tristeza. Me fui cuando un toro mató a José y ahora vuelvo a marcharme con el corazón hecho añicos, huyendo de la muerte.

—Sigue tu camino. —Federico pone la mano en el hombro de Encarna. Los rayos del sol entran furiosos en el local convirtiendo el suelo en un espejo—. ¿Lo ves, Encarna? Después de la tormenta, el sol brilla más intensamente.

—Y ciega y abraza —responde Encarna entornando los ojos para mirar hacia la ventana.

—Y al final uno se acostumbra y agradece su calor y de nuevo comienza la vida.

Federico sonríe tiernamente, se levanta y ofrece su brazo

a Encarna. La calle está cuajada de charcos, y el aire limpio invita a inspirarlo hasta el fondo de los pulmones.

—¿Damos un paseo? —pregunta Federico, y Encarna asiente con la cabeza.

A la salida del Café Comercial, la tarde los espera envuelta en un tibio velo de luz tamizado por reflejos corales. El calor se ha aplacado con la lluvia, y un olor sutil a pereza y a siesta veraniega flota en el aire.

—Hemos hablado mucho de mí. ¿Qué tal estás tú? —Encarna entrelaza su brazo con de Federico. Caminan despacio, sin rumbo.

—A tu lado, feliz. —Federico posa su mano sobre el brazo de Encarna—. A mi lado, melancólico… —Baja la mirada.

—¿Qué te ocurre? —Encarna busca la mirada de su amigo, que está perdida en los paseantes que se cruzan con ellos.

—Me pasa que se me remueven los hilos que sujetan las penas que me he tragado y están por algún lugar de mi cuerpo adormecidas, y como soy músico se despiertan con el réquiem de tu dolor y me hacen vibrar las entrañas.

Encarna se detiene y lo mira a los ojos. Se abrazan. Lloran en silencio. Parados en la calle, como si los dos fueran una escultura: un hombre y una mujer entrelazados. Los transeúntes los observa con curiosidad.

—Vamos, morenita. —Federico habla con palabras de Ignacio, y dibuja una sonrisa triste, mientras se limpia las lágrimas con el dorso de la mano.

—Vamos, poeta. —Encarna se retira con las yemas de los dedos las lágrimas que le resbalan por las mejillas—. Sigamos disfrutando de pasear juntos… Hace una tarde maravillosa.

Tiene la certeza de que Federico abraza su corazón desde dentro, lo nota casi como un abrazo en el vientre materno. Se sabe acompañada como si él fuera un eco de sí misma. Son

301

gemelos de corazón, de latidos que bailan al mismo ritmo la melodía del sentir.

—A ti se te ha ido Ignacio, pero no se ha ido. Él se fue amándote y está amándote, lo sabes, y te acaricia el alma.

Encarna asiente con su silencio, continúan caminando sin rumbo, como dos enamorados.

—A mí se me han ido muchos amores, Encarna. No están muertos, pero no me piensan. —Federico hace una pausa e inspira profundamente—. Yo a ellos sí.

—Es imposible no pensarte —lo consuela Encarna—. Eres demasiada fuerza contenida en un solo hombre y eso asusta, aunque huyas.

Federico se echa a reír.

—Siempre he tenido la sensación de haber nacido en la época equivocada.

Arrastra las palabras pensativo. Un niño que corre tras una pelota se tropieza con él y el padre, que lo sigue de cerca, levanta la mano en señal de disculpa.

—¿Has nacido antes o después? —Encarna se detiene a mirar un escaparate en el que hay expuestos una gran variedad de abanicos.

—Me habría encantado nacer en la Grecia antigua y dar largos paseos discutiendo con Platón sobre qué es lo bello, y escogería como ejemplo a los más bellos atletas y mediría sus hercúleos cuerpos, para trabajar seriamente en la aritmética de la belleza.

Ahora es Encarna quien ríe.

—Yo comería uvas negras junto al dios Baco, en alguna de sus irreverentes fiestas.

La risa de Federico es voluminosa y se expande en el aire del verano, sonando ligera y grave.

—Prefiero tus fiestas, Encarna, son igual de irreverentes, pero tienes mi piano... Y para mí una fiesta sin piano es como un mar sin sal.

Ambos ríen.

—Voy a comprarme un abanico —anuncia de repente Encarna, cautivada por lo que ve en el escaparate.

—Yo otro —la secunda Federico—. El abanico español, además de ser un lienzo de puro arte, se inventó para ayudar a que las penas del corazón vuelen lejos. Por eso hay que ponerlo cerquita del pecho y hacer el gesto rápido con la muñeca —explica mientras imita el movimiento de abanicarse—, para que se vayan a la otra punta del mundo, las puñeteras.

La ocurrencia de Federico arranca una carcajada a Encarna, y consigue cambiar su ánimo. Los dos entran en la tienda, dispuestos a comprar esa mágica herramienta que los ayudará a disipar sus penas.

Al cabo de un rato salen con sendos abanicos, y se detienen para abrirlos y admirar sus dibujos. El de Encarna tiene unas bonitas flores y está ribeteado de encaje, y en el de Federico hay un flamante dios Apolo que, lira en mano, otea el horizonte rodeado por tres bellas musas. Los dos amigos se miran un instante y comienzan a batir sus abanicos muy cerca de sus corazones mientras estallan en una carcajada que ayuda a que sus penas vuelen aún más lejos.

La calle se ha llenado de gente que pasea disfrutando del cálido crepúsculo madrileño.

35

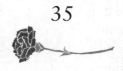

Querido Federico:

Tenías razón. Llevo fuera de España más de un año y el sol empieza a lucir por las esquinas de mi corazón. No hay día en el que no piense en Ignacio, pero el trabajo duro aleja las penas. Sigo enamorada de él, no sé qué le pasa a la memoria que solo recuerda las cosas buenas y el viento se lleva las malas enredadas en la melancolía. Como dice nuestro amigo Manuel Machado: «Me he enamorado de ti, y es enfermedad tan mala, que ni la muerte la cura, ¡bien lo saben los que aman!».*

En estos meses ha habido hombres que me han colmado de regalos y agasajos. He salido con alguno, todos galantes y buenas personas. No es que esté cerrada al amor, en todos encontraba algo que me recordaba a Ignacio: un gesto, una afición, una caricia…, pero eran solo partes que hacían aún más patente lo que faltaba. No tengo derecho a exigir a nadie que sea Ignacio, ya lo sé.

Estoy dándome por completo al baile, tanto, que a veces termino exhausta. Siento que mi dolencia se agrava, pero no quiero hablar de eso con nadie. ¿Para qué? No tengo tiempo de operarme. Nadie puede sustituirme. Ni puedo, ni quiero.

* Manuel Machado, «El querer».

Esa es la verdad. Así que, por el momento, tengo el toro delante y voy a despistarlo todo lo que pueda. Además, los médicos son muy exagerados y yo soy muy fuerte. La Membrives me dijo un día al terminar el espectáculo: «Encarna, estás brillante, no sé de dónde sacas tanta fuerza». «La fuerza la saco de aquí», le contesté señalándome el corazón. Estoy depurando aún más mi técnica y estudiando nuevas coreografías para mis próximos espectáculos. Me siento un poco huérfana sin el arrope de mi compañía y sin Pilar, pero este viaje es un desierto mío y tengo que atravesarlo sola. A cada lugar que voy, paso un tiempo buscando bailarines. Al final, siempre encuentro a gente buena y me da lástima tener que despedirme de algunos porque lo harían muy bien en la Compañía de Bailes Españoles.

No paran de salirme contratos, ya me he recorrido media Hispanoamérica, pero ahora, desde Venezuela, me planteo que ya es hora de volver a casa. Estoy un poco cansada. Tengo que confesarte algo que todavía no he dicho a nadie: en Buenos Aires me sentí agotada. Un día, después de la actuación, me desmayé y Lola me llevó al médico. De pronto me encontré haciéndome una revisión en profundidad, y ya sabes que siempre que te buscan algo te lo encuentran. «Señorita López, tiene usted un pequeño tumor en el útero. Habría que operarlo de inmediato». Te lo dicen así, como te dicen «Va a tener usted un hijo», «Le ha tocado el premio gordo» o «Se ha muerto el amor de su vida», y te quedas sin poder reaccionar ya que esas palabras tardan un tiempo en metérsete en la cabeza y cambiar la realidad que te rodea, porque una vez que te las crees, la realidad cambia, Federico. No me ha quedado más remedio que creerme la muerte de Ignacio, pero a esto, Federico, tardaré un tiempo en darle crédito. No puedo dejar de bailar.

Te mando un beso grande, y espero abrazarte pronto.

ENCARNA

36

Encarna regresa a Madrid. Llega a media tarde. En la estación la espera Pepín y su inseparable sonrisa. Encarna lo ha divisado antes de bajarse del vagón, y un júbilo espontáneo le ha brotado del corazón al observar que no ha perdido un ápice de su inconfundible elegancia; su sombrero de paja sobresale por encima del resto de las cabezas que aguardan a su lado. Con la mirada, busca a su hermana Pilar, pero no la encuentra. Un mozo del tren la ayuda a bajar el equipaje.

—¡Encarna! —exclama Pepín al verla.

Se dirige hacia ella con los brazos abiertos y el gesto alegre estira su fino bigotito. Se abrazan. Encarna se abandona en sus brazos y, por un instante, la calidez de su cuerpo la lleva a recordar quién es ella. El contacto con su amigo hace que aparezcan retazos de su vida que creía olvidados.

—¡Qué alegría verte, Pepín! —A Encarna le brillan los ojos—. ¿Y Pilar? —pregunta extrañada de no verla allí.

—Está con un resfriado de aúpa en la cama —contesta apesadumbrado Pepín—. Me pidió que viniera yo a recogerte.

El calor de la estación es insoportable. Huele a carbón y al cuero de las maletas. A Encarna le entristece que su hermana esté enferma y quiere llegar a casa cuanto antes para verla. Después de la muerte de Ignacio, Pilar y Tomás se instalaron en la casa de la calle del General Arrando para hacerle compañía.

En el coche, de camino a casa, Encarna se encuentra rara. Tiene la sensación de que el tiempo no ha pasado, que Ignacio la está esperando para salir al teatro, a cenar o al hogar de alguno de sus amigos intelectuales con los que tendrán una interesante y agradable velada que ellos culminarán más tarde con una apasionada madrugada llena de amor. Pero no, en su corazón hay una tristeza inmensa. Sabe con certeza que nunca recuperará por completo la alegría porque gran parte se la llevó Ignacio envuelta en su capote.

Una vez que están frente a la puerta del edificio, Pepín se dispone a llamar al timbre. Pero Encarna le sujeta el brazo, abre su bolso y saca de él una llave que, lentamente, introduce en la cerradura. El olor de Ignacio, sus caricias, el deseo que brillaba en sus ojos cada vez que la miraba, sus abrazos, su voz cálida con ese suave acento andaluz que daba un matiz de terciopelo a las palabras, su desbordante pasión por la vida..., todo aparece de pronto, transportado por el sonido metálico del contacto de la llave con la cerradura dorada, y se agolpa en su pecho produciéndole una sensación asfixiante. La puerta se abre y cuando Encarna enciende la luz, varias voces exclaman al unísono:

—¡Sorpresa!

Su hermana Pilar corre a abrazarla. Ha cambiado de perfume, y Encarna se alegra porque ese olor ya no está impregnado del recuerdo de Ignacio. Poco a poco aparecen ante ella las caras amables de sus añorados amigos: Teresita, Tomás, Federico, Rafael Alberti, Teresa de León, Manolito Altolaguirre y Concha Méndez, Fernando de los Ríos con su hija, Laura… Teresita ha preparado gazpacho y tortilla de patatas y Federico, que acaba de llegar de Granada, ha traído la pata de jamón que le regalaron sus padres al marcharse. Todos abrazan a Encarna con un afecto verdadero que la reconforta y quieren hablar con ella, que les cuente las cosas que le han sucedido en su viaje. A España han llegado noticias de sus éxitos, pero quieren escucharlo por su boca. Encarna también está deseosa de saber qué ha sido de la vida de sus amigos, de los que ha tenido muy pocas noticias en todo este tiempo.

Pilar se ha hecho cargo de la Compañía de Bailes Españoles y en varias ocasiones se ha reunido con sus componentes para ensayar. Ella ha estado actuando por su cuenta en distintos teatros y también ha cosechado éxitos. Manolito escucha atento, con su cara de niño y su mirada alegre. Rafael y Teresa acaban de regresar de Rusia y están ansiosos por contar su experiencia. Fernando de los Ríos viene de dar una conferencia en Santander, y su barba de sabio deja entrever una sonrisa rosada que extiende de continuo en su boca. Y Federico ha traído el manuscrito de *La casa de Bernarda Alba* para leerlo ante todos.

—¿Y Rosa? —pregunta Encarna a Pilar. Desde que ha llegado, está echando de menos la presencia de Rosa entre todos esos amigos.

—No ha podido venir, está un poco indispuesta, ya te contaré —responde Pilar en tono misterioso.

Federico se sienta al piano y, enseguida, la música de *Anda jaleo* llena el salón y todos cantan.

—¡Os he añorado tanto…! —Encarna levanta la copa que tiene en la mano para brindar y exclama—: ¡Por la amistad!

—¡Por la amistad! —corean todos.

—¡Léenos la obra, Federico! —dice Encarna, exultante al sentirse acompañada por sus seres queridos.

—¡Ahí va! —Federico se sienta en el suelo—. Son tres actos. La obra se abre con un entierro. —Les lanza una mirada inquietante y empieza a leer despacio, sentado en el borde de la silla como si estuviera a punto de incorporarse para interpretar hasta el propio aire que envuelve la obra—. El muerto es el marido de Bernarda, una mujer rígida, intolerante, inflexible, cuya alma asfixiada por la ausencia de sentimientos no admite alegría alguna a su alrededor y entierra junto a su difunto marido cualquier impulso de vida de sus cinco hijas.

Su voz ha ido transformándose para introducirlos en el universo al que desea transportarlos. Ha comenzado pausado y, poco a poco, su voz ha vibrado más y más para transmitir cada detalle de las escenas y los personajes.

Todos en el salón lo escuchan con la respiración contenida para no perderse ni una sola inflexión de cuanto relata con ese ritmo hipnótico.

La historia narra un duelo que durará ocho años. Unas mujeres vestidas de negro encerradas entre gruesos muros blanquísimos. Cada escena es de un realismo increíble y todos, a medida que Federico avanza en su lectura, sienten sobre ellos, cada vez con más fuerza, una losa gris inamovible que aplasta sin piedad cualquier asomo de esperanza. Lo único que finalmente importa es salvaguardar la tradición y la decencia.

Las palabras de Federico resuenan en las paredes del salón con cierto eco metálico:

—«En ocho años que dure el luto no ha de entrar en esta casa el viento de la calle. Hacemos cuenta que hemos tapiado con ladrillos puertas y ventanas. Así pasó en casa de mi padre y en casa de mi abuelo».

Federico inspira profundamente para liberarse del sentimiento opresivo que hay en las palabras del personaje de Bernarda.

La obra termina con el suicidio de la menor de las hermanas, Adela, quien, creyendo que su madre ha matado de un tiro al hombre del que estaba enamorada, que no es otro que el prometido de su hermanastra, se cuelga de una viga, sometiendo con su muerte a todas a otro nuevo duelo, además del que ya existía.

—«¡Nos hundiremos todas en un mar de luto!». —Federico mastica cada palabra, como si cada una de ellas estuviera fabricada con el dolor más denso que el alma humana puede sentir.

La última palabra del último acto es un grito terrible: «¡Silencio!». Y ese grito los deja a todos sumidos en una asfixiante congoja. Nadie dice nada. Están conmocionados por un sentimiento de desolación abrumadora. Encarna se levanta despacio y, como si el aire estuviera formado por delicados cristales, se desliza hacia Federico con los ojos brillantes llenos de lágrimas de emoción contenida y una sonrisa temblándole en los labios que se hace más amplia cuando está frente a él. Lo abraza y cierra los ojos, quiere sentir profundamente el calor de su cuerpo, impregnarse de toda su humanidad y de todo el universo de emociones que están contenidas en él.

—Es una obra maestra —le dice, y las lágrimas le brotan serenas, resbalando por su rostro.

Uno a uno, todos hacen lo mismo: lo abrazan, lo felicitan y le expresan su cariño y admiración con gestos de afecto que van más allá de las palabras.

De pronto, desde la calle llega un ruido de petardos y griterío alborozado. Encarna y sus amigos se dirigen hacia las ventanas. Fuera hay gente que corre y grita. Se oyen los caballos de las patrullas.

—En estos días la Guardia de Asalto no da abasto —dice Concha Méndez con preocupación.

—De ninguna manera esto no puede acabar bien. —Fernando de los Ríos se acaricia la barba y niega con la cabeza—. El Frente Popular se disuelve y el fascismo está cada vez más organizado.

Dos hombres se pegan en la calle, uno va muy bien vestido y el otro es un obrero. Rápidamente llegan los guardias y los separan.

El timbre de la casa suena y sus ocupantes se sobresaltan. Teresita mira a Encarna como pidiéndole su consentimiento para ir a abrir.

—Ve —le dice Encarna—. Esto es una locura, no llevo ni veinticuatro horas en casa y siento que estoy encima de un polvorín.

Por el pasillo se oyen pasos acelerados y aparece en el salón Pedro Salinas, el joven poeta siempre elegante y de buen humor. Hoy tiene una expresión de pánico en el rostro. Encarna, al verlo, recuerda la carta que le envió cuando Ignacio murió y el bello poema con el que concluía su sincero y sentido pésame:

> *¿Serás, amor,*
> *un largo adiós que no se acaba?*
> *Vivir, desde el principio, es separarse...**

—¡Querida Encarna, qué alegría verte! ¡Y en qué insólitas circunstancias encuentras sumida esta ciudad! —Le da un beso en la mejilla y, con sus manos entre las suyas, se separa de ella un instante para observarla mejor—. Estas más guapa aún —dice con una sonrisa, aunque su cara continúa sin color.

—¿Qué pasa ahí fuera? —pregunta intrigado Rafael.

—Un grupo de la Guardia de Asalto fue a buscar en la ma-

* Pedro Salinas, *Razón de amor*.

drugada de ayer a José Calvo Sotelo a su casa... Y su cadáver ha aparecido hace unas horas. Tenía un disparo en la nuca.

Se produce un grito ahogado de todos menos de Teresita, que exclama un «¡ave María Purísima!» y se santigua.

—Esto solo traerá más represalias. —Fernando aprieta los labios—. Está claro que matar al jefe de Renovación Española echará más leña al fuego, y ya hay bastante leña.

Todos guardan silencio.

—El otro día —dice Teresita— Micaela, la del ultramarinos, me contó que su hijo estuvo en el entierro de un bombero que murió entre las llamas de una iglesia que habían incendiado los de izquierdas y que, como el padre del muchacho era un pobre albañil y había muchos amigos y familiares de izquierdas en el entierro, un grupo de chicos fascistas inició un tiroteo en el mismísimo cementerio.

—¡Qué horror! —exclama Encarna.

—¡Ya basta de desgracias! —Federico le pasa un brazo por encima del hombro y la atrae hacia él como si quisiera protegerla—. Vamos a cerrar las ventanas y a cantar muy alto. En esta casa se disfruta de la vida, ya hemos tenido bastante desgracia con mi Bernarda y con esto que ha explicado Pedro.

Se sienta al piano y toca los primeros acordes de *Los peregrinitos*. Encarna empieza a cantar:

—«Hacia Roma caminan dos peregrinos. Hacia Roma caminan dos peregrinos». —Su voz al principio débil se hace cada vez más enérgica—. «A que los case el papa, mamita, porque son primos, niña bonita».

Pilar se une a Encarna, y al final todos terminan coreando la canción.

A Pedro Salinas, que tiene una copa de orujo en la mano, le ha vuelto el color a la cara y canta moviendo la copa de un lado a otro, lo que hace que Fernando de los Ríos y Rafael Alberti se aparten de él para evitar que el líquido amenazante los salpique.

Se hace de madrugada y, entre cantes y risas, parece que todo vuelve a la normalidad. Al menos entre las paredes de la casa de Encarna, la vida es alegre y apacible.

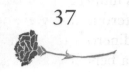

37

E ncarna se ha enterado por Pilar de que Rosa, su querida
amiga del colegio, ha tenido un bebé y que el padre no
es otro que Antonio, el chico que conoció en la imprenta de su
padre y que nunca ha sido un príncipe azul, sino una man-
cha de tinta que se impregnó para siempre en la piel inmaculada de Rosa. Como era de esperar, Antonio se ha desentendido
y anda enredado en politiqueos, azuzando manifestaciones
y tiroteos para conseguir, según le han oído decir, «más justicia para los obreros, ya que la República es solo un aparato corrupto y chaquetero del que no es posible esperar nada».
Encarna la ha llamado por teléfono varias veces, pero no ha
conseguido hablar con ella. Le responde su madre con frases
esquivas: «Rosa no se puede poner», «Está ocupada», «Está
haciendo unos recados...». De manera que, al final, Encarna decide ir a su casa.

Doña Rosa la recibe con una actitud huraña y poco hos-
pitalaria.

—Buenas tardes, Encarna. No sé si Rosa podrá atender-
te —le dice sin abrir la puerta del todo.

—Será solo un momento, doña Rosa —contesta Encarna.

La madre abre la puerta lentamente. La casa está en penumbra y se oye el llanto de un bebé al cabo del pasillo. La

mujer hace un gesto a Encarna para que avance hacia la habitación de su hija.

Encarna conoce bien la casa, de niña iba mucho a jugar allí. Rosa tenía unas muñecas muy bien vestidas porque su tía Belinda, una solterona que vivía con ella y sus padres, ingresaba un buen dinero a la familia haciendo ropa para muñecas. La primera beneficiada era su querida sobrina, y la segunda, Encarna. La tía Belinda murió de una bronconeumonía cuando Rosa tenía catorce años. Durante su enfermedad, Encarna la visitaba, pues sentía gran aprecio por esa mujer que parecía tomarse la vida con la misma liviandad con la que cosía: siempre estaba canturreando y con una sonrisa en la cara. «Esto de tomarme mi trabajo tan en serio va a matarme», decía entre toses estentóreas. «Mis muñecas tienen que llevar las mejores prendas, aunque tenga que recorrerme medio Madrid buscando telas». Pero Rosa y Encarna sabían que, además de un posible resfriado, la tía Belinda debía de tener los pulmones negros de tanto fumar a escondidas de todos.

En el pasillo huele a comida y a madera vieja. Encarna llama a la puerta de la habitación de Rosa.

—¡Adelante! —La voz de Rosa se oye débil y lejana.

Encarna abre la puerta. El picaporte está grasiento y las bisagras chirrían.

—¡Encarna!

Una Rosa ojerosa y pálida, sentada en un silloncito junto a la cama, da de mamar a un rollizo bebé que se aferra a su pecho. Sus labios finos se extienden en una sonrisa que enseguida se convierte en un tembloroso puchero. Encarna corre a abrazarla.

—¡Qué bebé tan precioso! —exclama admirando la rosada piel de la cara redonda de la criatura.

—Sí, se parece mucho a su padre… —Los ojos de Rosa se humedecen—. No sé cómo todavía me quedan lágrimas.

Encarna le acaricia la mejilla.

—Ese desgraciado no sabe lo que se pierde —dice mirando a Rosa con ternura.

—Lo peor es que lo echo de menos. Desde que supo que me había quedado embarazada no he vuelto a verlo.

—Menudo sinvergüenza —murmura Encarna.

—Soy una tonta, lo sé, Encarna, pero estoy feliz de tener a mi hijo porque es como si tuviera un trozo de él solo para mí. —Rosa mira ensimismada al bebé.

—Te entiendo —responde con voz melancólica Encarna—. A mí lo que me queda de Ignacio son recuerdos, pero no tengo a alguien al que abrazar para sentir palpitar su sangre.

Rosa pasa una mano por el cabello negro y brillante de Encarna.

—¡Cuánto habrás sufrido todo este año! —Y continúa acariciando la cabeza de Encarna, quien, sentada a su lado, no aparta los ojos del bebé.

—Te escribí cartas, pero nunca me contestaste —dice Encarna en tono de reproche.

—Papá murió —declara Rosa.

—¡No sabía nada! —Encarna abre sus ojos almendrados con espanto.

—Dije a Pilar que no te lo contara. Tú ya tenías bastante duelo, no quería afligirte más. —Rosa clava su mirada en el suelo—. Yo lo maté con el disgusto que le di —concluye con rotundidad.

—¡No digas eso, Rosa, tú siempre fuiste para él su orgullo y su consuelo! —Encarna se pone de pie.

—Desde que se enteró de lo sucedido, no volvió a ser el mismo —continúa Rosa sin escuchar a Encarna—. Deambulaba por la imprenta como un fantasma. Ya no atendía los pedidos como antes y apenas veía al chico que contrató sustituyendo a Antonio, era yo quien tenía que dirigirlo. Una mañana, de camino a la imprenta, le falló el corazón. Mi madre sigue echándomelo en cara... No puede mirarme a los ojos y, mucho menos, mirar a mi hijo.

—Lo siento en el alma, Rosa. —Encarna la observa con cariño—. Ya sé que no consuela lo que voy a decirte, pero todo pasa, Rosa. Estoy convencida de que tu hijo terminará siendo la alegría de tu madre. Ella siempre ha sido una mujer arisca pero de buen corazón. ¿Te acuerdas de lo poco que le gustaba que trasnocharas cuando venías a acompañarme a las funciones de noche? Y, sin embargo, siempre había una taza de chocolate caliente y unos churros con azúcar esperándote en la cocina.

Rosa sonríe, se aparta el bebé del pecho y se lo entrega a Encarna mientras se abrocha los botones de la camisa.

Encarna mira ensimismada al niño. Tiene miedo de hacerle daño, de que sus brazos estén demasiado duros o de apretarlo entre ellos demasiado fuerte. Sin embargo, poco a poco se relaja y sonríe. Siente una ternura indescriptible hacia ese ser indefenso que la mira con ojos somnolientos y mueve sus diminutas manos hacia ella.

—Si yo pudiera —dice Rosa con voz grave— me iría de aquí.

—¿De Madrid? —pregunta Encarna sin prestarle mucha atención.

—De España —responde rotunda.

Encarna levanta la mirada. Su amiga se ha desmoronado en la silla y llora con la cabeza entre las manos. Encarna se acerca a ella.

—Hemos tenido que cerrar la imprenta y nuestra situación es prácticamente de miseria. —Rosa se restriega con fuerza la cara con las manos para limpiarse las lágrimas.

—Yo te ayudaré, Rosa, no debes preocuparte —se apresura a responder Encarna.

—Gracias, pero tenemos pensado ir al pueblo de mi madre. Allí tiene una hermana que enviudó hace poco con una casa grande y campo, ella nos acogerá. —Rosa aprieta los labios, que se convierten en una línea incolora. Sus ojos azules se han vuelto transparentes, como si las lágrimas hubieran arrastrado cualquier soplo de vida que quedara en ellos—. Si yo estuviera en tu lugar me iría de España. Esto está poniéndose muy feo. Hay muertes constantemente, represalias, ajustes de cuentas. La gente de la calle se toma la justicia por su mano y los periódicos no dan cuenta de ello… Sal de aquí, Encarna, hay gente mala. —Y extiende sus brazos hacia ella.

Encarna suspira, da un beso en la frente al bebé y se lo entrega a su amiga, sintiendo que se despide no solo de ese niño, sino de la posibilidad de ser madre.

Se marcha a su casa con el ánimo confundido entre las tinieblas de la melancolía y el miedo. La vida le ha dado éxito y reconocimiento social, le ha quitado al amor de su vida y la ha privado del misterio de ser madre, pero lo que le ha regalado es, ante todo, un fuerte impulso por seguir adelante expandiendo su manera de entender el arte a través de su baile.

38

Desde que regresó a Madrid, Encarna siente que la ciudad está inmersa en un clima lleno de tensión y de funestas premoniciones. A pesar de que desea volver a la normalidad y de que sus éxitos la avalan, se topa con la actitud huraña y desconfiada de los empresarios teatrales. La gente ha dejado de ir al teatro, tiene miedo de que algún descerebrado ponga una bomba en el patio de butacas o de que haya un tiroteo por cualquier trifulca de las que se forman de continuo. La más mínima chispa prende la llama que mantiene a España dividida en dos partes cordialmente enfrentadas: la tradicional y la progresista. La España moderada, deseosa de la concordia, va quedando aplastada.

Los días se suceden calurosos y caóticos. Lo insólito pasa a ser algo natural para todos los españoles. Los fusilamientos, los tiroteos y los incendios son anécdotas diarias. Encarna se ve envuelta en una multitud de actos a favor de la República en los que, más que disfrutar del arte, el público disfruta de sentirse miembro de un grupo que comparte un sentimiento: ser mejor que los otros grupos políticos. Termina agotada después de esas actuaciones. Se siente sola, sin el calor de las personas que la arropaban de verdad. Por lo único que parece que la admiran es porque también la consideran parte de esa fracción de «elegidos». Es una de las artistas «buenas» y no de las de la «competencia».

Una tarde, al regresar a casa, está cansada. Viene de un homenaje que le han hecho en un orfanato al que también ha acudido el presidente de la República, Niceto Alcalá Zamora.

Se dirige a la cocina, desde donde le llega el trajín de platos y un maravilloso aroma a buena comida.

—¡Por fin estás aquí! —Pilar se acerca a ella y le da un abrazo rápido.

—El acto ha sido eterno.

Encarna coge un tenedor y pincha un trozo de la tortilla humeante que Teresita acaba de sacar de la sartén. Tras soplar varias veces, consigue metérselo en la boca y saborearlo.

—¡No hay nada en el mundo como la tortilla de patatas de mi Teresita! —la halaga, y se acerca a ella para darle un beso en la mejilla que Teresita recibe orgullosa con una sonrisa.

—Encarna, date prisa si quieres cambiarte porque no tardarán en llegar —la apremia Pilar.

—Está bien —responde Encarna, y se marcha con premura.

Desde su habitación, al cabo de unos instantes, oye el timbre de la puerta y, acto seguido, una mezcla de risas y algarabía de voces familiares. Se sienta en la cama y cierra los ojos. Ha vivido muchas veces esa mima situación, pero con Ignacio al lado. Antes, cuando tenía una de esas reuniones de amigos sentía que estaba en el lugar perfecto, que nada le faltaba, y era plenamente feliz. Ahora, esos encuentros se convierten en un paseo por los recuerdos que la hicieron, en muchos momentos, abrazar la felicidad. Por sus mejillas resbalan unas lágrimas silenciosas que se limpia con una mano como una autómata. Cuando abre los ojos, el espejo le devuelve una imagen nítida de su figura en la que el negro del vestido que se ha puesto hace destacar su piel clara. Se ve guapa. Su cuerpo tiene aún mucho que ofrecer. Se levanta y se dirige con premura al tocador y se maquilla los labios con un carmín rojo como la sangre. Inspira profundamente, vuelve a mirarse en el espejo y sale con brío y con la mejor de sus sonrisas al encuentro de sus queridos amigos.

En el pasillo, antes de llegar al salón, se encuentra con Federico.

—¡Comadre!

Se funden en un abrazo.

—¡Federico, qué alegría que hayas podido venir! —exclama Encarna.

—¿Cómo no iba a venir? —Federico la zarandea con cariño—. Además, he traído conmigo a Miguel Hernández, que acaba de publicar su libro *El rayo que no cesa* y quiero que nos lea alguno de sus poemas.

Vuelven a abrazarse.

—¿Cómo estás, Encarna? —Federico le toma las manos y bucea en lo más profundo de sus ojos.

—Estoy bien —responde Encarna forzando una sonrisa.

—Me refiero a lo tuyo, a lo que te dijeron los médicos en Buenos Aires. Tienes que tomártelo en serio. Me preocupa, de verdad —insiste Federico.

—De eso ya hablaremos… cuando tome una determinación. En este momento no puedo pensar en operarme. Descansaré un tiempo en cuanto sea posible. Pueden sustituirme unos días, pero a quien el público quiere ver es a mí. —Encarna usa un tono calmado con el fin de tranquilizar a Federico. Esquiva su mirada y aprieta los labios brevemente—. No te preocupes, estoy bien y lo solucionaré pronto. —Extiende su sonrisa.

—Eso espero, Encarna. Cuanto antes —le pide Federico, y ella asiente como una niña que entiende con pocas palabras lo que su padre le dice—. Y ahora, vamos a compartir nuestras almas con las de nuestros amigos. —Sonríe, entrelaza su brazo con el de ella y se dirigen hacia el salón.

—¡Vivan los novios! —exclama Rafael Alberti con la copa en alto al verlos entrar así cogidos. Todos ríen—. ¡Ven a mi vera, pedazo de arte andaluz!

Encarna se funde en un abrazo con un Rafael deseoso de hacer que la alegría inunde el hogar. Saluda a todos con más abrazos emocionados, que ofrece a cada uno de ellos: Rafael Alberti y María Teresa, Pablo Neruda, Miguel Hernández y Maruja Mallo, y, por supuesto, a Pilar y a su Tomás. Al cabo de un rato, además de las risas, comienza a oírse la música que sale del piano tocado por Federico. Unas veces acompaña a Encarna, otras a Pilar y otras a todo el grupo. El tiempo pasa entretejiendo los corazones que vibran al mismo son.

—¡Léenos *Bernarda*, Federico! —Encarna une sus manos en señal de ruego y los demás apoyan su petición fervientemente.

—Está bien, os la leeré otra vez. Pero antes, nuestro joven amigo Miguel Hernández va a deleitarnos con algunos versos de su recién editado libro de poemas *El rayo que no cesa* —contesta Federico, animado por el clamor de sus amigos—. Esperemos a Manolito Altolaguirre, que debe de estar a punto de... —El timbre de la puerta principal suena en ese momento, y no puede acabar la frase.

—¡Tranquilos, iré a abrir yo! —se ofrece solícito Miguel, y sale del salón con paso rápido.

39

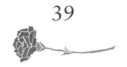

Un hombre joven corre. Corre por una calle oscura con titilantes ojos de farola y oídos de piedra y de ladrillo que murmura con boca de chicharra enardecida. Calle madrileña del General Arrando. Treinta grados a la sombra de la luna. Y los pasos retumban contra ventanas abiertas, contra visillos ligeros y radios encendidas, contra risas y vidas tras los muros altivos. Unas piernas delgadas, cubiertas por la tela elegante de un pantalón mil rayas, dan zancadas imposibles llevando sobre sí el peso del cuerpo esbelto y sudoroso del hombre joven.

Portal 44. El hombre se introduce como una exhalación escalera arriba y en la segunda planta se abalanza hacia la puerta en la que, bajo una Virgen de la Macarena, una placa dorada anuncia: ENCARNACIÓN LÓPEZ JÚLVEZ. Aporrea la madera oscura. Al otro lado se oyen pasos y, tras los pasos, se distingue una algarabía de voces, y más lejos aún, un piano salpicando con acordes livianos el aire. Se abre la puerta. Un joven de mediana estatura, con la cara curtida, sonríe con la luz del alba saliéndole por la boca.

—¡Manuel Altolaguirre! —Sus brazos se abren en cruz para acoger al otro joven.

—¡Miguel Hernández! —responde el recién llegado sacando aliento de las vísceras. Miguel percibe el calor que irradia el cuerpo de Manuel—. ¿Qué ocurre, amigo? —pregunta extrañado al ver su semblante grave.

—Traigo malas noticias. —Los labios apretados de Manuel se convierten en una fina línea sin color—. ¿Quién está en el salón? —Señala con la cabeza hacia al interior de la casa.

—Los amigos de Encarna —responde Miguel—. Rafael Alberti con María Teresa León; su querido Federico García Lorca; Pablo Neruda; su hermana Pilar con Tomás, su novio; y la pintora Maruja Mallo, que ha venido con un humilde servidor. —Su boca no sonríe, pero sus grandes ojos irradian siempre la fuerza y la alegría del verano; solo cerrándolos conseguiría que la luz no se escapara por ellos—. ¡Estábamos esperándote! Federico y Encarna cantaban para hacer tiempo. Federico va a leer su nueva obra. ¡Adelante!

Miguel le cede el paso. Manuel titubea un momento. Sus ojos recorren el recibidor trianero con el que su amiga Encarna acoge al visitante. Azulejos sevillanos, platos con motivos toreros colgados por las paredes encaladas, algunas macetas con geranios rojos y pilistra verde esparcidas por el suelo, rociando con sus vivos colores las baldosas de La Cartuja.

—Siento ser el poeta trágico que agüe la fiesta —dice Manuel con desaliento mientras avanza por el largo pasillo que lleva al salón.

—¡Manolito! —Al verle, el joven que toca el piano se levanta como si tuviera un resorte en el asiento y una sonrisa hace que un puñado de lunares bailen por toda su cara—. ¡Hace tiempo que te esperábamos! ¿Dónde has estado? —pregunta, y, sin reparar en el sudor que empapa la cara y el cuello de Manuel, le da un abrazo con sonoras palmadas en la espalda.

—¡Hola, larguirucho! —Un joven rubio de ojos azules y acento andaluz se acerca a Manuel y lo zarandea por los hombros.

Un hombre sonriente y corpulento espera impaciente su turno para saludar al recién llegado. Se halla cerca de dos mujeres jóvenes sentadas de manera informal sobre cada uno de los brazos del sofá que preside el centro del salón y de una pareja de jóvenes que se hacen arrumacos acomodados en un silloncito.

—¡Federico y Rafael, dejad de atosigarlo! ¡Estos andaluces y su sangre caliente...! —los amonesta Encarna con una mirada risueña mientras avanza hacia Manuel.

Su boca dibuja una sonrisa roja que hiere sensualmente el negro de su vestido, de su cabello y de sus ojos. A sus treinta y ocho años, guarda la apostura de los veinte en cada gesto y luce una figura de curvas sinuosas y medidas exactas, como las que estipularon los griegos para hacer las estatuas de sus diosas. Se mueve con suavidad y vehemencia, sus ojos miran con ternura e ímpetu, sus labios pueden sonreír y expresar dolor al mismo tiempo, porque en ella el movimiento es baile, interpretación, música, arte. Es bailarina de nacimiento y por derecho, porque sus pies, magullados de tanto repetir cabriolas, floretas, *ambuettés* o *gorglgiés*, cuando caminan como el resto de los mortales, son capaces de volar al no encontrar dificultad alguna, y sus brazos, acostumbrados a retorcerse desde la yema de los dedos hasta los hombros, arrastrados al son de boleros, fandangos, seguiriyas y mil quebrantos flamencos ya no son brazos, sino alas dispuestas a alejarse del suelo en cualquier momento.

Encarna mira con dulzura a Manuel mientras posa delicadamente sus manos en los antebrazos de él.

—¿Qué ocurre? —pregunta con una voz dulce que contrasta con la fuerza que emana de toda ella.

—Lamento ser el aguafiestas del grupo...

Manuel tiene los ojos clavados en el suelo y rehúye la mirada de Encarna, que lo toma de las manos con firmeza y, despacio, lo lleva hacia el sofá que está tras ellos. Se sientan seguidos por las atentas miradas de todos.

—Vengo del Café Gijón, he estado con uno que trabaja en el diario *Claridad*. —Alza la mirada y la posa en los ojos de Encarna, le toma las manos y se las aprieta. Finalmente anuncia con voz ronca—: ¡Vienen a por ti!

Encarna se separa de él como si necesitara tomar perspectiva para que esas palabras adquieran significado.

—¿Qué dices? —pregunta incrédula Encarna mientras una media sonrisa tiembla en su boca.

Rafael y Federico se aproximan desconcertados. Todos callan y, por un instante, la confusión les hace contener el aliento.

—Entré por casualidad en el Café Gijón —prosigue Manuel—, venía hacia aquí, pero como aún era temprano y tenía calor, pasé a beber una zarzaparrilla. —Mira con preocupación a Encarna, asegurándose de que ella escucha cada una de sus palabras—. Enseguida oí que alguien me llamaba. Era Luis Tovar, uno que tenía una imprenta y ahora trabaja para el *Claridad*. Hablé un rato con él. Me preguntó sobre *Caballo verde*, me dijo que había oído hablar muy bien de la revista y que tenía curiosidad por conocer a Pablo Neruda porque le parecía un director muy acertado. —Hace una pausa, levanta la vista hacia el hombre corpulento que continúa de pie y lo mira con atención—. Le dije que, si quería conocer a Pablo, podía acompañarme a la reunión a la que me dirigía, en casa de una amiga, porque él estaría allí. —Exhala un suspiro y continúa—. Cuando te nombré —dice mirando fijamente a Encarna— dio un brinco y me preguntó: «¿La Argentinita, la bailarina?». Le contesté que sí, y, con los ojos fuera de las órbitas, me contó que iba a aparecer en el *Claridad* un titular en el que se te acusa de traición a la República.

Un silencio denso cae a plomo sobre todos los presentes.

—¡Tiene que ser un error! —Pilar, que está sentada en el silloncito sobre las piernas de Tomás, se pone en pie.

—¡Estoy con Pilar! —exclama Tomás incorporándose.

—Pilar y Tomás tienen razón —interviene Federico—. Por fuerza ha de tratarse de un error del que el *Claridad* se retractará mañana mismo. Seguro que se han confundido con otra persona.

—No, no se confunde, es a Encarna a quien buscan —recalca Manuel con su cara de niño bueno asustado.

—¡Mi hermana nunca ha tenido el más mínimo interés en la política, y a pesar de ello hemos ido de teatro en teatro, de feria en feria todas las tardes! —protesta Pilar moviendo airadamente las manos y dando pasos cortos que cambia de dirección con rapidez—. ¡Nos recogen en un coche y allí vamos nosotras, con nuestros volantes, a actuar en todos los teatros en los que nos dejan! —Inspira. Sus ojos chispean con el brillo que da la ira—. Algunos días Catalina Bárcena recita un poema, después Encarna y yo bailamos, Luis Esteso toca el violín y terminamos todos muy tiesecitos escuchando *La Internacional* en el propio escenario.

—Nunca se me han caído los anillos para buscarme las habichuelas con mi baile y mi cante. —Encarna habla con la dignidad que otorga la verdad más desnuda—. He superado día a día el ambiente adverso que me encontré al regresar esta última vez a España —explica mientras Federico, que se ha acercado a ella, la ase por los hombros y la atrae hacia él con cariño—. Después de todos los éxitos que me avalan... —Sus facciones se afilan con el cincel del enojo—. Aun así, me ha resultado imposible encontrar en estas semanas contratos decentes en los teatros.

—¡Exacto! —Pilar la apoya con ímpetu—. Los empresarios desconfían. Los teatros están cada vez más vacíos por temor a que una bomba estalle en el patio de butacas o se desate un tiroteo. —Habla con vehemencia, apoyando su discurso con un movimiento de manos, y concluye con los brazos en jarras.

—Nadie mejor que los empresarios de teatro conoce los triunfos de La Argentinita. —Federico sostiene con su brazo a Encarna, como si así le transmitiera el apoyo que ella necesita—. Pero en estos días, Madrid está inmersa en un clima de tensión que no vaticina nada bueno.

—Efectivamente —interviene Miguel. Su voz se apaga al añadir con los labios apretados—: ¿Dónde está la España moderada?

—En política, por increíble que parezca, poco importan los hechos —interviene el hombre corpulento.

—¿Cómo puedes decir tú eso? —pregunta el joven con acento andaluz—. Precisamente tú, Pablo Neruda, cónsul de Chile.

—Lo digo porque lo sé, Rafael. Hay muy pocos políticos de raza como tú, y menos aún en España. Aquí, como el maestro Ortega y Gasset me decía el otro día, la política es enojo, y ser político es estar enojado con los que no piensan como ellos. España, en los últimos tiempos, en este convulso 1936, más que enojada está furibunda.

—Todo eso está muy bien… —interviene Federico—. Pero ¿vamos a estar hablando de filosofía, política y poesía mientras unos indeseables manchan el nombre de nuestra amiga? ¿En serio…? —Su flequillo se balancea sobre su frente.

Todos dirigen sus miradas hacia Encarna, que ahora tiene sus ojos negros clavados en la alfombra como si estuviera ajena al resto y buscara algo en su interior.

—La bandera —dice de pronto en un susurro—. ¡Ayudadme a colocar la bandera en el balcón! —exclama levantando la cabeza con un brillo febril en las pupilas.

Los presentes la miran atónitos. Excepto Pilar, que dibuja una sonrisa que va creciendo en sus labios, llena de complicidad.

—¡En el aparador! —exclama, y corre hacia él seguida por Encarna.

De uno de los cajones sacan una tela azul y blanca meticulosamente doblada que, al extenderla, inunda con sus reflejos el salón.

—¡La bandera argentina! —exclama Neruda con una sonrisa de complacencia mientras todos se concentran alrededor de ella.

—¡Exacto! —afirma Encarna con determinación sin quitar su brillante mirada de la tela—. No existe la casualidad, amigos, yo nací en Argentina por algo… —Hace una pausa y aprieta sus labios rojos, que se convierten en una fina herida dentro de su rostro—. Argentina puede salvarme la vida ahora. —Pasea la mirada por la bandera como si la viera por primera vez—. ¡Al balcón!

Pilar y Encarna se encaminan hacia él con la bandera. Federico abre la puerta acristalada y ayuda a las dos hermanas, junto con Rafael y Pablo, a colocarla entre los barrotes de hierro forjado. Tomás y las dos mujeres observan atentos, dispuestos a colaborar en cualquier momento.

—¡Ya está! —Encarna da unos pasos hacia atrás para tomar perspectiva y mira con orgulloso la tela que engalana su balcón—. Creo que esto será una buena medida disuasoria.

—Seguro que sí. —Federico la rodea por el hombro, la atrae hacia él y le da un beso rápido en la cabeza—. Sigo pensando que debe de tratarse de un error. ¿Quién puede tener algo contra ti?

Encarna hace una inspiración profunda. La farola de enfrente alumbra la negrura de esa calurosa noche de julio mientras el aire envuelve todo en un silencio inquietante.

—Nada malo puede pasar en una noche como esta. —Las palabras brotan despacio de la boca de María Teresa, que posa su barbilla sobre el hombro de Rafael.

—Es verdad —dice Maruja, apoyada en el muro—. La

luna llena otorga una luz especial que actúa como bálsamo sobre los que tienen los ánimos exaltados. También ilumina los lugares oscuros del alma y los deja al descubierto. Las fechorías necesitan el amparo de lo oscuro.

—Maruja, los que hacen las fechorías no son poetas ni pintores, ¡son lobos! —Miguel se acerca a ella y pone sus manos a modo de garras sobre el brazo de ella—. Lobos ávidos de sangre fresca que tienen que exhibir su víctima descuartizada ante la manada para demostrar que ellos son fieros y temibles.

—Miguel, no hables así… Asustas —lo amonesta Pilar.

—Vamos adentro. Lo que podía hacer en este momento ya lo he hecho. —Encarna habla con serenidad. Todos entran de nuevo en el salón—. Dejad las puertas del balcón lo más abiertas posible —ordena a Rafael, que se disponía a cerrarlas—. En esta casa no hay nada que temer ni que ocultar.

Rafael hace enseguida lo que Encarna le indica.

—Hay una cosa que sí podemos hacer aún… —La voz grave de Pablo rompe el tenso silencio que los envuelve—. Toma una tarjeta de visita en la que ponga tu nombre y debajo escribe: «Aquí vive una súbdita argentina». Coloquémosla en la puerta de la casa, por si esos brutos no entienden de banderas.

—Está bien —responde Encarna.

Así lo hacen. Actúan rápido, como si los nueve fueran solo uno.

Sin embargo, se mastica el nerviosismo. Los rostros están crispados y, salvo Maruja, que se ha sentado en el borde de un sillón y observa cada movimiento con sus ojos grandes de pintora, los demás están de pie, inquietos, sin saber muy bien qué hacer.

—Es una pena —señala Pablo—, España está entrando en una espiral de violencia propulsada por odios y rencores que desembocará en su autodestrucción. —Su seseo chileno inyecta calor al aire estremecido—. Hace unos meses —prosigue con mucha calma—, cuando estábamos en pleno periodo electoral y murió el ilustre escritor don Ramón del Valle-Inclán...

—¡Yo estuve en su entierro! —exclama Rafael con el entusiasmo de un niño—. Fue un espectáculo propio de don Ramón. —Mueve la cabeza de un lado a otro recordando aquel momento mientras una media sonrisa asoma a su boca—. No creo que vuelva a presenciar un episodio tan esperpéntico. —Su sonrisa se estira aún más, iluminando el azul de sus ojos.

—¿Qué ocurrió? —pregunta Pilar sin disimular su curiosidad.

—Como sabéis, su hijo Carlos y algunos de sus amigos estuvieron muy vigilantes durante la agonía de don Ramón para que ningún cura se acercara a darle la extremaunción.

—A mí me contaron —interrumpe Federico con su voz aterciopelada— que cuando don Ramón aún estaba lúcido y le preguntaban si quería recibir el agorero sacramento, siempre respondía sin inmutarse: «Mañana».

Todos estallan en una carcajada repleta de cariño hacia el ilustre escritor.

—El caso es —continúa Rafael— que cuando iban a enterrarlo, se ciñó sobre nosotros una oscuridad muy densa, y el cielo se abrió de pronto en canal y comenzó a verter una cantidad ingente de agua sobre los allí presentes, provocando la estampida generalizada de la mayoría de los fervientes seguidores del maestro. —Rafael inspira hondo y aprieta con fuerza los labios—. Y los que nos quedamos soportando estoicamente el duro chaparrón pudimos presenciar cómo, de pronto, un muchacho se lanzaba en la fosa donde yacía ya el féretro de don Ramón.

—¿Qué? —pregunta Encarna atónita.

—El muchacho —prosigue Rafael— se había dado cuenta de que sobre el ataúd había una cruz y, como alma que lleva el diablo, y aquí la frase podría interpretarse de manera literal —dice, y mira a todos con complicidad—, se tiró a arrancar el sagrado símbolo movido por su fervorosa ideología anticlerical, impidiendo así que profanaran el espíritu de su venerado maestro.

Todos estallan de nuevo en una ruidosa carcajada.

—Desde luego, la situación parecería escrita por el propio difunto, ¡es totalmente esperpéntica! —exclama Pablo entre risas, y se seca con el dedo índice las lágrimas que se escapan de sus ojos saltones—. Lo que yo viví aquel día no fue tan esperpéntico, pero tampoco tiene desperdicio. —Los botones de su chaleco se tensan al máximo cuando coge aire antes de proseguir—. El caso es que, de pronto, me vi envuelto en un tumulto en el popular barrio de Cuatro Caminos. Reparé en un hombre que esperaba con su carretón en medio de la calle a que el tráfico de tranvías y burros se desatascara, y le pregunté qué sucedía. Me contestó que, en el cine Europa, el socialista Largo Caballero estaba dando un mitin. Me marchaba ya cuando oí detrás de mí mucho barullo y, al darme la vuelta, vi a varios miembros de la Guardia de Asalto apaleando a la gente con sus porras de goma desde los caballos.

—¡Esos malditos guardias son los que provocan la mayoría de las trifulcas callejeras! —exclama furioso Miguel.

—Estoy de acuerdo contigo —asiente Pablo clavando su mirada en el joven—, fue eso exactamente lo que pensé en ese momento. —Y enarca hasta lo imposible sus picudas cejas.

—Sería por entonces —irrumpe Rafael— cuando, paseando por una calle de Madrid, me estremecí al ver el enorme cartel electoral de Gil Robles; cubría casi toda la fachada de una casa —dice extendiendo los brazos y, dibujando en el aire un trazo rápido, continúa—. Bajo el rostro del jefe de la CEDA ponía: «Dadme todo el poder y os daré una España grande». ¡Sentí escalofríos! —exclama convulsionándose de pies a cabeza—. Lo que está claro es que el Frente Popular se disgrega y el fascismo toma cuerpo... —Lo ha dicho casi en un susurro, con su mirada de mar en calma perdida en un punto invisible.

—Y han colocado a Azaña en el cargo más alto de la República, como un monigote al que poder manejar... —arguye Manuel.

—¡No estoy de acuerdo! Es cierto que el centro está siendo acribillado por las críticas; muchos monárquicos odian a Azaña y a su gobierno, y más de uno es partidario del analfabetismo. —La pasión tiñe de púrpura la cara de Miguel.

—¡Normal! ¿Quién va a limpiarles el culo cuando todo el pueblo tenga estudios? —interrumpe Rafael, provocando la risa de todos menos de Miguel, que continúa ofuscado en sus pensamientos.

—Lo que sucede... —Miguel hace un esfuerzo por serenarse—. Lo que sucede es que hay muchas resistencias y envidias en este país. Primero hay que decir que el perro está rabioso para después matarlo. Azaña no se dejará manipular. —Frunce la boca con fuerza—. Pero si lo hace, será el pueblo español el que tenga que tomar cartas en el asunto y luchar con cojones por sus intereses. Y yo seré el primero en hacerlo.

—¡Basta de política! ¡Cantemos! —Encarna toma con ímpetu a Federico del brazo y lo lleva hacia el piano, rompiendo la tensión que se ha acumulado en el ambiente—. ¡El arte cura todas las pamplinas de la cabeza! —exclama resolutiva mientras Federico, muy sonriente, se sienta ya al piano—. Cantemos *El Café de Chinitas*, maestro.

Encarna y Federico se miran con una sonrisa cómplice y, haciéndose un gesto con la cabeza, comienzan la canción.

En el Café de Chinitas
dijo Paquiro a su hermano,
en el Café de Chinitas
dijo Paquiro a su hermano:
«Soy más valiente que tú,
más torero y más gitano».

La voz de cristal de Encarna produce el encantamiento y, poco a poco, todos se dejan llevar por la armonía de la música. Encarna se arranca a bailar y enseguida se le une Pilar. Se parecen mucho. Sus cuerpos se deslizan suavemente por el espacio como si estuvieran envueltos en una invisible capa de seda que los hace gráciles y elegantes. Todos van sumándose bailando y cantando a su manera. Cuando Federico toca el último acorde se produce una ovación general y él saluda junto al piano de manera teatral. Ríen con la risa traviesa de los niños que comparten una chiquillada. El hechizo del arte ha funcionado.

—¡Brindemos! —Encarna se dirige hacia la mesa y alza una copa llena de un vino rojo y espeso como la sangre.

—¡Por la amistad! —exclama Federico, emulando a Encarna.

—¡Por la justicia! —dice Miguel con su copa en alto.

—¡Por el amor! —Pablo inspira profundamente y su pecho se hincha como una vela inflada por el viento.

—¡Por la palabra hecha verso! —Manuel levanta la copa con su mano huesuda como si desenvainara una espada en el aire.

—¡Por la belleza! —Maruja sonríe, y su copa luce con el rojo más brillante.

—¡Por el baile! —Pilar eleva su copa y se queda estática, como si fuera una bella escultura.

—¡Por la música! —Tomás da un sorbo y alza la copa mientras paladea el vino con los ojos cerrados.

—¡Por la libertad! —Rafael, con la copa en alto, dibuja una sonrisa que llega en una suave oleada hasta sus ojos.

—¡Por la magia de la palabra y porque la magia también existe allá donde unos amigos se reúnen! —María Teresa levanta con delicadeza su copa.

—Así es, amigos míos, y quiero hacer un brindis muy especial por mi padre, don Félix, el hombre que me guio hacia mi destino. —Encarna mantiene su copa en alto. El ambiente se impregna de la energía misteriosa que envuelve los rituales—. ¡Por don Félix, mi padre, por su amor al cante y al baile, por haberme inculcado la pasión por el arte! —Su voz es solemne, ceremoniosa.

Todos levantan la copa de nuevo y beben en un silencio reposado. Es el silencio en el que las almas hablan con su lenguaje mudo, un lenguaje antiguo y palpitante como el de las estrellas. El vino acaricia ásperamente las bocas y quema el amargor que dejaron las palabras. Los ojos se cierran para disfrutar con mayor intensidad ese momento de placer.

Y así, con los ojos cerrados, Encarna ve con claridad la imagen de su padre con su guitarra, su sonrisa y su alma de artista. De pronto, un calor asfixiante le sube desde el vientre, nublando su mirada hasta hacerle perder el conocimiento y desvanecerse.

40

—¡Encarna, Encarna!

Encarna oye a lo lejos la voz de un hombre que la llama reiteradamente. Entreabre los ojos, despacio, y el rostro de Federico va apareciendo ante ella. A su lado está Pilar y detrás de ella se encuentra el resto de sus amigos, todos con el semblante preocupado. Se incorpora despacio en el sofá donde está recostada.

—Al final la que ha aguado la fiesta de verdad he sido yo desmayándome. ¿Lo ves, Manolito? —Una débil sonrisa vibra en sus labios.

Pilar le acerca un vaso de agua.

—Ha sido solo un susto. Has tenido muchas emociones y venías cansada del homenaje en el orfanato. —Le acaricia con ternura la cabeza mientras ella bebe bajo la mirada especialmente atenta y afligida de Federico.

—Sí, está claro que son demasiadas emociones y me han desbordado. Os he dejado con el brindis a medias.

—Eso tiene fácil solución —dice Rafael levantando su copa.

—Pero antes del brindis, y para que Encarna termine de recomponerse y todos recuperemos la calma después de tanto sobresalto —interviene Federico—, propongo que nuestro joven amigo Miguel Hernández nos deleite con alguno

336

de sus poemas recién editados. —Lo señala con la mano de manera teatral.

—No me haré de rogar —responde Miguel con una sonrisa de agradecimiento—, ya que, con tanto talento que hay aquí reunido, no puedo dejar pasar este gran honor que es para mí que escuchéis los sencillos versos de un humilde servidor.

Se dirige con pasos rápidos hacia un rincón de la sala en el que hay un maletín en el suelo y saca de él un libro en cuya portada se lee: *El rayo que no cesa*. Acto seguido, se sitúa en el centro del salón. Espera a que todos tomen asiento y comienza a leer con una voz cálida y susurrante.

> *Un carnívoro cuchillo*
> *de ala dulce y homicida*
> *sostiene un vuelo y un brillo*
> *alrededor de mi vida...**

Cuando Miguel termina su lectura, todos aplauden con un fervor sincero.

—A Ignacio le habría encantado. —Encarna se limpia las lágrimas de emoción que le resbalan por las mejillas.

Todos la miran afligidos.

—«A las cinco de la tarde. Eran las cinco en punto de la tarde...». —Federico habla con voz de metal, rompiendo el denso silencio. Sus brazos caen desplomados a lo largo de su cuerpo.

—«Verte y no verte. Yo, lejos navegando; tú, por la muerte». —La voz de Rafael resuena opaca e intimista. Las olas azules de sus ojos se han vuelto grises.

—«Un niño trajo la blanca sábana a las cinco de la tarde. Lo demás era muerte y solo muerte a las cinco de la tarde». —Federico se derrumba en la silla que hay junto a Encarna.

---

* Miguel Hernández, «Un carnívoro cuchillo», *El rayo que no cesa*.

—«Por pies con viento y alas, por pies salía de las tablas Ignacio Sánchez Mejías». —Rafael dice las últimas palabras arrastrándolas en un murmullo.

—A mi querida amiga Encarnación López Júlvez. —Federico alarga su mano y aprieta la de Encarna.

—Me ha ayudado mucho vuestro apoyo. —Al hablar, Encarna siente diminutos puñales clavándose en su garganta—. No solo lo perdí yo. —Inspira profundamente y en sus labios tiembla una dulce sonrisa—. También lo perdisteis vosotros, sus amigos los poetas, los artistas, con los que compartía tanto...

Aprieta los labios para contener el aluvión de tristeza que la anega y, de nuevo, coge aire con el que empujar hacia lo más insondable de su ser todo ese dolor. Despacio, se levanta y avanza con los ojos brillantes hacia Miguel. Cuando está frente a él, le sonríe y, mirándolo a los ojos, toma su cabeza entre las manos y posa un beso en la piel curtida de la frente del sorprendido poeta.

—Con este beso te nombro miembro de este grupo de amigos y artistas.

Señala a Miguel como si estuviera presentándolo por primera vez ante todos, provocando un sonoro aplauso y algún que otro «¡Viva Hernández! Eres un gran poeta».

—He oído que algunos que alardean de intelectuales te llaman «el pastor» —continúa cuando todos callan—, y eso, además de indicar mucha envidia, lo único que hace es ensalzarte aún más porque tu don va más allá de títulos, universidades o lugares extravagantes. Tienes la mejor madera de poeta que existe. —Toma la mano de Miguel y la levanta en señal de triunfo, haciendo que todos vuelvan a aplaudir—. Y ahora, mi querido compadre —prosigue Encarna dirigiéndose a Federico—, te toca el turno de deleitarnos otra vez con tu *Bernarda*.

—¡Sí, por favor, léenos ahora tu obra, Federico! —exclama Pilar con voz suplicante.

—¡Sí! —corean los demás al unísono.

—Está bien, no os pongáis nerviosos, ya sabéis que estoy deseando leerla. —Federico coge un manuscrito que hay sobre el piano y, con movimientos gráciles, coloca una silla cerca de la mesa que hay ante el sofá—. Os recuerdo —dice ojeando el manuscrito— que esta obra tiene la intención de un documental fotográfico.

Desde la calle llegan ruidos de gente que corre y algún que otro grito. Rafael sale rápidamente al balcón.

—Unos chiquillos que estarían de juerga —dice en tono despreocupado cuando aparece de nuevo en el salón.

—Cierra la ventana, Rafael, que nada nos distraiga ahora —le ordena Encarna con gesto serio mientras se sienta en el sofá, muy cerca de Federico—. Esta noche lo único que me importa está entre estas cuatro paredes. Por mí, ya puede hundirse el mundo.

—Y por mí, querida comadre. —Federico se levanta y se acerca a Encarna, le da un beso rápido en la mejilla y se queda un momento con su frente pegada a la de ella.

—Bueno, tortolitos, queremos oír la obra —dice Miguel muy sonriente.

—Perdonadnos. —Federico y Encarna se sonríen con ternura—. Siempre he sentido algo grande por esta mujer. —Se acomoda en la silla y extiende su mano hacia Encarna, que le ofrece la suya, al tiempo que la mira con una gran sonrisa—. Pero desde que nos convertimos en los padrinos de Juanito, el hijo de nuestro amigo Federico de Onís, nuestras almas están unidas por un hilo sagrado. Somos padre y madre espirituales de una criatura. ¿Se puede estar más cerca de otra persona? —Federico y Encarna se miran con complicidad—. ¡Pobre de nuestro ahijado, creciendo con el gris horizonte neoyorquino como telón de fondo de su infancia!

—Ese es el escenario que le ha tocado vivir, compadre. La vida es un teatro, tú me lo dijiste una vez, y cada día que amanece el escenario es diferente. Tenemos que interpretar el papel que nos toca en cada momento.

—Tú eres siempre una excelente intérprete, Encarna. —Los ojos de Federico brillan y aprieta en un gesto rápido la mano de su amiga. Todos los observan como si estuvieran ante una interesante representación teatral—. Aún recuerdo cuando te conocí y fuiste mi Mariposa en *El maleficio de la mariposa*.

—No me extraña, querido mío, yo creo que te hundí la obra.

—¡Me niego a oír tal herejía! —Federico se levanta vehementemente de su asiento,

—Eres un zalamero —dice Encarna, coqueta.

—Estoy de acuerdo con Federico —interviene Pilar—. Encarna es una excelente actriz. Aun así, el mejor papel lo ha hecho en su vida. Ha tenido escenarios muy difíciles en estos dos últimos años.

—Los peores —dice Encarna en un susurro, y su mirada se cubre de pronto con una sombra más negra que su vestido.

Desde la calle llega el sonido cada vez más cercano de cascos de caballos. Rafael corre a asomarse a la ventana de nuevo y, al poco, reaparece en el salón con la cara desencajada.

—¡Ha funcionado, la bandera ha funcionado! —exclama—. Eran dos guardias. Se han detenido, han mirado la bandera y después de hablar entre ellos ¡han seguido adelante!

41

A primera hora del día siguiente, Pepín está en casa de Encarna aguardándola en el salón mientras bebe café y ojea el periódico *Claridad*, en el que no deja de releer la injuriosa noticia que atenta contra el honor de su amiga.

—Buenos días. —Encarna aparece con una sonrisa y, tras ella, entra Pilar.

—Buenos días, queridas amigas. Os esperaba.

Pepín se levanta y se dirige hacia ellas para darles un rápido beso en la mejilla.

—Está claro, Encarna —comenta en tono preocupado señalando el periódico que tiene entre las manos—, que hay gente que te tiene envidia… Y basta una sospecha para que vengan a arrestarte a tu propia casa. —Guarda silencio unos segundos que a Encarna le parecen siglos—. Estamos rodeados de asquerosos traidores con caretas amables —susurra—. Tu bandera argentina al menos los contendrá, como también la tarjeta que pusiste junta a ella, «Aquí vive una súbdita argentina», porque estos analfabetos ni sabrán qué significa lo de la bandera y mucho menos qué país representa. Vamos a aclarar todo este embrollo con el director del *Claridad*. Conozco a su hermana, y nos atenderá con especial atención.

Con paso decidido, se dirigen a defender el honor de Encarna a la sede del periódico.

Los tres hablan de manera apasionada con el director del diario, que se siente abochornado con el difamador comentario. Se disculpa en nombre de él y del diario, prometiendo un nuevo artículo en el que se aclarará el agravio.

Así, al cabo de unos días sale una breve reseña titulada «Un tremendo error» que, aunque dedica unas líneas a las bondades del arte que La Argentinita aporta a la República, es tan secundario y está tan perdido entre otras noticias, que pasa prácticamente desapercibido.

Al leerlo, Encarna recuerda las palabras de Rosa.

—Tenemos que irnos de aquí —piensa en voz alta—. Rosa tiene razón, el ambiente es irrespirable.

—Es una caza de brujas. —Pilar levanta su mirada de las cartas con las que se entretiene haciendo un solitario—. Si tú te vas, cuenta con Tomás y conmigo para irnos contigo. —Sonríe a Encarna, quien le devuelve una sonrisa de profundo agradecimiento. Siente que Pilar es más que una hermana, es un trozo de ella misma, parte de su alma. —Por cierto —continúa Pilar dando por zanjado el tema—, después de tanto tiempo sin noticias de ella, ha llegado una carta de nuestra hermana Angelines. Dice que viene para Madrid. Ella y Paco creen que aquí están más seguros y que, en su estado, lo que necesitan es la mayor tranquilidad posible.

—Pobre Angelines... Me encantaría estar con ella cuando nazca el bebé, pero después de lo sucedido no creo que esperar sea prudente.

Encarna, apoyada en el piano, recuerda la noche en que sus amigos aguardaban su regreso con una fiesta sorpresa y cómo esta se vio truncada por aquel desagradable incidente callejero. Hace varios días que no sabe nada de Federico. Esta tarde lo verá en la recepción a la que los dos están invitados en la embajada de Chile.

42

Carlos Morla Lynch y su mujer, Bebé Vicuña, además de ser embajadores de Chile en España, son dos anfitriones maravillosos, pero sobre todo son artistas y les encanta rodearse de amigos que comparten ese anhelo del alma. Esa noche, además de Encarna, están invitados Federico con su hermana Isabelita, que se encuentra de visita en Madrid hospedada en casa de Fernando de los Ríos, el cual ha asistido a la cena acompañado por su hija, Laura. Sin embargo, en esta velada la inquietud y la preocupación flotan en el aire. Todos están al tanto del atentado que hace solo unas horas ha ocurrido en El Cairo, en la legación donde Paquito ocupa el puesto de cónsul.

—Anímate, Federico, seguro que está todo bien.

Encarna se acerca a él y le aprieta la mano con cariño. Federico deja asomar un esbozo de sonrisa.

—Ya sabes, comadre, que no sé disimular —responde con una mirada ausente y cabizbajo.

Encarna aprieta los labios, fuerza una sonrisa y se dirige a la anfitriona.

—Ni en Chile he probado nunca estas empanadas tan ricas —le dice intentando desviar la atención de todos hacia otro tema.

—Gracias, Encarna —contesta Bebé, siempre tan elegante y distinguida, con sus alegres ojos azules—. Es que tienen un secreto que en Chile no conocen. Le ponemos mucho ajo prensado —le susurra al oído.

—Por eso solo pueden comerse entre amigos —señala Carlos, lo que provoca la risa de los comensales.

De pronto, la puerta del comedor se abre y aparece el mayordomo con una pequeña bandeja de plata en la que trae un sobre.

—Señor embajador, un telegrama para don Federico García Lorca —anuncia con voz solemne, y hace una rápida inclinación ante Carlos.

Federico salta de su asiento y toma el sobre de la bandeja, lo abre con avidez y lo lee como si se bebiera cada palabra. Una sonrisa espontánea va iluminando su cara lentamente, como el sol cuando surge detrás de una montaña e inunda de luz la penumbra. Todo su cuerpo recupera la fuerza que el miedo le había robado. Como una exhalación, se aproxima a su hermana y le da un sonoro beso en la mejilla.

—¡Seguimos siendo tres, hermanita! ¡Falsa alarma! El propio Paquito escribe el telegrama desmintiendo la noticia. —A Federico le brillan los ojos, el flequillo le cae sobre la frente. Parece más joven, casi un niño. Enseguida se sirve él solo lo que queda de empanada.

—Come, Federico, que Bebé le ha echado doble ración de ajo y todos te llevamos ventaja —lo azuza Carlos.

—Eso está hecho, amigo. ¡Ya sabes que de la empanada de esta casa soy capaz de comerme un tren entero!

Todos ríen y el ambiente se va relajando.

—Siento mucho hacerte sufrir el martirio de mi impetuosa admiración, Federico. —Carlos habla con modestia—. Como te comenté, he musicalizado alguno de tus maravillosos poemas. Me encantaría podértelos mostrar.

—¡Estoy deseando oírlos!

Federico vuelve a ser el de siempre, el alma de la fiesta, y Encarna recuerda la alegría de sentirse en casa entre almas afines, eso que tanto ha echado de menos durante sus viajes.

—Me voy a Granada, Encarna —le anuncia aprovechando que nadie los oye porque todos se han trasladado a la sala donde Carlos va a tocar el piano—. Madrid está muy agitado y necesito paz para pensar.

—¿Tienes miedo? —pregunta extrañada Encarna.

—Miedo no, precaución. —Se alisa el cabello hacia atrás—. Hay gente a la que no le gustan las cosas que digo ni las que hago. —Sonríe, y los lunares de su cara parecen bailar—. Pero soy como soy.

—Y no debes cambiar nunca, Federico. —Encarna le coge las manos y las aprieta entre las suyas—. Yo estoy harta de disimular, de hacer creer que voy encantada a esas ferias que me comen el espíritu. —Se queda pensativa mientras sus pendientes de coral y brillantes iluminan la piel de su cuello—. Seguramente me marche con Pilar y Tomás en un par de semanas. Tomás nos ha conseguido un contrato para actuar en Casablanca.

Un silencio cargado de mil palabras los envuelve.

—Te echaré de menos —dice al fin Federico—. Después de lo que sucedió con el periódico, tienes que irte, sí. Aquí estás en peligro. De todas partes me llegan noticias de registros, detenciones y fusilamientos. Yo me voy a Granada —repite—, pero mi corazón se rompe en mil pedazos para seguir al lado de mis amigos. Tú te llevas un trozo de los grandes, Encarna.

Ella se le acerca para abrazarlo, y su cuerpo firme recibe el calor acogedor que sale del de su amigo.

—Pase lo que pase en España, no es fácil que vuelva. Tengo esa sensación… No me gustan los políticos. Son artistas frustrados; todos buscan el aplauso y la foto a cualquier precio. —Encarna le toma las manos—. Ten cuidado. —Los ojos le brillan—. No deberías ir a Granada ahora. Está todo muy revuelto, y hay mucho envidioso, malo y feo. Y tú eres guapo y bueno. —Los labios le tiemblan en un puchero.

—No te preocupes, Encarna, volveremos a vernos pronto —dice Federico sintiendo la conexión especial que los une—. No lo dudes, mi querida comadre.

Mira con regocijo a los ojos negros de Encarna. «Y en la senda del tiempo, se echaba mi vida en busca de un deseo...».* Los dos se levantan y encaminan sus pasos hacia el salón, donde Carlos toca los primeros acordes al piano.

Encarna y Federico se detienen un instante y se miran. Ella coge la mano ancha y fuerte de él y entran en el salón. Con un gesto de la cabeza, Carlos indica a Encarna que se acerque y eche una ojeada a la partitura.

—Mi letra es un desastre, Encarna —dice sin dejar de tocar con aire *moderato* la introducción al poema *Memento*, de Federico—, pero tú eres una profesional.

Encarna sonríe ante el halago y busca con sus ojos vivaces la letra. Carlos le hace otro gesto para pedirle que comience a cantar:

—«Cuando yo me muera, enterradme con mi guitarra bajo la arena. Cuando yo me muera, entre los naranjos y la hierbabuena. Cuando yo me muera, enterradme si queréis en una veleta. ¡Cuando yo me muera!».**

Un escalofrío recorre el cuerpo de Encarna. Federico se le acerca por la espalda y le da un beso mientras la rodea con los brazos con fuerza.

Ella cierra los ojos, y una angustia insostenible hace que por su boca salga un desesperado:

—¡Vente conmigo!

—¡Te adoro, comadre! ¡Claro que iré! —Le coge la cara

---

* Federico García Lorca, «Con la frente en el suelo».
** Federico García Lorca, «Memento», *Poema del cante jondo*.

entre las manos y le da un sentido beso en la frente—. Pero primero quiero ver a mis padres. —Acto seguido, dirigiéndose a Carlos, abre los brazos y exclama—: ¡Qué sería de mí sin ti, mi querido hermano del alma!

43

Encarna, Pilar, Teresita y Tomás eligen una noche oscura para salir de Madrid. Tomás conduce el Pontiac de Ignacio, un coche seguro y rápido.

—Siempre me ha dado miedo viajar de noche. —Los ojos de Encarna miran la negrura que se expande más allá del cristal—. Me da la sensación de que puede haber un precipicio en cualquier parte.

—¡Qué cosas se te ocurren, Encarna! —exclama Pilar, y apoya la cabeza en el hombro de Tomas.

—¡Ave María Purísima! —Teresita se santigua.

—Tu hermana tiene esas ocurrencias por leer tantos libros raros de sus amigos intelectuales —dice Tomás.

—Es como meterse en el cerebro de Dios… —Encarna habla abstraída en la oscuridad.

—¡Me da frío pensar en eso! —Pilar se estremece y hace un movimiento para librarse del temblor de su espalda.

—Lo dicho, niña, son las cosas que lee —insiste Tomás.

Encarna dibuja una media sonrisa y apoya la cabeza en la ventanilla. El cristal está helado. Envidia a Pilar, que apoya su cabeza en el hombro cálido de Tomás.

—¿Cómo se llama nuestro contacto en Alicante? —pregunta Pilar.

Al no obtener respuesta de su hermana, se vuelve hacia

ella y ve que está limpiándose con la mano una lágrima que le resbala por la mejilla.

—Fernando, se llama —responde Encarna forzando una sonrisa.

—¿Qué te ocurre? —Pilar pone su mano sobre la de su hermana—. Si no quieres que nos marchemos, nos volvemos ahora mismo.

—No es nada —dice Encarna tratando de ocultar su estado de ánimo—. Es solo que me acuerdo de Ignacio —confiesa, y Teresita la rodea con su brazo, la atrae hacia sí y le acaricia la cabeza con ternura—. Necesito bailar cuanto antes. Actuar me ayuda a pasar las penas.

—Lo sé, hermanita, lo sé. —Pilar vuelve a apoyarse en el hombro de Tomás, y de sus labios brota una canción de cuna que es casi un susurro.

La noche los envuelve en el mullido colchón del silencio. En ocasiones, la policía a veces les da el alto cuando pasan por los pueblos y los interroga. Son paradas y preguntas rutinarias que no los incomodan y que resuelven fácilmente enseñando la documentación y el contrato de actuación en Casablanca que Tomás tiene a mano.

Al llegar a Albacete paran a repostar en la primera droguería que encuentran y todos bajan del automóvil para estirar las piernas. El chico que sale a recibirlos mira fijamente a Encarna y ella le sonríe.

—Perdone, señorita, ¿es usted Encarna López, La Argentinita? —dice echándose la gorra hacia atrás.

Encarna le sonríe de nuevo y responde:

—La misma.

Le sorprende que el joven la reconozca.

—Yo fui a verla una vez a Madrid. —Se rasca la frente bajo el flequillo y los ojos le brillan—. Soy bailarín aficionado, y usted es una de las grandes. Me llamo Antonio Romero, para servirla. —Hace un movimiento con la cabeza.

—Antonio, dime, ¿sabes si hay revueltas de aquí a Alicante? —pregunta Tomás, que ha levantado el capó para comprobar el aceite.

Al muchacho le cuesta apartar los ojos de Encarna. La mira embelesado, como si estuviera delante de un espejismo.

—Sí, señor —responde despacio.

—¡Hay altercados! —exclama alarmado Tomás.

—No, señor... Sí, señor —contesta Antonio, confundido—. He oído en la radio que el ejército español de África se ha sublevado en contra del Gobierno.

—¡Dios mío, Alicante estará revolucionado! —exclama Tomás.

Encarna, Pilar y Teresita se quedan calladas.

—¡No pasa nada! —dice Antonio al ver la cara de susto de las tres mujeres—. Ustedes son artistas y a todo el mundo le encanta pasarlo bien viendo buenos bailes y buen cante.

Encarna sonríe ante la respuesta inocente y sincera del muchacho.

—¡Este no sabe la que hay montada en Madrid! —dice Teresita con una mueca de incredulidad.

—Ni que hemos salido en los periódicos como sospechosos —apostilla Pilar.

El chico las mira desconcertado.

—Alguien escribió en un periódico que Encarna no quería colaborar con los republicanos... Y metió el veneno de la duda, que es lo peor en estos tiempos.

Antonio se echa la gorra hacia atrás y se rasca la cabeza de nuevo.

—¡Mal rayo los parta! —exclama apretando los labios con rabia.

—Eres muy joven... —A los labios de Encarna asoma una sonrisa melancólica—. Al final, la vida te enseña que nunca se es bueno para todo el mundo.

—¡Y más si eres alguien importante! —recalca con cierto orgullo aleccionador Teresita.

—Ahora que ya hemos repostado y estirado piernas y lenguas —dice Tomás asegurándose de que el capó está bien cerrado—, sería conveniente continuar el viaje.

Se despiden del amable Antonio y suben al coche. El camino se abre de nuevo ante ellos. Atrás empequeñece la figura del chico cada vez más y más alejada.

Al llegar a Alicante todos se despabilan y, a través de las ventanillas bajadas, miran con atención el ambiente animado y festivo que invade la ciudad. La avenida de las Palmeras está iluminada y llena de personas que pasean alegremente. Desde allí puede aspirarse el olor a salitre que llega desde el mar y ver algún que otro farolillo de las barcas de pescadores que flotan en el puerto. Las calles también están iluminadas con bonitos arcos en los que brillan lucecitas de colores. En las terrazas de los cafés hay una algarabía de gente que disfruta de horchatas y granizados de limón. Los niños corretean entre las mesas mientras sus padres los miran despreocupados, como si los peligros acecharan menos por la noche. En un quiosco se tocan pasodobles y hay parejas que bailan, la mayoría muy apretadas, al ritmo de esa música tan española.

—¡Me encantaría dar una vuelta! —exclama Teresita al oír la música.

—¡Y a mí! —se suma Pilar.

—Haced lo que os plazca, pero mañana hay que levantarse temprano —dice Encarna—. Quiero que estemos muy pronto en el puerto para arreglar lo de los pasajes y ser los primeros en subir al buque.

Una vez hospedados en el hotel Victoria, Tomás, Pilar y Teresita se arreglan para salir a la calle.

—¡Ven con nosotros! —insiste Pilar, secundada por Tomás y Teresita.

—Estoy agotada —responde Encarna—. Id a divertiros, pero mañana no protestéis cuando os haga madrugar.

Los tres se despiden de ella con un beso.

Encarna pide que le suban la cena a la habitación. Mientras da cuenta de un exquisito plato de borreta, enciende la radio. Un aluvión de inquietantes noticias se cuela a través de ella. Encarna se levanta de la mesa y camina de un lado a otro de la estancia retorciéndose las manos. Intenta telefonear a Madrid para hablar con su hermana Angelines, pero no lo consigue porque las conexiones se han cortado. En vista de ello, se sienta a escribirle una carta:

Querida hermana:

Estoy preocupada por ti. Ya sé que tu marido y tú estáis en buenas manos y rodeados de amigos que os adoran. No sientas miedo por nosotras. Pilar y yo sabemos defendernos y, allá adonde vayamos, con nuestro arte conseguiremos techo y comida. Cuídate mucho.

Te quiere,

Encarna

Pilar, Tomás y Teresita llegan antes de lo que Encarna había pensado.

—Como ves, hemos sido buenos. —Pilar se acerca a ella y le da un beso—. Un par de horchatas y a dormir, aunque a alguna le hubiera gustado continuar la fiesta... —dice mirando a Teresita.

—Es que había un buen mozo que bailaba el pasodoble con un poderío... —Teresita se pone una mano sobre el vientre y eleva la otra como si estuviera bailando con alguien.

—Yo he insistido en regresar. —Tomás se sienta en un sofá y apoya la cabeza en el respaldo—. Los comentarios de la gente no me gustaban nada. Cuando volvíamos, las radios se oían por todas las calles de una manera alarmante.

Pilar sube el volumen de la radio que hay en la habitación. Todos callan. Una voz en *off* exclama con evidente nerviosismo: «¡Españoles, lo inevitable ha sucedido: ha estallado la revolución!».

Teresita abre mucho los ojos conteniendo el aire, Pilar se tapa la boca como reprimiendo un grito, y Tomás se incorpora en el sofá y se echa las manos a la cabeza. Solo Encarna parece ajena a lo que todos han escuchado porque sigue de pie en la misma posición, su mirada clavada en la bonita radio de madera oscura que ahora se ha convertido en un altavoz por donde sale una marcha militar. Se aproxima despacio al aparato y lo apaga.

—Estamos cansados —dice con serenidad—, vayámonos a dormir.

La madrugada se levanta brumosa. Parece que la niebla que enturbia el aire ha impregnado también el ánimo de toda la ciudad. En las calles reina el silencio, un silencio contenido, como de ocultación, como si hubiera personas escondidas detrás de la capa gris con la que la naturaleza ha decidido cubrir el miedo y la confusión tras la agitada y desconcertante noche.

Durante el trayecto hasta el puerto hablan poco, han dormido mal y el nerviosismo cierra sus gargantas. Dejan el coche en un hangar en el que los espera un hombre enjuto que viste traje oscuro y lleva un cigarrillo apagado como cosido al labio inferior. Es Fernando, el contacto que les ha solucionado el asunto de los pasajes a cambio de una cuantiosa suma de dinero. En su momento, Tomás lo consideró un robo, pero las hermanas López Júlvez decidieron era el valor de sus vidas lo que estaba en juego.

Tomás le da el maletín y Fernando le ofrece un sobre. Ambos comprueban lo que acaban de intercambiar y, tras hacer un recuento rápido del dinero y del número de pasajes, Fernando pronuncia con su voz grave de devoto fumador un escueto «síganme, los llevaré al buque Ciudad de Alicante». Nadie duda ni un instante en acatar las indicaciones de ese hombre oscuro que, sin embargo, es la llave hacia su libertad.

Con paso firme, se dirigen hacia el buque. Encarna, detrás de Fernando, avanza la primera como si ya conociera el lugar. Los demás la siguen. Cada uno lleva una maleta grande y pesada, pero eso es lo de menos, porque están tan concentrados en encontrar el barco que los sacará de allí que no reparan en la carga.

—Ahí está —murmura Encarna cuando divisa el buque con su nombre en letras enormes.

Aceleran el paso hasta llegar a la cola que hay delante de la rampa por la que suben los pasajeros.

—Aquí les dejo —dice Fernando con el rostro vuelto hacia Encarna—. Cuídense.

Una espuria ráfaga de emoción parece asomar por esos ojos oscuros que hacen juego con el traje. Se despide de ella con un gesto de la cabeza y de los demás con una mirada esquiva, dejándolos a todos con una extraña sensación de orfandad, como si ese hombre de apariencia frágil y ropa de mala calidad los protegiera de alguna manera. En otro tiempo las hermanas habrían desconfiado de él, ya que su padre, don Félix, les había inculcado desde niñas que tener pocos recursos económicos no estaba reñido con el buen gusto y que alguien que iba mal vestido, de entrada, no era de fiar, porque la imagen envolvía el alma del que se presentaba y había que cuidarla, por tanto. Pero esos eran otros tiempos, y ahora lo que apremiaba era salvar la vida. Después ya podrían pensar en asuntos del alma.

Lentamente, en silencio, todos ascienden por la rampa de madera, que cruje quejándose bajo el peso de tanto cuerpo. Una vez que atraviesan la entrada, un joven marinero les revisa los pasajes y los saluda con un «bienvenidos, adelante, pasen».

Ya han embarcado. Sus corazones laten agitados, abrumados por la tensión. Sus ojos miran rápidamente alrededor y hacia el puerto, pero desde la cubierta del Ciudad de Alicante se divisa poco, ya que la niebla es más densa desde allí y eso hace que se sientan lejos de esa tierra de la que quieren huir porque se ha vuelto hostil y peligrosa de repente.

—¡Lo conseguimos, hermanita!

Pilar estrecha a Encarna entre sus brazos con fuerza. Ella se deja abrazar y le sonríe, pero no dice nada. Teresita se les une y da saltos de alegría. Tomás empieza a liarse un cigarro. Se ha quitado el sombrero, su frente está perlada de un sudor que enseguida se seca con el pañuelo que lleva en el bolsillo del pantalón.

El buque va llenándose de pasajeros. La mayoría de ellos son parejas jóvenes y algunos niños. Un creciente rumor los envuelve, un murmullo ahogado, como si nadie quisiera ser escuchado por el vecino.

—¡Ah del barco! —Una voz grave y estridente se oye desde el muelle. —¡Ah del barco! —repite la misma voz.

Alguien avisa al capitán del buque, un hombre alto y delgado de aspecto distinguido con un bigote pequeño y rubio.

El hombre de la voz desagradable sube por la pasarela.

—Buenos días, capitán. —Hace un saludo militar—. Soy el sargento Rodríguez —se presenta, y el capitán le devuelve el correspondiente saludo militar—. Lamento comunicarle que el buque no puede zarpar hoy —dice engolando la voz. Luego inspira profundamente a fin de dar más misterio a su sentencia, y su enorme barriga se expande de tal manera que parece imposible que no le estallen todos los botones de su chaqueta verde tierra.

—¿Qué ocurre, sargento? —pregunta el capitán haciendo gala de todos los reglamentos para ocultar su evidente contrariedad.

—Estamos comprobando que no haya movimientos de fuga de sospechosos —responde el militar como si masticara cada palabra. El capitán lo mira desconcertado—. Debo revisar los documentos de la totalidad de sus pasajeros.

—Perdone, capitán, ¿algún problema? —Encarna se ha acercado a ellos movida por el impulso irrefrenable de su curiosidad.

El capitán la saluda llevándose la mano a la visera de la gorra. El sargento hace un gesto similar.

—El sargento tiene orden de no dejarnos zarpar, deben revisar la documentación de los pasajeros. —Hace una pausa e, incómodo, prosigue—. Al parecer, hay sospechosos a bordo.

—¿Sospechosos? —pregunta sin entender a qué se refiere.

—Sí, señorita, gente que está huyendo —aclara el sargento Rodríguez con su voz estentórea, y afila la mirada de sus ojos pequeños, hundidos entre las pobladas cejas y los mofletes abultados.

Encarna echa un vistazo a su alrededor. Varias parejas de jóvenes han reparado en la presencia del militar y esperan visiblemente ansiosas a que les informen de lo que sucede.

—La gente que hay aquí no parece muy sospechosa —se aventura a decir Encarna.

—Los sospechosos nunca parecen sospechosos, señorita... —El sargento Rodríguez está violento por la intromisión de Encarna, que cuestiona su autoridad más que el propio capitán.

—Encarnación Sánchez Júlvez. —Ha pronunciado su nombre como si estuviera desplegando una bandera.

Uno de los hombres que acompaña al sargento, que se ha ido aproximando y ahora está a un metro escaso de distancia, exclama:

—¡Es la famosa Argentinita, mi sargento, la vi actuar en Valencia!

El sargento afila aún más su mirada y observa a Encarna de arriba abajo.

—Yo también —dice acto seguido. Sus palabras se ralentizan por el peso de los recuerdos—. Estuve con mi mujer. —Y carraspea.

—Mi esposa tiene un abanico firmado por usted —interrumpe el impetuoso hombre, que ya está integrado en el grupo.

—¿Y se va usted, Encarnación? —pregunta en tono capcioso el sargento Rodríguez.

—Exacto, sargento. —Encarna dibuja una sonrisa, pero el corazón le da un vuelco. A su mente llega el titular de aquel periódico y su peligrosa mentira—. Tengo que actuar en Casablanca —continúa, procurando adoptar un aire de normalidad.

—Ya... —El sargento chasca la lengua—. Es una pena porque, en estos momentos, a los chicos de nuestro ejército y al pueblo les vendría muy bien distraer sus penas con algún espectáculo como el suyo...

—Bueno, sargento, tengo que ceder el sitio a otras artistas, yo llevo una época sin parar de feria en feria. Hay que dar oportunidades a las que empiezan. —Su sonrisa se amplía aún más, pero sus ojos transmiten desafío.

—Y también en otros lugares tienen derecho a disfrutar de su arte —interviene cortésmente el capitán.

—Pero lo primero es la familia, ¿no le parece? —le responde con una cínica sonrisa el sargento.

—¿La familia? —Encarna arquea sus negras y definidas cejas.

—Sí, sus hermanos compatriotas la necesitan, señorita —dice el militar con actitud grave hundiendo la barbilla, que se multiplica por tres y anula su cuello.

—No dudo de que la señorita Encarna tiene la sensibilidad suficiente para cumplir con sus obligaciones en cualquier circunstancia. —El capitán sonríe gentilmente a Encarna y su bigote se estira haciendo que se aprecien calvas en él.

El desasosiego entre los pasajeros crece y el murmullo de fondo aumenta. Surgen voces que dicen frases como: «¡Qué pasa, que es para hoy!» y «¡Nos van a dar las uvas, mejor me voy andando!».

—¡Cabo! —grita en tono imperativo el sargento.

El hombrecillo que se había metido en la conversación entre Encarna, el capitán y el sargento se coloca delante de su superior en posición de firmes, de espaldas a Encarna y al capitán.

—Hay que desalojar el barco. Pondremos un control abajo y los pasajeros pasarán de uno en uno para que se revisen sus documentos.

—¡Sí, señor! —dice con un taconazo. Se da media vuelta, pero enseguida regresa—. ¡Disculpe, sargento! No sé cómo se desaloja un barco —anuncia sin ninguna emoción en la voz.

El sargento Rodríguez aprieta la mandíbula. Su cara se tiñe de púrpura. Se saca un silbato de un bolsillo de la chaqueta, da unos cuantos pasos, se detiene y hace sonar el silbato con todas sus fuerzas, de tal manera que los que están más cerca se cubren las orejas.

—¡Atención, atención! —grita con su voz estridente.

El murmullo va apaciguándose, hasta llegar al silencio total. Puede oírse el agua del mar chocando contra el casco de los barcos, el repiqueteo de las jarcias contra los mástiles y el graznido de las gaviotas que surcan el cielo.

—Señores pasajeros… —El sargento se aclara la voz—. Lamento comunicarles que, por motivos de seguridad, tienen que desalojar el buque. —El murmullo crece de nuevo y se oyen algunos pitidos de protesta. El sargento está claramente contrariado por la actitud rebelde que demuestra la tripulación—. El que se niegue... —Un tic nervioso le hace cerrar y abrir los ojos—. El que se niegue será arrestado e irá al calabozo.

El alboroto crece aún más, pero poco a poco la gente desaloja el barco, aunque con desgana. En la cara del capitán se dibuja un gesto de impotencia que alarga sus facciones.

—Gracias, capitán, por el capote —le dice Encarna con una sonrisa.

—Un placer, señorita.

El hombre le responde con un leve movimiento de la cabeza y otra sonrisa que vuelve a estirar su bigotito.

—Tendremos que desalojar el barco. —Encarna suspira—. Hasta pronto, capitán. —Y le dedica una sonrisa que descubre sus blancos y alineados dientes.

—¡A sus órdenes, señorita! —El capitán se lleva de nuevo la mano derecha a la visera de la gorra en actitud militar.

Pasan el resto de la mañana caminando por Alicante. La ciudad está sumida en una atmósfera de confusión e incertidumbre, a tal punto que muchas tiendas se encuentran cerradas. La gente se reúne en torno a los aparatos de radios para esclarecer cuál era la situación de esa revolución que ha estallado de una forma aleatoria y desorganizada en todo el país. «¡No hay marcha atrás en esta guerra!», se oye gritar a un exaltado locutor. «¡Los sublevados cada vez aumentan en número. Parece ser que, en Pamplona, el General Mola ha reclutado en pocas horas treinta mil requetés de todos los rincones de Navarra que, unidos a fuerzas que se han impuesto en La Rioja y Soria, han llegado hasta los pasos de Somosierra». En otros aparatos se oye a otro enardecido locutor gritar a pleno pulmón: «¡El nuevo primer ministro de la República, el señor Giral, ha accedido a armar las milicias obreras!».

Pilar, Tomás, Encarna y Teresita no salen del hotel en toda la tarde. Se quedan escuchando en el salón del vestíbulo las noticias, acompañados por otros asustados clientes que se sienten igual de desconcertados que ellos.

—No sé cómo volveremos a casa —gimotea una mujer oronda muy enjoyada que parece encantada de enseñar el pañuelo de encaje con el que se seca las lágrimas.

Su marido, igual de voluminoso, la consuela dándole golpecitos en la espalda mientras, con aire apesadumbrado, explica al hombre que está sentado junto a él:

—Nosotros somos de Zaragoza, y parece ser que el general Cabanillas, gran amigo nuestro... —Hace un inciso. Arquea las cejas y afirma con la cabeza con gravedad—. Ese hombre al que todos creíamos sinceramente republicano por lo visto no ha podido superar su disgusto por los abusos del Frente Popular, así que ha levantado la guarnición y se ha sumado al alzamiento justamente en uno de los puntos que el Gobierno consideraba más seguros —añade moviendo la cabeza de un lado a otro como si estuviera convencido de la equivocación de la acción del mencionado general.

Al día siguiente, con más angustia e incertidumbre que el anterior, Encarna y los suyos se dirigen al puerto. La noche previa se habían asegurado de que todos sus documentos estuvieran en orden. Delante del buque Ciudad de Alicante, tras una improvisada mesa de control, hay un militar que no es el sargento Rodríguez. El de hoy tiene unas entradas muy pronunciadas y la piel mortecina, lo que le otorga un aspecto más siniestro que el de aquel. Oculta los ojos tras los cristales de unas gafas ahumadas, y sus manos, nervudas y alargadas, toquetean los papeles que, una a una, le entregan las personas asustadas que se proponen embarcar. De vez en cuando, el militar levanta una ceja hasta lo imposible, hace un movimiento con la cabeza y uno de los hombres que está tras él se lleva al titular de los documentos sin reparar en las protestas y los llantos de sus familiares.

Por fin le toca el turno a Encarna.

—Buenos días —lo saluda con voz firme intentando introducir un matiz de despreocupación.

—Buenos días —responde el hombre rápidamente, como si quisiera pasar de puntillas por encima de cualquier gesto de humanidad—. La documentación, por favor.

Encarna le ofrece su pasaporte con nacionalidad argentina. El militar levanta la ceja hasta media altura, lo cual significa duda, pero no resquicio suficiente para crear la alarma.

—¿Es usted argentina?

—Sí, nací allí —responde Encarna con naturalidad.

—Muy bien. —El hombre aprieta los labios—. Puede pasar. —Devuelve el pasaporte a Encarna y con un gesto con su mano nervuda le indica que se dirija hacia el barco.

—Esperaré con ellos —responde Encarna, y se esfuerza por dibujar una sonrisa—. Vamos juntos.

Por detrás de los cristales ahumados del militar, Encarna distingue un brillo cruel en sus ojos ante la florecida oportunidad de hacerla sufrir a través de sus amigos, al mismo tiempo que sufrían cada uno de ellos.

Es el turno de Pilar. El hombre mira todo detenidamente, esforzándose por encontrar un fallo, una fisura por la que meterse y atacar directo a la yugular. Pero nada, toda la documentación de Pilar está en orden, lo mismo que la de Teresita. Cuando le llega el turno a Tomás, cuyo pasaporte es americano, el hombre de manos nervudas llama a sus ayudantes para que diluciden qué hacer.

—¿Los americanos son de los nuestros o no? —dice uno.

—Creo que son republicanos —apunta otro.

—¡Pues entonces, que pasen! —resuelve el tercero.

De nuevo, todos en el buque esperan oír la orden de levar anclas, pero no se produce. El ambiente vuelve a estar tenso. Teresita comienza a morderse las uñas. Pilar va de un lado a otro, inquieta. Tomás, sentado sobre el baúl de cuero marrón, se lía con lentitud parsimoniosa un cigarrillo. Y Encarna, apoyada en la barandilla de proa, mira el rosario de personas que se agolpan para subir al barco, después de que el militar de las manos nervudas les dé su visto bueno.

—Hoy tampoco nos vamos —afirma, e inspira profundamente.

—¿Por qué dices eso? —pregunta Pilar retorciéndose las manos.

Encarna le hace un gesto con la cabeza. Abajo, el hombre de las manos nervudas habla con el sargento Rodríguez, que ha aparecido de improviso con cara de preocupación. Mueve la cabeza negativamente y sube al buque con todo el ímpetu que su abultada barriga le permite. El capitán lo espera con gesto grave, adivinando que ese hombre es una fuente de problemas. Tras hablar acaloradamente, ambos se despiden con un saludo militar.

—Disculpe, capitán… —Encarna se ha acercado a él para interesarse por la situación.

El hombre se lleva la mano a la visera de manera mecánica y esboza una sonrisa.

—El sargento dice que es necesario desalojar de nuevo el buque.

—Pero ¿qué busca? —En la pregunta de Encarna hay impotencia y desesperación.

—Según él, hay un espía, un traidor a la República entre los pasajeros. —Sus ojos azules tienen una mirada triste. Parece haber envejecido diez años en un día. Suspira—. No hay más remedio que desalojar de nuevo.

—Es una locura —musita Encarna.

—Lo sé —afirma el capitán, que, como un buen soldado, se dispone a cumplir órdenes.

—¡Yo del puerto no me muevo! —exclama Pilar, indignada—. ¿Qué se creerán estos peleles? ¡No pueden tratarnos como marionetas! —Está furiosa.

—En este caso sí, mi amor —responde pausadamente Tomás—. Para nosotros no es una situación ventajosa.

El calor en el puerto es asfixiante, pero ninguno de los pasajeros desembarcados lo abandona. Caras malhumoradas, increpaciones a la autoridad y algún que otro grito en contra de la República, que hace que los milicianos que pululan entre la gente se lleven a más de uno con empujones e insultos. Algunos de ellos reconocen a Encarna y se acercan a ella para pedirle autógrafos. Teresita saca de una maleta una carpeta llena de fotos. En ellas aparece la cara de Encarna con una incipiente sonrisa y una mirada penetrante que parece estar interrogando directamente al alma de quien la contempla. Sus ojos negros miran de frente, desafiantes, retadores, como si dijeran a la propia vida: «¡Y ahora ¿qué viene?!».

—¡Yo quiero una! —exclama un joven soldado.

—¡Y yo!

De pronto, alrededor de Encarna se concentran la mayoría de los milicianos que vigilaban el puerto.

—¿Qué está pasando aquí? —El militar de las manos nervudas llega, alertado por la algarabía que están armando sus hombres.

—Es La Argentinita —dice uno de los soldados al servicio del sargento que ha conseguido, de manos de Teresita, una foto y espera pacientemente a que la artista se la firme.

Su superior levanta las cejas, le arrebata la foto y, por primera vez, se baja un poco las gafas por la nariz aguileña dejando asomar unos ojos semicerrados en los que apenas se distingue una mirada.

Encarna hace como si no se hubiera dado cuenta y amplía aún más su sonrisa de diva.

—Esta es para mi novia —dice un chico lleno de granos—. ¿Podría ponerle algo especial para ella?

Encarna sonríe, ladea la cabeza y escribe sobre la foto: «Espero que seas muy feliz junto a este chico tan encantador».

—Señorita Argentinita... —El militar de las manos nervudas está tan cerca de Encarna que esta puede oler su aliento aguardentoso—. ¿Pondría usted en una de esas fotos: «Viva la República»?

Encarna siente que los latidos de su corazón se disparan, pero, sin levantar los ojos de la dedicatoria que escribe en ese momento, hace acopio de toda la serenidad de la que es capaz y dice:

—Yo podría poner «Viva el arte», que es de lo que entiendo. —Siente que los ojos del hombre la taladran, pero ella aparenta indiferencia y calma.

Esa tarde, después de eternas, calurosas y angustiosas horas, el barco leva anclas rumbo a Orán. La sirena del buque Ciudad de Alicante gime varias veces consecutivas. Por fin la brisa corre en la cubierta del navío. El puerto va empequeñeciéndose mientras los pasajeros respiran aliviados y la proa apunta en dirección a la libertad.

44

Sobre el tocador del camerino de la sala Pleyel de París, Encarna llora desconsolada. En el suelo, roto en dos, hay un telegrama. Teresita llama a la puerta. Solo oye gemidos, y cuando entra y se encuentra a Encarna de esa manera no entiende nada de lo que sucede porque unos minutos antes la había dejado riendo, bromeando sobre cómo la miraba uno de los chicos de los recados en el que Teresita había reparado desde un principio.

—¿Qué ocurre, Encarna? —pregunta desconcertada.

Con la cabeza hundida entre los brazos, Encarna llora aún más. Hace acopio de fuerzas, mueve una mano y señala unos papeles rotos que hay en el suelo. Teresita los coge y, tras unir los trozos, lee: «Federico asesinado. Terrible. Angelines». Es su telegrama. No puede creer el significado que encierran esas pocas palabras. Los ojos se le inundan de lágrimas también a ella, y por todo el cuerpo la invaden oleadas de escalofríos que van dejándola rígida. La puerta se abre de improviso y entra Pilar con tanto ímpetu que tarda unos segundos en reparar en la situación.

—Pero ¿qué pasa aquí? —pregunta mirándolas extrañada.

Teresita le tiende los fragmentos de telegrama, Pilar los junta y lee la fatídica noticia. Enseguida busca asiento.

—No puede ser —dice con un hilo de voz—. Es imposible —insiste, con la mirada perdida, mientras Encarna sigue llorando sin levantar la cabeza.

—Son una pandilla de cabrones envidiosos. —Teresita se dirige hacia Encarna y le acaricia la cabeza suavemente.

—¡Él no tenía enemigos, todo el mundo lo adoraba! —exclama Pilar con los ojos anegados en lágrimas.

Alguien llama a la puerta y abre sin esperar respuesta. Es Tomás.

—¡Estos franceses por fin van a enterarse de lo que es el arte español con las hermanas López Júlvez! —Se queda en mitad de la habitación con una sonrisa en la cara que enseguida empieza a desdibujarse—. ¿Qué os ocurre a todas?

Las tres mujeres profirieron sentidos gemidos y lloran aún más. Tomás se acerca a Pilar y le arrebata de las manos los trozos de papel. Su cara se descompone.

—Tiene que ser una equivocación —dice con rotundidad.

—No lo es. —Encarna se ha serenado y se incorpora—. Federico era demasiado bueno para estar en este mundo —afirma al tiempo que se enjuga las lágrimas con un pañuelo que va tiñéndose del negro del maquillaje de sus ojos.

—Un ángel, un ángel —dice Teresita entre hipidos.

Pilar se levanta y corre a abrazar a Encarna.

—Volveremos a España. —Y aprieta entre sus brazos el cuerpo compacto y fuerte de su hermana.

—No, Pilar. —Encarna la ase por los antebrazos y la mira fijamente—. No tiene sentido regresar ahora. Federico no está, pensaré que se ha ido de viaje, que está muy ocupado estrenando una nueva obra y no puede escribirme. Esté donde esté, sabe que siempre lo llevo y lo llevaré en mi corazón.

Se pone la mano en el pecho y cierra los ojos. La imagen de un Federico sonriente aparece en su mente, y un esbozo de sonrisa lucha por dibujarse en su rostro. Pilar la observa, y su labio inferior comienza a temblar en un puchero.

—A partir de mañana cantaremos *Los peregrinitos* y *Anda jaleo* que a él tanto le gustaban. Será nuestro pequeño homenaje.

Encarna inspira y sonríe mirando a Pilar con los ojos llenos de tristeza. Pilar asiente y le da un beso. Tomás se acerca, le coge la cabeza entre las manos y la besa en la frente.

—¡Sé fuerte! —le dice, y sonríe con los labios apretados.

A Encarna se le inundan los ojos de lágrimas otra vez, pero con una sonrisa temblorosa consigue dominarlas.

Pilar y Tomás se marchan.

—Parece una maldición. —Encarna se mira en el espejo del tocador—. La vida me ha arrebatado de una manera cruel a todos los hombres a los que he querido.

Teresita corre hacia ella y la abraza por detrás, apoyando la cabeza en su espalda, y, una lágrima cae sobre el tocador.

—Mañana cantaré sus canciones —anuncia Encarna.

Al día siguiente, el último sábado de ese agosto, la sala Pleyel está rebosante de público. Es una noche lluviosa, pero en el interior del local todos los ventiladores de los techos están encendidos para mover el aire, denso tanto a causa del bochorno exterior como del calor humano y del humo de los puros y cigarrillos.

Encarna, en el camerino, tiene los ojos hinchados de tanto llorar. Apenas ha dormido y está tan triste que siente que el corazón ha dejado de latirle. Teresita la ayuda a ponerse un precioso vestido negro con estampado floreado que imita un mantón de Manila; el escote es cuadrado, tipo barco, y deja a la vista la piel tersa y blanca de La Argentinita, mientras que las mangas de farol en encaje negro muestran sus hombros redondeados y sus bonitos brazos.

Alguien llama a la puerta y rompe el silencio en el que Teresita prepara a Encarna para salir a escena, como si formara parte de un ritual.

—¡Adelante! —exclama Teresita.

La cabeza sonriente de Tomás asoma por la puerta.

—Disculpad. —Entra en la habitación—. Ya sé, Encarna, que este es un momento muy duro para ti... —Inspira, y el pecho se le hincha considerablemente—. Pero tengo que decirte que, precisamente hoy, hay gente muy importante en la sala; entre ellos está el empresario Hurock, el rey Midas de los artistas.

Los ojos de Encarna están fijos en el suelo. Tomás se acerca a ella y le levanta la barbilla con suavidad hasta que lo mira a la cara.

—Es nuestra oportunidad, Encarna —le dice.

En los ojos de Encarna aparece una luz lejana. Sabe que Hurock es uno de los empresarios más destacados de Estados Unidos y en su interior siente la urgencia creciente de marcharse de París. Necesita urgentemente aires nuevos, un reto que la haga olvidar esta desgracia que le ha dado de lleno en todo el corazón y hace que tenga otra vez la horrible sensación de haber perdido el control del timón de la vida. Subirse a un barco y poner rumbo a otras tierras es lo que le hace falta en este momento para no sumirse en la tristeza más profunda. Hace un esfuerzo y sonríe.

—Ese hombre ha venido el día más horrible desde que llegue aquí, pero también el más importante. Hoy la función es para Federico. Teresita —dice con resolución—, ponme la media peineta y la mantilla de blonda. Empezaré con las canciones de Federico... Hoy no habrá flamenco ni cuplés.

Tomás hace un amago de replicar, pero se calla.

Teresita coloca a Encarna la preciosa mantilla de encajes sobre la peineta, y cuando va a ponerle un clavel rojo, como siempre luce con la mantilla, Encarna le hace un gesto con la mano.

—Hoy no, Teresita, hoy no hay claveles que valgan.

Encarna se levanta y sale del camerino.

—¡Un momento! —Teresita corre tras ella—. ¡Encarna, las castañuelas!

Se las da, y Encarna se lo agradece con una sonrisa.

—¡¿Qué haría yo sin ti, Teresita?!

Se coloca las castañuelas en un fino cordón que tiene alrededor de la cintura y camina hacia el escenario. El sonido de sus enaguas se le cuela en el cuerpo, despertando todas esas sensaciones que hacen que su corazón se acelere a medida que intuye la proximidad del telón. Inspira profundamente. Es el veneno que se le metió en la sangre cuando era niña, el mismo que la ha salvado de tantos avatares haciendo que durante muchas horas el baile fuera lo único que existía para ella en el mundo.

El telón se levanta y el público, al ver a La Argentinita, aplaude con ganas. Encarna está en el centro del escenario, erguida. Su figura contrasta con el fondo púrpura y el suelo de madera oscura; su piel brilla como si una luz la iluminara desde dentro, desde muy dentro, y sus ojos tienen la negritud eterna que es el principio de todo. Sus brazos armoniosos se curvan al apoyarse las manos en las caderas. Está seria, como pocas veces, como aquella en la que salió a actuar después de la muerte de Joselito, como cuando actuó tras perder a Ignacio. Su silueta estilizada se afina aún más por el efecto de la mantilla y de la semipenumbra en la que está el escenario. A su derecha, un piano vertical negro y un hombre apenas visible con traje oscuro sentado ante él. La concurrencia deja de aplaudir y, poco a poco, se hace el silencio.

—Ayer —comienza Encarna, ante la sorpresa del público—recibí una noticia…

La gente empieza a murmurar, la mayoría no entiende el español. Encarna inspira y se mantiene callada. Está seria y tranquila. Un hombre calvo, bajito y voluminoso aparece sonriente en el escenario.

—*Mademoiselle* Argentinita —dice con un marcado acento francés—, yo le haré de traductor *enchanté*. —Inclina la cabeza hacia Encarna, y ella asiente con una leve sonrisa. El público está expectante.

—Ayer murió un amigo. —Encarna hace una pausa, y el hombre de la calva brillante traduce con una voz nasal y aguda. Cuando termina, se produce un «oooh» generalizado—. Más que un amigo era un hermano. Ustedes lo conocen porque era un gran poeta. —Hace otra pausa en la que el hombre se afana por traducir cada palabra—. Federico García Lorca —concluye solemne.

El público aplaude al oír el nombre mientras las lágrimas se agolpan primero en la garganta y después en los ojos de Encarna. Una emocionada sonrisa aflora a sus labios temblorosos y espera hasta que los asistentes terminan su ovación.

—Hoy le haré un pequeño homenaje. —Aguarda a que el hombre concluya su traducción y enseguida el público comienza a murmurar—. Primero cantaré una de las canciones populares que Federico armonizó… Las cantamos juntos en muchas ocasiones porque para él la música era una fuente de alegría. —Se saca las castañuelas del cordón y se las coloca en las manos despacio mientras el hombre traduce con la frente perlada de sudor—. Después —continúa—, bailaré junto a mi hermana Pilar unos boleros en los que está arraigada la tradición clásica del folclore español. —Hace una pausa para la traducción, y concluye—: Espero que les guste, pero, sobre todo… —Inspira y levanta los ojos y los brazos hacia el techo—. Sobre todo espero que te guste a ti, Federico, amigo mío. Quiero que mi alma salga volando, y que cante y baile con la tuya.

El público estalla en aplausos y muestras de afecto. Encarna hace un gesto al pianista y suenan los primeros acordes de *Anda jaleo*. La voz de La Argentinita surge fuerte, llena de bravura, sus pies taconean la tarima desafiando la ley de la gravedad y las castañuelas parecen masticar el aire con su repiqueteo. Al finalizar la actuación, el teatro se viene abajo en una ovación unánime que parece eterna. Claveles rojos vuelan por el aire hasta los pies de la artista. El hombre que ha hecho las veces de traductor sale al escenario con un ramo. Encarna besa las flores, tiende los brazos hacia delante e inclina la cabeza en un gesto claro de ofrenda. Después sale del escenario visiblemente emocionada.

Pilar la espera entre bambalinas y, nada más verla, la abraza y se la lleva al camerino apartando con un movimiento de la mano a los que se acercan para hablar con ella.

—Lo he sentido junto a mí, Pilar. —Encarna se desploma en la silla del tocador—. Estaba allí, tocando el piano, mirándome con esa complicidad que nos unía cuando actuábamos juntos —explica. Pilar se sienta frente a ella y la escucha atenta—. ¿Te acuerdas de aquello que decía Federico cuando ponía el ejemplo del piano? Era uno de sus argumentos para convencerse de que el espíritu vive más allá del cuerpo mortal. —Pilar asiente con una sonrisa melancólica que le hace parecerse mucho a su hermana—. «El piano es solo un instrumento a través del cual el pianista interpreta una melodía llena de sentimientos. Si algo destruye por completo el piano, el pianista ya no podrá expresar todos esos sentimientos, pero eso no quiere decir que ya no existan, sino que en el ambiente en el que él se encuentra le será imposible transmitirlos; sin embargo, sus emociones siguen siendo las mismas». —Encarna inspira profundamente—. El cuerpo es solo el instrumento con el que el espíritu se expresa en este mundo material. —Mira a Pilar con una sonrisa; sus ojos se han iluminado con el brillo que da la fe—. Federico ha estado junto a mí en el escenario, Pilar.

Alguien llama a la puerta del camerino.

—¡Adelante! —exclama Pilar. La voz le surge ajena, como si saliera de un sueño.

La cabeza de Tomás aparece por la puerta entreabierta.

—¿Se puede? Quiero presentaros a alguien —anuncia con una inquietante sonrisa en su rostro amable.

Pilar mira a Encarna y esta le hace un movimiento afirmativo con la cabeza.

—Entrad —contesta Pilar.

La puerta se abre por completo, y Tomás deja pasar a un hombre corpulento con un traje elegante con chaleco a juego que, como una faja, contiene su prominente barriga.

—Os presento al señor Hurock, un destacado empresario que se encuentra en la ciudad buscando nuevo material para importar a Estados Unidos.

El hombre sonríe y sus carrillos se amontonan hacia sus orejas. En un gesto rápido, inclina su cabeza redonda y muestra los últimos vestigios de sus cabellos disciplinadamente engominados y peinados hacia atrás.

—Un honor para mí —dice con un marcado acento estadounidense mientras junta los talones y se inclina hacia las hermanas López—. Es un placer conocerlas y puedo constatar —añade al tiempo que se saca del bolsillo del chaleco un monóculo y se lo encaja en un ojo con gran habilidad— que son ustedes más bonitas y salerosas vistas de cerca. —Encarna y Pilar sonríen halagadas—. No es la primera vez que vengo a verlas, y he llegado a la conclusión de que ustedes tienen que venir conmigo a Estados Unidos —afirma con decisión. Encarna abre mucho los ojos y sonríe sorprendida por la convicción que muestra—. ¡Nueva York se rendirá a sus pies, señorita! Piénselo —recalca con una sonrisa—. Entiendo que ustedes llevan mucho tiempo lejos de su patria y querrán volver pronto, pero... piénselo —insiste.

—Sí, puede contar conmigo, señor Hurock —responde Encarna enseguida. Tomás y Pilar la miran desconcertados—. Nuestra patria es un polvorín ahora —afirma—. Por lo que respecta a mi hermana y a Tomás, tendrán que decidir por sí mismos.

El Señor Hurock abre los brazos con una amplia sonrisa y da a Encarna un beso en cada mejilla.

—¡Es un honor para mí! ¡Disculpe la confianza! —dice al ver que Encarna se ruboriza ante tanta efusividad—. Es que nosotros, los estadounidenses, somos tan emotivos como los niños.

Tomás y Pilar se miran y se hacen un gesto afirmativo con la cabeza. Acto seguido, Pilar se acerca a Encarna y la toma de las manos.

—A donde vayas tú, voy yo —le dice.

—Y a donde vaya ella, voy yo. —Tomás pone una mano en el hombro de Pilar y otra en el de Encarna.

Los tres se miran con los ojos brillantes y llenos de emoción.

—Gracias, Pilar. Gracias, Tomás. —Encarna siente que un nudo de lágrimas le aprieta la garganta.

—No nos des las gracias. Además, tenemos que pedirte un favor. —Tomás y Pilar comparten una mirada cómplice y, después de un silencio, ella prosigue—. Queremos que seas nuestra madrina de boda.

—Pero... ¿vais a casaros? —Encarna los mira sin pestañear. Tomás y Pilar asienten—. ¡Es fantástico! ¡Ya es hora de que sentéis cabeza! —Les da un efusivo beso a cada uno—. Me has quitado un peso de encima, hermanita. Temí que fueras a seguir mi ejemplo... —Sonríe y la atrae hacia ella para abrazarla.

—Necesitaremos también un padrino. —Tomás se acerca al señor Hurock, que ha presenciado la escena—. ¿Nos hará usted el honor de ser nuestro padrino de boda?

—¡Nada me complacería más! —El empresario extiende las manos hacia delante—. El matrimonio es el mejor estado que existe. Si no fuera por los cuidados de mi mujer, yo estaría bajo tierra desde hace tiempo. —Señala el suelo con el pulgar—. Cada vez que llego de uno de mis viajes me somete a una desintoxicación que dura una semana... ¡Es estupenda! —exclama poniendo los ojos en blanco—. ¡Menos mal que enseguida me surge un viaje ineludible! —exclama, y todos ríen—. Señoritas, las dejo ahora para que se preparen para su siguiente actuación. —Besa las manos de Pilar y de Encarna y se dirige hacia la puerta seguido de Tomas.

—¿Cuándo salimos? —pregunta Encarna sintiendo que el corazón se le acelera.

—¿Cuándo termina su contrato con esta sala? —El señor Hurock le sonríe.

—La próxima semana —responde ella, ávida de una respuesta.

—Pues según terminen ustedes de actuar aquí, podemos embarcar rumbo a Nueva York. —Hurock se lleva la mano a la frente en una especie de saludo militar, sonríe otra vez, amontonando de nuevo sus mofletes hacia las orejas, y se marcha.

Encarna se deja caer en el sofá y Pilar se queda mirando fijamente la puerta que acaba de cerrarse. La observa como si en cualquier momento pudiera abrirse y fuera a aparecer la cabeza engominada de Hurock.

—Ya te dije que había sentido que Federico estaba cerca... —Encarna habla con los ojos clavados en un punto invisible y la cara iluminada por una sonrisa ausente—. Es él quien nos lleva a Nueva York, el mejor lugar para olvidar y ser olvidado. Entre sus interminables rascacielos construiremos una nueva identidad. Federico decía que en Nueva York todo es posible. Comenzaré una nueva vida, Pilar.

Dibuja una sonrisa cargada de fuerza, cargada de la pasión invencible que llena el espíritu de esperanza, hinchando la vela del barco de la vida con el viento de la ilusión.

45

El sol luce alto y brilla sobre la escurridiza niebla que cubre la mañana londinense. En el puerto, a bordo del buque Olimpia, el trasiego de marineros y viajeros va en aumento, como si todo formara parte del engranaje de la inmensa máquina que es la humanidad.

—*Ladies and gentlemen! Fish and chips for the trip!* —se oye gritar a un vendedor ambulante.

—¿Qué vende ese hombre? —pregunta Pilar mientras se ajusta al cuello la bonita estola de piel de zorro que Tomás le ha regalado.

Tomás hace un gesto con la mano y el vendedor sube con brío al barco.

—*How much?* —pregunta al hombre enfatizando la última consonante.

—*Fifty farthings, sir* —responde el muchacho, que esconde una mata de pelo rojiza bajo la gorra de lana vieja.

—¡Apesta a pescado frito! —exclama Pilar tapándose la nariz.

—*Give me one, please.* —Tomás hace un gesto a Pilar para que le dé dinero, y esta saca un billete de su bolso y se lo da al muchacho.

—*Thank you, madame.* —El chico sonríe, hace una reverencia y se marcha gritando de nuevo su letanía.

—Coge. —Tomás extiende hacia Pilar el paquete.

—¡Es pescado! —exclama con cara de repugnancia tras probarlo.

Tomás se echa a reír.

—¿No te parece un buen desayuno?

Pilar saca un pañuelo bordado de su bolso, se lo acerca a la boca, y escupe el trozo de pescado.

—Toma —dice ofreciéndoselo a Tomás, quien lo acepta con una sonrisa burlona.

—No te preocupes, Pilarín, que los americanos no desayunan estas cosas. —Le da un beso rápido en la boca.

—¡Por favor, Tomás! —exclama Pilar mirando de reojo a su alrededor.

Los días en el barco pasan rápido. Pilar, Tomás, Teresita y Encarna dan paseos por cubierta, casi siempre juntos, convertidos ya en una peculiar familia. A veces los acompaña el señor Hurock. No han tardado mucho en trabar amistad con algunos pasajeros, sobre todo con un grupo de españoles, bailarines de flamenco, con los que han coincidido.

—¿Es usted La Argentinita? —le pregunta el primer día una gitana entrada en carnes que se ve que es la que lleva la voz cantante.

—Sí —responde Encarna con una sonrisa.

—¡Un honor saludarla! Lucrecia Perales, para servirla —exclama la gitana, emocionada—. ¿Va usted a bailar a las Américas? —La mujer se esfuerza por ser elegante en sus maneras.

—Voy a actuar en Nueva York.

—¡Allí voy yo con los míos! —dice, y señala con la cabeza a un grupo de gitanos que están sentados en círculo ocupando varias de las hamacas.

—¿Van a actuar también? —pregunta Encarna, si bien sabe de antemano la respuesta.

—Pues sí. —La gitana hincha el pecho con orgullo—.

No es la primera vez que acompañamos a algún artista por allí. Esta vez vamos con Carmen Amaya. ¿Usted la conoce?

—¡Claro! ¿Cómo no iba a conocer a esa pedazo de artista? Además, es una persona maravillosa.

—¡Tiene usted toda la razón! Es una pizca de mujer, tan morena y pequeñita, pero es todo corazón y baila como los ángeles. Gracias a ella, mi marido y yo podremos comprarnos una casita en el campo, cerca de un sitio que se llama Fuente Vaqueros, en Granada.

A Encarna le da un vuelco el corazón al oírlo.

—¿Conoce usted a la familia García Lorca? —pregunta Encarna.

—Esos son de mi pueblo. Son muy buena gente. El padre, don Federico García Rodríguez, contrata siempre más jornaleros de los que le hacen falta para sus tierras con tal de dar trabajo y ayudar a los más pobres del pueblo. Mi tío José lo conoce bien porque le gusta mucho el cante flamenco.

—Su hijo Federico ha muerto. —Una sombra de tristeza cubre el rostro de Encarna.

—¡Ave María! —Lucrecia se santigua.

—Lo han asesinado. —Encarna se aferra a la barandilla de la cubierta, echa el cuerpo hacia delante y cierra los ojos como si no quisiera ver la inmensa distancia que la separa del mar. Inspira profundamente.

—¡Federico! ¡Si era un pedazo pan! —La mujer junta las manos como si fuera a rezar—. Yo lo conocí porque era amigo de mi primo. Le contaré la historia. —La gitana toma a Encarna del brazo y la lleva lentamente a pasear por la cubierta de proa—. Vamos a andar un poco para entrar en calor, que el frío no es bueno para nada y menos para las penas.

Encarna sonríe y se deja llevar por la mujer.

—Pues verá, mi primo Ramón es un bicho malo, un gitano *descarao* que baila como los ángeles, pero prefiere ganarse el parné sisando. —Lucrecia hace un gesto con los dedos de la mano. Encarna sonríe y se sube el cuello del abrigo porque la brisa empieza a convertirse en viento frío—. Un día llegó mi primo —continúa la gitana moviendo las manos— con una cartera de piel. Una cartera de gente de dinero. —Se para un momento y mira a Encarna apretando los labios y frotándose los dedos—. Mi tía lo reprendió enseguida, y él le dijo: «*Mare*, esto me lo ha *dao* su dueño, *er* señorito Federico García Lorca». —Encarna sonríe mientras pasean, meciéndose su alma en el suave vaivén que le producen los recuerdos—. «¿Y por qué te iba a dar a ti *argo*, niño?», le dijo mi tía, que no se creía ni *mijita*. «Muy fácil, *mare*, porque yo se la robé el otro día y, teniendo dinero en ella, no toqué *na*». Mi tía levantó una ceja. «Me he encontrado al señorito Federico y se la he *dao tar cuá*. "Toma, no he *comío* en *to er* día, pero no te robo porque tú y tu familia sois de las *mejore familia paya* del pueblo", le he dicho. Así que él me ha contestado que soy un ladrón *honrao* y me ha regalado su cartera con *to* el dinero que tenía dentro». Eso dijo mi primo. ¿Qué le parece?

Lucrecia sonríe. Entorna los ojos a causa del sol, y un sinfín de arruguitas aparecen alrededor de ellos.

—Propio de Federico —contesta Encarna con otra sonrisa—. Le tenía un enorme aprecio a los de su raza, Lucrecia. —Inspirar profundamente—. Decía que los gitanos de Granada eran príncipes... —Se detiene, la mirada perdida en algún punto del horizonte. La gitana la mira y escucha con atención—. Príncipes que, aunque roben y maten —continúa Encarna—, mantienen la dignidad propia de los suyos.

—Eso es cierto —dice Lucrecia, pensativa—, pero lo de matar y robar no está bien... Es mejor fomentar nuestro amor por el baile y por el cante.

—Sí, eso es mucho mejor. —Encarna mira a la gitana con dulzura—. Federico decía que los ladrones eran hombres de negocios, solo que más sinceros y naturales.

Sonríe, y Lucrecia estalla en una carcajada que le hace echar la cabeza hacia atrás, dejando a la vista varios huecos en su boca grande y bigotuda.

De pronto, a unos metros de ellas, se oye una gran algarabía. Encarna y Lucrecia se miran un instante y vuelven sobre sus pasos. Es el grupo de gitanos. Han formado un corro y están cantando, tocando palmas y bailando. La gente se va acercando. Casi todos son ingleses que miran perplejos y que incluso se atreven a tocar como pueden las palmas.

—¿Qué ocurre? —Pilar se une a Encarna y a la gitana.

—Mírala, Pilar —dice Encarna, absorta en una gitana de unos quince años que mueve los pies como si el suelo estuviera prendido en llamas y las manos como si el aire fuera una cortina recia a la que poder agarrarse—. Mírala... Eso es saber bailar, bailar al cante, sin necesidad de prepararse nada. Bailar porque sí, no importa la música, no importa quién cante ni lo que cante. Entregarse y dejar que el duende venga, y se apodere del cuerpo y haga de las suyas.

Pilar no dice nada, mira cada gesto de la niña.

—Los gitanos están bien servidos de duende —murmura al cabo de unos segundos.

—No todo iba a ser pillería, mi *arma*. ¡Algo bueno debíamos tener! —dice Lucrecia con el pecho henchido.

46

La aurora de Nueva York tiene
cuatro columnas de cieno
*y un huracán de negras palomas.**

La llegada a Nueva York se produce en un día radiante de altísimo cielo azul metálico.

Encarna lleva varias horas en la cubierta tendida en una hamaca. Se ha tapado con una manta gruesa mientras ve el sol aparecer, como si saliera por fin de su misterioso escondite bajo el mar. La primera en reunirse con ella es Teresita.

—Ya está todo preparado. —Teresita suspira y se sienta en una silla junto a Encarna—. ¿Llevas mucho tiempo aquí? —pregunta percatándose de pronto de lo temprano que es.

—Lo bastante para hacerme a la idea de que este cielo es otro, uno distinto que estoy convencida de que me traerá una vida diferente.

Teresita pone su mano sobre la de Encarna y se la aprieta. Encarna sonríe.

—Seguro que sí... Seguro que te esperan cosas buenas. Te las mereces —dice contundente Teresita con una franca sonrisa que hace que su nariz chata se ensanche y abarque

* Federico García Lorca, «La aurora», *Poeta en Nueva York*.

más espacio en su cara, ahora más pecosa por las muchas horas que ha pasado al sol durante la larga travesía.

—Señorita… —Lucrecia se acerca a Encarna escoltada a distancia por los suyos—. A nosotros nos vendrán a recoger para llevarnos al hotel. Ya me enteraré de dónde está actuando e iré a verla con todos los míos —dice, y echa una ojeada a la tropa de gitanos que esperan sus órdenes para hacer cualquier movimiento.

—Lo mismo le digo. —Encarna pone sus manos en los brazos de la mujer y se acerca a darle dos besos en sus mejillas ásperas.

—Si alguna vez necesita bailaores, cantores o guitarristas no tiene más que buscarme y pedir por esa boca, que yo tengo siempre una cantera de arte a mi alrededor.

—Gracias, lo sé.

Encarna sonríe y mira al grupo de gitanos que, a pocos metros, espera a Lucrecia con sus trajes largos y sus hatillos. Sus rostros parecen todos tamizados por un barniz de estaño que les oscurece las facciones, haciendo que hasta en sus ojos aparezca el brillo de la extraña melancolía que se encierra en la fragua. Son príncipes, como decía Federico; príncipes a prueba de pobrezas y haraganerías sin rumbo. Encarna recita para sus adentros unos versos del poema «Prendimiento de Antoñito el Camborio en el camino a Sevilla» del *Romancero gitano* de Federico.

> *Antonio Torres Heredia,*
> *Camborio de dura crin,*
> *moreno de verde luna*
> *voz de clavel varonil:*
> *¿Quién te ha quitado la vida*
> *cerca del Guadalquivir?*
> *Mis cuatro primos Heredias*
> *hijos de Benameji.*

Lo que en otros no envidiaban
ya lo envidaban en mí.
Zapatos color corinto,
medallones de marfil,
y este cutis amasado
Con aceituna y jazmín.
¡Ay, Antoñito el Camborio,
digno de una emperatriz!

Y las palabras de Federico resuenan en el corazón de Encarna: «Los gitanos son los que me han inspirado mi mejor obra: el *Romancero*».

El señor Hurock había dispuesto que fuera a recogerlos al puerto un flamante Cadillac tan limpio y lustroso que su carrocería parecía fabricada con espejos de ópalo negros y brillantes. Todos se encaminan con paso firme hacia el lujoso automóvil, sintiendo la extraña solidez del estático cemento bajo sus pies. Un chófer negro, robusto e impecablemente uniformado, los recibe con una actitud marcial junto a la puerta trasera abierta.

—Buenos días —lo saluda Encarna, y el hombre le responde con una sonrisa mecánica e inclina la frente.

—Es Joe. —Se apresura a decir Hurock.

—Encantada, Joe. —Encarna extiende la mano hacia el chófer, que la mira estupefacto.

—Es la señorita Argentinita, una gran artista española.

Hurock le hace un gesto con la cabeza para que le estreche la mano a Encarna, y ella la nota enorme y áspera.

—Perdone a Joe si ha estado un poco grosero —se excusa Hurock una vez acomodados dentro del vehículo—, pero es que aquí el racismo es enorme. Lo que usted acaba de hacer está muy mal visto entre la gran mayoría de los blancos.

—¿Dar la mano a alguien?

—No, a alguien no, señorita, a un negro.

—Yo tenía un amigo poeta que vivió en Nueva York un tiempo… —Encarna mira con ternura a Joe; su espalda grande, su cuello ancho y oscuro que sostiene una cabeza de estrangulados rizos negros—. Él me dijo una vez que los negros eran lo más espiritual y delicado que había en Estados Unidos. Ellos, me explicaba mi amigo, creen, esperan, cantan y tienen una exquisita pureza religiosa que los salva de todos los peligros de los afanes actuales. —Mira por la ventanilla mientras el Cadillac se introduce en la ciudad en la que todo parece estar marcado por un ritmo trepidante y volátil.

—¡La vida nos sonríe! —exclama Tomás, que también mira al exterior, anonadado por todo lo que ve.

—Señorita Argentinita… —La voz de Hurock saca a Encarna de sus pensamientos—. ¡He aquí Nueva York! —exclama señalando al frente—. Una ciudad que dentro de muy poco se rendirá a sus pies.

Encarna observa el paisaje gris hecho de azuladas aristas de edificios que se prolongan hasta hundirse como cuchillos en el cielo. Rascacielos grandiosos y frágiles como el ser humano. Inspira profundamente. «Falta color —piensa—. Sobre todo falta rojo, el rojo de la sangre. Nueva York será buena para olvidar. No tiene el color de la sangre ni de la arena que tanto me han hecho sufrir».

—¡Señorita Argentinita! —repite Hurock, extrañado de que Encarna no diga nada—. ¿Qué opina?

—Opino que estoy encantada de estar aquí —responde con una amplia sonrisa— y que voy a hacer todo lo posible para que suceda lo que usted dice. Y eso, señor Hurock, puedo asegurarle que es mucho, porque La Argentinita está acostumbrada a triunfar allí adonde va.

—Tendrá que trabajar duro… Aquí el público es muy exigente —la reta Hurock.

—Eso es lo que hago siempre, aunque sea para bailar delante de unos amigos en la cocina de mi casa.

—¡Cómo corren! —exclama Teresita al ver a la gente en la calle—. ¿Pasa algo hoy? —le pregunta espontánea a Joe.

—No, señorita —responde el chófer, con un marcado acento cubano—, los neoyorquinos tienen siempre mucha prisa. —Sus ojos se animan y el brillo que aparece en ellos ilumina su cara oscura. Esas señoritas españolas le hablan como si estuvieran dirigiéndose a un blanco.

—¡Con el día tan bonito y soleado que hace...! —Pilar suspira.

—Pues por lo que parece, aquí la gente no tiene tiempo para alzar la vista al cielo, hermana. —Encarna estira el cuello para mirar al firmamento coronado de nubes blancas que se reflejan en las ventanas de los rascacielos.

47

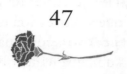

El Waldorf Astoria es un hotel suntuoso, pero al mismo tiempo familiar. Encarna se aloja en una suite en la que hay también un coqueto saloncito y una habitación para Teresita. Pilar y Tomás están unas plantas más arriba, pues Pilar siempre elige habitaciones en los pisos más altos porque le encanta subir en ascensor. «Yo tenía que haber sido piloto de avión —ha dicho riéndose cuando pedía la habitación—. Lo del ascensor me fascina, es como si fuera en uno de esos cohetes de fuego de artificio hacia la Luna», y ha soltado una risa cantarina que se parecía a los cascabeles que ponen a los caballos en las ferias.

—Esta tarde, lo mejor es que se queden aquí descansando —les aconseja el señor Hurock cuando los deja en el hotel. Su sonrisa tiene un matiz paternal que le envejece el rostro—. A partir de mañana les enseñaré el lugar donde pueden trabajar e iré presentándoles a algunas de las personas más influyentes de la ciudad. —Besa las manos a las tres mujeres y da un rápido apretón a la de Tomás antes de marcharse.

Tras acomodar mínimamente sus cosas, Encarna decide salir a pasear. Los demás prefirieren permanecer en el hotel. Hace una tarde otoñal, soleada pero fría. Encarna quiere ver el río, encontrarse con los viejos recuerdos que guarda de Nueva York. Ella e Ignacio juntos, recorriendo enamorados la ciudad mientras, ilusionados, gestan la criatura de ambos: *Las calles de Cádiz*. Hay un largo trecho, pero a Encarna le encanta la idea de caminar durante horas. Rechaza la proposición del conserje de tomar un taxi. Se siente extraña entre toda esa gente que se cruza con ella sin apenas dirigirle una mirada. Así se encuentra con una Encarna que apenas conoce, una Encarna a la que nadie observa mientras pasea. Puede andar de cualquier manera, vestir de cualquier forma, incluso bailar de cualquier modo porque a ninguna de esas personas le importará. Puede incluso no ser La Argentinita, volver a ser simplemente Encarna López Júlvez, y nadie allí echaría de menos a la bailarina que había fabricado.

En un banco, sentada frente al Hudson, piensa que Nueva York en ese lugar se hace más humano. El río es una gran arteria que le recuerda a la ciudad que forma parte de la tierra. Una vieja harapienta se sienta en el otro extremo del banco. Va envuelta en una manta sucia y lleva en la mano una bolsa de plástico repleta de mendrugos que tritura entre los dedos. Al darse cuenta de que Encarna la observa sonríe tímidamente apretando mucho los labios.

—*It is for the pigeons** —dice en un inglés con un marcado acento estadounidense—. *Birds are better than humans*** —continúa.

—*Sometimes**** —responde Encarna desempolvando de su memoria el idioma.

—*Always***** —replica con rotundidad la anciana, que se levanta y comienza a esparcir las migas por el suelo.

Encarna la ve alejarse y un escalofrío le recorre la espalda. Introduce las manos en los bolsillos de su abrigo y se

---

* Es para las palomas.
** Los pájaros son mejores que las personas.
*** A veces.
**** Siempre.

acuerda de Ignacio, de cómo la abrazaba cuando se sentaban en un banco a contemplar el río. Cierra los ojos e inspira la delicada brisa que le acaricia el rostro. Echa de menos a Ignacio, echa de menos a Federico, echa de menos a su padre. Los hombres de su vida han desaparecido. A su mente llega uno de los cafés a los que don Félix la llevaba de niña, el Café de Chinitas, y la alegría que sentía cuando estaba en ese lugar lleno de humo y de música la embarga. Sonríe, inspira profundamente y ese aire húmedo y triste se le mete de lleno en los pulmones.

Ha comenzado a oscurecer. Regresa hacia el hotel con ese café cantante bullendo en su cabeza y dando aliento a su corazón. Cuando llega al hotel se encuentra con Pilar, Teresita y Tomás, que están tomando un té en uno de los coquetos salones que hay en el vestíbulo.

—¡Vendrás helada! —exclama Pilar al verla.

—¡Tómate algo con nosotros! —Tomás se levanta y acomoda un silloncito para Encarna.

—Vamos a hacer algo distinto —dice Encarna con la mirada perdida en un punto lejano. Todos se quedan callados y la contemplan extrañados—. Sí —afirma al tiempo que se sienta con brío en el borde del sillón—, haremos un café y se llamará *El Café de Chinitas* —exclama con ímpetu—. ¡Contaremos una historia de amor que sucederá en un café y le intercalaremos números de baile y cante! ¿Qué os parece? —pregunta con la cara iluminada.

Teresita, Pilar y Tomás se miran.

—¡A mí me encanta la idea! —responde espontánea Teresita.

—Puede funcionar —dice Tomás rascándose la cabeza, y esboza una sonrisa.

—¡Funcionará! —asevera Pilar—. ¡*El Café de Chinitas*! —Hace como si estuviera dibujando las palabras en el aire—. Lo estoy viendo, Encarna... ¿Ese no era el café cantante al que padre te llevaba cuando eras una niña y vivíais en Málaga?

—¡El mismo! —responde Encarna llena de júbilo.

—Hay que contárselo cuanto antes a Hurock porque no es exactamente lo que él había contratado... —comenta Tomás, un tanto preocupado.

—Te equivocas, Tomás —lo corrige Encarna—, es más de lo que él había contratado porque tendrá los mismos números de canciones populares y bailes boleros, pero, además, introduciremos cuadros flamencos, todo ello ligado por un hilo argumental.

—Ya estoy viendo lo guapas que estaréis —dice Teresita.

—¿A qué huele? —Tomás, que ha alzado la cabeza, olisquea el aire.

—Yo diría que... —Pilar hace el mismo gesto.

—¡A choricito asado! —exclama Teresita.

De pronto, ven al conserje y a un botones que salen corriendo en dirección a uno de los salones más apartados del vestíbulo. Los cuatro se levantan y los siguen.

—¡Válgame, Dios! —exclama Teresita, y se santigua.

Un grupo de gitanos sentados en los lujosos sillones afrancesados han colocado un infernillo sobre la maravillosa alfombra persa y asan chorizos atravesados en un palo al que van dando vueltas.

—*What are you doing?** —grita el conserje fuera de sí en un inglés incomprensible para los sorprendidos comensales.

—Dice que qué están haciendo —traduce el botones, un chico mexicano bajito.

—¡Pues ya lo ve, mi *arma*! —exclama una mujer que resulta ser Lucrecia, la gitana que habló con Encarna en el barco—. Estamos comiendo —dice con los brazos en jarras.

* ¿Qué estáis haciendo?

—*Get out of here! Are you crazy?** —El conserje tiene la cara púrpura y las venas del cuello parecen a punto de reventarle por encima de la camisa.

—Dice quiere que se vayan —traduce con parsimonia el botones.

—¡Inmediatamente! —grita fuera de sí el conserje, esta vez en español.

—Ahoritita mismo —apostilla el botones.

—¡*Ofú* con el gachó, qué agonía! —Lucrecia está enfurruñada—. He visto a un tipo fumando un puro así de largo... —Ilustra la medida con la mano—. ¡Ese sí que estaba apestando todo el hotel..., pero a él no le dice ni mu!

El chico mexicano traduce como puede las palabras de Lucrecia ante la ira creciente del conserje y las miradas atónitas de Teresita, Pilar, Encarna y Tomás.

—*Get out of here! Out on the street! They are savages!*** —El conserje pronuncia tan fuerte cada sílaba, casi echando espuma por la boca, que su inglés parece haberse convertido en alemán. Se da media vuelta y se marcha más sulfurado de lo que llegó.

—Retírense, por favor, aquí no pueden acampar —les pide el botones procurando ser diplomático. Muestra una sonrisa hipócrita y se marcha también.

—¡Pues ustedes saldrán perdiendo! —exclama ufana la gitana—. ¡Diré a nuestro representante que nos cambiamos de hotel! ¡Así que tendrán unas cuantas habitaciones libres en muy poco tiempo! —Se ha vuelto en la dirección en la que el botones se aleja, encontrándose de cara con Encarna—. ¡Señorita Argentinita! —exclama con alegría, como si de pronto hubiera olvidado todo su enfado—. ¿No me diga que también se hospeda usted en este hotel? —pregunta entusiasmada.

---

* ¡Largo de aquí! ¿Estáis locos?
** ¡Fuera de aquí! ¡A la calle! ¡Son unos salvajes!

—Así es, Lucrecia —responde Encarna con una amable sonrisa que despeja en un instante toda la tensión que hay en el ambiente.

—¿Qué le parece a usted? —Lucrecia vuelve a su actitud de indignación—. ¿No es la injusticia la que nos persigue a los gitanos por muy *honraos* que seamos?

—¡Así se habla, pico de oro! —exclama alguien del grupo de los gitanos, y se oyen varios «¡olés!» y aplausos a los que Lucrecia contesta con una graciosa inclinación de la frente.

—Estos americanos son muy tiquismiquis. —Lucrecia mueve exageradamente la cabeza en un gesto de negación con los labios apretados.

—Bueno, el vestíbulo de un hotel no es un buen sitio para asar choricitos. —Encarna, sin dejar de sonreír, arquea sus finas cejas provocando una ola de finas arrugas en su frente—. Por cierto, ¿dónde encontraron el chorizo? —pregunta con curiosidad.

—Son regalo de un gitano que baila con Rosario y Antonio. Están actuando en un teatro en Broadway, y como llevan triunfando un tiempo aquí ya han podido aviarse con lo que les recuerda a su Cádiz del alma.

—¿Quiere usted? —Un muchacho moreno de enormes ojos negros se acerca a Encarna con un chorizo ensartado en un palo.

—No, gracias. —Encarna hace un gesto con la mano y sonríe.

—¿Puedo probarlo? —pregunta Teresita obviando las miradas reprobadoras de Encarna y Pilar.

—¡Claro, mi *arma*! —El gitano sonríe, y una ordenada hilera de dientes blancos ilumina su tez oscura.

—Es José el Greco, un gitano que se nos ha acoplado. Tiene mucho arte. Se ha enterado, no sé cómo, de que veníamos aquí y se ha presentado a pedir trabajo. —Lucrecia lo mira con ternura—. Con nosotros ahora no puede estar porque somos muchos, pero usted téngalo en cuenta, señorita. —Y extiende una sonrisa zalamera.

—Lo tendré en cuenta —responde Encarna mientras mira al muchacho.

—Quiero que usted lo vea. ¡*Er* Cojo…! ¿Dónde está *er* Cojo? —grita Lucrecia en dirección al grupo.

—Aquí *eztoy*. —Un gitano de unos cincuenta años, gordo y con unas patillas oscuras que le bajan hasta las comisuras de la boca, se acerca cojeando hasta Lucrecia y Encarna.

—Cojo, ¿dónde tienes tu guitarra? —le pregunta Lucrecia.

—A mi vera, como *ziempre* —responde muy serio el gitano, como si estuviera hablando con un militar.

—*Pue* tráela, que quiero que le toques *ar* Greco *pa* que la señorita Argentinita lo vea.

En un momento, el Cojo y el Greco están en mitad de un improvisado tablao jaleados por el resto de los gitanos. El Greco ofrece su mano a una joven invitándola a bailar con él al tiempo que el Cojo rasga las cuerdas de la guitarra con suavidad para interpretar una bulería. El bailarín se mueve con elegancia. Tiene una bonita figura, con la piel del color del melocotón maduro, los hombros y un codo elevados, y la cabeza cuadrada en el mismo eje que el cuerpo, un poquito hacia atrás como si posara para un retrato. Le entra con un brazo y el pecho por delante a la muchacha, como protegiéndola de una forma sutilmente sensual.

—¿Qué le ha parecido, señorita Argentinita? —le pregunta con orgullo Lucrecia cuando el Greco termina su baile.

—Me ha encantado. —Encarna aplaude con admiración al bailaor y a sus acompañantes—. Lo quiero —dice Encarna sin dejar de aplaudir—, lo quiero para mi próximo espectáculo.

El muchacho se acerca a Encarna obedeciendo un gesto de la gitana.

—Greco, vas a *está contratao* en poco tiempo. —Da al muchacho, que aún jadea por el esfuerzo, unas palmaditas en la espalda.

—Nunca había visto bailar así. ¿Dónde has aprendido? —pregunta Encarna.

—Me crie con mi abuela, una gitana de Triana que tuvo que emigrar a México, y después aquí, en Nueva York, he aprendido en la calle y en una academia a la que fui con mi hermana. Ella lo bailaba todo, pero en especial por bulerías. —El Greco sonríe, y la cara entera se le ilumina.

—No te ofendas —dice Encarna sonriendo—, pero tu arte es tan bonito que yo diría que eres un hombre que baila como una mujer.

—Gracias, señorita, para mí es un piropo oír eso por su boca y será un auténtico honor estar en su espectáculo.

Encarna tiende la mano hacia él y así sellan una especie de contrato previo al que más tarde formalizarán.

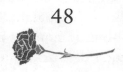

48

A la mañana siguiente, Hurock llega rebosante de energía al hotel. No puede parar de reír cuando le cuentan
la anécdota de los gitanos del día anterior.

—¡Son únicos, unos diablillos únicos! —repite divertido.

Todos lo acompañan en sus risas, hasta que, poco después,
el empresario muestra su faceta más seria y profesional.

—Hoy, además del estudio, que será vuestro lugar de trabajo, os enseñaré un par de apartamentos fabulosos en la
Quinta Avenida en los que podréis instalaros como en vuestra casa. —Contiene la respiración un instante—. Y uno de
estos días iremos, como invitados, a la mansión del marqués
de Cuevas.

—¿Y quién es ese? —pregunta Encarna haciendo un inciso en el interminable discurso de Hurock.

—Es un hombre muy rico amante de todo lo español, en
especial del arte. Está casado con Margaret Rockefeller, nieta del mismísimo Rockefeller.

—Estupendo, señor Hurock —señala Tomás—. Presén-
tenos a la gente influyente de Nueva York para que las López Júlvez tengan buenos padrinos en esta ciudad.

—Estos serán, sin duda, buenísimos padrinos —apostilla
el empresario, que infla el pecho con orgullo de representante diligente—. El marqués no es el típico esnob que va de

fiesta en fiesta, como una peonza, por el mero placer de disfrutar de la parte más glamurosa y divertida de la vida. —Habla con las manos entrelazadas por detrás de la espalda, como si estuviera en una importante ponencia—. El marqués, doy fe de ello —dice balanceando el cuerpo hacia delante y hacia atrás—, es un hombre positivo. Le gusta ver el lado bueno de la vida y, cuando no lo ve, enseguida se anima bebiendo alguna que otra copa de buen whisky irlandés o un exquisito Dry Martini.

—Vamos, que es un borrachín —dice Teresita en un susurro, si bien lo bastante alto para que llegue a los oídos de Encarna, quien le lanza una sonrisa cómplice.

—Al marqués le encanta rodearse de artistas jóvenes. Me han contado que su última «adquisición» es un joven español llamado Salvador Dalí. ¿Lo conocen ustedes? —pregunta Hurock.

—¡Claro que sí! —exclama Tomás, animado por la idea de que el protegido del marqués sea un hombre al que todos han tratado.

—Era muy amigo de un gran amigo de mi hermana —aclara Pilar mirando a Encarna. Acto seguido, le pregunta—: ¿Cómo era aquel poema...? Me refiero a ese que Federico dedicó a Dalí.

Todos los ojos se posan en Encarna. Ella sonríe. Su mirada guarda recuerdos que a veces le pesan demasiado.

—Encarna tiene una memoria prodigiosa —dice Pilar, orgullosa.

—Es un requisito fundamental en todo artista para dominar el repertorio en cualquier circunstancia —afirma Hurock con satisfacción.

Al cabo de un rato de charla distendida, salen a la calle. Hace un día precioso, una de esas bonitas mañanas que les trae a la memoria el sol mediterráneo, y se acomodan en el impecable Ford de Hurock. Nadie pone en duda que él mismo se ha encargado de limpiarlo porque, nada más subirse, el empresario pasa los dedos por el reluciente salpicadero de madera como si quisiera abrillantarlo aún más. Tomás ocupa el asiento del copiloto, donde había una revista que ahora sostiene en la mano, un ejemplar de *The Saturday Evening Post*.

—Puedes quedártelo —dice Hurock—, así os iréis metiendo en el ambiente neoyorquino.

Las calles están repletas de gente ensimismada en su propia prisa, una multitud que comparte su abrumadora individualidad. Muchos anuncios refulgen anunciando cafés o espectáculos, compitiendo el brillo de las lucecitas de neón con los rayos de sol que llegan desvaídos hasta el cemento o ni llegan porque se quedan atrapados en alguna de las ventanas de un tiránico rascacielos. Teresita mira extasiada por la ventanilla, torciendo el cuello con extraños movimientos para intentar ver el final de los altísimos edificios que encuentran a su paso.

—Yo no estaría tranquila en uno de esos —dice pensando en alto.

—¡Pues en uno de esos, en la mismísima Quinta Avenida, van a instalarse ustedes! —El señor Hurock ríe como un niño que acaba de hacer una travesura.

—Tranquila… —Encarna pone una mano sobre la que Teresita tiene en su regazo para tranquilizarla—. Si no miras por los ventanales te sentirás como si estuvieras a ras de tierra.

Tardan alrededor de media hora en llegar al edificio donde Hurock ha alquilado un estudio para que ensayen, una construcción gris con la fachada descuidada. Se nota que no había portero porque la entrada está llena de papeles de propaganda desperdigados por el suelo.

—Academy of Dance —lee Pilar haciendo gala del inglés que aprendió de niña con su vecina Jenny—. ¡Está en el piso diecisiete! —exclama sorprendida.

—A esa altura solo deberían estar los pájaros. Yo no subo tan alto —murmura Teresita con los ojos muy abiertos—. ¡Y menos en esa caja de cerillas! —grita presa de un pánico repentino cuando se abre la puerta del ascensor. Las pecas flotan a la deriva dentro en su cara pálida.

—No pasa nada, Teresita.

Encarna la toma por la mano y la lleva con delicadeza al interior, un habitáculo pequeño y metálico lleno de pintadas con mensajes de amor y nombres con corazones atravesados por flechas que muy poco tiene que ver con la pulcritud y el lujo del ascensor del Waldorf Astoria. Teresita mantiene los ojos cerrados durante todo el trayecto, hasta que oye que repara en que se detienen.

—¡Aquí es! —El señor Hurock llama al timbre de una de las puertas que da a un estrecho recibidor, y una chica con el pelo rubio platino enfundada en un vestido negro muy ajustado les abre.

—Buenos días —los saluda con una voz muy femenina—. ¿Qué desean? —Su pregunta suena como un suave maullido, y les regala una sonrisa que descubre unos dientes bonitos y blancos y un hoyuelo en una de sus mejillas.

—Soy el señor Hurock —se apresura a decir el empresario con aire de gallo entrando en un apetitoso corral. La chica hace un leve movimiento con su dorada melena—. He alquilado uno de los estudios para ensayar. —Habla más rápido de lo habitual, como si eso le otorgara una apariencia más jovial para pavonearse delante de la chica.

Ninguno de sus acompañantes entiende lo que dice, salvo Tomás, que reconoce algunas palabras y asiente muy sonriente, como si estuviera plenamente incluido en la conversación.

—¿Y a ti qué te pasa con esa cara de bobo? —pregunta Pilar sin disimular sus celos.

—¿Por qué lo dices? —responde Tomás encogiéndose de hombros—. Solo soy educado.

—Pues no quiero que seas tan educado con las mujeres, y menos con las americanas, que no me entero bien del rifirrafe que te traes. —Pilar levanta la cabeza y camina hacia delante siguiendo a los otros, que, a su vez, siguen a la chica de la voz felina.

—¡No te enfades, Pilar! —exclama Tomás en tono suplicante mientras la sigue con las manos juntas a modo de ruego.

El estudio es una habitación amplia con un viejo suelo de tarima y un gran espejo que ocupa toda una pared. Encarna se coloca en el centro mirando hacia el espejo y zapatea unos segundos.

—No suena mal —dice al expectante señor Hurock—, aunque estas maderas están un poco duras... Espero que no me afecte a las rodillas. —Habla sin mirar a nadie—. Sin embargo, la luz que hay aquí lo compensa todo. —Ahora tiene los ojos clavados en un enorme ventanal por el que entran unos luminosos rayos de sol. Se acerca más y mira unos segundos hacia abajo—. ¡Parecen hormigas! —exclama al percatarse de cómo se ve a la gente desde esa altura. Pilar, que está zapateando para probar el suelo, se detiene en seco y mira también por la ventana—. Está bien, buen trabajo, señor Hurock. —Encarna se acerca al empresario y estrecha su mano, como si estuviera cerrando un trato en el que ella queda conforme.

—Me alegro de que le guste, señorita Argentinita —dice Hurock con una sonrisa de complacencia en la cara—. No es fácil encontrar en esta ciudad algo de calidad a buen precio.

Enseguida se arrepiente de haber dicho esto último. No le gusta quedar como alguien que repara en gastos con sus artistas.

Encarna le sonríe y, después de echar una ojeada a toda la habitación, se dirige con paso firme hacia la puerta y sale. Los demás la siguen. La chica con voz felina, que se ha quedado fuera hablando con un muchacho muy moreno con aspecto de bailarín, se separa de la pared en la que estaba apoyada y, con su sonrisa con hoyuelo incluido, se dirige hacia el señor Hurock.

—¿Todo bien? —ronronea, y sus ojos azules brillan como flores de primavera iluminadas por el sol.

—Perfecto —responde Hurock con suficiencia profesional. Sonríe, y la chica ladea la cabeza y le responde con otra de sus bonitas sonrisas.

Una vuelta en el recibidor de la academia, el señor Hurock se dirige de nuevo a la joven.

—A partir de mañana serán estas personas las que vengan a trabajar en el estudio —indica, y señala con el mentón hacia el grupo de Encarna. Todos esbozan una sonrisa al sentirse observados.

—*It will be a pleasure to serve you** —dice la chica con su inglés felino.

—Muchas gracias, señorita —le responde Hurock.

Acto seguido, hace una especie de saludo militar juntando los talones e inclinando la cabeza, acto que suaviza tomando la mano de la chica y besándola en un gesto de caballerosa galantería.

Encarna, Pilar y Teresita se despiden de la joven con una sonrisa a medida que pasan por delante de ella, y cuando le toca el turno a Tomás, este aprovecha para imitar a Hurock y besarle la mano.

—¡Vamos, Romeo! —le espeta Pilar desde la puerta.

—Me ha gustado el sitio —dice Encarna ya en el ascensor.

—Me alegro, señorita. —Hurock sonríe amablemente. Está nervioso a pesar de que siempre procura aparentar una calma controlada—. Espero que también haya sido del agrado del resto —dice mirando a Pilar, a Tomás y a Teresita,

---

* Será un placer atenderles.

que no se da por aludida porque desde que ha entrado en el ascensor tiene los ojos cerrados.

—A mí me ha gustado —afirma Pilar—, pero me parece que aquí vendremos a ensayar solas, porque hay alguno que se pone muy educado con las chicas americanas.

—¡Pilarín, no seas así, mujer! —protesta Tomás—. ¿Qué tiene de malo dar conversación a una chica guapa? —insiste inocentemente, sin percatarse de que con esa pregunta ha desatado aún más la furia de Pilar.

—¿Tú crees que una es tonta? —pregunta Pilar con evidente indignación—. ¿Piensas estar coqueteando con esa chica mientras yo me machaco los riñones zapateando en la habitación de al lado? ¡Tú por aquí no apareces! ¡Pero no ya por esa chica, sino porque no te quiero cerca!

Levanta la cabeza y da la espalda a Tomás, apretándose contra Teresita, quien, al verse aprisionada, abre temerosa un ojo para constatar cuál es su posición dentro de ese horrible ascensor que desciende como una máquina diabólica desde unas alturas increíbles.

—¡Vamos, cariño...! ¡Que a mí no hay cosa que me pierda más que una morena con fuego en las venas y que, además, baile como tú! —dice zalamero al tiempo que busca con mirada implorante los esquivos ojos de Pilar.

Hurock, Encarna y Teresita observan la escena en silencio. Encarna aprieta los labios para no estallar en una carcajada.

Una vez en la calle, Pilar echa a andar con paso rápido y Tomás la sigue suplicando comprensión mientras dejan atrás a los demás.

—Siento haber ocasionado problemas entre su hermana y su prometido —dice Hurock.

—No se preocupe —lo tranquiliza Encarna—. Es la forma que tienen de decirse que se quieren. —Los observa discutir y una sonrisa de ternura aparece en sus labios—. Son como dos niños, necesitan pelearse de vez en cuando para después hacer las paces y convertirse en Romeo y Julieta.

—Eso es lo que me encanta de ustedes, los latinos, que viven la vida como una constante hazaña subiendo y bajando a la montaña de los agravios y los desagravios. —Hurock sonríe, y esta vez mira a Tomás y a Pilar como si estuvieran representando un espectáculo romántico—. Ahora los llevaré a sus apartamentos, espero que les gusten más.

Vuelven a meterse en el automóvil, pero no transcurren más de cinco minutos cuando el señor Hurock ya está aparcando de nuevo, esta vez frente a la puerta de un bonito rascacielos. Los recibe una cuidada alfombra roja que va desde el borde de la acera hasta la entrada del edificio, flanqueada esta por dos vistosos macetones con dos arbolitos bien recortados. Un portero impecablemente uniformado se dirige hacia ellos en cuanto los ve.

—¡Buenos días, Jimmy! —exclama Hurock nada más bajarse del coche—. Estos son los nuevos inquilinos.

El portero se lleva la mano a la gorra, bajo la que asoma un mechón de pelo pajizo, y hace un amago de levantarla. Es un hombre muy corpulento con la cara sonrojada y redonda en la que destaca una nariz chata que le da un aire infantil, a pesar de sus desmesuradas proporciones.

—¡Bienvenidos, señores! —saluda con voz nasal.

—¡Gracias! —responde Tomás, que aprovecha la mínima ocasión para hablar en inglés. «Hay que lanzarse a hablar, es la mejor forma de mejorar un idioma», suele repetir.

Hurock ha alquilado dos apartamentos contiguos en planta veintitrés. Ambos son parecidos, pero el de Encarna, además del recibidor y el comedor, tiene dos habitaciones y dos cuartos de baño, mientras que el de Pilar tiene solo uno. Los dos están decorados con muebles franceses y alfombras persas y cuentan con grandes ventanales por donde entra una luz blanca e impetuosa.

—¡Es precioso, me encanta! —exclama Encarna con júbilo tras recorrer todo el apartamento—. ¿Qué opinas, Pilar? —le pregunta con una amplia sonrisa en los labios.

—El nuestro es un perfecto nidito de amor, ¿verdad Tomás? —Sonríe entornando los ojos hacia Tomás y este le devuelve la sonrisa como hipnotizado.

—Yo… yo había pensado que… que… —tartamudea Hurock y, después de carraspear, continúa—: Había pensado que uno era para las hermanas y Teresita y el otro para Tomás…

Pilar, que escucha con una sonrisa apretada en los labios, estalla en una traviesa carcajada que intenta sofocar tapándose la boca con las manos.

—¡Estáis escandalizando al pobre señor Hurock! —los reprende Encarna, y enseguida vuelve el rostro hacia el empresario—. Verá, mi hermana y su novio son jóvenes… Y ya sabe usted que piensan casarse pronto —le recuerda Encarna con una sonrisa tranquilizadora—. De todos modos, si quieren estar juntos antes de la boda, que lo estén, ¿no le parece?

—Me parece, sí. Me parece bien —responde el señor Hurock con evidente nerviosismo—. En Estados Unidos no tenemos ningún prejuicio al respecto de que los jóvenes enamorados convivan bajo el mismo techo antes de casarse, pero creía que los españoles eran más tradicionales —dice bajando la voz, como si se avergonzara.

—Señor Hurock… —Pilar se acerca amistosamente a él—, muchos españoles son tradicionales, pero otros muchos pensamos de forma distinta. Total, nosotros no hacemos daño a nadie viviendo juntos, ¿no? —Espera la respuesta de Hurock, quien enseguida niega con la cabeza.

—De todas formas —interviene Tomás, y pone su mano encima del hombro del señor Hurock—, las hermanas López Júlvez no son el prototipo de mujer española. Ellas son de las pocas personas sobre la faz de la tierra que hacen siempre lo que quieren.

Los dos hombres miran a Encarna y a Pilar con una sonrisa.

—Yo me quedaré en el apartamento grande con Teresita, y Pilar y Tomás ocuparan el otro —dice Encarna, y se acerca a uno de los ventanales.

Los coches y las personas se ven diminutos ahí abajo, piensa. Tiene una bonita perspectiva del parque y, un poco más alejado, el río Hudson serpentea como una oscura culebrilla deslizándose en un bosque de cemento.

—Me gusta estar tan alto. —Encarna abre el ventanal e inspira profundamente—. ¡Teresita...! —la llama, y ella acude a su lado al instante, aunque está fascinada descubriendo cada detalle del apartamento—. ¿Te das cuenta de lo frágiles y pequeñitos que somos?

Teresita mira apenas hacia la calle desde el ventanal, y un escalofrío le recorre todo el cuerpo.

—Encarna, ¡no miremos hacia abajo! —exclama Teresita—. ¡Que salen pensamientos tristes! Miremos mejor hacia arriba... Verás que podemos hablar de tú a tú a los ángeles —concluye con una sonrisa, y rodea a Encarna suavemente con sus brazos robustos y pecosos.

49

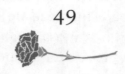

Los días transcurren tranquilos entre los ensayos y los paseos que dan para conocer la ciudad. El señor Hurock los ha llevado a muchos restaurantes elegantes, pero la mayoría de los días comen en un italiano en el que hacen unas pizzas deliciosas.

—Mañana iremos al Radio City Music Hall —les anuncia una tarde en que los visita a la hora del café, y les muestra unas entradas para ver el espectáculo de Carmen Amaya.

Carmen Amaya es una gitana de raza a quien todos los grandes artistas de la época admiran. La fama y el reconocimiento de los que goza es mundial. Encarna coincidió con ella en Buenos Aires y entre ambas surgió una bonita amistad.

—¡No me lo puedo creer! —exclama Encarna, loca de alegría al ver las entradas—. ¡No sabía que Carmencita estaba en Nueva York!

—Así es —dice el señor Hurock con la satisfacción inmensa de todo aquel a quien le fascina compartir buenas noticias.

El Radio City Music Hall es el esplendoroso teatro situado en la Sexta Avenida que John D. Rockefeller Jr. mandó construir con todo lujo de detalles. Es el lugar más suntuoso y vanguardista en el que se exhiben los mejores espectáculos de la ciudad. Su decoración es una muestra exuberante de *art déco* que traslada a todo aquel que entra en él a un universo creado para el deleite de las almas más refinadas y exquisitas.

Cuando llegan, Encarna, Pilar, Tomás y Teresita quedan impactados por la majestuosidad de cuanto ven. Las esplendorosas lámparas, la sinuosa escalinata, los adornos en un dorado matizado que resalta la opulencia de un refinado estilo son solo el preámbulo de todo lo que encuentran cuando toman asiento en la sala del que ya se considera el teatro más grande del mundo.

—Encarna, le prometo que el Metropolitan no se queda atrás. —El señor Hurock se incorpora en su butaca para que Encarna lo oiga mejor.

—Jamás he visto una cortina como esta —responde ella sin poder apartar sus ojos del colosal telón dorado del escenario.

—Sí, en este teatro todo es a lo grande. —El señor Hurock sonríe y asiente con la cabeza mientras mira a su alrededor.

—¿Cuánto debe de medir el arco de proscenio? —pregunta Tomás hipnotizado.

—Creo que unos dieciocho metros de altura y unos treinta y cinco de ancho —responde el señor Hurock.

La función comienza, y aparece la silueta de una mujer recortada por una luz cenital. A partir de ese momento todo el público se rinde a la magia del auténtico duende que se filtra por cada poro de la piel.

—¡Qué cosa más bonita! —repite en un murmullo Encarna al ver a Carmen bailar—. Si le sienta aún mejor el pantalón que la falda de lo bien hechita que está… —susurra a Pilar.

—Mira cómo quiebra la espalda… ¡Ha de tener los riñones aplastaditos! —le responde Pilar.

—Eso solo puede hacerlo ella —contesta Encarna con

admiración—. Cada una a lo suyo, nosotras a nuestros pies y a nuestros brazos, que si hacemos lo de Carmen nos herniamos.

Cuando termina la función, las dos hermanas tienen los ojos brillantes y los pañuelos aún entre las manos para acabar de retocarse el maquillaje que las lágrimas han deteriorado.

—¿Les ha gustado, señoritas? —pregunta solícito el señor Hurock.

—Eso que ha visto usted es arte del bueno —responde Encarna, emocionada todavía—. Da igual la ropa que lleve, la música que baile o la escenografía que le ponga, que Carmen es siempre Carmen, pura esencia del baile. —Se guarda el pañuelo en el bolso—. Ahí donde la ve, tan pequeñita, ella es como uno de esos perfumes lujosísimos que se venden en frasquitos y tienen una fragancia intensa.

Poco después todos acuden al camerino para saludar a la artista. En cuanto Encarna y Pilar entran, Carmen se levanta y se dirige hacia ellas con una sonrisa que ilumina su bonita cara acanelada.

—¡Mis queridas hermanas López! —Las tres se abrazan—. ¡Qué alegría veros! ¿Qué hacéis aquí, en Nueva York?

—Actuamos en el Metropolitan dentro de unas semanas —responde Encarna.

—¡Estás guapísima! —Carmen la toma de las manos y le escudriña las palmas.

—¿No irás a decirme ahora la buenaventura? —le pregunta Encarna sin atreverse a retirar las manos—. La vida me ha quitado tantas cosas que ya no tengo nada que perder. —Sus ojos se ensombrecen.

—Has sufrido mucho. —El negro de los ojos de Carmen se torna más oscuro—. Pero ahora te espera un momento de triunfo. Tienes que disfrutarlo. —Estira su sonrisa y aprieta las manos de Encarna—. Os invito el domingo a mi casa, que es la vuestra —aclara—. Voy a hacer una berza, y serán muchos los amigos que vendrán. No quiero que vosotras faltéis.

—Gracias, Carmen. Allí estaremos.

Encarna le da un beso en la mejilla y sale del camerino. Pilar se acerca a besarla para despedirse también de ella, pero cuando está junto a la puerta Carmen la llama.

—¿Qué tal está Encarna de salud? —le pregunta con gesto preocupado.

—Bien —responde sorprendida Pilar—. Ella nunca se queja de nada... Últimamente está un poco cansada... —Titubea antes de explicar—: Pero es que estamos ensayando mucho. Ella la que más, ya la conoces. ¿Por qué lo dices? ¿Has visto algo? —pregunta Pilar, alarmada.

—No —contesta Carmen—. Es solo que tenía las manos tan frías... Bueno, es normal, todavía lleváis muy poco tiempo aquí y al cuerpo le cuesta adaptarse, y más si no paráis de ensayar. —Sonríe y da un beso rápido a Pilar—. Os espero el domingo, ¿eh? Os llamaré para daros la dirección.

Pilar sale por la puerta con una sonrisa, pero en su cabeza la pregunta de Carmen flota como una nube que presagia tormenta.

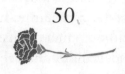

50

El domingo amanece en Nueva York tan soleado como un bonito día de otoño en Sevilla.

—¡No puedo remediarlo, Teresita! —exclama llena de alegría Encarna mientras se arregla para la comida que hoy da Carmen en su casa—. El sol hace que la vida me parezca llena de promesas. —Lleva puesto un precioso vestido de chifón blanco—. ¿Crees que es excesivo para un almuerzo? —pregunta a su hermana mientras se mira en el espejo.

Pilar viste un alegre vestido de flores con falda acampanada hasta la rodilla que se le ajusta a la cintura con un cinturón ancho del mismo estampado. Por encima de los hombros, se ha colocado una chaquetita de fina angora.

—Estás guapísima, Encarna, y muy elegante —responde Pilar—. ¿Por qué iba a ser excesivo ir como tú eres?

La casa de Carmen Amaya está a las afueras de Nueva York, en un barrio llamado Flushing donde abundan las viviendas unifamiliares con un jardincito. El señor Hurock da varias vueltas hasta encontrar la calle, pues la zona es como un laberinto con edificaciones tan similares que resulta difícil orientarse. Se dan cuenta de que han llegado por la algarabía y la cantidad de gente que hay fuera de la casa. Cuando están frente a la puerta, sale a recibirlos un chucho pequeño que mueve su larga y rizada cola.

El hogar de Carmen es amplio, tiene tres plantas en las que cada habitación está plagada de camas, ya que con ella viven primos, tíos y algún que otro familiar lejano.

—¡Pasad! ¡El perrillo no hace nada! —Carmen aparece detrás del perro con una sonrisa radiante. Lleva unos pantalones beige de corte masculino y una camisa anudada a la cintura. Se ha recogido el pelo bajo un turbante que le otorga un aspecto sofisticado y le favorece mucho—. ¡Es Rudy, le encanta que vengan invitados!

Carmen besa a todos. Cuando le llega el turno a Teresita, le pone las manos en las mejillas y se las aprieta.

—¡Cómo me ha gustado siempre la cara llena de lentejitas de esta niña! —exclama al tiempo que Teresita sonríe con timidez, y sus pecas quedan prácticamente ocultas bajo el rubor.

—¡Se ha *escapao* Tambor, tita! —exclama un niño moreno y descamisado interrumpiendo los saludos.

—Es Pepillo, mi sobrino, y Tambor es su conejo. No te preocupes, Pepillo. —Carmen acaricia con ternura la cabeza despeinada del niño, que ha comenzado a hacer pucheros—. Tambor siempre aparece, es muy listo y glotón, sabe dónde está la comida. Búscalo en los arbustos de detrás de la casa, que ahí hay unas hierbas que le gustan —lo anima, y el crío sale corriendo.

—Tenemos una pequeña granja con gallinas, conejos, perros y también un fuertecito. Así nos sentimos más en casa. —Carmen mira con una sonrisa cómo se aleja su sobrino—. Vamos —exclama de pronto—, que os presentaré a todos los flamencos que merecen la pena de verdad en esta ciudad... Y a otros que no son flamencos, que aquí no somos racistas. —Les guiña un ojo con picardía y echa a andar hacia el interior de la casa. Fuera del escenario, se mueve con la agilidad de una ardilla.

En el porche hay una mesa rectangular enorme llena de comida, alrededor de la cual se agrupan muchas personas.

—¡Señorita Argentinita! —Antes de que Encarna pueda saludar a nadie, Lucrecia, la gitana del barco, se materializa delante de sus ojos—. ¡Qué alegría volver a verla!

—¿Qué tal estás, Lucrecia? —pregunta amable Encarna.

—Al final va a resultar que Nueva York es más chico que Jerez de la Frontera, que aquí nos encontramos todos en todas partes. —Lucrecia está excitadísima, tiene un catavino en la mano—. ¡Pues si hasta se han traído el fino!

—Encarna, mira quiénes me acompañan. —Carmen aparece con los bailaores Rosario y Antonio.

—¡Qué alegría veros! —exclama Encarna, y les da un efusivo abrazo.

—Carmen me había dicho ya que estabais Nueva York —responde Rosario.

Es una gitana espigada con unos rasgos muy marcados y angulosos que dotan a su rostro de mucha fuerza. Cada parte de su cuerpo fino y nervudo parece estar siempre en tensión, como un felino a punto de saltar sobre su presa.

—He llegado hace unos días. ¿Qué tal va vuestro espectáculo? —pregunta Encarna a la pareja.

—De lujo —responde rápidamente Rosario—. Los americanos se mueren por el flamenco. El caso es que saben apreciarlo, ¿verdad, Antonio?

Antonio, su marido, un gitano guapo que está a su lado con una sonrisa colgada en la boca, hace un amago de contestar, pero enseguida se ve cortado por la impetuosa Rosario.

—El arte español está poniéndose de moda, y eso nos viene bien porque nos sacará de pobres.

—Ahora mismo se está mejor aquí que en España —dice despacio Encarna mientras Rosario y Antonio la escuchan muy atentos.

—Mi primo me ha escrito una carta donde explica que la cosa está poniéndose muy mala en nuestro país, que el Gobierno ha repartido armas a los cuatro mandamases que son más brutos que un arado y que todo el mundo anda cobrándose la justicia por su mano. —Antonio aprieta sus labios, que se convierten en una línea rosácea en su cara morena.

—Una pena, una pena —repite Rosario moviendo la cabeza de un lado a otro.

—Yo salí porque iban a por mí. Me calumniaron en un artículo de un periódico y lo vi claro. «Encarnita, sal por pies porque aquí hay gente que no te quiere bien», me dije.

—¡Bien hecho, niña! —Rosario se acerca y le da un beso en la mejilla—. Nosotros seguiremos aquí, en Broadway, que es donde están ahora nuestras habichuelas. ¿Es o no es? —pregunta con los brazos en jarras a Antonio.

—Es, mi *arma* —responde Antonio con aire sumiso, y Encarna sonríe mirándolos a los dos.

De pronto, se oye tras ellos una explosión de aplausos. Carmen, ayudada por otra mujer, está sacando una cacerola inmensa llena de garbanzos humeantes. Pronto las palmas se tornan en un repiqueteo de tres por cuatro acompañado de olés y de algún que otro zapateado espontáneo. Todos los invitados se sirven de la cacerola y, cuando se termina, la anfitriona manda sacar otra de las mismas dimensiones.

—Los gitanos somos un poco exagerados, ¿verdad? —exclama Carmen, sentada junto a Encarna y Pilar en el porche.

Rosario aparece de nuevo, esta vez sin Antonio, ya que se ha quedado hablando con un grupo de hombres entre los que se encuentran Hurock y Tomás.

—Está delicioso, Carmen. ¿Tú crees que después de esto vamos a poder bailar algo? —pregunta Rosario.

—No lo dudo. —Carmen, sentada en un cajón de madera, tiene todo el porte de una delicada figura de porcelana.

—¿Habéis visto bailar a la niña? —pregunta Rosario refiriéndose a Carmen.

—El otro día, en el Radio City Music Hall, vimos cómo el arte se encarnaba en Carmen con toda la potencia que puede existir en esta tierra. —Pilar habla con los ojos brillantes de emoción.

—Es única —insiste Rosario—, es un caramelito de menta. Tiene una forma de bailar que es como si estuviera tirándose de cabeza por un puente. —Deja su plato en el suelo y se levanta—. La pelvis hundida hacia atrás —dice, y se pone en esa posición—, ¡y toda la columna descansando en los riñones! ¡Qué poderío, Carmen, yo no duraría ni dos noches!

Carmen esboza su tímida sonrisa blanca.

—Es que no sé hacerlo de otra forma —responde como si estuviera excusándose—. Sin embargo, yo no soy capaz de marcar con la bata como tú, chiquilla, que parece que vuela desde tus caderas. Haces que la cabeza te vaya de derecha a izquierda según el pie que esté trabajando.

Se levanta y empieza a mover los pies con los brazos cerrados delante del pecho, cruzando un poco las manos una sobre otra. Flexiona levemente las rodillas, como si llevara un traje de volantes y así tomara más aire al moverse. Poco a poco se hace un círculo alrededor de ellas y una guitarra comienza a sonar, acompañada de palmas. Alguien canta. Encarna reconoce la letra, es un poema de Federico. El alma se le congela y el corazón le arde. Como una autómata, se levanta también ella. Sus brazos enmarcan su cabeza y sus manos se mueven despacio. Da un pequeño salto sobre el pie derecho, alza la pierna izquierda ligeramente y el vestido se le ahueca. Los brazos bajan desde la cabeza, por delante del cuerpo, los pies marcan a derecha e izquierda y la cabeza acompaña. Encarna está tan dentro de la música que no se entera de que solo ella está bailando. Unas lágrimas densas resbalan lentas por su cara.

—¡Olé, Argentinita! —grita Pilar desde su silla—. ¡Ese baile va por ti, Federico!

Un rasgueo de guitarra y un zapateado de Encarna ponen fin al baile. Nada más terminar, se va directa a la mesa rectangular seguida por un aluvión de aplausos, olés y piropos. Se sirve un vaso de agua y bebe.

Un gitano joven, alto y con unos ojos verdes rasgados que lucen en su piel canela como los de un gato se acerca a Encarna con una sonrisa seductora.

—No he visto a una paya bailar tan gitano nunca —la adula.

—Te equivocas —lo contradice Encarna secándose con la mano el sudor de la frente—. Yo soy una gachí bailando flamenco, pero jamás podré bailar como una gitana. Lo que hacen los gitanos cuando bailan nunca podrán hacerlo los payos.

—Yo solo sé que la he visto bailar y me he *enamorao*. —El hombre muestra una sonrisa franca que llena sus ojos de un brillo limpio.

—Me parece a mí que tú te enamoras muy rápido. —Encarna lo mira coqueta.

—No se crea —responde rápidamente él—. Y menos de una… —De pronto se calla y se tira del pañuelo de lunares que lleva al cuello.

—Menos de una… ¿vieja como yo? —pregunta Encarna con una mirada burlona.

—¡Cómo iba a decir yo eso! —El gitano se le acerca con una sonrisa—. Iba a decir: «… menos de una paya, por muy bonita que sea». —Engancha los dedos pulgares en su chaleco y, sonriendo aún, se aproxima todavía más a Encarna.

—Pues añade a paya la palabra «mayor». —Encarna lo mira retadora—. Porque calculo… —Alza la barbilla y lo observa con los ojos entornados—. Calculo que tendrás unos veintisiete años. ¿Me equivoco?

—¡Me ha *echao* dos años de más! Tengo veinticinco —responde halagado él—. Eso es por la barba —añade, y se frota una mejilla que, aunque rasurada, empieza a sombrearse.

—¡Pues solo te llevo la friolera de diecisiete años! ¡Vamos, que casi podría ser tu madre!

—A mí me encantan las mujeres maduras, son como enciclopedias, de ellas se aprende mucho y no son tan exigentes como las jovencitas, que parece que todo les sabe a poco.

—Diría que te has llevado algún que otro desengaño. —Encarna lo observa con mirada inquisitiva.

—¿Lo ve? ¡Ha acertado! —exclama el gitano abriendo los brazos y los ojos en un gesto de exagerada sorpresa—. ¿Una copa para celebrarlo? —pregunta mientras llena ya dos con vino tinto.

Ofrece una a Encarna, y ella la acepta con una sonrisa. La alza en un brindis, bebe un sorbo y se marcha, dejando al muchacho con una sonrisa en los labios y con cara de hipnotizado.

—¡Me llamo Juan! —grita él cuando Encarna está ya a unos cuantos metros—, pero me llaman El Gato.

Encarna vuelve el rostro y le sonríe. Después continúa andando.

—¿Quién era ese? —le pregunta Pilar, intrigada.

—El Gato. —Encarna ríe.

—¡Vaya! —exclama Pilar—. Hacía mucho que no te veía sonreír así... —Se acerca más a su hermana para observarla.

—¿Sonreír cómo? —Encarna intenta disimular.

—Como cuando te gusta un hombre.

—Tú misma lo has dicho, Pilar. Hom-bre —pronuncia marcando bien las sílabas—. El caso es que solo he estado hablando con un niño.

Ambas miran hacia donde está El Gato y se encuentran con que él también las mira. El chico levanta su copa y Encarna le responde alzando otra vez la suya.

—Es un gitano guapo —dice Pilar—. Muy guapo.

—¿Has visto a Teresita? —Encarna prefiere cambiar de tema.

—No, hace rato que no la veo —contesta Pilar mientras lanza una mirada a su alrededor.

—Voy a buscarla.

Encarna empieza a caminar por el jardín de la casa y se detiene en el corralito, donde ve dentro varias gallinas, un gallo y tres o cuatro conejos que miran con perpleja curiosidad entre los alambres de la red. Escucha unas risas que proceden del interior de la casa y se dirige hacia allí.

En la cocina, sentada en una silla delante de una mesa de madera redonda, Teresita pela patatas junto a otras dos mujeres.

—¿Qué haces, Teresita? —pregunta Encarna al verla.

—Van a preparar tortilla de patatas para la merienda y estoy ayudando —contesta.

—Y riéndonos un rato —añade la mujer de más edad, una gitana gruesa y desdentada. La otra, otra gitana, joven y voluminosa, con una melena negra que le llega a ras de la silla, suelta una risita.

—¡He llorado de la risa! —exclama Teresita—. La Carmen, que es ella —dice señalando a la mayor—, me ha contado lo que le pasó la última vez que estuvo en un hotel elegante. Resulta que el último día salió muy temprano de su habitación y se dio cuenta… —Suelta una carcajada que enseguida domina para continuar hablando—. Se dio cuenta, la Carmen, de que en la puerta de todas las habitaciones había zapatos en el suelo… —Inspira profundamente—. Y, ni corta ni perezosa, va y se los mete todos en la maleta.

—¡Bien bonitos que eran! —responde la gitana.

—Y le dice a su hermana, que iba con ella en el autobús: «Hay que ver qué gente más rara había en ese hotel, mira que no querer unos zapatos tan nuevos y preciosos». Y claro… —Teresita contiene la carcajada, convirtiéndose en una bomba de risa cada vez más grande—. Su hermana la miró horrorizada y le soltó: «¿Qué has hecho, loca? ¡Esos zapatos los ponen ahí para que se los limpien!». —Teresita estalla en una sonora carcajada.

Encarna intenta contener la risa, pero finalmente sucumbe a ella.

—¿Y los devolvió? —pregunta con curiosidad.

—¡Claro, señorita, que una es analfabeta pero *honrá*! —contesta muy digna la gitana.

La tarde transcurre entre bailes y cantes. La anfitriona se afana en sacar comida y bebida constantemente, sin importarle que varios de los comensales terminen quedándose dormidos por el jardín. Encarna y los suyos se marchan cuando comienza a oscurecer.

—Ha sido un día maravilloso —dice con la cabeza apoyada en el cristal de la ventanilla del coche.

—Para unas más que para otras —comenta Pilar—, porque a ti ese muchacho no te quitaba los ojos de encima. He oído que está empeñado en ir a verte en cuanto actuemos. Más quisiera yo que Tomás se hubiera fijado hoy la mitad en mí.

—¡Pero si yo solo he tenido ojos para ti, Pilarín! —protesta el aludido—. ¡Que te has pasado el día bailando!

—¡Como para no bailar! —exclama Pilar—. Con esos gitanos se llena el ambiente de duende. No tendrán técnica, pero qué más da si tienen magia en el cuerpo.

La noche engulle el automóvil de Hurock. A medida que se acercan a la ciudad, la oscuridad se desvanece, ya que las calles y los rascacielos están muy iluminados, tanto que hasta el cielo parece cubrirse de una extraña aurora adelantada.

—¡Parece un portal de Belén con tantas lucecitas! —exclama Teresita, fascinada.

—Es precioso. —En los labios de Encarna brota una sonrisa—. Esta ciudad me impulsa a hacer algo nuevo.

Pilar la mira con asombro y con ternura. Por fin la voz de Encarna suena llena de ímpetu. En silencio, dentro de su corazón, agradece al señor Hurock, a Nueva York, a Carmen Amaya y al Gato que le hayan devuelto a su hermana.

51

Al día siguiente, Encarna se levanta con una energía arrolladora. Teresita le ha preparado el desayuno y se lo ha dejado en la mesita que hay junto a la ventana del salón, desde la que se observa una maravillosa vista de la calle y de todo Nueva York.

—Teresita, he decidido que voy a desayunar, además de mis rebanadas de pan con aceite de oliva y mi té, unos huevos con jamón, ya sabes, a la americana —dice Encarna.

—Pero ¿y la dieta? —pregunta Teresita sin querer ahondar mucho en ese cambio.

—Debo tener energía, Teresita. Quiero hacer muchas variaciones en la coreografía, y si estoy enclenque no podré. —Encarna se mira en el espejo de cuerpo entero del salón, saca pecho y mete tripa mientras se ajusta un poco la bata bajo la que asoma un bonito camisón de seda rosáceo—. Además, me he reafirmado en mi idea de que el baile español, y sobre todo el flamenco, tiene que bailarse con carne. ¡Que se vean temblar las emociones que salen de las vísceras! ¿Viste bailar ayer a la tía de Carmen?

—Sí. —Teresita mueve la cabeza afirmativamente.

—¡Cómo se mueve esa mujer con ochenta años!

Encarna eleva las manos y, con un movimiento de los hombros lleva los brazos hacia atrás. Después los baja muy lentamente por delante, con las palmas un poco hacia dentro, como si envolviera una tela con mucha delicadeza.

—A esa mujer no le preocupan los veinte kilos que le sobran. —Encarna se toca el vientre, que desde hace un tiempo la tiene obsesionada con los centímetros de más que se le han puesto alrededor de la cintura—. Tampoco le preocupan los años… No se molesta en disimular las canas y las arrugas. Pero, Teresita, esa mujer cuando baila está llena de pasión por la vida. Si la miras a los ojos te das cuenta de que, en verdad, no tiene edad. —Se sienta delante de la mesa donde tiene su desayuno—. Y te parecerá una tontería, pero estoy convencida de que para transmitir pasión por la vida bailando no se puede estar hecha un palo, hay que estar entradita en carnes.

—¡Muy bien, Encarna! —exclama Teresita, encantada de verla tan contenta—. ¡Que haya donde agarrar! Ahora mismo voy a hacerte esos huevos con jamón.

Mientras se dirige a la cocina suena el timbre de la puerta.

—¡Buenos días! —se oye desde el vestíbulo la voz vibrante del señor Hurock que, con su marcado acento estadounidense, pronuncia exageradamente las eses.

—Un momento, por favor, señor Hurock. La señorita Encarna está desayunando. Voy a decirle que está aquí.

Teresita no quiere hacerlo esperar, así que corre a avisar a Encarna.

—Es el señor Hurock —le anuncia en cuanto llega al salón—. ¿Le digo que pase?

—¡Claro! Y pregúntale si quiere huevos con jamón —responde Encarna con entusiasmo.

—¡Buenos días!

Hurock irrumpe en el salón con una sonrisa inmensa en su cara redonda. Desde que llegaron a Estados Unidos parece estar siempre de excelente humor. Al principio, Pilar y Encarna pensaron que podría deberse a que estaba cerca de su mujer, que lo colmaba de cuidados, pero enseguida se enteraron por Tomás de que la exultante felicidad del señor Hurock se debía a la existencia de una amante de la que estaba locamente enamorado. La amante es una joven cantante a la que, tras escucharla un día en un teatro de Ohio, se llevó a Nueva York, prometiéndole un contrato millonario en Broadway. Por el momento, ningún empresario ha querido contratarla con ningún papel protagonista, ya que, aunque la chica tiene una cara bonita y unas curvas de vértigo, su voz es demasiado atiplada. Sin embargo, Hurock no ha perdido la esperanza de que la chica sea en algún momento la estrella de algún espectáculo y la ha convencido para que se esfuerce en formarse como cantante y bailarina en una de las mejores academias de Nueva York, la American Academy of Dramatic Arts.

—Buenos días, señor Hurock —le responde Encarna señalando con la mano una silla para que tome asiento—. ¿Quiere unos huevos con jamón? Voy a desayunar, aunque sean las doce del mediodía.

—Encantado de acompañarla, señorita. —Hurock estira aún más su sonrisa, y Teresita, que lo escucha, se marcha para prepararlo todo—. Me imagino que irá a ensayar esta tarde…

—Claro, señor Hurock. Usted no se preocupe por su mercancía, que estará a punto. La cuestión es que quería hablar con usted.

—Dígame —responde solícito Hurock.

—Estoy pensando en hacer algunos cambios en el espectáculo y…

—¿Cambios? —Hurock se inquieta, empieza a pasarse la mano por su redonda barbilla.

—Pocos… Por ejemplo, me gustaría cambiar la escenografía, no tiene mucho impacto. Hay que hacer algo que conmueva al público solo con un golpe de vista. —Encarna habla mientras mira por la ventana—. No ha de ser algo difícil, pero hay que pensar en crear un ambiente más sugerente, sin tanta luz como habíamos previsto en un principio. Que se vea todo lleno de misterio, de destacados claroscuros...

—Hay un problema —dice Hurock apretando los labios—. El escenógrafo se ha marchado de viaje. —Se queda dubitativo—. Es verdad que ha dejado en su ausencia a un sustituto, pero no me atrevo a dejar que ese chico improvise, es demasiado inexperto. —Se lleva la mano a la barbilla en actitud reflexiva.

—Podríamos arriesgarnos —dice Encarna—. Hay que dar una oportunidad a las personas —insiste—. Además, lo tengo muy claro aquí. —Se señala la cabeza—. Yo lo dirigiré.

El señor Hurock la mira a los ojos y acepta resolutivo.

—Lo que usted diga, señorita. Usted es la artista, y yo confío plenamente en mis artistas, incluso en los que aún no han triunfado porque estoy seguro de que un día lo harán. —Hurock habla con los ojos fijos en el mantel de hilo blanco que cubre la mesa—. Y entonces, todos esos engreídos empresarios de teatro se tirarán de los pelos por haber rechazado lo que un día pudo hacerlos muy ricos.

Está enfrascado en sus pensamientos, y solo sale del ensimismamiento cuando Teresita coloca la bandeja sobre la mesa y reparte los humeantes platos. Encarna lo mira con ternura y benevolencia pensando que es un hombre bueno y brillante, y le enternece la idea de que su aguda inteligencia y su olfato para los negocios queden eclipsados por los dictados de su corazón.

—¡Muchísimas gracias, Teresita! —exclama con la alegría de un niño ante la llegada de un dulce de chocolate—. Por cierto... ¿Recuerda, señorita Encarna, que le dije que el marqués de Cuevas nos invitaría a una fiesta en su mansión? Pues es mañana.

—Pero mañana tenemos pensado ir a ver la actuación de Antonio y a Rosario —alega Encarna en tono de protesta.

—Ir a casa de marqués de Cuevas es un privilegio, ya se lo expliqué. Él y su esposa son una de las parejas más influyentes del panorama estadounidense en este momento, no lo olvide. Además, habrá gente muy interesante. Debemos ir. —Hurock mueve con firmeza la cabeza mientras se introduce el tenedor en la boca, empezando enseguida a masticar deprisa con los ojos brillantes y la cara cada vez más roja.

—¡Beba agua! —Encarna le sirve un vaso lleno, y el señor Hurock se lo lleva a los labios como si fuera a apagar un incendio.

Encarna comienza a ojear una revista de prensa rosa sobre la vida de artistas de Broadway, con la intención de dejar un tiempo a Hurock para que se recupere.

—Dentro de poco usted estará en una de esas revistas —comenta él en cuanto puede hablar.

—Mi vida es bastante aburrida —responde Encarna con una sonrisa—. No creo que interese a nadie. Preferiría que saliera una buena crítica de mi espectáculo.

—Tengo algunos números de *Town Tattle* con los mejores chismes. Se los traeré. ¡Hay que ponerse al día de lo que pasa en esta ciudad!

—Gracias, señor Hurock. Por el momento, dentro de un rato iré con Teresita a dar un paseo por Central Park y después quiero ir con Pilar a Saks a comprarme algo que ponerme mañana.

Encarna sonríe y mira hacia la ventana. Se siente rebosante de energía.

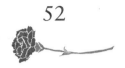

52

Joe, el chófer del señor Hurock, ha invitado a Teresita a la fiesta de cumpleaños de un primo suyo que vive en Harlem, y está encantada.

—¡Nunca he estado con gente negra! —exclama entusiasmada como una niña—. ¿Cómo me sentiré?

—Rara, porque serás la única blanca —le responde Tomás desde el sillón en el que lee el periódico.

—Seguro que te lo pasas muy bien —afirma Pilar, y dirige una mirada reprobatoria a Tomás—. Además, como es negro de Cuba, os entenderéis divinamente —la tranquiliza.

Así pues, todos excepto Teresita salen a las nueve de la mañana hacia Long Island, donde el marqués de Cuevas tiene su magnífica mansión. Pasarán el día allí. El marqués ha puesto una casa a disposición de los invitados para que no tengan que regresar a Nueva York a altas horas de la noche.

Lo primero que hacen al llegar a su destino es pasear por la playa. Aunque la brisa es fría, caminan por la arena húmeda con los pies descalzos hasta la hora del almuerzo. Una vez ya en la casa, una mujer que el marqués ha contratado les ha preparado una copiosa comida a base de pasta aderezada con una contundente salsa de tomate triturado con guisantes, salchichas y queso; también hay pollo con hortalizas y una humeante salsa blanca con olor a mantequilla, y unos postres variados entre los que destacan unos cuadraditos perfectos de esponjosos pasteles de chocolate negro.

Algunos de los invitados ya han llegado. Entre ellos se encuentra Federico de Onís con su mujer, Harriet, con los que Encarna aún no ha tenido tiempo de ponerse en contacto.

—¡Querida Encarna! —Federico extiende los brazos nada más verla—. ¡Cuánto tiempo! —Los dos se funden en un abrazo.

—¿Os llegó el regalito que mandé a mi ahijado desde París? —pregunta Encarna.

—Un caballo precioso —responde Harriet. Tiene unos bonitos ojos violáceos que brillan de tal manera que parece que en cualquier momento van a brotarle unas lágrimas—. No tenías que haberte molestado.

—Lo envié también de parte de Federico… —Encarna se siente presa de una súbita emoción y tiene que dejar de hablar para contener el llanto.

—Nos enteramos de la horrible canallada. —Onís pone su mano en el hombro de Encarna y Harriet también, acompañando el gesto con una mirada infinitamente triste.

Encarna ve entrar a un hombre joven y delgado. Su rostro se transmuta al instante, desbordado de felicidad.

—¡Salvador! —exclama, y él le sonríe tímidamente—. ¡Qué alegría verte…! —Lo saluda con dos besos y un cariñoso apretón de manos—. ¿Cuánto tiempo llevas en Nueva York?

—Pues un tiempo ya. —Salvador sonríe de nuevo, y los extremos curvados de su finísimo bigote ascienden—. El marqués de Cuevas se ha convertido en mi mecenas. —Se sonroja al hablar—. No paro de trabajar. —Hace una pausa y se queda mirando fijamente a Encarna sin borrar su sonrisa—. Estás muy hermosa, con esa belleza española tan morena y a la vez tan blanca. —Entorna los ojos para hacer un enfoque más conciso del rostro de La Argentinita.

—¡Qué cosas dices, Salvador! Vas a sacarme los colores —dice coqueta Encarna—. Ven, te presentaré a unos amigos. Él es don Federico de Onís, que dirige el departamento de Español y es profesor de la Universidad de Columbia, la misma en la que se matriculó durante su estancia en esta ciudad nuestro querido Federico García Lorca. Y ella es su esposa, Harriet —añade, y ambos sonríen—. Este es Salvador Dalí, un gran amigo de Federico y un gran artista. —Inspira profundamente.

—Encantado. —El profesor De Onís le da un expresivo apretón de manos—. Un amigo de Federico es un amigo mío.

Harriet también le estrecha la mano.

—Encarna, nos retiramos a nuestra habitación, queremos descansar antes de la fiesta de esta noche —le comunica, y acto seguido los dos inclinan la cabeza a modo de despedida y se van.

Salvador y Encarna los observan mientras se alejan.

—¿Lo echas de menos? —pregunta Salvador con la mirada fija todavía en el matrimonio que acaba de conocer.

—Mucho. —Encarna esboza una sonrisa triste.

—Yo noto su presencia continuamente. —Salvador habla muy serio, con las manos entrelazadas por detrás de la espalda—. A veces, cuando estoy dibujando, oigo su risa, como cuando estuvo en mi casa de Cadaqués... A nadie he visto disfrutar más comiendo *crespells* y bebiendo vino rojo. —Salvador sonríe como en una ensoñación y prosigue—. Y, bromeando, decía a Consuelo que hacía mucho escándalo en la cocina y no le dejaba escribir. Con mi hermana Ana María cantaba en la terraza *Una vez un choralindo...* Y miraba el mar tanto que un día le hice un dibujo de su cabeza dentro del mar y, nada más terminarlo, una ráfaga de viento se llevó el papel hacia el océano. Cuando me disponía a ir tras él, Federico me detuvo tirándome del pantalón y me dijo: «Déjalo, está claro que el mar lo quiere y hay que respetar sus deseos. No quiero que se enfade y llegue hasta aquí un día, y me engulla con sus labios de cielo y sus dientes de espuma».

—Inspira profundamente y expulsa el aire con fuerza—. Yo también lo echo mucho de menos. —Sus hombros caen hacia delante, abatidos—. Ya nadie me dice como él: «Esas majaderías tuyas terminan pareciéndome sensatas». Pero lo oigo aquí... —Se señala el corazón—. Y a veces eso me hace estar triste y nostálgico.

Encarna se lleva también una mano al corazón y pone la otra sobre el hombro de Salvador.

—En esta ciudad, es fácil sentirse triste. Hay mucha gente, pero poco tiempo para cantar, para bailar... Y eso enfría el alma y convierte los corazones en máquinas sin sentimiento —afirma con una mirada melancólica.

—Solo los negros cantan y bailan aquí, como decía Federico. —Salvador mira ensimismado algún punto en el suelo—. Una vez me confesó que nunca sintió la soledad como los domingos en Nueva York: «Un español, *amic*, no sobrevive varios domingos en aquella ciudad. Y un andaluz como yo, menos». Se metía las manos en los bolsillos del pantalón y movía la cabeza como si no pudiera creer lo que había vivido. «Allí, en Coney Island, que es una gran feria que en verano visitan más de un millón de personas, si te caes al suelo nadie te recoge, echan las basuras encima de ti como si no fueras nada», me contó un día.

Encarna le dedica una sonrisa llena de ternura y le aprieta el brazo.

—En ese caso, evitemos a toda costa ir a Coney Island. Yo siempre sigo los consejos de Federico —afirma, y Salvador la mira con complicidad y sonríe—. Voy a descansar antes de la fiesta.

Dalí hace un gesto de asentimiento con la cabeza y se queda mirándola mientras se aleja.

53

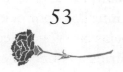

Desde la distancia, el jardín del marqués de Cuevas parece una antorcha. La luz que desprende incendia el aire, envuelto en una alegre música de foxtrot. A pocos metros se divisan centenares de velitas dispuestas por todas partes que otorgan un ambiente mágico a esa noche en que la luna llena, tan grande en el cielo, parece haber expulsado a todas las estrellas, y se diría que estas ocupan ahora el jardín convertidas en llamitas titilantes.

Encarna lleva puesto un sugerente vestido estilo charlestón de seda rosácea y, en la cabeza, una diadema de la misma seda con un tocado de plumas de colores que flotan en el aire como si se resistieran a no emprender el vuelo a cada paso que da.

Pilar luce un vestido en crepé negro con escote palabra de honor que hace que sus hombros resalten y se afine su cintura. La falda tiene dos delicadas pinzas en las caderas que abomban la tela ligeramente para enseguida volver a estrecharla en forma de tubo hasta llegar a las rodillas. Tomás la mira extasiado, llevándola del brazo como si exhibiera un trofeo.

—¡Está usted radiante, señorita Argentinita! —exclama eclipsado el señor Hurock al verla descender la escalera que conduce al vestíbulo de la mansión. Ha pasado buena parte de la tarde lustrando su automóvil que ahora, bajo la luz de la luna, reluce con un elegante brillo muy acorde para la ocasión.

La mansión del marqués de Cuevas está repleta de gente que se mueve por el interior y por el jardín como un enjambre de laboriosas abejas empeñadas en divertirse. El propio marqués sale a recibirlos a la puerta en cuanto los ve llegar.

—¡Querido marqués, cuánto tiempo!

Hurock estrecha en un abrazo a un hombre de mediana edad, alto y delgado, con el cabello engominado hacia atrás y un fino bigote bajo la nariz, un tanto aguileña. Posee un porte elegante y jovial, realzado por el impecable esmoquin blanco que viste. Chileno de nacimiento, el excéntrico hombre se había rebautizado como George de Cuevas. Es extremadamente sociable y culto, y su vis amanerada no le impidió conquistar el corazón de Margaret Rockefeller, una de las jóvenes más deseadas con mayor fortuna de la sociedad estadounidense del momento.

—¡Qué alegría verle, Hurock! —exclama el marqués en un español con acento chileno lleno de sincera efusividad—. Preséntame, por favor, a estas bellezas españolas que tanto deseaba conocer —dice con un gesto distinguido y amanerado mirando con una sonrisa a Encarna y a Pilar.

—Le presento a las hermanas López Júlvez, las artistas de las que tanto le hablé. Dentro de poco actuarán en el Metropolitan, estoy convencido de que con gran éxito. —El voluminoso pecho de Hurock se ensancha aún más.

—Encantado, señoritas. —El marqués hace una pronunciada reverencia acompañada por una sonrisa que estira su bigote hasta lo imposible—. Soy un ferviente admirador del arte español.

Una mujer menuda con un moño alto rubio y un bonito vestido añil en seda tornasolada llega en ese momento. En su cara destacan unos rasgos finos y bien proporcionados, casi aniñados, pero sus ojos, del color de la miel, le dan un toque de inquietante sensualidad. Sus labios rosados y brillantes sonríen.

—Mira, *darling* —dice el marqués tomándola por la cintura—, te presento a unas famosas artistas españolas. Señoritas —se dirige ahora a Encarna y a Pilar—, les presento a mi esposa, Margaret, la marquesa de Cuevas.

—Encantada —responde con una agradable voz en un español con marcado acento estadounidense. Extiende hacia ellas un brazo estilizado y nacarado que termina en una mano pequeña de larguísimos dedos, cuyas uñas están cuidadosamente pintadas en un rojo bermellón—. ¿Bailarán ustedes algo para nosotros? —pregunta con candidez.

—¡Claro! —responde Encarna—. En una noche tan bonita como esta, ¿quién no tiene ganas de bailar?

—Mandaré que prepararen uno de los escenarios que hemos dispuesto en el jardín —se apresura a decir el marqués con el brillo del reto en la mirada.

—Disculpen a mi esposo. Es muy latino y apasionado.

El matrimonio intercambia una mirada de complicidad.

—Cuando estén preparadas, les ruego que me lo hagan saber. Ahora pasen y disfruten de la fiesta, por favor. —El marqués hace un elegante gesto con una mano señalando el jardín.

Todos se adentran más en él para gozar de la magnífica recepción que los marqueses de Cuevas han organizado. El alcohol se sirve a espuertas en diferentes puntos de la casa y del jardín en barras adornadas con perfumados centros de flores, tras las que expertos bármanes preparan cócteles deliciosos y muy desinhibidores. La abundante comida dispuesta en bandejas de plata circula servida por camareros que se mueven entre los invitados como hormigas disciplinadas.

La orquesta toca en un rincón del jardín y, de vez en cuando, un cantante se esfuerza en entonar canciones de moda que algún grupo cercano al artista secunda. A medida que la noche avanza, el cantante se resigna a ser desbancado con frecuencia por los espontáneos con ansias de protagonismo que se hacen con el micrófono y con la canción. La noche transcurre apacible y divertida.

—¿Cuándo bailarán ustedes algo para mí? —les pregunta el marqués con una sonrisa beoda, interrumpiendo la conversación que Encarna y Pilar mantienen con Salvador.

—¿Vas a bailar, Encarna? —le pregunta extrañado Salvador, que lleva desabrochada la pajarita del esmoquin y sujeta con aire aburrido una copa de champán en la mano.

—Por supuesto —contesta Encarna con resolución—. Nosotras bailamos porque nos encanta. Si no viviéramos de ello también lo haríamos, ¿verdad, Pilarín?

Pilar asiente.

—Y más después de un buen champán —dice, y levanta su copa y da un trago.

—¿Disfrutan de la noche? —Margaret se acerca con su copa en la mano haciendo un gesto de brindis. Sus pupilas destellan con el brillo que da el alcohol cuando sube en burbujas hasta la mirada.

—Mucho, marquesa, y ahora con su presencia aún más —responde Salvador con una sonrisa galante en el rostro.

—¡Oh, ustedes los españoles son gente adorable, siempre dispuestos a gozar de la vida! —Margaret se acerca a Dalí y le da un beso rápido en la mejilla—. ¡Adorables! —Se marcha diciendo adiós con la mano y tropieza en el césped con una maceta repleta de vistosas flores.

—Son unos mecenas fantásticos. —Dalí alza su copa en dirección hacia Margaret, que ya se aleja—. Y muy ricos. La fortuna es de ella, es la nieta de Rockefeller, el gran magnate del petróleo. Pero tiene un carácter tan soñador... Es maravillosa, como una niña que deja en manos de otro su hucha con todos los ahorros y, de vez en cuando, le pide que le compre una piruleta. Adorable... —insiste Dalí.

—El marqués es encantador, y se ve que están muy enamorados —comenta Pilar—. ¿Dónde se conocieron? —pregunta sin poder evitar la curiosidad.

—En París —responde Salvador—, en una sastrería en la que el marqués trabajaba. —Pone ojos de felino como si rebuscara esa imagen en su mente—. Él es un hombre extraordinario, un apasionado del baile, y como podéis observar, no oculta su homosexualidad. —Los tres dirigen la mirada hacia donde se encuentra el marqués, que en ese momento habla animadamente con dos jóvenes muy atractivos—. ¿No os parece que este matiz otorga a la relación de ambos un encanto fascinante y perverso, tan dramático que roza lo espiritual? —exclama al tiempo que juguetea con una de las puntas curvadas de su bigote.

Un grupo de personas pasan riéndose mientras avanzan torpemente, como una extraña comparsa cuyos miembros chocan unos con otros y se disculpan entre seseos sin mirarse a la cara.

—Creo que el ambiente está demasiado espirituoso —observa Encarna mirando a su alrededor.

El estruendo de un silbato desvía la atención de todos hacia un refinado mayordomo que se afana en reclamar la atención de los invitados para anunciar la siguiente actuación, que tiene que ver con una pareja de *clowns* que sujetan en sus manos unos malabares.

La noche transcurre mientras los invitados beben, cantan y bailan, y las velas se consumen dejando paso a los primeros rayos de luz que salen por detrás de la casa, anuncio de un sol que se despereza lentamente.

Encarna, Pilar, Tomás y el señor Hurock se despiden de un ojeroso marqués de Cuevas. La marquesa ha desaparecido hace tiempo, víctima de unas náuseas provocadas por la mezcla de alcoholes.

—Gracias, señorita Encarna. —El marqués mantiene las manos de Encarna entre las suyas—. Usted y su hermana son dos ángeles. Iré a verlas bailar en el Metropolitan con sus alas de plumas de seda blanca. —Les dedica una sonrisa sincera y se aleja para despedirse del resto de sus numerosos invitados.

Al día siguiente, antes de salir hacia Nueva York, el chófer del marqués de Cuevas aparece con un ramo de flores para Encarna, otro para Pilar y un sobre para Hurock. Este lee en voz alta la nota que contiene:

Estimado amigo:

Haga saber a la señorita Encarna que desearía regalarle un retrato que le haga su amigo Salvador Dalí. Espero su respuesta.
Atentamente,

MARQUÉS DE CUEVAS

—¿Y bien? —Hurock levanta las cejas y espera atento a que Encarna hable.

—No quiero un retrato —dice ella con resolución después de un breve silencio—. Si el marqués no tiene inconveniente, prefiero un decorado para el espectáculo nuevo.

—¡Excelente idea! —exclama el señor Hurock con entusiasmo—. Se lo comentaré, y si está de acuerdo, hablaré enseguida con el señor Salvador Dalí.

—Y yo deberé hacerlo con Salvador. No sabe de flamenco, tendrá que aprender algo de este mundo antes de pintar —murmura Encarna abstraída en sus pensamientos.

El marqués de Cuevas acepta la propuesta de inmediato y en los días siguientes Encarna se ocupa de enseñar a Salvador lo más esencial del flamenco. Lo lleva a ver a Carmen

Amaya, y al salir del espectáculo el joven artista, con la cara desencajada como si acabara de tener una visión, le dice arrebatado por la emoción: «¡Qué mujer, qué cuerpo, qué brazos!».

Durante varias tardes, después de ensayar, Encarna se encuentra con Salvador en su suite número 1610 del hotel St. Regis, donde el pintor se aloja con su misteriosa mujer, Gala. Allí Encarna comenta anécdotas de sus espectáculos y escenifica movimientos de algún baile mientras Salvador, sin dejar de observarla, hace bocetos en un cuaderno que le servirán después para crear el encargo.

Una de esas tardes, Dalí cita a Encarna en su taller para que contemple su creación prácticamente finalizada. Ante el gigantesco lienzo, Encarna se queda paralizada y, en silencio, observa durante minutos la obra de colores vivos y formas ondulantes. Sin mediar palabra con Dalí, que la sigue en todos sus movimientos, se sienta y se levanta de una silla situada a varios metros del gran lienzo.

—Salvador, es una guitarra enorme, ¿verdad? —le pregunta casi en un suspiro, por no romper la magia de las sensaciones que se le despiertan.

—Así es —responde Dalí—. Y de esa guitarra, que en realidad es Carmen Amaya, están surgiendo los brazos musculosos y fascinantes de Carmen, abiertos como los de un Cristo en la cruz que, en vez de clavos, tiene castañuelas sangrantes.

—¡Es fantástico! —exclama Encarna, fascinada por el genio del joven Salvador.

Esa tarde, al salir del taller de Dalí, Encarna siente que Nueva York es la ciudad más maravillosa del mundo. Todo le transmite alegría: los ómnibus repletos de gente vestida a la moda, las gigantescas fachadas de mármol resplandeciente, los toldos de colores que compiten con los letreros luminosos, los vendedores de refrescos, los simpáticos puestos ambulantes de *hot dogs*, los modernos automóviles con conductores que expulsan el humo de sus cigarrillos por la ventanilla... Todo parece gritar que la vida es una gran aventura repleta de oportunidades, y ella está allí, justo en el centro de esa explosión vital, para disfrutar con todas sus fuerzas del espléndido sueño que le ha devuelto la esperanza y el entusiasmo por vivir.

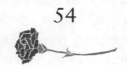

54

El 1 de noviembre de 1943, a las ocho de la tarde, *El Café de Chinitas* se estrena en el Metropolitan Opera House de Nueva York.

El día amanece nublado. En la cabeza de Encarna parecen haberse metido todas las nubes que pasean lentas por el cielo, y una molestia sorda y constante en el vientre le recuerda que tiene un asunto pendiente con ella misma, que de momento no puede atender.

—Necesito ir a ensayar cuanto antes —dice a Teresita mientras se toma unos analgésicos con su habitual desayuno americano con huevos revueltos, tortitas y beicon—. Con los nervios, tengo la sensación de que se me acumula toda la sangre en la cabeza. Un buen taconeo y se me aliviará.

Durante toda la mañana ensaya en el estudio sin parar; primero sola y más tarde con Pilar. Las dos se conocen bien y saben que el día de un estreno los nervios les hacen estar en silencio. Son sus cuerpos los que necesitan hablar a través del baile.

A la hora del almuerzo regresan a sus respectivos apartamentos. Encarna come frugalmente, vuelve a ingerir unos comprimidos para el dolor y se encierra en su habitación para dormir una siesta que repare su cansancio y la reponga para el gran evento que la espera. Dos horas más tarde ya está preparada y dispuesta para marcharse con todos hacia el teatro.

—¿Estás bien? —le pregunta Pilar en el coche—. Te encuentro rara, como ausente. Apenas has abierto la boca desde que nos has visto.

Encarna sonríe y mira a Teresita, que la escudriña desde sus fieles ojos del color de la miel y enarca las cejas.

—Tienes razón, Pilar —responde Encarna—. He tenido un sueño tan real a la hora de la siesta…

—¿Qué soñaste? —pregunta Tomás, intrigado.

—Soñé con Ignacio y con Federico. —Encarna se queda en silencio; todos esperan atentos a que prosiga—. Ignacio estaba sentado en el borde de mi cama y me daba su mano. —Pone las suyas una sobre otra—. Y Federico me sonreía apoyado en la consola —continúa despacio mientras su mirada se pierde a través del cristal de la ventanilla del automóvil—. Es verdad que me acosté pensando en ellos. Durante doce años, Ignacio me llamaba por teléfono o me escribía un telegrama el día del estreno, estuviera donde estuviera… —Sonríe con melancolía, inspira y aprieta los labios—. También el día siguiente del estreno, y a veces en el mismo día, unas horas más tarde, Ignacio se ponía en contacto conmigo de alguna manera… En ocasiones era con un impresionante ramo de rosas amarillas.

—Lo recuerdo —dice Pilar con nostalgia.

—Y yo… —la secunda Teresita—. Siempre era una alegría tener noticias suyas. Ignacio era como una bocanada de aire fresco.

—También estuve pensando en lo bien que lo pasamos Federico y yo juntos cuando grabamos en La Voz de su Amo todas esas canciones que voy a cantar esta noche. —Encarna ensancha aún más su sonrisa—. Hubo días en los que no pudimos grabar nada porque nos entreteníamos con otras cosas. Él me enseñaba lo que estaba componiendo o una vieja nana que escuchaba de niño y yo le enseñaba algún paso nuevo que estaba incorporando en mi repertorio. El caso es que estuve pensando en ellos antes de dormirme...

—¿Y qué te decían? —pregunta Teresita, intrigada.

—Ignacio me dijo que me acordara de todo el amor que pusimos en *Las calles de Cádiz*. «Ese fue nuestro hijo mayor, pero *El Café de Chinitas* también es hijo nuestro», me recalcó. Y entonces Federico se acercó un poco más a mí y nos interrumpió diciendo: «Y yo, vais a perdonarme, pareja de tortolitos, he dado muchos biberones a ese hijo mayor vuestro, y a este que está a punto de ver la luz del mundo también».

En el coche se oyen los hipidos reprimidos de Teresita.

—Es que es una historia tan bonita... —dice limpiándose las lágrimas.

—Lo siento muy cerca. —Encarna inspira profundamente.

—Seguro que nos ayudan esta noche. —Pilar pone su mano encima de la de su hermana.

—Seguro —responde Encarna con una sonrisa cuando el coche se detiene ya frente al teatro, un impresionante edificio situado en la calle Treinta y nueve.

En un par de horas la música, dirigida por el maestro José Iturbi, invade hasta el último rincón y el lleno es total. Los focos iluminan el gran decorado realizado por Salvador Dalí: la fascinante mujer guitarra. Comienza la función con el público sumido en una gran expectación, como la que se produce cuando el toro y el torero se enfrentan por primera vez en el albero. El telón dorado adamascado se levanta y Encarna surge en el escenario. Está radiante, con un traje goyesco de seda natural blanco. Brilla por sí misma, como si un foco la iluminara desde dentro. La música vibra en el aire, lo llena todo y, de pronto, se hace el silencio y la voz dulce y afinada de Encarna flota libre paseándose entre las butacas con vida propia; roza cabellos y rostros templando ánimos y suavizando tensiones. Es un romance antiguo el que canta. Habla del amor sincero e inocente de una muchacha hacia un hombre del que está enamorada y al que desea conquistar. El romance destila palabras dulces y esperanzadoras. Encarna está radiante, sus ojos resplandecen avivados por la llama que procede del fondo de su corazón, en el que el fuego de la pasión por la vida crepita constantemente. Se pasea con gracia por el escenario mientras canta. Sus movimientos rezuman una elegante naturalidad, en la que cada gesto está trabajado con esmero. De vez en cuando, se hace un silencio y acompaña la música con un bonito repiqueteo de castañuelas.

Cuando el romance finaliza, el público estalla en una gran ovación. Encarna saluda con la gracia de la consumada bailarina que es. En su rostro, una sonrisa espontánea la hace más humana, como si, de pronto, ese ser que ha estado ante cientos de ojos actuando como si se tratara de una criatura celestial se convirtiera en la más terrenal y frágil de las personas que se congregan allí. El telón baja, y al subir de nuevo a los pocos segundos, Encarna ya no está. En su lugar aparece Pilar con José el Greco, que es ya uno de los bailarines principales. La orquesta toca un bolero, y Pilar y José bailan una danza que rebosa técnica y fina sensualidad al mismo tiempo. Pilar luce un vestido goyesco en color rojo con borlones negros y una constante sonrisa en la cara. Es un baile alegre, prodigiosamente ejecutado, que el público aplaude con fervor.

Las dos horas del espectáculo transcurren en una armonía y una expectación continuadas. La audiencia se siente maravillada por la original, fresca y, a la par, elaboradísima puesta en escena. En el descanso, se oye a los espectadores españoles tararear las viejas canciones populares, armonizadas por Federico, que acercan sus corazones a España: *Los cuatro muleros*, *El Café de Chinitas*, *Los peregrinitos*…

—¡Todo está saliendo a las mil maravillas! —exclama entusiasmado Hurock nada más entrar en el camerino de Encarna y Pilar.

—Señor Hurock, no podía ser de otra manera —responde Encarna con serenidad—. Lo hemos trabajado mucho. Y, además, esta noche el duende nos ha honrado con su presencia.

—¡Al duende lo tienes tú comprado, hermanita! —grita Pilar desde el biombo tras el que se cambia de ropa.

—Eso son las influencias que Encarna tiene con el más allá —interviene Teresita, que le prepara con esmero el atuendo para el número siguiente.

—Preferiría no tenerlas y gozar aún de la compañía de esos seres queridos que se fueron... —responde Encarna mientras se arregla las ondas marcadas al agua de su pelo negro y brillante. Hurock las mira con una sonrisa sin entender muy bien de qué hablan—. Pero no puedo negar que están ahí... Siento a Federico detrás de las bambalinas... Si cierro los ojos lo veo con su cara sonriente diciéndome: «¡Eso es, comadre, así se hace!». —Encarna se queda en silencio y en sus labios aparece una sonrisa melancólica—. En cuanto a Ignacio... —Inspira profundamente—. Ignacio está aquí —dice poniéndose la mano sobre el corazón.

—Bueno, bueno... —Pilar sale de detrás del biombo intentando abrocharse el corsé realizado con un rico brocado—. Encarna, ¡que te vas a poner tan triste que no podrás actuar! ¡Ven aquí! —Pilar la atrae hacia ella y la abraza—. Estén donde estén —le dice mirándola a sus brillantes ojos—, la que está aquí actuando ahora eres tú.

—¡Vamos, terminad de arreglaros que quiero ver entre bambalinas el cuadro del tablao flamenco! —El señor Hurock se despide deseándoles suerte.

Encarna y Pilar terminan de acicalarse con ayuda de Teresita y salen para disfrutar de la actuación que ya ha comenzado. Por el pasillo oyen a La Fernanda con su voz ronca de aguardiente. Desde detrás del telón, pueden ver cómo los focos iluminan con fuerza a los dos gitanos que forman el tablao flamenco; más allá de sus cuerpos se cierne una misteriosa y espesa oscuridad. Es como ver una hoguera humana: unos cantan, otros tocan las palmas, otros la guitarra o los cajones y otros bailan, entregados a una danza que tiene algo de salvaje y algo de divino, como si esos seres, con sus cinturas quebradas y sus brazos elevados, en los que los dedos se mueven como pequeñas serpientes con vida propia, supieran, a través de su cante y su baile, el lenguaje terrenal que hay que utilizar para comunicarse con el más allá. La Fernanda, una vieja bigotuda de gesto huraño y mirada impenetrable, canta como si en ella la voz del hombre y la mujer se convirtieran en lo mismo, como podría cantar un ángel caído por seguiriyas. De vez en cuando, levanta despacio un brazo grueso y pesado, y apunta con su torcido dedo índice hacia delante, allí donde una muchacha ensimismada se contorsiona en unas posturas imposibles. El número del cuadro flamenco encandila al público que, aunque inexperto en ese arte, siente la emoción sincera que los artistas han transmitido a través de sus voces y sus cuerpos. Detrás del telón, Encarna y Pilar aplauden emocionadas.

—Estos gitanos están hechos de otra pasta —dice Pilar sin dejar de aplaudir.

—La diferencia es que los gitanos no bailamos, señorita —sentencia un viejo gitano que anda también entre bambalinas—. Nosotros rezamos, nuestro baile forma parte de ritos muy antiguos. —En la cara morena y ajada del hombre aparece una sonrisa desdentada.

—Es el tío de La Fernanda —dice Encarna a su hermana mientras el anciano se aleja.

—¿El tío? —repite extrañada Pilar—. ¡Pues tiene que ser más viejo que Matusalén!

—¡Misterios gitanos! —responde Encarna con una mirada enigmática.

El espectáculo concluye con un estruendoso aplauso. Delante de Encarna y del resto de los artistas, se levanta una marea humana que aplaude de pie emocionada. Encarna saluda colocando las manos sobre su corazón. Allí está su gran tesoro, allí guarda el amor de todos sus amores y allí guardará también toda la magia de ese momento. El duende está con ella, transformado ahora en lágrimas de gratitud que le resbalan por el rostro adoptando la corporeidad de lo humano.

55

Tras el estreno, la embajada española ofrece una fiesta en honor a La Argentinita y a su *Café de Chinitas*. Encarna está exultante.

—Ha estado usted incomparable. —El Gato, el gitano que conoció en casa de Carmen Amaya, aparece de la nada. Le toma las manos y se las besa galantemente.

—Gracias —responde Encarna, sorprendida.

—Es usted una diosa —le dice con la mirada clavada en su rostro.

—Son sus ojos. —Encarna nota que se sonroja.

Juan tiene unos ojos verdes enmarcados por unas espesas pestañas negras y largas que los resaltan aún más.

—¡Un acierto, Encarna, un acierto! —exclama el marqués de Cuevas marcando cada una sus palabras con gestos exagerados de las manos—. ¡El escenario ha sido todo un acierto! —Lo acompaña una pareja—. Le presento a unos amigos. Ella es la señora Frida Kahlo...

La mujer, que se apoya en un bastón de madera reluciente y viste un extraño atuendo con detalles del folclore mexicano, extiende una mano larga y masculina hacia Encarna.

—Encantada —la saluda con una voz ronca que contrasta con su pequeño cuerpo—. Es un placer conocer a una artista como usted —dice con acento mexicano, y sonríe con su boca de labios carnosos provocando que sus espesas cejas se desplacen hacia sus sienes.

—Y este es el señor Diego Rivera —continúa presentando el marqués de Cuevas.

Un hombre corpulento toma la mano de Encarna y se la eleva para besársela suavemente, y su largo bigote le roza la delicada piel.

—Un verdadero placer, señorita —dice este también con un marcado acento mexicano—. Yo tuve el honor de verla actuar hace años en el teatro Bellas Artes de la capital de mi país natal.

—La señora Kahlo y el señor Rivera son dos prestigiosos pintores mexicanos —aclara el marqués, sin poder disimular el placer que siente al verse rodeado de artistas—, y tengo el honor de introducirlos en la sociedad neoyorquina para que aquí se admire de verdad el arte de estos dos genios —explica. Kahlo y Rivera sonríen agradecidos, no sin cierta timidez ante el sincero entusiasmo del generoso mecenas—. Discúlpenme, debo atender al embajador de Canadá, que acaba de entrar.

Kahlo, Encarna y Rivera le dedican una amplia sonrisa, y el marqués realiza un saludo exagerado al que añade una pronunciada reverencia.

—Me gustaría hacer un retrato de usted, señorita Argentinita. Sería un honor para mí —dice Kahlo al tiempo que la mira como si estuviera analizando cada uno de sus rasgos.

—Estaría encantada —responde Encarna—. Habrá que encontrar el momento entre actuaciones y ensayos.

—No tengo prisa, mi intención es quedarme en Nueva York una temporada.

Los ojos de Kahlo son como un termómetro de sus emociones. Se agrandan o empequeñecen, brillan o se quedan opacos, según son los pensamientos y sentimientos que pasan por su cabeza e inundan como una cascada incontenible su corazón.

—A mí me encantaría tener también ese honor, pero dudo que pueda quedarme en Nueva York el tiempo suficiente.

—El bigote de Rivera se ve triste ahora, como si sus puntas tuvieran la facultad de invertirse hasta formar parte de la comisura de sus labios.

—¡Encarna, has de venir! —Pilar llega excitadísima. Su cara hace juego con su vestido rojo—. Disculpen —dice al ver que su hermana habla con otras personas.

—Se la prestamos —responde Kahlo con una sonrisa—, pero recuerde, señorita Argentinita, que la perseguiré. Me encanta la luz que se crea a su alrededor.

Encarna se acerca a ella y le da un beso en la mejilla.

—¡Hasta pronto! —dice levantando la mano a modo de despedida.

—¿Quién es? —pregunta Pilar.

—Una pintora mexicana. Me produce ternura. No sé, tiene una mirada tan misteriosa y un cuerpo tan frágil… Me enternece la gente con un cuerpo que no le permite bailar, saltar o correr con libertad. ¿No te parece que debe de ser como estar encerrado en una cárcel?

—Sí, debe de ser horrible —contesta Pilar—. Pero nosotras vamos a bailar… ¿No oyes esa música?

—Sí —dice Encarna aguzando el oído—. Es foxtrot, ¿no?

—¡Exacto! Y ni tú ni yo sabemos bailar foxtrot, y van a dar clases en el salón para que la gente que quiera lo siga. ¡Hay que buscarte una pareja!

—Pilar, ¿por qué te dan ganas de seguir bailando después de cada actuación?

Encarna se deja llevar por su hermana, sabe que es imposible llevarle la contraria. Pilar se para en seco y comienza a buscar con la mirada a la víctima perfecta.

—¡Ahí está! —exclama de pronto—. ¡El Gato! —dice mirando a Juan, que habla con una pareja de bailaores de la compañía de Encarna.

Como si estuviera dotado de una antena, Juan se vuelve cuando Encarna y Pilar están a pocos pasos y dedica a Encarna una bonita sonrisa.

—Juan, te necesitamos —dice Pilar con vehemencia—. Vas a ser la pareja de baile de Encarna.

Encarna sonríe tímidamente al tiempo que eleva las cejas con asombro.

—No puedo creer que me toque ese regalo. —El Gato alza la copa de vino que tiene en la mano y brinda con los bailarines que están junto a él.

—¿Una copa? —pregunta a Encarna mientras toma ya una de vino tinto de la bandeja que un solícito camarero le ofrece.

—Está bien —contesta Encarna tras dudar un momento—. No suelo beber después de actuar porque el alcohol se me sube muy rápido... Pero si voy a bailar de nuevo no pasará nada. —Brinda con su copa de tinto y bebe.

—Señoras y señores... —El director de la pequeña orquesta que anima la fiesta se dirige a los invitados—. Ha habido un error y no vamos a disfrutar de la presencia del profesor de foxtrot. —Un gran murmullo de desolación llena el salón—. Pero tocaremos un conocido y elegante vals para que ustedes lo bailen a su antojo.

El marqués y su esposa aplauden la iniciativa del director y, enseguida, el aplauso se contagia a todos los invitados. Los primeros acordes del *Vals del Emperador* de Johann Strauss llenan toda la sala.

—¿Bailas?

Juan extiende su brazo hacia Encarna. Ella asiente con la cabeza y entrelaza su brazo con el de él.

—¿Sabes bailar el vals? —le pregunta una vez situados en la pista de baile.

—No lo he hecho jamás —contesta él—, pero soy gitano y, además, estoy con la mejor bailarina.

Pone una mano entre los omóplatos de Encarna y la otra en su mano derecha, atrayéndola hacia él.

—Debes dejar espacio para que me mueva —dice Encarna con una sonrisa. Le agrada la soltura que Juan muestra con ella.

—Es para no perderme —replica él con una sonrisa pícara.

A medida que baila, Juan va deslizando su mano hacia la cintura de Encarna y la atrae más hacia sí.

—¿Te parece que salgamos de la fiesta? —le susurra al oído.

—Está bien… —Encarna inspira profundamente—. Necesito aire fresco. Al final, la copa de vino se me ha subido a la cabeza.

Salen sin despedirse de nadie en cuanto termina el vals. En la calle, la temperatura ha bajado mucho y Encarna tirita bajo el fino chal de seda que cubre sus hombros. Juan se quita la chaqueta y se la ofrece.

—¿Adónde vamos? —pregunta Encarna mientras los dientes le castañetean por el frío.

—Te invitaría a mi casa a tomar una copa, pero vivo con mis primos…, así que no es buena idea.

—Entonces te invito yo a la mía. —Encarna alza la mano y un taxi se detiene en seco delante de ellos.

—¿Sigues teniendo frío? —le pregunta Juan ya en el taxi.

—Un poco —responde Encarna frotándose las manos.

—¿Me permites? No me gustaría que te convirtieras en un trozo de hielo. —Juan le pasa su brazo por la espalda y la estrecha contra él.

—Para ser tan jovencito eres muy desenvuelto —dice Encarna con la cabeza en el hombro de él.

—¿Crees en el destino, Encarna? Dicen que está escrito en las estrellas… —Juan posa sus labios en la cabeza de Encarna.

—Sí, por suerte o por desgracia, sí creo.

—Yo también. Desde el momento en que te vi supe que entre tú y yo había algo especial.

Encarna vuelve el rostro y mira a Juan con una sonrisa pícara.

—¡De verdad! —exclama Juan. Clava los ojos en ella y sigue el impulso de besar sus labios, un beso largo al que Encarna se rinde de inmediato.

Esa noche, el lujoso apartamento de Encarna se convierte en el paraíso. Es la primera vez en muchos años que hace el amor apasionadamente con un hombre que la desea. Se encuentra en disposición de sentir el cuerpo joven y ardiente de Juan. Se alegra de haber tomado esa copa de vino en la embajada porque, gracias a eso, puede disfrutar desinhibida de sus caricias y sus besos.

Al día siguiente amanecen con los cuerpos entrelazados.

—Encarna, eres la mujer más maravillosa del mundo. Me has hecho feliz. He conocido a una diosa.

—Hablas como si no fuéramos a vernos más —dice Encarna con el corazón en vilo.

—Tengo que marcharme de Nueva York. —Juan tiene la mirada perdida, como un niño que no se atreve a confesar algo a su madre—. Mi visado se ha agotado. Me voy en quince días.

—Bueno… —Encarna disimula el dolor que las palabras de Juan le causan—. Al menos tenemos quince días.

Juan la estrecha entre sus brazos, besa suavemente sus labios y le dice con voz queda:

—Acuérdate del destino, Encarna. Nuestras almas están unidas para siempre.

Encarna sonríe. No dice nada, pero en su fuero interno piensa que Juan es aún un niño, que tiene el alma inmaculada y sin heridas, mientras que la de ella está llena de cicatrices ocasionadas por almas que estuvieron unidas a la suya y que un día se separaron produciéndole una brecha insalvable.

Cuando Juan cierra la puerta, Encarna escucha a su corazón: «Ya nada duele tanto, ya nadie puede herirte con la fuerza de antes».

A los pocos minutos suena el timbre.

—¡Cuéntamelo todo, hermanita! —exclama Pilar, ávida por oír la historia de Encarna.

—Es un buen amante —le cuenta Encarna mientras se mueve por la habitación—. Y sí... —Se queda quieta y pensativa un instante—. Se nota que es joven... —Sonríe y mira a Pilar, que tiene los ojos muy abiertos—. Pero en quince días regresa a España, así que no hay peligro de que me vuelva loca por él.

—¡Vaya, qué lástima! Un poco de locura te vendría bien —dice Pilar contrariada—, llevas mucho tiempo siendo demasiado sensata.

—A estas alturas de mi vida, a mis más de cuarenta años no voy a cambiar, Pilar. He volcado la pasión en el escenario, en mi arte, cantando y bailando. Ese ha sido siempre, y será el resto de mi vida, mi verdadero gran amor. Ignacio fue quien me robó el corazón, y a él le consentí cosas que jamás admitiría en nadie.

—¿Te refieres a sus infidelidades? —Pilar conoce bien a su hermana y sabe que necesita desahogarse.

—Sus infidelidades no fueron solo con mujeres. —Encarna sonríe—. Me acuerdo de la cara de Federico cuando le pregunté si había algo entre Ignacio y esa chica francesa, Marcelle Auclair. —Ríe brevemente—. Me contestó apesadumbrado: «La culpa es mía, yo los presenté en casa de Jorge Guillén cuando unos cuantos amigos nos reunimos allí para que les leyera *Bodas de sangre*. Los presenté sabiendo que tenían cosas en común...». Inútil fue insistir a Federico que él no tenía la culpa de nada, que antes o después alguien se la habría presentado. Ignacio era un alma libre, sus inquietudes eran tantas y tan diversas que a veces me sentía una gota en el océano...

—¿Te arrepientes? —pregunta extrañada Pilar.

—¡No! —exclama Encarna—. Lo que compartí con él era inmenso. Estar con alguien libre te empuja a ser libre... —Se queda pensativa un instante—. Yo no habría resistido estar con otro tipo de hombre. No. Me habría asfixiado.

El timbre de la puerta suena y se oyen los pasos de Teresita seguidos de la voz grave y amigable de Hurock.

—Siento venir sin avisar, Teresita... —Hace una pausa, y Encarna y Pilar se lo imaginan sonriendo, elevando sus enormes mejillas hacia ambos lados de la cara—. Pero ya sabe usted que cuando son buenas noticias, hay que darlas enseguida —concluye.

—¡Claro, claro! Espere un momento, por favor.

Teresita dirige sus pasos hacia el salón. La puerta está entreabierta, golpea suavemente con los nudillos y asoma su cabeza pelirroja. Sin embargo, antes de que pueda decir nada, Encarna se le adelanta.

—Teresita, puedes comunicar al señor Hurock que pase.

A los pocos segundos Hurock está ante ellas.

—¡Señoritas! —exclama excitadísimo—. ¡Señorita Argentinita! —Primero se dirige a Encarna y le besa las manos—. Su espectáculo ha sido un éxito. Ha estado usted fantástica y todo ha salido a las mil maravillas. —Encarna sonríe—. Y usted, señorita Pilar, ¡qué gracia y qué elegancia en su baile! —Le toma las manos también y se las besa.

—¿Acaso esperaba otra cosa de las hermanas López Júlvez? —Pilar entrelaza su brazo con el de Encarna y le dirige una sonrisa orgullosa.

—He tenido una reunión con el director del Metropolitan y está pensando en prorrogar el contrato.

—¡Para mí es un sueño! —exclama Pilar.

—Es una suerte, sí. —Encarna sonríe tranquila—. La situación en España no está para volver todavía... —Enarca

450

sus finas cejas e inspira profundamente—. Así que estar fuera con trabajo es lo mejor que puede pasarnos.

Mira a su hermana con ternura, y Pilar se acerca a ella y la besa en la mejilla. La vida les ofrece la oportunidad de empezar de nuevo y ambas van a aprovecharla disfrutando al máximo la experiencia.

—Venía solo para transmitirles esta gran noticia. Me voy ya, que tengo que gestionar mil asuntos hoy. ¡Nos vemos en el estudio! —Gira sobre sus talones y, tras agitar la mano en el aire a modo de despedida, abandona el salón.

—Este hombre… ¡No sé cómo está tan rollizo! —Teresita se encoge de hombros—. No para.

Se desploma en la silla que hay junto a Encarna y Pilar. Echa la cabeza hacia atrás y cierra los ojos exhalando un profundo suspiro.

—¿Qué te pasa? —pregunta Encarna, extrañada.

Teresita hace un movimiento de negación con la cabeza.

—Me encanta este país por lo raro que es todo. Aquí, siendo diferente, te sientes también del lugar. Como me pasó con el cubano, el chófer del señor Hurock, el que me llevó a la fiesta en casa de su primo. Al principio, me sentí como pez fuera del agua, tan distinta, tan paliducha, llena de pecas y cohibida, y ellos tan morenitos y tan extrovertidos… Al poco, sin embargo, todos querían enseñarme el son cubano, que para mí tiene más de español que de cubano, pero al final, y gracias a los mojitos que bebimos, terminamos bailando sevillanas. —Encarna y Pilar estallan en una carcajada—. Aquí se aprecia el arte de las López Júlvez y eso me hace feliz. Pero… no sé si aguantaré mucho. Echo de menos Madrid.

Teresita rompe a llorar con la cara oculta entre sus manos. Las dos hermanas se levantan y la abrazan.

—Mírame —le ordena Encarna.

Se pone de rodillas delante de ella y le levanta la barbilla, suavemente para encontrar su mirada. Teresita abre sus bonitos ojos y se enjuga las lágrimas con la servilleta que hay encima de la mesa.

—Te juro, como me llamo Encarnación López Júlvez, que tú, mi cuñado, mi hermana y yo vamos a volver a Madrid. —Encarna hace una pausa y observa a Teresita, que la escucha con atención—. Me crees, ¿verdad?

Teresita asiente con la cabeza.

—Esperaremos a que los ánimos se tranquilicen y que pase esta maldita guerra en la que los hermanos se matan como buitres y chacales. Cuando todo esté un poco más tranquilo, volveremos. Te lo prometo. —Encarna sonríe y abraza a Teresita.

Pilar se une a ellas. Todas echan de menos su tierra. Ahora están seguras de que van a regresar. Encarna siempre cumple sus promesas.

Nueva York, 1945

Teresita regresa rápido y entra feliz con su vaso de limonada en la mano. Lo deja sobre la mesa del tocador.

—Pruébala, está fresquita —dice, y se queda de pie esperando a que beba.

—«Vecinas, dadme una jarra de azófar con limonada»* —recito con el vaso lleno del líquido ligeramente amarillento en mi mano. Me sonrío.

—Es la «Canción de la madre del Amargo» de Federico, ¿verdad? —pregunta Teresita ladeando la cabeza.

—Sí. —Acerco el vaso y aspiro su olor; huele a liviandad, a verano y un poco a menta—. Los versos de Federico me vienen continuamente a la mente, o a lo mejor, él es el que me los cuchichea al oído... —Mis hombros se encogen en un gesto automático, y exhalo un suspiro que me sale del alma, aceptando lo incomprensible. Bebo y Teresita observa cómo al dar un par de sorbos, se me arruga la nariz, por la acidez del líquido, provocando su risa.

—Está buena, pero demasiado ácida para mí, le falta

* «Canción de la madre del Amargo», *Poema del cante jondo* (9 de julio de 1925), Federico García Lorca, tomo 1, *Obras completas*, Aguilar.

azúcar. —Teresita toma el vaso que acabo de dejar sobre el tocador, y bebe un trago. Sus ojos elevan la mirada hacia un lado y hacia otro, como evaluando el grado de acidez—. Está ácidamente deliciosa —dice finalmente satisfecha, relamiéndose el labio superior, como una niña feliz con su golosina.

»Deja que termine de peinarte. —Se coloca detrás y observa el moño bajo en la nuca que me he hecho, con la raya en medio. Abro la caja donde brillan con destellos de colores los peinecillos y Teresita saca de uno de los bolsillos de su vestido floreado una bolsita de organza—. Aquí tengo mis preferidos, con las horquillas precisas. Nada de peineta hoy, ¿verdad? —pregunta después de mirar lo que hay en la caja.

—No, la peineta de carey hoy la voy a sustituir por esos peinecillos con flores blancas que has traído con tan buen tino.

Me sonríe satisfecha, saca las peinetas de flores de la bolsa con mucha delicadeza, y las pone sobre la mesa. Coge el cepillo, me da dos suaves cepilladas para estirar algún cabello suelto que sobresale y se entrega a la tarea de buscar los lugares más apropiados en los laterales de mi cabeza, para que aquella ristra de flores quede como una tiara invertida flanqueando el moño. Lo hace rápido y con la seguridad que le proporciona la experiencia.

—¡Ya está! —exclama mirando mi reflejo en el espejo—. ¡Tu carita color canela, acompañada por este marco de flores, destaca mucho más! —Me observa complacida.

—¿No me vas a poner alguno aquí delante? —Acerco mis manos a los laterales de la cabeza. Cuando está inspirada, Teresita es la mejor asesora de imagen, y hoy lo está.

—Vale —titubea un poco, y finalmente coloca a unos dedos por encima de mis orejas, dos peinecillos con pedrería de colores que brillan sutilmente—. ¡Guapísima! ¿Te gustan? —me pregunta, sabiendo por la expresión de mi cara, que me ha encantado su toque final al peinado. Asiento complacida, y ella posa sus manos suavemente en mis hombros, transmitiéndome su sostén incondicional.

»Voy a por los vestidos —dice resolutiva, y camina hacia el biombo, sacando de detrás de él dos vestidos, uno rojo y otro blanco, que extiende con esmero sobre el sofá de terciopelo.

—¡Son preciosos los dos! —exclamo al verlos, y mi corazón se expande flotando entre los recuerdos. Al lado de la mesita, sentada muy tiesa, Cirila contempla todo lo que sucede a su alrededor.

—¿Cuál te apetece más hoy? —me pregunta Teresita, sin apartar la mirada de los vestidos, como si los viera por primera vez.

—Rojo sangre, blanco lienzo; los dos son tan bonitos... —Hablo despacio, dando tiempo a mi mente a que tome una decisión. Inspiro y cierro los ojos.

El olor dulce de la rosa me susurra:

—Blanco.

—El blanco —respondo con determinación.

Me deshago de mi batín de seda, mi ropa interior de algodón color carne, es cómoda y discreta como una segunda piel, me pongo de pie y me acerco a Teresita, que con su habitual diligencia está con el vestido preparado y abierto en el centro del camerino, como si fuera una piadosa camarera de la virgen Macarena. Lentamente, el vestido se va adaptando a mi cuerpo, en un crujir constante de volantes que se acoplan hasta quedar en su posición perfecta. Teresita sube la cremallera de la espalda, y siento como la sutil contención de la tela de popelín define los límites de mi cuerpo. Arregla el volante en el que terminan las mangas anchas y sueltas, elegidas así para permitir la total libertad de movimientos a mis brazos cuando bailo.

—Mangas de capote —dice ella, mientras se esmera en que el volante quede perfectamente delineado—. Al mataor le gustará verte desde la barrera del cielo con estas mangas. Capote. —Teresita mastica las palabras «flamenco» y «toreo» unidas, compartiendo un nombre para algo que es importante para cada uno.

—Ignacio y yo hemos compartido mucho... Lo de sus corridas me ha hecho sufrir tanto que en cierta medida he perdido la capacidad de sufrir. Y cuando pasa eso, al final es raro, pero terminas disfrutando todo mucho más. —Teresita enarca sus cejas y sigue en silencio acicalándome—. Es muy irónico... El arte realmente era lo que nos unía a Ignacio a mí intensamente, nuestro amor por el arte... Después de eso, el resto era algo casi superfluo, que se destilaba como un adorno, como una floritura... —Observo a Teresita colocarme el vestido, deslizar sus manos entre los volantes, atusar la cola. Todo con el mismo cariño que me ha prodigado desde el primer día que decidió ser mi planchadora, amiga, consejera y ayudante para siempre. Un matrimonio entre almas. Una sonrisa llena de ternura se dibuja en mis labios.

—Yo diría que os queríais mucho, a pesar de cualquier circunstancia —dice con su forma sencilla y sabia de ver la vida—. Pero yo te quiero muchísimo. —Se queda frente a mí mirándome, analizando cada uno de los detalles que llevo encima; es experta en descubrir la inmensidad que hay en las cosas pequeñas.

—Tú no me has fallado jamás —me vuelvo hacia ella, y extiendo mis manos que aprieta entre las suyas—. Nos miramos buceando profundamente la una en los ojos de la otra. Agradeciéndonos en silencio la vida que hemos compartido. Así son las cosas del corazón, suceden en momentos que no te esperas, y el cuerpo se llena de escalofríos que duran unos segundos, y ya no vuelve a ser el mismo nunca más, aunque nadie perciba la diferencia.

—No me hagas llorar, que no puedo abrazarte con ese vestido y no se te puede correr ni un poquito el maquillaje.

Así que voy a por los zarcillos. ¿Cuáles quieres? —carraspea, corriendo las cortinas de la emoción que tupen su garganta.

—Tráeme los de brillantes, los largos.

Teresita regresa rápido con los maravillosos pendientes largos de brillantes, que Ignacio me regaló por nuestro primer aniversario. Me los pongo con la delicadeza que conlleva cada paso del ritual sagrado de la preparación, antes de una actuación, y me miro en el espejo. La magia del espectáculo hace que surja la belleza y el encanto de nuevo en mi cuerpo dolorido y enfermo.

—Estás preciosa. Pareces una novia flamenca —murmura Teresita—. Voy a por las castañuelas que ya va a empezar la función —dice como despertando de un sueño, y se marcha regresando al instante con las castañuelas.

Las coloco a conciencia en mis manos, haciendo algún repiqueteo para ejercitar los dedos. La nitidez del sonido de la madera de granadillo me reconforta.

—Me acuerdo tanto de Carmencilla ahora… Esa gitanilla que conocí siendo niña en una taberna con mi padre. —Arranco otro repiqueteo a las castañuelas y elevo mis brazos con suavidad, viendo reflejada mi blanca figura en el espejo—. Nunca jamás he vuelto a ver bailar a nadie como ella…

—Eras una niña. —Teresita me observa extasiada, con devoción.

—Era una niña, y mis ojos de niña descubrieron la esencia del arte ese día, sin filtro de teorías; cuando esa muchacha subió a aquella mugrienta tarima, y empezó a taconear y a mover sus brazos hacia el cielo, como una chamana, poseída por algo más grande que ella. —Mis dedos arrancan de nuevo el sonido amaderado y compacto de las castañuelas—. Yo vi la cara del Duende… y él vio la mía. —Vuelo con las alas de la memoria a aquel momento.

—Una novia flamenca, se te ve tan joven y tan lozana…

—insiste Teresita, con su retahíla de piropos, como una madre orgullosa.

Me contoneo delante del espejo. Me pruebo.

—Te voy a decir algo, Teresita. —Me quedo quieta, mirándola muy fijamente—. Siempre estaré joven y lozana; nunca seré vieja. —A Teresita se le congela la sonrisa y un leve temblor imperceptible en los músculos de su rostro cambia su expresión alegre a un gesto de consternación.

—No digas eso, Encarna. —Corre hacia a mí y me abraza olvidando el vestido. Enseguida se separa—. ¡Yo quiero que seas una vieja cascarrabias, y mandarte a freír espárragos! —exclama suplicándome. Le doy un beso en la mejilla pecosa y el beso se queda cosido a su piel, con el carmín de mis labios.

—Cirila, cuida siempre de mi amiga Teresita —ordeno a mi muñeca sentada en la mesita—, que tiene ojos de miel y risa de olas de marea baja.

»Eso haré… —Por mi boca sale la voz nasal de Cirila, y Teresita me mira triste y enfadada—. Aunque es muy testaruda —añade la muñeca. Teresita sonríe como una niña que no puede resistirse a las cosquillas—. Además, lo que no sabe ella —continúa Cirila con su mirada de susto— es que los que no se hacen viejos van a la Luna, y allí juegan a tirar estrellas a la Tierra. Así que cuando veamos una estrella fugaz, será Encarna haciendo travesuras. —La boca de Teresita tiembla en un puchero contenido.

»Así es —afirmo, ratificando lo que ha dicho Cirila—, como el Amargo, «No llorad ninguna. El Amargo está en la luna». —Un nudo en mi garganta sujeta las lágrimas que quieren escapar—. Mi muñeca es muy lista —digo sonriendo, sintiendo el enorme peso que aprieta el centro de mi pecho. El corazón duele cuando dentro de él encierra durante largo tiempo mucha pena y mucho miedo.

Abro un poco la puerta que da a las bambalinas del escenario; por la rendija, entra la oscuridad y el silencio cargado de la contenida expectación que precede al espectáculo.

—Voy a ese tablao oscuro. —Mi cuerpo se tensa, proporcionándome la energía que necesito para entrar en aquel ruedo—. Teresita, ya siento al Duende nervioso saltar entre la gente. —Sin mirarla, alargo mi brazo hacia atrás, y mi mano aprieta la de ella un instante, con fuerza.

Suenan los primeros acordes, y la luz blanca y brillante irrumpe en el escenario. Me persigno con decisión.

—Parecido a esto será la entrada al Cielo, estoy segura. —Frente a mí, en el otro extremo tras el telón, espera atento el cuerpo de baile liderado por Pilar, que me sonríe nerviosa y bellísima. El regidor hace un gesto con la cabeza, para indicarme que es mi turno.

Lleno los pulmones de aire y, en una letanía inaudible, escucho mis palabras susurrándome:

—Encarna, tu cuerpo lo has consagrado al arte, y así seguirá siendo mientras haya un soplo de vida en él. Para que los corazones que te vean bailar vibren como lo hizo el tuyo al ver a Carmencilla. ¡Allá voy! ¡Va por ustedes!

(Música, aplausos, luz… Plenitud…).

Epílogo

Finales de agosto. Encarna, Pilar y Tomás se dirigen en coche a un almuerzo en casa del doctor Castroviejo en honor a don Indalecio Prieto. Hace calor y el sol reparte sus rayos desde un cielo alto y azul que gana en intensidad a medida que se alejan de la ciudad. El doctor Castroviejo vive a las afueras, en una casa con un bonito jardín en el que, en cuanto el tiempo se lo permite, organiza reuniones sociales.

Durante el trayecto todos hablan acaloradamente sobre temas políticos. Encarna está muy enfadada. Nunca le ha interesado la política, pero desde que tuvo que huir de España por culpa de unos y a Federico lo asesinaron otros, no solo no cree en los políticos, sino que, además, está dispuesta a decir todo lo que piensa sobre el tema cada vez que tenga la ocasión de encontrarse con uno de ellos. Sabe que el momento va a darse esa tarde, y la ira que siente le remueve las entrañas. Antes de salir se ha tomado varios analgésicos para evitar que el dolor le atenace de repente el vientre. Ama a su patria, pero al mismo tiempo siente que la mayoría de sus compatriotas no se merecen la tierra que los ha visto nacer.

—Dicen que don Indalecio Prieto es un político honrado —comenta Pilar mientras saca de su bolso una barra de carmín rojo intenso.

—Ay, hermanita... —Encarna suspira y mira el paisaje

frondoso por la ventanilla—. «Político» y «honrado» son dos palabras que no encajan muy bien.

—¡Exacto! —reclama Tomás con entusiasmo—. Puedes decir político y cínico, pero nunca… —Tomás hace hincapié en la última palabra al tiempo que mira con complicidad a Encarna—. Pero nunca, nunca… —recalca con una sonrisa—, nunca se puede decir político y honrado. —Tras una pequeña pausa concluye—: ¿Queda claro, Pilar?

—Sí, pero… —Pilar intenta argüir algo.

—Pero nada, hermanita —la interrumpe Encarna—. Ese hombre, como otros muchos de su calaña, se ha aprovechado de los desastres de la guerra para robar el dinero y las joyas que sus compatriotas tenían en las cajas de ahorros, porque confiábamos en la honradez del Gobierno y resulta que allí estaba reunido el mayor alijo de ladrones. —Tomás asiente—. Embarcaron nuestras joyas, Pilar, en ese Vita dichoso que, encima, era un barco medio robado, por mucho que ellos digan que se lo compraron a Alfonso XIII. ¡Son unos sinvergüenzas! —afirma indignada.

Cuando llegan a la casa de Castroviejo, el doctor está en la puerta recibiendo a Federico de Onís y a su mujer, Harriet, y junto a ellos se encuentra el político Indalecio Prieto.

—¡Qué alegría, miren quién ha llegado! —exclama el doctor al ver que Tomás, Encarna y Pilar bajan del coche—. Creo que ustedes ya se conocen.

El doctor Castroviejo es un hombre afable y voluminoso. Todo en él parece adquirir formas redondas, incluso lo que no es parte de su cuerpo, como las gafas que resbalan de continuo por su nariz chata.

—Claro que sí. —Prieto se adelanta y saluda a Encarna tomando su mano y haciendo el gesto de besarla.

—Don Indalecio —dice Encarna, que acompaña una inclinación sutil de la cabeza con una sonrisa que enmascara sus pensamientos más íntimos.

Las presentaciones y los saludos se suceden. El doctor ha invitado a muchos amigos, la mayoría de ellos conocidos de Encarna y Pilar. En la mesa hay vino tinto, jamón serrano y tortilla de patatas a espuertas, así como una fuente con gazpacho de la que los comensales se sirven de continuo. La jornada está amenizada por un grupo de flamencos, que cantan y bailan cada vez más animados. A la hora de los postres, la temperatura ha subido unos cuantos grados. Muchos de los invitados han decidido cambiarse de ropa y ponerse el bañador, algunos incluso chapotean en la piscina desoyendo la prescripción facultativa del médico, que les advierte de los peligros de un corte de digestión.

—Señoras y señores —anuncia el doctor Castroviejo con una copa de sangría en la mano—, les informo de que no los socorreré en caso de emergencia. ¡Estoy fuera de servicio!

Alza la copa, se la lleva a los labios y la apura hasta el final, quedándose con una sonrisa de satisfacción. Algunos aplauden, otros levantan su copa y lo imitan, y otros desoyen sus consejos y se zambullen en la piscina. Encarna y Pilar, que se han cambiado y se han puesto las dos un bañador negro idéntico, hablan animadamente con el hermano menor de Federico, Francisco García Lorca, y su esposa, Laura de los Ríos.

—¿Qué tal se han adaptado tus padres a Nueva York? —le pregunta Encarna.

—Gracias a la familia de Laura, bien —responde Francisco, y mira enamorado a su esposa—. Don Fernando, su padre, ha sido siempre un gran amigo de la familia y un apoyo fundamental para todos nosotros desde la muerte de Federico. —Su mirada se nubla y se clava en el suelo.

Laura lo observa con ternura y los ojos se le llenan de lágrimas. Encarna se queda en silencio e intenta sonreír. Pero los labios le tiemblan, y sus ojos se anegan en llanto y tropiezan de frente con los de Francisco.

—Brindemos, Encarna. —Francisco levanta su copa al notar que su amiga está a punto de quebrarse—. Brindemos por tu compadre —dice con una sonrisa cómplice—. Seguro que allí donde esté hay una fiesta montada.

—Eso seguro. —En los labios de Encarna asoma una sonrisa sincera—. Le encantaba que sus amigos lo pasaran bien cuando estaban con él. —Mira el vaso de vino que tiene en las manos y lo agita suavemente, observando cómo baila el líquido en su interior.

—¡Hagamos eso en su honor, pasémoslo bien! —Francisco sonríe y, por un instante, Encarna ve en él a Federico.

Los cuatro entrechocan las copas y beben.

—¡Baila, Encarna! —dice Francisco al oír que empiezan a tocar unas sevillanas.

—¡Por fin os encuentro! —exclama el doctor Castroviejo, que se acerca acompañado por Prieto—. Don Indalecio, aquí está la juventud. Con la señorita Encarna y su hermana Pilar ya ha tenido el placer de hablar antes, pero quiero presentarle a Francisco García Lorca y a su mujer, Laura de los Ríos Giner.

—Encantada, señorita. —Don Indalecio le toma la mano y se la besa ceremoniosamente. Después estrecha la de Francisco con semblante grave—. Siento mucho la atrocidad que han cometido con su hermano —le dice con los labios apretados, y hace un gesto con la cabeza en señal de asentimiento—. Están destrozando España —murmura para sus adentros.

—Algunos más que otros —responde Pilar—. Por cierto, ¿usted sabe qué ha sido de las joyas que iban en el Vita? Las nuestras estaban entre ellas...

—¿No podría usted hacer algo? ¿No podría hablar con Negrín? —pregunta Encarna.

—Por desgracia, hace mucho que mi relación con Negrín dejó de ser buena.

Pillar y Encarna intercambia una mirada cómplices. Ambas están convencidas de que don Indalecio no es sincero con ellas. Es prácticamente un secreto a voces que él conoce a la perfección el destino de los tesoros del Vita, el yate que el presidente Juan Negrín compró y que se rumoreaba que había sido el Giralda, propiedad de Alfonso XIII, en el que se embarcó todo lo expoliado a distintas catedrales, cajas privadas de Madrid y montes de piedad de toda España, con la excusa de recaudar fondos para los republicanos exiliados. El yate llegó finalmente a Veracruz y, de acuerdo con el presidente mexicano Cárdenas, Prieto se apropió del barco y luego se amparó en la supuesta autoridad de las Cortes en el exilio. Nadie hizo inventario de lo que había en el Vita.

—Cuando las cosas se complican ya se sabe... —dice el doctor Castroviejo a fin de aliviar la tensión que crece entre las hermanas López y don Indalecio—. Al final, a mar revuelto, ganancia de pescadores.

—Lo de ser pescador es lo fácil —apunta Pilar sin ocultar su creciente malestar—. Lo difícil es ser honrado cuando el mar está revuelto.

—Ese mar revuelto es el que se llevó a Federico —dice Francisco con los labios apretados para contener la rabia inmensa que le brilla en los ojos.

—Lo de su hermano ha sido una tragedia nacional. —El médico apura su copa sin ocultar ahora sus verdaderos sentimientos—. España se ha convertido en una casa de putas —dice apesadumbrado—, y los que no queremos acostarnos con nadie tenemos que huir como si nosotros fuéramos los apestados. Es un asco.

Prieto sacude la cabeza y apura también su copa.

—Espero que cuando mi querido amigo —dice dirigiéndose a Castroviejo— me opere de las cataratas, pueda regresar a España a ver reinar el sentido común, y si no... —Suspira y continúa—. Con todo el dolor de mi corazón, prefiero no volver a España y vivir en el destierro, aunque mi vida haya sido luchar por mi país.

—Si le consuela —dice Pilar—, todos los españoles de bien que estamos en la maravillosa fiesta de nuestro querido amigo Castroviejo nos encontramos exiliados y no porque hayamos participado activamente en la política. —Va encendiéndose a medida que habla—. La mayoría de nosotros somos gente con profesiones liberales, como el doctor, Francisco, mi hermana y yo... —La tensión crece—. ¿Y qué mal hemos hecho? —Se queda unos instantes en silencio, como si esperase la respuesta de Prieto, y enseguida continúa—. Ninguno, mi estimado don Indalecio. Nuestro mal ha sido hacer bien nuestro trabajo, vivir libremente nuestra vida y procurar ser lo más felices posible, y eso, ¿sabe qué?, levanta mucha envidia, y la envidia es muy contagiosa. A mi hermana la acusaron de no querer colaborar con la República y la infamia apareció hasta en los periódicos. Y ese comentario, que quizá salió de una boca maledicente en un café madrileño, se convirtió en un afilado puñal que pudo costar la vida a mi hermana y seguramente a mí... Y eso fue lo que mató a nuestro amigo Federico —añade enérgica—, la envidia, no sus ideas políticas, sino su éxito, su libertad, su apariencia de hombre feliz... Todo eso lo hizo insoportable para muchos. ¡Por la felicidad y la libertad! —exclama con los ojos brillantes y su copa en alto.

—Lo único que me consuela un poco —dice Francisco inspirando profundamente, como si se abriera paso entre su pena— es que allá donde mi hermano esté ahora habrá alegría y felicidad.

—Eso seguro —asiente Encarna—. Era un ser que disfrutaba viendo a sus amigos felices. Si él estuviera aquí, yo ya estaría bailando y él cantando sus canciones populares que tanto le gustaban.

Todos esbozan una sonrisa. La música de unas sevillanas llega hasta ellos.

—¡Baila, Encarna! —exclama Francisco—. ¡Baila para nosotros y para él!

Encarna los mira con una sonrisa cada vez más amplia en los labios. Después clava sus ojos en Pilar.

—¿Bailamos? —le pregunta con complicidad.

Pilar asiente con decisión, y las dos van hacia donde los flamencos están cantando. Al verlas llegar, las dos gitanas que habían empezado a bailar se retiran para dejarles a ellas el escenario. Los olés y los aplausos para las hermanas se suceden a lo largo de las sevillanas, pero Encarna comienza a palidecer a medida que el baile avanza.

—¿Estás bien, Encarna? —le pregunta preocupada Pilar cuando la segunda sevillana acaba.

—Sí —responde rápidamente Encarna, pero un sudor blanquecino perla su frente.

Al terminar la cuarta sevillana, Encarna se apoya en Pilar para saludar a la gente, que aplaude y vitorea eufórica.

—¿Estás bien? —le pregunta de nuevo Pilar, cada vez más alarmada.

—No, me duele mucho… —alcanza a decir Encarna casi en un susurro, y apenas termina la frase pierde el sentido y cae al suelo.

Todos los invitados se quedan en silencio.

—Hay que llevarla al hospital —ordena Castroviejo, que ha acudido enseguida.

Entre Tomás y Francisco la cogen y la introducen en el coche.

—Menudo espectáculo he dado, hermanita —dice Encarna entreabriendo los ojos, con la cabeza apoyada en el hombro de Pilar—. En bañador y desplomándome. ¿Al menos he caído con una bonita figura? —pregunta intentando bromear—. ¡Ah! —grita sujetándose el vientre.

—¿Qué ocurre, Encarna? —pregunta asustada Pilar.

—Me duele mucho, Pilar —contesta Encarna con la cara

humedecida por las lágrimas—. Llevo mucho tiempo con este dolor en el vientre, pero ya es insoportable.

—¿Por qué no me lo habías contado? No sabía que te dolía tanto —pregunta confusa Pilar.

—Nunca he dado mucho crédito a lo que los médicos me dijeron en Buenos Aires hace ya tiempo —responde Encarna con un hilo de voz—. Lo irónico es que fui a la consulta creyendo que estaba embarazada... —Inspira—. ¡Qué más habría querido yo en ese momento! —Sonríe con melancolía—. Si me operaba lo que tenía dentro debía dejar el baile... Y no podía, Pilarín, tenía que ir a París, a Argentina y a México. Y... y esa es mi vida, Pilar. —Inspira para coger fuerzas—. Sin baile no quiero vivir. Pero ya me he rendido y dejaré que me operen —susurra.

Apoya la cabeza en el hombro de su hermana y aprieta los labios para aguantar el dolor, que convierte en un verde aceitunado el tono acanelado de su cara. Pilar la abraza con los ojos anegados en lágrimas.

Cuando llegan al hospital entran por urgencias. El doctor Castroviejo toma las riendas de la situación, y enseguida se ocupan de avisar al jefe de cirugía, quien decide que hay que intervenir a Encarna de inmediato. Tiene un tumor inmenso en el útero.

—Es una operación complicada —explica apesadumbrado el doctor Castroviejo a Pilar y a Tomás—. No saben qué van a encontrarse.

La intervención transcurre en ocho interminables horas. Cuando el doctor Castroviejo aparece de nuevo, Pilar se abalanza sobre él.

—Está todo mal —le dice desolado con la cabeza gacha—. Tu hermana debió operarse hace tiempo.

—¿Cuánto tiempo? —pregunta Tomás, que sabe que Pilar no se atreve a pronunciar esa frase.

—No lo sé —dice Castroviejo con aire derrotado—. Unas

semanas, unos meses… Aquí pueden paliar su dolor, es lo único que queda —añade, abatido, y Pilar rompe a llorar en los brazos de Tomás—. Lo siento —dice con auténtico pesar.

El aire huele a azahar en la calle Treinta y nueve. El eco de los aplausos choca con las columnas de mármol del Metropolitan Opera House, huérfanos de manos y bocas que los sostengan. Reverberan en el silencio las fervientes ovaciones, los piropos enardecidos, los ojos que se clavaron en ella como saetas estremecidas miles de veces, sustentando los ímprobos esfuerzos a los que ha sometido a su cuerpo. La Compañía de Bailes Españoles de La Argentinita ya no actúa en el prestigioso teatro de Nueva York. La Argentinita, arte contenido en un espíritu indomable, ha enfermado y sin ella el espectáculo no es nada. Dos años ha estado cosechando éxitos con su compañía, haciendo soñar cada noche a un público ávido de olvidar las penurias de la gran depresión de 1929 y los desastres de la dramática Segunda Guerra Mundial.

A unas cuantas calles del gran teatro, en la quinta planta del Columbia Presbyterian Medical Center, Pilar mira por la ventana, morena, joven, guapa. Sus ojos no ven más allá de unos cuantos centímetros porque el aire tiembla y todo se le nubla con las lágrimas que los inundan. Detrás de ella, yace en la cama Encarna, niña, demonio y ángel, alma libre que luchó a brazo partido contra cualquier destino que el destino se empeñara en imponerle.

Los médicos han dicho a Pilar que no hay esperanzas, que es cuestión de días, que su hermana se va para siempre. Una separación que abre un dolor profundo en su corazón, ya que nunca se separó de Encarna más allá de unos pocos meses. No hay palabras que puedan disfrazar su sufrimiento. Solo la alivian las lágrimas y unos sofocados sollozos de animal herido que salen de sus entrañas. Hace ya casi dos meses que no ha visto reír a Encarna, como aquella tarde en casa del doctor Castroviejo. La voz cantarina de su hermana resuena en su cabeza:

—Está bien, don Inda, yo bailo, pero hágame usted un favorcito —le dijo coqueta a ese hombre con la cara congestionada por los kilos, el calor y los whiskies de más—. Mire si las joyas que me robaron están entre las del Vita. Tengo la esperanza de encontrarlas allí.

Y cuando Prieto le respondió que para tal trámite tendría que hablar con Negrín y que hacía ya tiempo que su relación con él no era buena, Encarna, que no soportaba ver a la gente triste o contrariada, y menos por algo que tuviera que ver con ella, a pesar de que sabía que era una injusticia todo lo que había sucedido con ese dichoso barco, respondió:

—¡No se preocupe! ¿Quién necesita joyas para bailar? ¡Que suene la música, doctor!

Y unas sevillanas llenaron el aire de rasgueos de guitarras y repiqueteo de castañuelas, y Encarna bailó, enfundada su esbelta figura en un bañador negro que resaltaba las delicadas curvas de sus espléndidos cuarenta y siete años. Lo que en otras habría sido impúdico y soez en ella era de una elegante y graciosa inocencia. Sus movimientos, aparentemente sencillos, guardaban años de técnica y disciplina, así como un sentido de la estética y la mesura que la habían hecho destacar entre todas las artistas de su época y conquistar al público de todo el mundo.

Pilar se recuesta junto a su hermana. La abraza y advierte que Encarna hace un movimiento apenas perceptible. Sabe que está intentando consolarla, que, incluso en su lecho de muerte, es ella, tan generosa como siempre, la que intenta que todo marche bien. Pilar se enjuga las lágrimas con el dorso de la mano. En la mesilla, un vistoso programa de la última actuación en el Metropolitan: «The Metropolitan Opera House *presents* The Ballet Español de La Argentinita: *El Café de Chinitas*». ¡Cuánto amor y cuánto trabajo concentrados en dos horas de espectáculo! La historia de una vida, de unos sueños; la historia de unos amigos que, reunidos muchas veces en casa de Encarna, en su patio andaluz del recibidor, bajo la mirada titilante y atenta de la noche, construyeron un mundo en el que el arte era la razón fundamental de su existencia. Federico García Lorca, Gabriel Celaya, Rafael Alberti, Fernando Villalón, Manuel de Falla, Salvador Dalí, Juan Belmonte, Ignacio Sánchez Mejías, Pepín Bello, Carmen Amaya, José el Greco y tantos otros compartieron con Encarna y con Pilar momentos mágicos en los que el duende se paseaba entre las sillas y reía o lloraba con ellos cada vez que alguien recitaba un poema, cantaba una soleá o bailaba al ritmo desenfrenado de un taranto.

En la mesilla también está la carátula del disco que una vez Encarna y Federico grabaron en La Voz de su Amo, Encarna, con su voz pequeña, su potente zapateado y el vigoroso ritmo de sus palillos; Federico acariciando con sus enérgicas manos el piano, arrancando a las teclas una música que, en realidad, estaba dentro de él.

Pilar se dirige al tocadiscos. Fue lo primero que Encarna le pidió al ingresar en el hospital: su música. También su mantón de Manila de seda con coloridas flores bordadas, y Pilar se lo puso frente a la cama, vistiendo el respaldo de una silla, para que Encarna disfrutara de esa explosión de belleza.

La voz de Encarna ya flota en el aire, mecida por los acordes que Federico arregló para ella. «En el Café de Chinitas dijo Paquiro a su hermano: "Soy más valiente que tú, más torero y más gitano"».

Pilar, recostada junto a Encarna, siente el inapreciable temblor de su respiración. Le acaricia el cabello desordenado y crespo, y se percata de que a su hermana se le ilumina la cara. Ninguna sonrisa aflora a sus labios, pero sabe que a Encarna le está sonriendo el alma.

—Vuela, Encarna, sé libre como lo has sido siempre —murmura mordiéndose los labios, como si quisiera sujetar esas palabras que han salido por ellos, mientras la abraza—. ¡Sigue bailando, Encarna! —le susurra al oído—. Deja este cuerpo cansado y baila con los brazos y las piernas del alma. Sube a lomos del toro negro que te arrebató a tu amor, él te llevará junto a él.

El mantón de Manila cae al suelo. Una lágrima resbala despacio por el rostro de Encarna, y con ella escapa el último hálito de vida que le quedaba dentro. La música llena la habitación y atraviesa el cristal de la ventana, esparciéndose por el aire ardiente y denso de ese 24 de septiembre de 1945 en la ciudad de Nueva York.

> *Si muero,*
> *dejad el balcón abierto.*
>
> *El niño come naranjas.*
> *(Desde mi balcón lo veo).*
>
> *El segador siega el trigo.*
> *(Desde mi balcón lo siento).*
>
> *¡Si muero,*
> *dejad el balcón abierto!**

Descansa en paz, como descansa la saltarina cascada cuando encuentra al fin la calma en la profundidad del mar.

En la inmensidad del océano, un barco surca las aguas. Es un barco grande, un crucero que hace la travesía desde Nueva York hasta España. En uno de los camarotes hay una capilla ardiente, un ataúd de caoba reluciente custodiado

* Federico García Lorca, «Despedida-Trasmundo», *Canciones 1921-1924*.

por una afligida Teresita que, enlutada, pasa las cuentas de un rosario entre sus dedos. A los pies de la caja, un pequeño jarrón de cristal acoge un ramo de rosas amarillas que desprenden su aroma a baile en honor a Encarna. En la proa, una mujer apoyada en la barandilla mira al horizonte. Es Pilar. Viste de negro. Tiene cerrados los ojos, sus manos se aferran con fuerza al metal.

—Me has dejado sola, Encarna —susurra, e inspira—. Pero allá donde estés, sé que me escuchas, hermana. —De su boca surge despacio una melodía—: «En el Café de Chinitas dijo Paquiro a su hermano: "Soy más valiente que tú, más torero y más gitano"».

Las lágrimas resbalan lentas por sus mejillas. La bruma se va disipando. Tomás aparece a su espalda y la abraza. Pilar continúa cantando. Unos niños corretean y gritan cerca de ellos. Tomás le besa la nuca.

—La vida continúa, Pilar.

Pilar se limpia las lágrimas con el dorso de la mano.

—Eso parece —murmura. Cierra los ojos y lanza un beso al cielo—. ¡Va por ti, hermanita! ¡A partir de ahora, todo lo que yo haga irá por ti!

Agradecimientos

A Encarnación López Júlvez, La Argentinita, fuente inagotable de inspiración para todos aquellos que bailan con la vida siendo fieles al ritmo de su corazón. No existen barreras de ningún tipo, cuando el ansia de libertad irrumpe como un vendaval en el interior de un ser humano, buscando la autenticidad de ser y de sentir.

Mi profundo agradecimiento también a mi editor Toni Hill, escritor y poeta, que lee más allá de las palabras, porque lee con los ojos del alma.

A la gran familia de Penguin Random House, en especial a Carmen Romero, Gonzalo Eltesch, Marta Araquistain, Marién Rovalo y a los que están tras las bambalinas del trabajo editorial y no conozco, porque en estas páginas está la impronta de la energía creativa de todos ellos.

Infinitas gracias a Josefina Ortiz, amiga-hermana de mi madre, mensajera del Duende, que un día me mostró una noticia sobre La Argentinita, sembrando en mí, mágicamente, algo más grande que la semilla de la admiración por la mujer y la artista que fue Encarnación López Júlvez.

Por supuesto, infinitas gracias a todos los que han formado parte de mi vida en este tiempo de creación y me han sostenido siempre con sus ánimos, cariño y consejos hasta el día de hoy, ellos saben quiénes son; gracias a mi padre por transmitirme el aliento del Arte; a mi amiga y maestra María González, que me inspiró con su inmensa sabiduría y me enseñó innumerables veces, a través de su impresionante conocimiento del cuerpo, a entender cómo el movimiento conecta directamente con la emoción y el alma humana. Gracias a la mirada confiada y al amor incondicional de mis tres hijos, Candela, Sofía e Iván y gracias a Carlos, mi compañero de vida, por amarme con todo su gran corazón y hacerme reír siempre.

Muchísimas gracias a María Asunción Mateo, viuda de Rafael Alberti, por su arrebatadora generosidad, mujer de bandera y la última marinera en tierra; gracias por gestionar la cesión de los poemas de su difunto marido, así como a El alba del alhelí y a la Agencia Literaria Carmen Balcells por su rápida colaboración en dicho propósito.

Gracias a todos los que me han apoyado con su entusiasmo, paciencia y sensibilidad aportándome la confianza que a veces perdía, ayudándome con sus consejos de amiga y compañera escritora como Mar Del Olmo, hablándome sobre las estrellas que me guían en mi interior como Guiomar Ramírez-Montesinos, o dándome la mano para caminar más allá de lo visible como Gerónimo Loira y Manuel Cutillas. Eternas gracias a todos.

Estas canciones te llevarán a disfrutar del talento
y la magia de dos grandes artistas:
Federico García Lorca y La Argentinita.